大
方
sight

塔鱼浜自然史

邹汉明
·著·

中信出版集团|北京

图书在版编目（CIP）数据

塔鱼浜自然史 / 邹汉明著. -- 北京：中信出版社，2021.6
ISBN 978-7-5217-3056-2

Ⅰ.①塔… Ⅱ.①邹… Ⅲ.①纪实文学－中国－当代 Ⅳ.①I25

中国版本图书馆CIP数据核字（2021）第091009号

塔鱼浜自然史

著　　者：邹汉明
出版发行：中信出版集团股份有限公司
　　　　　（北京市朝阳区惠新东街甲4号富盛大厦2座　邮编　100029）
承　印　者：上海盛通时代印刷有限公司

开　　本：880mm×1230mm　1/32　　印　　张：13　　字　　数：255千字
版　　次：2021年6月第1版　　　　　印　　次：2021年6月第1次印刷
书　　号：ISBN 978-7-5217-3056-2
定　　价：68.00元

版权所有·侵权必究
如有印刷、装订问题，本公司负责调换。
服务热线：400-600-8099
投稿邮箱：author@citicpub.com

目 录

引言　一只还魂的供碗　　　　　　　　1

卷一　地理志　　　　　　　　　　　　9
卷二　地理志附：父亲的老屋　　　　117

卷三　岁时记　　　　　　　　　　　153
卷四　动物记　　　　　　　　　　　211
卷五　昆虫记　　　　　　　　　　　261

卷六　农事诗　　　　　　　　　　　315
卷七　农事诗补遗：草木列传　　　　373

后记　　　　　　　　　　　　　　　405

引言

一只还魂的供碗

20世纪最后那几年，凋敝的塔鱼浜，一户紧挨一户，仍排列在沿河一线。一些带着已逝年代典型印记的两层砖混结构的楼屋（楼建在房子最前头），依然张开巨口，吞吐着农家安静的生活。这个年代的塔鱼浜，粗鄙，单一，样子其实不那么好看，但就是这样一个渐次沦陷于新时光的老村坊，也将面临着被拆除的命运。

冬天的塔鱼浜向来静落落的，悠闲，自由，静美，有一种太古的气息，屋顶的白云可以逗留大半天而不移步，万物在自身的枯黄里等待着更换容颜。此时，塔鱼浜并不知道，这是它存活在人世的最后一个冬天。

通往塔鱼浜的乡路迂回曲折，触目尽是灰白的乡土，顿然觉出，我家乡的乡音也有这种淳朴的土白色。小路旁，陈年木槿的枝梢轻擦着白色的车身，屑粒簌落[1]，这在我听来，也很亲切。老邻居们出现了，三三两两的，面朝沃土背朝天，他们依旧在田间地头翻翻垦垦，做着一辈子都做不完的农活。看到我前来，还举着小相机到处乱拍，表示很不理解，好在他们对我总归客气，一些老人停下手头的农活，直起腰来，擦一把汗，开始用塔鱼浜土白喊我的小名，开始问我这种地方有什么可拍的。

---

[1] 物件轻触发出的摩擦声。

确实没什么好拍的。对于村庄的拆迁，说白了，他们并不关心，因为地处僻壤，土地无高价可抬。还有（或者更主要的原因），本村除了极少几个闯荡在外、有经济头脑的家伙外，大多数人木知木觉，远不如城镇近郊农民经济意识强烈。以我常年的观感，塔鱼浜人对经济的盘算，只在乎自家老屋的几个平方不要少算或错算，其他一律马虎不论。概言之，他们听凭村民委派人来丈量，记录，最后定个价，他们签字，表示同意，这数百年来未有之大变局也就完事大吉。在他们看来，拆迁无非履行一道手续，房屋之外的其他补偿，没有去想也根本不知道怎么去谈。比如我家老屋前，父亲种有大片苗木，都长到铁耙柄那么粗了，他也不会想到苗木可以作价补偿。上头尽管眼睛雪亮，但也只当不知道，任凭推土机轰轰隆隆推平了事。这在其他地方是不可想象的。相反，塔鱼浜老农们都像我父亲一样，对于能够搬去翔厚或炉头，都挺高兴。很多人早就在迎候着推土机的到来。他们觉得新居地离城镇近，或就在炉头镇上，生活就会更加便利，用他们自己的话说，从此可以做个街上人。街上人的身份，是他们一生的梦想。要知道，中国自20世纪70年代"改开"以来，塔鱼浜这样的老村坊，虽说通有简易的乡村公路，但仍属于桐乡最偏僻的深乡下。

很清楚，塔鱼浜已经走到死亡的边缘，根本挣扎不了多长时间。无论从补偿的传闻、贴出的告示甚或村庄本身的窳败等等，一切都在表明，它将很快走到尽头。

老村坊在随后出台的一种叫作"两分两换"的政策里灰飞烟灭。那天，我记得我的大弟汉良在电话那头略带埋怨的声音："阿哥，你再不来，塔鱼浜就拆光了。"其时，大型推土机已经进驻，曾经炊烟袅袅的歌哭生聚之地，一下子笼罩在一片灰尘的蘑菇云中。据说塔鱼浜的拆毁只用了半天时间。

一位拍照的朋友开车再一次带我去。经桐乡、皂林、炉头，一路往西，由翔厚入北，车子开在机耕路改筑而成的水泥路上，过东漾潭，我们在许家汇村口折西，来到早先塔鱼浜最东边的高稻地。此时，只留了高稻地三间旧房，其余统统拆除。推土机不给我留一点余地，所到之处，无非大咧咧的一堆废墟。整个塔鱼浜的废墟，沿着一条弯曲的小河堆成一条高耸而冗长的小冈。我爬上这个很有规模的"山冈"，纵目四望，触目惊心，眼前全是折断的五孔板，弯曲的钢筋：筷子那么粗，露出漆黑的一截截……以及断砖和断砖，碎瓦和碎瓦，水泥块和水泥块，一段段依旧板结的墙壁，墙壁上悬挂老物件的铁钉还牢牢钉着，甚至铁钉上的一个蒸架还贴墙好端端地挂着。一些人家丢弃的破旧家具也夹杂其中。所有的木头房架全部散架。这会儿看去，塔鱼浜就是一具扑倒在地的死尸。塔鱼浜打散后，原来，样子一点都不好看，白一块，黑一块，灰一块，要不就是铁锈红（九五砖的颜色）的一大块。倒塌的塔鱼浜，如同刚刚被掐断了呼吸，全然是垂死的颜色。废墟的周边，我依稀认出是一块田、一垄地。我还叫得出其中的田埂和圩塘的名称。村坊不远处的机埠，也还能够辨认。伍启桥流来的小河，流经塔鱼浜的两只大漾潭，黑乎乎的，所幸还在。这三个点，构成了我辨认故土方位的地标。我忽然觉得，塔鱼浜拆除，腾出了空间，天地顿然阔大了。前面，就是村庄曾经的中心木桥头，木桥早就改成水泥桥，但大家还是习惯叫它木桥头。原来，木桥是那么小而不起眼。小河南边，几株高大的楝树和香樟树孤零零地站着，好似在低头默哀，旁边一大片低矮的桑树，抱头蹙眉，附和着刚刚降临的死一般的寂静。

我显然迟到了一步，就这一步，塔鱼浜已经拆得干干净净。我没有见到它最后倒下的那个瞬间。我赶到时，龅牙的老炳其站在自家厢屋的废墟上发呆。他木然，惘然，像是自语，又似在告诉我："没了，押光掀天（全部）……一点都没了。房子拆掉的时候，西边的掌宝嚎啕大哭。"看到推土机的大畚兜起起落落，墙推屋倒，轰隆巨响之际，几个年老的妇女一齐哭出声来。这就对了，应该有人哭出声来，以前，村里每有老辈故去，总有孝子贤孙围着他哭丧。哭泣，是给一个老人送终的最好表达。理所当然，哭泣也是给一个老村送终的最好表达。很遗憾，我没有见到这年头到处拆这拆那的推土机——那股不可一世的蛮力，它们去了另一个地方，同一时间，塔鱼浜北面的彭家村、金家角，东面的许家汇，全都拆毁了。毫无疑问，推土机是改村换乡的主角，它们忙忙碌碌，到处显摆，也总是吃力不讨好。

我在塔鱼浜的废墟上来来回回走动着。村坊拆除以后，这家与那家的隔阂不存在了，一个梦境可以进出另一个梦境了。这应该是梦境最自由最自在的一刻。这诚然是真实的一刻。2009年12月4日的太阳，高高在上。这且不说，这时的天空蓝得反常，云朵也是出奇的白，但是，消失的塔鱼浜也还有太古的气息。

我觉得应该带走点什么。余生的念想也需要一个支点，此后的祭奠也需要有一个可以依托的对应物。于是，我顺着这段无比巨大的废墟，由东向西，即由不存在的塔鱼浜的邹介里向着不存在的塔鱼浜的施介里走去。我的眼睛——套用张爱玲的一句话——始终在断壁残垣间"瞄法瞄法"，可是我实在不知道该搜寻点什么。突然，一只怯懦的小供碗出现在我面前。这是一只高底浅口的民国小供碗，属于瓷器中很普通的一种。碗口下面，釉上粉彩、红青绿蓝白五种颜色的牡丹花漂亮极了。碗肚，还有一朵含苞绽放的牡丹花蕾，旁边是一个机制的"艮"字。多年的乡村生活告诉我,这不是普通的饭碗,而是从前民窑所产的供碗——一件供奉在祭台、供老祖宗歆享祭品的祭器。这只易碎的小供碗,就这么夹杂在硬邦邦的钢筋水泥堆里,躲过了推土机凶猛的击打,躲过了塔鱼浜分崩离析时的最后一击。这太不容易了。它仿佛一直在等着我的到来,以它坦白的碗口,吁请我把它带走似的。这只完整无缺的供碗,完好无损地,这一刻待在坚硬废墟的某处。它小得无助,但相当出挑。此刻我目力所及,它的周围——砖头、水泥板全都断裂,而唯独它君临废墟的高处,坚持着自己的完整。这太奇妙了。莫非冥冥之中,临终的塔鱼浜对我有什么昭示?难道它想借这么一件独自完整的祭器,来还一个塔鱼浜的老灵魂?

很明显,废墟上的这只供碗,从它来到我手上的这一刻起,就开始高出这堆废墟。它使得塔鱼浜破碎而混乱的事物,全部围绕着它并匍匐在它的周围。这也使得一个四散而去的塔鱼浜,开始归拢并归位。这一刻——或许我可以推至久远——它就是塔鱼浜的中心。正是它的出现,把一个彻底打散的老灵魂重新聚合,从此有了再次上路的可能。我不是基督徒,当我俯身,触摸它的瞬间,我确实相信,那一定是上帝之手,把它交在了我的手上。

在塔鱼浜还活着的20世纪最后三十年,很荣幸,足足有十五年时间,我曾陪伴在它的左右。我经历了乡村最后一段夜不闭户的旧时光。我在它古风犹存的节气里出生、长大,看到了它最古老的安静,最初的不安,也看到了它最后的消散。我曾是它的一个泥巴男孩,是它欢声笑语的一部分。可是,很快,故土已无歌哭之地,塔鱼浜再没有袅袅升腾的烟火气。眼看着它走入一条断头的弄堂,我却无力喊它出来。等到21世纪的脚劲迈开,新世纪的曙光照临,一个歌哭生聚、极有活力的老村坊,从此地老天荒,走到它的尽头。可是,当我接到临终的塔鱼浜递给我的这只供碗,我的固执又顽强地上来了,我想说,此时,远非塔鱼浜时光的尽头,而是另一种时间的开始,在云朵崩断的天象之下,塔鱼浜的泥土以及泥土中生长出来的汉语,苟日新,日日新,又日新。

从此塔鱼浜藏身在过往细节的名词和动词中——但我要说它仍是及物的。

从此塔鱼浜的少年在有限的疆土里做着无限的漫游——但我必须说,这种漫游的脚尖固执地指向未来。

卷一

地理志

塔鱼浜／木桥头／西弄堂／水泥白场／东弄堂
高稻地／机埠／墙内坟／姚亩田渠道口／八分埂
邱家门对／戤壁路／小猪房／六亩头／荡田里／蟹洞田
长坂里／老人下／活杀埂／大水坝／小圩／小水坝／圣堂湾
棉花埂／河的南面／后头田／严家浜

塔鱼浜

自然村,在浙江省桐乡县西北二十里许,向属炉镇,或属于任何一处僻静的旧江南。

村庄旧名塔鱼浜。六家姓:邹、施、严、金、周、许。严姓只两家。金姓、周姓、许姓各一家。邹与施,基本持平。邹姓居东、居北,施姓居西。承包到户后,据此又分邹介里、施介里。两"介里"多有来往,亲密依旧,也不分彼此。但外人不大分得清邹介里施介里,因此很少叫口。老辈人出口,还是老地名:塔鱼浜。自然,亲切,又好听。

村庄的面前是一条小河,西边的白马塘转弯抹角通过来的。有了这条小河,塔鱼浜的船只可以上南入北去附近的小镇,去老远、更老远的大城市了。河没有名字,或者,塔鱼浜就是这条小河的名字吧。河也没有镇上的河那样整整齐齐的石帮岸。它的南岸,爬着好多树根,北岸长满矮扁扁的青草。河南是成片的桑树地,再过去就是一种风来,稻浪壮阔的水稻田;河之北与人家的白场相连,这白场,塔鱼浜人叫稻地,即盛夏晒稻谷的晒场。稻地前,临河一线有几棵沧桑的枣树,树皮灰白、粗糙,有一种刀砍不入的顽固的面相。每年七八月间,台风像年节,准时穿越广阔的稻田,准点到达塔鱼浜。而稻地外瘦高的枣树,也一定会啪嗒啪嗒掉好一阵子的青大枣。

塔鱼浜的枣树以邹金龙家的最高耸。每年，枣子坐果其实并不多。台风季节，这茧子大小的果实（形状也像茧），淡黄中已有紫色的斑痕，硬邦邦的，挂在枝头，人从下面走过，徒有艳羡的份。通常，四五个顽皮的小毛孩，捡起地上的碎瓦片，一二三，绷紧的身子里发一声喊，嗖嗖嗖，一齐向枣树枝头掷去。未及两三颗枣子落地，辣钵金龙的小脚母亲，后脑勺顶一个拳头大的发髻，挂一根油腻腻的龙头拐杖，张着已没剩几颗牙的一张瘪嘴，凶神恶煞一般，紧趋着小步，追骂出矮闼门来了。老婆子还作势举一举那根永不离手、骇人倒怪的黑漆拐杖，嘴角边露出一颗弯钩似的黄牙。这边，胆子小的，逃还都来不及呢。

每隔三四户，空白的稻地外就有一个河埠头，俗呼桥洞（据音）。整齐的石级一级连着一级通向河水，邻家的农妇来此或淘米洗菜，或洗手洗衣服，间或照看一下自己那张有时清晰有时又模糊的面影，小拇指翘起，勾一下披散的头发。此地离白马塘（外河）三里许，河面上，难得有船只往来，河埠头的河水极少有大涨大落的机会。我家乡塔鱼浜的水，因此是一贯的碧清见底。

在辣钵金龙家的河埠头，七岁那年，我学会了游泳。我抱着一根大门闩，莽撞地跳进河中央。我游了几次，扔下那段壮实的木头，开始了从此岸扑向彼岸的游水。正扑腾得高兴，同村的跷脚（跛足）建林一个浪头打过来，我连吃几口冷水，身子忽然不听使唤，开始下沉。我半沉在河里，但见河边看游水的男男女女，一个个在无声地微笑——那些微笑，还有河边房子那些高高的瓦楞沟，竟是那么冷漠和遥远，而且世间凡我所能看到的事物，都渐渐地在变形，在远去。我在水中，嗓子被堵住，一时三刻喊不出救命的声音。好在比我大几岁的一位叫金美的女孩站在河岸上替我喊了出来。跷脚回身一看，顿觉大事不好，立即游到我身旁，一伸手，拉我到了岸边——这是我第一次和神秘的死神面对面地打了一次小交道。

塔鱼浜西边两里路外的白马塘，是一条大河，也是南北交通的黄金水道。北横头直通乌镇，南横头折西一点就是石门镇，两个老镇好像被白马塘这根长扁担一肩挑着。每天两个班次的轮船途经白马塘伍启桥，三里路开外的塔鱼浜，河埠头的水就会微微上涨：先是河两岸的水草缓缓挨近两岸，接着，水又缓缓地往河中央回落，河里方方正正的一大块水草，一般总有草绳系在岸边的木桩上，这时候，绷紧的草绳"叭"的一声就断了。好在断了绳的水草也不会漂移到别处。过一会儿，毛毯似的水草，还是老样子，仍旧懒洋洋地待在塔鱼浜的水里。

塔鱼浜的整个河面，水草中间通常留有船只进出的一条水道，而两边的水面，几乎都被家家户户的水草涨满。春夏，好一片碧色；秋冬，满目是枯黄。

河水微微上涨，即使听不到轮船"呜——"的汽笛声，听不到它"噗噗噗噗"的发动机声，就凭着这河水微微上涨，我们就晓得白马塘里的轮船刚刚经过。它很准点，很长一段时间，它是我们村的一只看不见的钟表。于是，妇女们开始提着淘箩去河埠头淘米、洗菜，顺便还提一桶水回家。每到这个钟点，河埠头就开始热闹起来。河埠头直通每家厢屋的泥路上，淘箩滴沥的水渍，疏密有致，似断还连，好看着呢。

河里的木船用麻绳系着。木船有两只。系船的绳，是褐黑的粗麻绞成，轻易不会扯断。木船是公家的财物，运送货物或交公粮（俗称还粮）之用的。还粮，那是小队马虎不得的大事，所交的公粮每年有一定的定额，得派两个社员送去公社的粮管所。木船隔年就需要检修，但所谓的检修，通常也就是上一遍桐油。如果木船有了漏水的缝隙，得想方设法用捣烂的油麻丝和石灰填缝补修。后来，其中的一只不知什么缘故被涂了一层黑漆，像黑老鸦一样泊在河边；又或者被风吹到河心，成了一只任意漂流的不系之舟，乌墨墨的，懒散在河之中央，很醒目——也很像塔鱼浜人的生活：自由，散漫，无所事事，还有那么一点不在乎。

桐油漆过的木橹，略呈"之"字形，上半截呈圆木状，下半截扁平，状如琵琶，故称"琵琶橹"。橹有时就搁在岸上，泛着棕红的微光；船艄的橹拎头煞煞亮，最亮处沁出粒粒精白。顺便说一下，塔鱼浜的年轻女子看见橹拎头，脸会红，会不好意思地别转头去。"喔也，喔也……"那情景，好像她们无意之中看到了男人的那话儿。可中年的妇女就不一样，她们跳上船去，并不当一回事体。她们大大咧咧，什么东西没见过呢。村里的男人多半荤话连篇，中年妇女至多"噗嗤"一声，笑骂一下。面皮老的，还索性跟男人调起笑来。你笑，她红着脸笑得比你更欢；你说荤话，她比你说得更起劲。河埠头的情色，也充满了世情生活的烟火味。

队里后来又添了一条水泥船，与木船并列，泊在河边，备用。我小时候，眼望那几只吃水很深的船，常要想入非非，幻想着那水上的生活，与我们陆地的生活究竟是大不一样的吧——晃晃悠悠的，多少好白相[1]。记得有一年新年，我被两位岁数稍大的亲戚怂恿，躲在其中一条船的后舱，用扑克牌赌二十一点，结果我将年三十夜里父母、至亲给的压岁钿一塌刮之（全部）输光。回到家，垂头丧气，家里大人一下就轧出（觉出）了苗头。"小棺材，钞票

---

[1] 吴方言，"嬉游"的意思。

全输光了,热麻[1]不热麻?"少不得母亲的一阵小骂;父亲则怒气冲冲,扯着他捆稻柴的担绳:"小棺材,不要抬进门来了……"他大口大口吸着雄狮牌香烟,抬腿进出门槛的脚步,就有点重实了。只是那两个赢了钱的亲戚,笑嘻嘻的,连带着新鞋子底上那一小块欢快的泥巴,早回到他们的洪家村老家。这个新年,我有点难过。

村子依水而成形。水穿过村子的中心木桥头,再往东,忽然形成一个大漾潭;再折向东南,就到底了。此地名高稻地。于是,村子也跟着小河在高稻地潦潦草草地结束了。小河的尽头,乡下一般叫浜或浜兜,"相传旧时村中有塔,塔旁有浜,村民在浜中围籪养鱼,故得名塔鱼浜"。这是我唯一找到的有关塔鱼浜的文字记载,记录在厚厚一册《浙江省桐乡县地名志》里,绿皮封面,没有出版社,有"一九八九年十二月出版"的字样。封底有"内部资料,注意保存"的括号文字,好像藏了什么机密似的。

在水结束的地方,辟出了一条大道,那是塔鱼浜村最大的一条机耕路。我的父母亲在我六七岁的时候参与了筑路。机耕路往南直通翔厚集镇,那是永丰大队的所在地。这翔厚,原名墙后,旧时此地有一观音堂,前有一堵斑驳的照墙,集镇在照墙之后。集镇清初成形,墙后的名字由此而来。到得清末,讹音成翔厚。那是我读小学的地方。

塔鱼浜西边是河西庄,那是塔鱼浜最近的村子,就隔着一条小河。小河如利斧,劈开了两个村庄。两个村庄没有桥梁相连,因为两边不友好,很少往来。也可能是分属不同乡镇的原因吧。无名的小河像一个巨大的"Z"字,将两个自然村撇在两边。小河因此形成了至少三只大漾潭。小时候,我印象中的好多故事,就是在这里展开的。

---

[1] 塔鱼浜土白,可惜的意思。

塔鱼浜的南面是西厚阳、东厚阳。东面是许家汇。北面是毛介里、彭家村、金家角。塔鱼浜实在是浙北平原微不足道的一个自然村，四十来户人家，前后两埭。我家在北埭，在一个地名叫作严家浜的地方。我家门前也有一只小浜兜。我小时候多少有趣的事体，是在这个巴掌大的地方发生的。

塔鱼浜的西边——容我隆重地再记一笔——是白马塘。宋高宗赵构仓皇逃归临安（杭州）的所经之处。白马塘像一条扁担横卧在浙北平原。白马塘将石门和乌镇两个躺在锦绣江南腹地的名镇一担挑了，而平衡扁担的一个中心点，就是我的家乡塔鱼浜。

塔鱼浜的东面，是金牛塘，那是哺育了乡贤、明末清初理学大儒张杨园的故园，也是先生最后的埋骨之地。

塔鱼浜的东南方向，威名赫赫的京杭运河像一把直尺，笔直地丈量过一望无际的浙北平原。大河流经之地，桑树葳蕤，六畜兴旺；百花地面，丝绸之府，自古繁华；男人女人，人间天上，万物，人的脸孔，全都漾开浅浅的笑意。

木桥头

在塔鱼浜中央的位置，原先为木桥，20世纪80年代中叶，由两块五孔板搭建而成一座水泥桥。

木桥留存了很长的时间。

木桥搭在南北两个高耸的石墩上，时间一长，有几块不争气的木板就松动了。男子挑着粪担落脚，桥身微微战栗，就会噼啪噼啪响动，听声音，似有一种危急之感。但是，桥上连小鸡也不见掉落过一只。

木桥的北边，几块紫色条石上，总坐满了男人。夏天，因木桥北堍正对塔鱼浜村最长的一条弄堂，弄堂风呼呼地正面吹来，沁凉沁凉的，不一会儿就把人身上的汗水收走了。桥堍的几棵泡桐树高大到已经在空中抱成一团，木桥头天然地就成了一个乘凉的好所在。

北堍靠东的房子是赤脚医生小阿六家，比西面的一埭房子明显突出一大截。突出来的是一堵墙，有一年，中间用石灰水涂涂白，做了放映露天电影的一块天然银幕。村里听说晚上有露天电影，也不管放映的是哪本片子，还没有吃晚饭，小屁孩们早早地就扛来了家里的条子凳，开始往灰白的场地占位子。天还没有完全黑下来，稻地排满了一排排大小不一的木凳。那年月，凳子也忙，白天开会，夜里还要看露天电影。而离天然银幕大约二十米的地方，大家主动空出八仙桌大的一块地方，那是摆放映机的。那年常映的电影是《地道战》《地雷战》《南征北战》……我记得还映过一次《奇袭》和《奇袭白虎团》。

"哪一部分的？"

"师部搜索队！"

好长一段时间，电影中的台词，成了我们一次次虚拟战斗的经典对话。

木桥的南面，是小队的公房，总有三四间吧，清一色的平房。有一年，来了一个女知青，就借住在靠西的那间。我年纪小，她来我村的时候,还大着胆子去偷看。我没有胆子走进她的房间,只是靠向木门,两个小手紧紧地拉着铁锁的搭钮,缩起两条腿,两只脚离了地面,整个人就腾空了,开始吱扭吱扭地转动那扇木门。这位程小平听到也看到了,走过来,张口就是一串很好听的声音:小朋友,进来啊!进来啊!她拿出城里人的好东西(零食)给我吃。可是,我转身就逃掉了。一两年后,女知青搬走了。再后来,夏天"双抢"[1]开始,队里为了统一安排吃饭,就在这间空房子里砌了一只老虎灶,埋锅造饭。那年的炊事员由毛头的爸爸担任。毛头爸拦腰拴一块围布,干起活来手脚飞快,想不到他还有这一手绝活。可不久,毛头爸就生病故世了。

这中间最大的房子,通常是队里的仓库,可有一年,小队长毛老虎的独子邹有林得了疯病,犯病最厉害的那些年,肤白英俊的邹有林就被关入这间屋子。据说,小伙子的身上还戴着锁链。因为有林是"武毒",放出来要伤人,老父不得已,就把儿子关在这间公房,严密看守。可怜陪伴神志不清的有林的,只是窗外风穿水杉和竹林的声音以及野猫的哀号之声。后来,年纪轻轻的邹有林就病死了。

有林犯病的开头,家里想方设法瞒着外人,但有林的病越来越重,哪里还瞒得了!那时我们也不知道他这种所谓的病就是精神病。夏天,有林头上按一顶乳白色的小光帽,吆喝着自己是工人阶级。他到处转啊转啊,走大路穿小路,每天总要在村庄里来回走几次,路线都是固定的。他戴着那个与农村小伙的身份完全不相衬的

---

[1] 20世纪七八十年代夏季江南地区"抢收抢种"的简称。"抢收"指抢时间收割早稻,"抢种"指抢时间插秧。

小光帽，脖子上环着一条雪雪白的毛巾，双手叉腰，在田间地头，指这指那，俨然是公社下派来指导农业生产的干部。有一次，有林手一挥，说，刘少奇同志就是这个样子的。有林每天都亢奋得很，觉得自己是个大人物。我们跟在他后面。我们不知道有林疯了，只觉得有林有趣。据说有林之所以发疯，是定好的女方悔婚，所以他还是"花毒"。塔鱼浜的年轻姑娘见到他，急急地避之唯恐不及。

木桥头是塔鱼浜的露天行政中心。

木桥头是从不缺少声音的——女人们叽叽喳喳的笑骂声，老人们吧嗒吧嗒吸旱烟的声音一消失，梧桐树叶里的麻雀声就会续上。麻雀声听不到了，贴近水面的小鱼不甘寂寞，嗖的一声就会从薄薄的水面跳出来。蹿向空中的小鱼像一个个活蹦乱跳的音符，干净利落地弹奏着河流的琴弦。而就在一天的晚上，大地吸走了人世嘈杂的喧闹，南北两个石墩的草丛里，吸着露水的蟋蟀，蘸着银白的月光，就会亮出清脆的嗓子——木桥头是从不缺声音的。

木桥头的苦楝树上，用细小的铁丝绑着一只高音喇叭，里边吼出的声音，通常是《东方红》《大海航行靠舵手》《沙家浜》《洪湖赤卫队》等革命歌曲和现代京剧。还有，大队里的六和尚播报开会的通知、《新闻联播》……还有婉转低沉的哀乐。按照大队书记的说法，喇叭里出来这个声音，一定是在送别京城的某个大大人物。每次听到这铁一般沉重的哀乐，我就觉得我们村的一个笨木匠在用他的钝锯子锯木头。那年月，笨木匠的钝锯子总要来来回回锯好几次，你会觉出他这一推一拉，异常吃力，仿佛这苦楝树上的大喇叭此刻也痛苦得龇牙咧嘴了，快从树杈间掉下来了。小队长和大队书记，小队里的两个大人物听到这支曲子的表情很有趣，他们通常是不说话的，中指和食指各自夹着一支过滤嘴香烟，手掌心捂住自己的嘴巴一阵猛吸,吐出的烟气和脸上的表情一样凝重,如丧考妣(这个成语我从蔡东藩的演义小说中学来)的样子。他们那种悲伤,我们是学不来的。太阳出来了,这两人不说话,木桥当然也不说话。太阳落山了,这两人还是不说话,木桥也还是不说话。我知道,木桥的话全都让南横头的高音喇叭说完了。这两位平时声音洪亮的大人物难道哑巴了不成。正在纳闷的时候,小队长毛老虎站在木桥头,一抬手,他手里的铜锣开始说话了,当当当,当当当——原来他要召集全生产队的人开大会。由于用力过猛,铜锣的拎头绳断了,轰的一声,掉木桥上了。木桥开口说话了,木桥通过铜锣的嘴巴发出了一记愤怒的声音,瞬间又归于静默——这大概是1976年或者还要早的事情。

西弄堂

在木桥北塊。为村民休闲谈话的地方。南弄口接木桥北塊,北弄口遥接公家最大的水泥场。弄堂系平行的两户人家各自的一直落老宅的边墙构成。西边毛发林家,东边赤脚医生小阿六家。此弄,穿塔鱼浜而过,上南落北,为最重要的一条步行干道。

"停走……停走……过来……谁?你哪个村坊的?哪里去?你过来登记,要登记的!"

"有无证明?"

天还没有亮开,在一连串的追问下,来人瑟缩走上村口霜白的木桥,在脚步的移近声里,小声地应答着,内衣的口袋里摸索了一下,掏出一张类似于路条的字纸,纸上,分明盖有一个血滴子一样洇染开来的鲜红印章。

这边,弄堂口聋子阿二家的廊屋,半尺来厚的稻柴上面铺开两只热气腾腾的地铺。靠近朝西弄堂口的墙上坐起一人,二十来岁,中等身材,平头,糙胡子,两眼炯炯,听到木桥上窸窸窣窣的脚步声,一下子警惕起来。此刻,他披衣起床,喉口"苦苦"有声,严格盘查这个进出塔鱼浜弄堂口的陌生人。

糙胡子披着老蓝布外套,露出一蓬乌黑头发。他身旁钻出一颗梳着童花头的小脑袋,半睁着一双稚气的眼睛,瞌睡懵懂的,还没有完全醒来。小女孩揉揉眼,试图睁得更大些。她好奇地打量着稻地上这两个各自哈出大股热气的大人。

"还早哩……躺下,当心着凉!"女孩的父亲回头喊了她一声。女孩灵敏,嗾落一下,拉上被角,严严实实地埋入棉被,蒙头再睡。

这是约莫1950年或1951年的某个冬夜。小女孩的父亲和村上另一个男劳力在塔鱼浜西弄堂南口放哨。小女孩调皮,感觉新奇,吵着非要跟父亲一道放哨不可。父亲拗不过她,这次就带上了。父女俩的家,其实也不远,就在弄堂口西边三十米开外。她放眼丈量,是稻地上的洗衣石板、河埠石、一副挑泥的土挞、廊屋两只铁箍套着的晾衣竿(竹梢的一头还裂开了两尺来长的缝)……而稻地与河滩边的几簇干枯的乱草,也都可以数得清清楚楚。

女孩即是我的母亲,当时七八岁,我外公施炳荣,身强力壮,气力之大，整个塔鱼浜闻名。外公当年不过二十来岁。这一夜，他与另一位村民，受村里指派，在西弄堂口站岗放哨，盘查行人。此时，他是组织起来自觉保卫新政权的一员。

西弄堂是塔鱼浜的一条主干道，是去往南北别的村坊的必经之路。塔鱼浜南北两埭人家，按理，弄堂不少，但得名的也就南埭这两条弄堂——西弄堂和东弄堂。这其中，尤以西弄堂最出名。

其实，两个弄堂名，村民叫出声来的时候，会多一个音节，西弄堂叫西海弄堂；东弄堂叫东海弄堂，这里的"海"，方言无字，我只能据音写出，表方位，"那边"的意思。塔鱼浜土白中常会出来这个音节。比如东边，就叫"东海"；南边，就叫"南海"；河边呢，就叫"河海边"。

循着这个土音，我们先到西弄堂转转。

这是两堵高墙一夹而成的一条长弄堂。两堵墙，分属两户人家。东边，赤脚医生小阿六家，西面聋子阿二家。弄堂口南端，上面说过了，正是村里鼎鼎大名的木桥。木桥南，围绕着楝树梢头的一只高音喇叭，俨然是塔鱼浜的政治中心。权威的发言人自然是翔厚集镇上那个精瘦毕骨的六和尚。西弄堂长约一百米，宽度一米至两米不等。中央处，不过米半，十来岁的小屁孩，两手伸展，撑住墙壁，双脚一蹬，整个人就会吊上墙去。蹬到半空，两腿叉开，使力分撑在两堵竖立的墙面，在半空中写一个"大"字，远远望去，很像高高的一个拱券。行人在底下经过，如不搭话，根本就不会注意到上面有人，还刚走过他的裤裆哩。这很好玩。我们因此经常蹬上墙去，占据一个高度，既看弄堂两头的野景，又让不知底细的家伙钻我们的裤裆。我们撑持在上面，暗暗地发一阵笑，也在暗暗地比拼体力。

从上往下看去，会见到这一幕：两个男劳力各挑一副粪担，各自靠边，粪桶与粪桶，惊险地挑过去了。两副担子，四只粪桶，它们是不会磕碰的，真要是桶碰桶，那就麻烦了。可是，人粪尽管没有一滴溅出粪桶，气味却袅袅升腾。好一阵大粪臭，几乎让蹬在高处的我们跌下身来。

乡下的弄堂，比不得城里的冗长，热闹，但两旁的人家，狗逼倒灶[1]的事体，肯定比城里的来得多。可是平常它也实在安静得很。它甚至没有窗户，从头到尾，其实只是两堵有起伏的砖砌的白粉墙。说有起伏，是因弄堂循着高高低低的房子而成形。我们塔鱼浜的老房屋结构，由南而北，大致这样构成：屋子的最前方是河道；其次稻地；其次廊屋；跨进大门槛，就是当中摆着八仙桌的厢屋（相对高轩）；其次天井口的过道；其次屋子略低的灶间；其次一家屋子中最高的两层木头楼房（这通常指家境稍好的人家）；其次天井、小过道；最北面是养猪养羊的猪羊棚，俗称后门头。弄堂两边的两户人家，房子的整体结构都差不多，只是东边的小阿六家是一直落平房，西边的聋子阿二家是一直落楼屋，也就这个区别吧。所谓弄堂有高有低，其实是构成弄堂的两户人家的墙面有高有低的缘故。

聋子阿二家的廊屋因位于村子的中心，就成了一个很热闹的所在。午后，或夜饭吃好之后，这两个时辰，最热闹。村里的大人常会自觉不自觉地走拢，互递香烟，又谈天又说地，开荤的也开素的玩笑。聋子阿二自己吃朝烟（即吸早烟），因此廊屋头常备一只火

---

[1] 塔鱼浜土白，杂七杂八、上不得台面的意思。

钵头。最早的火钵头是瓷做的，被一只狗弄碎了。后来就换了一只钢精的。火钵头常年煨着一个桑柴拳头，上面覆盖着一层土白的硬柴灰。大家很小心地保管着火钵头，不让它生起明火，也不让它冒烟。聋子阿二看管火钵头，很有一套经验，也很细心。冬天，农事不忙的时候，满村坊的老人，就围着这只火钵头，聚在一起，噼噼啪啪敲朝烟。这真是很有趣的一幕。看他们各自从腰里摸出一根溜光滑达的朝烟管子，烟管一头的黄铜凹窝里，各自按上一簇已经在手指头上团成一个小球的晒红烟，各人的脸上，满面都是红彤彤的幸福之感。大家齐齐伸出头，各自将烟管子的一头凑到火钵头的那块生着暗火的桑柴上，另一头猛吸。等到烟气从两个鼻孔完全地散光，又各自抬起一只脚，将烟管子往脚底板上"啪"的一敲，黄铜烟窝里的烟灰，鸡屎一样，冒着一股烟气，滚落下来。所以，塔鱼浜村一些老年人吃烟，直呼"敲朝烟"。一个"敲"字，动作干脆利落。

　　聋子阿二家的这个廊屋，除了看到一帮老人围坐一起敲朝烟，我还亲眼见过一个吓人的场面。

　　那天，小队长邹锦松（绰号毛老虎）已经宣布收工。快到吃夜饭的时候了，我的叔叔，人称拆烂污阿二的邹品林，拿着一把老虎钳，登上靠在弄堂口墙面的一架梯凳，打开了火表的黑色塑料硬壳。拆烂污阿二是村里的记账员兼电工，这一次，可能是哪里的电路有问题，也或者夜里开夜工，生产队的打稻机需要外接电线，总之，他要上去看个明白。可是，这正是大家吃夜饭的时间，他也不便拉下闸刀断电。这样一想，他人就靠在墙面上，开始带电操作。不料，一个不小心，触电了，他整个人就从梯凳上啪嗒一下摔了下来，直挺挺地躺在地上，一下子就昏死过去。木匠柏坤赶紧抱来一堆刨花，堆放在他身上，说这样可以走电。我的祖母知道后，遥遥地赶来伏在儿子身上哭了一顿。过了一歇，"拆烂污"眨一眨眼睛，醒来了，突然冒出一句："浑了……"也不知道他这是什么意思。看到老娘在旁边号哭，眼睛一瞪，出口两个字："死开！"[1]

聋子阿二家的西面墙，只有楼房的高处开有一扇小窗。毕竟是路口吧，也许为了安全起见，他们家的整堵长墙，几乎全封闭。东面的小阿六家不同。小阿六家虽是平房，也是一直落进深，可是，前头的厢屋，比聋子阿二家要多出一间屋子的长度。厢屋靠墙壁，住着小阿六的父亲、为人凶巴沉默的赚绩阿四。小阿六家的东面墙，中间开了一扇腰门，门口码着几块上步石。通过这一扇腰门，他们家可以方便地进出弄堂。小阿六是赤脚医生，他的药箱多半是从这扇腰门里进出的。弄堂口的风，也尽往他家里灌。盛夏时节，我们总爱坐在这腰门口的门槛上，让南来的凉风收走我们身上的汗水，一边还可以听小阿六讲鬼故事，一边还可以看小阿六撩起女人家的白屁股打针。

小阿六给别人打了一辈子的针。伤风用药，他一般就用青霉素、链霉素之类的药品。用一分钱镍币那么大小的一圆片磨石，将长嘴小瓶吱的一声先划出一条纹路，然后，拇指与食指捏住，微微一折，噗的一声，瓶嘴折下。药水随即吸入针管，打入另一只装有青霉素或链霉素粉尘的小瓶，用力甩一甩，摇摇均匀，再吸入针管。小阿六兰花指翘起，针尖向上，银白的尖头上，因为针管里活塞的推动，沁出小半粒米那么大的一粒药水。这是小阿六打针的前奏。随即，病人的裤腰带解开，裤子褪下，露出雪白的小半只屁

---

[1] 塔鱼浜土白，即走开。

股。小阿六用酒精棉花一擦，嗒的一记，三个手指头捏紧针管，针尖就插入肌肉了。小阿六还不忘腾出一根无名指，在针头的一侧，往病人的屁股上搔一下，以缓解其肌肉紧张。五秒钟后，针就打好了。针头干净利落地拔出了那只白花花的大屁股。

西弄堂的墙面由土窑烧制的青砖砌成，一块紧挨一块，平砌而成一堵高墙，墙面因此结实得很。左一看，聋子阿二家的墙面石灰剥落了，右一瞧，小阿六家的墙面剥落得尤其厉害。两边青砖的石灰线缝，一眼看去，笔直、毕剥灵清。夏天弄堂风大，我很喜欢走弄堂，一边走，一只手就很自然地搭在了小阿六家的墙面上，弹琵琶一样，从南头弹到北头，或从北头弹到南头。有一回，灵感忽起，我的手指里悄悄支出半根红粉笔，对着墙面，从一头径直拉到另一头。红色、白色或青绿色的线条，从此，汹涌澎湃地就从我的手掌里不断拉出来，拉到头了，返一个身，再拉。两堵白粉墙上，从此就多出一道又一道壮观的粉笔线来，完全是野兽派和抽象派。

西弄堂一直比较干净，那是有聋子阿二的缘故。聋子阿二是村里的植保员，我印象中是一个沉默、勤快的老人，会讲故事。我应该听过聋子阿二讲的故事，但印象不深。倒是小我一岁、从小笑嘻嘻的雪明，有一天跟我转述聋子阿二讲的箬帽兵打日本人的故事。

日军金山卫登陆后，一路推进，桐乡、炉头、乌镇一带也很快沦陷。日军一边维持治安，一边到处找花姑娘寻开心。就这样，一名日本兵来到塔鱼浜，登上了西弄堂第三户人家的楼房，摁倒一名女子欲行非礼。这时，村里正巧有一名养伤的箬帽兵，他知道日本兵枪法准，不是他的对手，就想了一个办法。等日本兵上楼后，他把这户人家刚刚收来的油菜籽悄悄倒在楼梯上，然后，远远地躲到一边，拿起石头，啪的敲了一下。日本兵听到类似枪响的声音，大吃一惊，松开魔爪，提枪下楼，由于慌不择路，一脚踏在楼梯的油菜籽上，脚下一滑，骨碌碌就直滚了下去。日本兵顾不得脚痛，一溜烟冲到屋外，骑上摩托车回到了镇上的据点。

聋子阿二的故事应该还有很多，他是从那个时代熬过来的人，奇奇怪怪的事，见得多了。当然，大多数故事他也是听来的。

村里传言，聋子阿二勤快，思想好，这么说的意思，是说他每隔一段时间，就会用铲子铲去弄堂石板上那些湿黑的淤泥，这样一来，落雨天，走弄堂的行人就不会打滑迭，尤其是挑粪或挑羊勒色（羊粪）过弄堂，无须脚趾头攀紧，一步一个小心了。聋子阿二那时是自觉地来做这件事的，只要他空下来，他就会提一把铲子，到弄堂里铲泥。铲子铲到石板，发出沙沙的声响。我一直都记得这个声音。有次我路过，正赶上他低着头在铲泥。他抬头见到我，笑了一笑，算跟我打了一个招呼。他手心里吐一点唾沫，双手一搓，继续铲他的泥。铲着铲着，咔嚓一声，铲子重重地铲到一块一头翘起的石板，他那把边口闪着亮光的铁铲立即就卷起了边刃。他左看看，右瞧瞧，很有点心疼的样子，随即找来半块断砖，将铲子搁在阶沿石上，慢慢地敲正，弄好，他一转身，又继续去做他的好事了。聋子阿二做好事，大家看在眼里，但小队里也不会给他另记工分的。

聋子阿二从南到北铲干净西弄堂的淤泥，回转，脚步就松快得多了。那把刚刚使唤过的铲子，这会儿倒扛在肩膀上，望过去，边刃闪闪发亮，直晃人的眼。

聋子阿二生病之后，老婆爱英跟东弄堂东边第四家的金奎好上了，爱英与金奎重组家庭。从此聋子阿二落了单，与儿子发林过活。其实聋子阿二与金奎,两人抬头不见低头见,相隔也并不远。后来发林渐渐长大,个头超过了聋子阿二。发林姓邹,但是大家都叫他的绰号毛发林。毛发林与老婆爱珠结婚那天,大约是1973年,我七八岁,这是我记得的塔鱼浜第一次热热闹闹办喜事。我家与发林家虽同姓,却非自族,酒事不相往来。可是,毛发林与爱珠闹洞房的那个晚上,我出于好奇,跟着人家走到西弄堂西边二楼的新房。新娘子爱珠披红挂绿,口袋里一摸,分了两颗喜糖给我。两粒大白兔,暗合好事成双。那时的糖,滋味真叫甜。

聋子阿二大名邹金召。他一过世,黑泥就层层叠叠地来垫西弄堂的老底了。

水泥白场

塔鱼浜共有三个水泥白场。一在木桥南堍,一在西弄堂北头,一在中白场北面、严家浜南岸。

水泥白场是用河沙、石子、水泥拌和浇灌而成的公家的晒场。与水泥白场相连的,一定是一排公家的大房子,中间的一通间尤其大,确切地说,是两间或三间平房的连通。房子中间以铁架挑空,故这一大间平房,里厢的面积就来得特别阔大。左右两边的屋子,各自构成一个小单元,面积大小相等,有一定的定式。公房一律是平房。公房比私房造得高,也阔气得多。但公房就独吊吊一进。最多，前面突出一个廊屋。廊屋外就是白场了。一般就这样：白场在前，房子在后。两者没有丝毫的间隔，甚至没有阶沿石。公家的水泥白场，大多数时间是空空荡荡的，扫一眼过去，精光滑达一大片，如大晴天，老太阳照下来，白晃晃的，非常耀眼；落雨天呢，有些地方还积水，水汪汪的，颜色也由白转而成灰了；如果遇到落一个月雨的黄梅天，白场就转为黑场了——那当然是还潮发霉的缘故。白场后面的朝南房子，也大多空置着，任凭经过此间的东南风和西北风，两种塔鱼浜著名的风，裹着桑树地的麻雀进进出出。空房子一向无人看管。

这样的水泥白场，塔鱼浜拢共三个。中间一个起屋最早，最大，也最讲究。说最讲究，是说只有中间这个水泥白场围有墙圈。这个白场的位置就在西弄堂的北头。而南边那个，建在木桥南头，地势很高，因为北片沿河，西片是桑地，南首是稻田，地势显得局促，前后无法起屋，公房就破天荒地造在了白场的东边了。白场和公房之间，还隔着一条始终踏得发白的大路。这路上，每个塔鱼浜人都走过。差不多每只小猫和小狗也都走过。最北面的那个北白场，最后筑造，位置就在中白场的后面，两厢只隔了一条贴公房屁股的小路。这个水泥白场最小，房子也造得很一般，总共三间房，两边是耳室，没有廊屋。唯独中间一间，有一个廊屋，常年堆着稻柴，显得小而局促。所以这三间公房，外人路过，都以为是一般农户的私房。

很有意思的是，中白场、南白场、北白场，三个水泥场子，全都位于塔鱼浜村庄的中轴线上。换言之，从南到北，从南田口，过木桥、西弄堂，直达严家浜戤壁路口，那是一条来来往往最主要的路道。

这三个水泥白场，我小时候很多玩耍的时间，像雨水一样都浇到上面了。有时候，留下一点水渍，但更多的时候，什么都没有留下。

先说中白场。

中白场最大。地段位于村坊的最中间。中白场最为显目的是一条青砖平砌的大围墙。除了南面一扇门，西北角、东北角各一扇门外，其他都不通行。但这根本就围不住少年的顽皮。很多时候，我们都在中白场玩耍，其中一个重要的节目，就是要站上这两脚来宽的围墙兜圈子，而且，必须越转越快。后面的追上前面的，就会毫不手软地把前面的推下去。有的小伙伴眼看着就要被追上，怕被推下摔跟斗，背后的那只手还没有伸到，自己先就跳下去了。跳下去，还崴了脚，坐在地上，双手捧着脚，还哈哈大笑，不当一回事体的。

中白场场面大，"双抢"的时节，长坂里这么浩大的稻田，待收割完毕，晾在乔扦上晒干后，生产队发动全村坊的男劳力，要全部挑到这中白场上。那几天，中白场上的稻子，一小捆一小捆的，都堆成一个个小山包了。薄暮时分，白场上安装好一只大支光的小太阳，入夜，一打亮，全体开夜工，轰轰烈烈打稻。

得知中白场开夜工，我们就来了劲道。乘着大人还没有上场，早早地吃好夜饭，早早地趸入中白场。那几天，天气多半已不很热，稻束堆里待半夜也无妨。我们的游戏，就是用一个个同样大小和长短的稻束，垒成电影里常见的那一条条战壕。垒成战壕还不够，还要在离打稻机最近处搭一个放哨的"岗亭"——这是《地道战》《地雷战》等军教片里学来的。

塔鱼浜地图

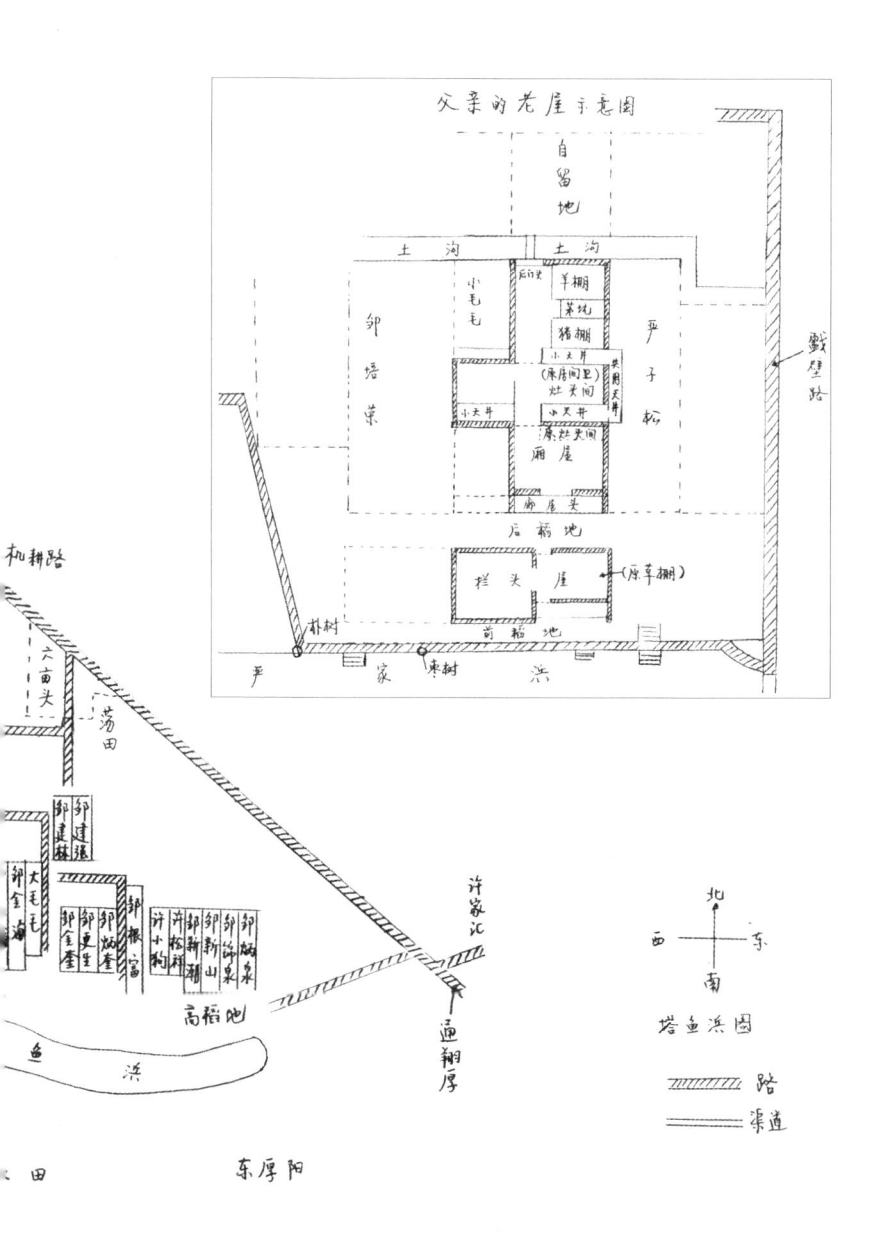

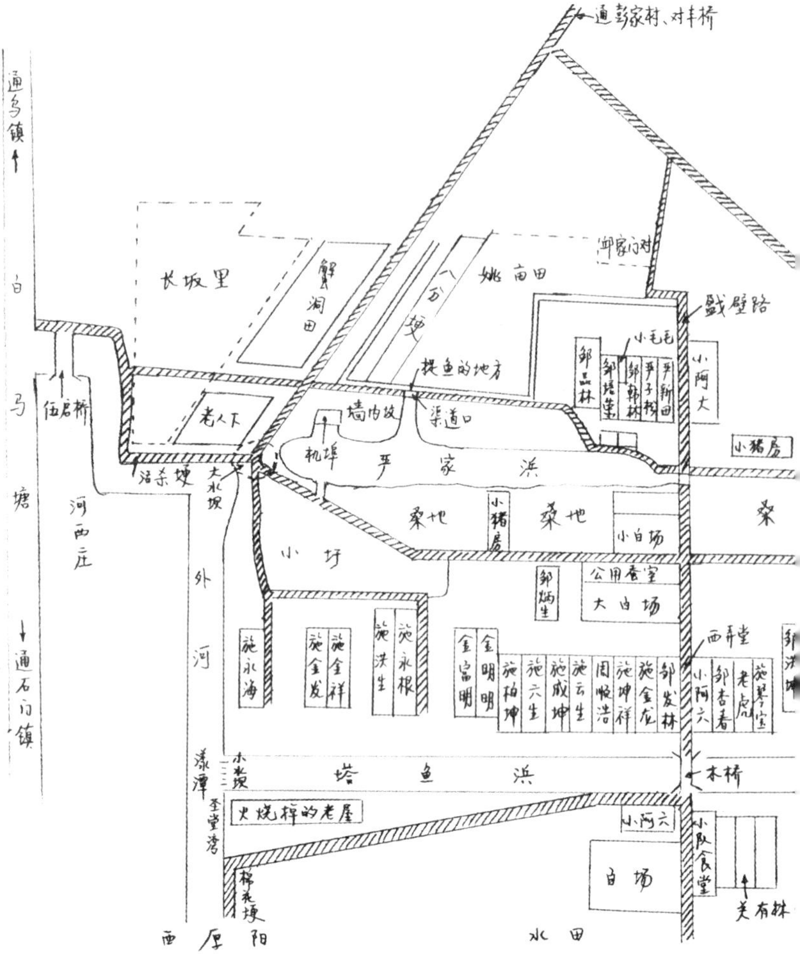

这真是很奇特的一幕,"岗亭"里,几个小伙伴在"站岗放哨",一边还通过一条条"地道"传递情报,还浑身趴在战壕边上,自制的木头手枪、步枪全拿出来了,瞄准,放!瞄准,放!而枪声,其实就是少年嘴巴里喊出来的那"叭——叭叭叭——",也就是《地道战》《地雷战》等军教片里听来的枪声。

不远处,是热火朝天的夜工场面。打稻机号叫着,一刻不停歇。我们猫在"岗亭"里,完全分得清打稻机打稻的声音以及它空转的声音。打稻开夜工的,有男也有女,一律戴阜帽。男顶小草帽,女戴大草帽。各人的头颈里,都环一条毛巾。毛巾环上男子的头颈前,冷水里浸过,沥干。湿透了水的冷毛巾,贴着他的肉,蛮舒服的。可环不了多久,毛巾就被男人的体热烘干了。

打稻机上,轰隆轰隆冲起雾腾腾的灰尘,蘑菇云一般,在小太阳的映照下尤其显得惊心。漫天的灰尘里,塔鱼浜的各种小飞虫过年过节一样兴奋,半空里穿来穿去,只见它们绷直的小黑影在飞。

这样的夜晚,直到打稻打到我们垒砌的"岗亭"边了,才不情不愿地从"岗亭"里走出来。那个时候,我们浑身都是灰尘,鼻孔里挂出的两柱鼻涕,灰黑黑的,挂下来,都有一尺来长哩。

稻穗脱粒后,需要翻晒。接下来的几天,中白场也就成了名副其实的晒谷场,也就是塔鱼浜土音里的稻场。晒谷需赶鸡,赶麻雀。这活不累,全村坊轮家轮班轮赶。轮到就是一整天,待到太阳落山,小队收工的前夕,记账员、我的大叔拆烂污阿二就会来记上一天的工分。

稻谷晒干后,用畚箕畚到中间挑空的三间大公房。贴着靠西北的一只角,堆起来,几乎堆成一个碰得到大梁的小山包。这些稻谷,多半是留着交公粮用的。

秋天以后，公房里的稻谷还没有用船载去炉头宗扬庙还粮。那些日子，公房里，整个就是麻雀的天下了。一只只麻雀，通过破了一只角甚至缺失了一整块玻璃的窗户，顺顺当当地钻了进来。麻雀们任何时候都是叽叽喳喳的，这可真要了它们的命。一听到屋子里的麻雀声，与我一般大小的小伙伴们就来劲了。他们用牛皮纸堵住那扇破窗。好闹的一群人，翻入公房，扯开喉咙，喊大声响，用盛大的喊声来吓唬那些偷食的麻雀。可怜的麻雀，经此一喝，一只一只，像无头的苍蝇，乱飞乱窜，很有一些，干脆就撞昏在窗玻璃上了。还有几只稍稍机灵的，独自躲到房梁的背面，不出来，终于躲过一劫。最可怜的是躲入公房四只角落的笨麻雀，一块瓦片飞上去，嗦落，落下一只。很准。

中白场的屋檐是水泥五孔板搭上去的，比我们自家的廊屋稍高。傍晚，收谷子了，我们就在屋檐下堆一个稻谷的小堆，然后，经由一条梯凳，来到公房屋檐，站在高处，当然也要望一望塔鱼浜的野景，望过之后，发一声喊，直接就跳落下来，不偏不倚，正好落在那个谷堆上。身下的一堆稻谷，哗啦一下，就这么散开了。

晒谷的大人看到，很亲热地骂了一声："小棺材！去去去，要掼煞脱（据音，摔死之意）！"

中白场的几间屋子，还做过小队的蚕种场。我母亲尽管出生在塔鱼浜，但因她的祖父母在石门镇，她就被他们隔代领去。因此，她倒是的的括括街上长大的。1962和1963年，国家困难时期，她挑重担下放，首选就是她的出生地塔鱼浜，那里人熟，就图有个好照应。我母亲对于乡下看蚕这头等的大事，此时还不曾也没有机会操作。这一次，她就去跟妇女主任商量，妇女主任一口答应。就这样，她带着被头铺盖，带着一顶雪白的纱帐，跟村上其他妇女一样，在中白场东边的一间公房里搭下一只竹榻简易床。那年我不过六七岁，也跟着母亲住到了这雪白的帐子里。晚上，头顶的二百瓦白炽灯泡，比起家里那只十五支光可亮堂多了。一帮同村同年龄的妇女都很兴奋，叽叽喳喳，有一搭没一搭地谈天，很晚入睡。所谓入睡，其实也就眯一会儿眼，半夜里，她们得起来干活。看蚕的辛苦，是非比寻常的。但童年的我，只是一味地好奇，并不曾领会这一份农活的艰辛。

妇女主任爱吸口烟，待我很客气。她一辈子见了我都很客气。我读书放假，每次回塔鱼浜，到南埭，只要在她家廊屋下一站，她必进屋泡一碗镬糍糖茶，客客气气地端给我。

妇女主任晚年没有与两个同村的儿子同住。她与丈夫一道，一直借住在这中白场靠东的一间公房里。

可能因为公家的晒场还是太小，有一年，村里就在木桥南埭浇了第二个水泥白场。因为是新浇白场，地面很平坦。也因为水泥拌得多，这水泥白场的质地尤好，很多地方，不似中白场那样白晃晃，而是青剥剥的。

盛夏，熟透的稻子挑到这里，在这小白场上堆得高高的，晚上，全村开夜工打稻，马达的声音罩临了整个小白场，打稻机响了足足半夜。

空闲的时节，这个白场，是我们豁虎跳、放风筝、翻夹、拍洋片，甚至打架的地方。

那个时候，小屁孩们也实在无物可玩。他们大多向往有一辆玩具车，可是，哪里来的什么玩具车。没有办法，玩具车就只好自己动手制作。那时，我的姨夫在乌镇南栅冶坊做磨具师傅，近水楼台，我想办法叫这位姨夫搞来了三只轴承。再去桑地里拣选一个开叉的桑柴。桑柴开叉的地方，横一条木头，两头用铁钉固定。三只轴承就装在三只角上。于是，一辆推着哗啦哗啦响的玩具车就做好了。试车的那天，我就选择在南白场。我坐在车上，我的大弟汉良在我的背后用力推，推累了，就反过来，汉良坐在玩具车上，我推。玩具车沿着水泥白场转圈，声音山响。推到极限处，一个脱手，车子哗啦啦一径向前，直到碰上水泥白场的边沿，才倒退着返回来。

南白场的面积不大，而开夜工打稻的事，在我的印象里，次数也实在不多。南白场只堆一些公家的杂物。夏天的夜里，南埭的老人，喜欢掇一只小矮凳，摇一把布条镶边的蒲扇，赤一个白膊，去南白场敲朝烟，乘凉。据说，那里风大，蚊子少。这我是信的。

北白场实在无事可记。北白场是承包到户后塔鱼浜重分邹介里、施介里两小队后的产物。确切地说，北白场是邹介里（很有意思，我家严介里，邹姓，偏划入施介里）的公房。

北白场在中白场正北面，严家浜的南边。这个地方，其实也是很野的。那些年的夜里，无论有无月亮，我去南埭，晚上新闻联播节目结束，九点一过，就得赶紧回家。可每次路过这里，那都是大气不敢呼出一口的。虽然，公房的东边，自从葬了我的外祖父老炳荣之后，我反倒不甚害怕了。但完全地不怕，那还是邹介里造了三间公房之后。很多年，公房里住着一个五保户，窗户里的灯始终黄灿灿地亮着。

北白场的廊屋头，一年四季堆满稻柴。1986年，我在外面读大学了，年底，回塔鱼浜过年。那是很冷的一个冬夜，我去翔厚老窑墩旧址看了一场电影,看完回家,路过此地,忽听见稻柴堆里一阵窸窸窣窣的声音。我好奇,放轻步子,慢慢走拢过去。但听得本村一个与我一样年岁的女子,伏在一个男人的胸口,低低地在说:"你为啥亲我!你为啥亲我!"原来是本村的一对小青年在寻开心。

其他的夜晚,北白场也好,中白场、南白场也罢,都冷冷清清的。瞄一眼,屋子在,人气却毫无,三个白场比起野搭里(即野地圫)的墙内坟来,一样的恐怖。入夜以后,三个白场的上空,空挂着同一轮明月。银白的月光下,阴森森的,鬼都捉得出来。

东弄堂

在邹介里,阿兰家与六节头顺林家之间。

春天来临,油菜花开,捉蜜蜂的时节到了。我们就转移到东弄堂去玩了。东弄堂也是两家人家的墙面相夹而成,不过,两家都是村里的贫困户,前后房子没几间。如此一来,东弄堂较西弄堂就短了许多。东弄堂两边的墙面,还都是泥墙。其中的一段,墙基的上面顶着稻柴,这在村子里是不多见的。

我们喜欢东弄堂两堵泥墙上密密麻麻的小洞。洞口的碎泥屑,是那么的亲切,蜜蜂很容易钻入这些泥墙洞,因此,花香纷飞的时令,成群结队的蜜蜂,就开始进驻东弄堂的小洞穴。蜜蜂们是有前世的记忆的，年复一年，它们飞来打洞，入住，嬉戏。这条脏兮兮的小弄堂，因为有蜜蜂可捅，现在回想起来，确乎是塔鱼浜每个小屁孩的乐园。

西弄堂和东弄堂的人家，平时少有往来，大家各过各的小日子。但每年总有那么几回，两条弄堂莫名其妙就有了关联。能够把两条弄堂连在一起的，说来奇怪，乃村里某个精明的老婆子的叫骂声。原来，她家少了一只鸡，少了一只鸭，或地头的南瓜、丝瓜之类的蔬菜让人摘了去，老婆子不知谁做下的事，也是为了警告某人下不为例吧，她就扯开嗓门满村坊游走，叫骂。那可是没来由的叫骂。说白了，没有一个具体叫骂的对象。这种叫骂自然不会站定在一个地方，而是游走在整个村坊，每个角角落落，务使大家都明白无误地能听到她的叫骂，一般老婆子就从东弄堂，一直叫骂到西弄堂，来回游走一圈，时间还必选在吃夜饭的当口。

东弄堂的西边，是顺龙、顺林、顺祥三兄弟家。老大邹顺龙后来全家搬迁到严介里戤壁路东口，此不赘述。顺祥岁数不大，人有点憨傻，力气倒蛮大，走起路来，脚步奇阔。顺林一表人才，与老培荣的女儿莲宝好上了，一到晚上，两个人想着法子找地方幽会。莲宝人瘦瘦小小，长得倒也精致。莲宝娘家就在我家西隔壁，辈分上，她其实比我大一辈，也长我七岁。她少女时代的样子，我也还记得。顺林的一只手上，拇指外侧多出一指，是个六指儿，故绰号六节头。

顺林家的房子，比起西弄堂聋子阿二和小阿六两家来，就低矮得多了。他家的后门头，还是草棚，某次下雨，好像还坍了一只墙脚，这可是大失面子的事体。

东弄堂的东边，是阿兰和彩彩夫妇家。彩彩面团团的，是从小就领到阿兰家的童养媳。彩彩一辈子都留着圆滚滚的包菜头，如此，她的面相，就越发地面团团了。阿兰脸黑，和善，人也不高，与人无争，属于张嘴就要露齿微笑的一类人。夫妻俩倒是一股和顺之相。那些年，我总看到彩彩背着一只竹篰，一个人去长坂里割草，或者看到她挑着一担菜，累了，半路上歇一歇，反手敲一敲自己的腰背。夫妻俩育有一双子女，儿子明祥长大后，脾气好，嘴巴甜，去了红木家具厂当管家，很得老板信任。

阿兰家房子，比顺林家的还要来得低矮，走进去，屋顶是亮晃晃的，直接就通了天。底下，因为漏水，脚踏上去，滑里滑汰的。他们家的墙基还是泥巴打造，可见这一家的贫穷。但这堵泥墙的外侧，密密麻麻地钻满了蜜蜂洞，那里，蜜蜂们营造了一个嗡嗡响的乐园。

这东弄堂的后边靠西，有三个连成一线的草棚，是大毛毛家的。塔鱼浜草棚不多，大毛毛家的草棚，远近就较为注目。这地方离塔鱼浜最东边的雪明家近。雪明人长得矮小，鬼点子却不少。雪明走来走去，一路都是笑眯眯的，他生就一副和乐之相，这可真让他捡了便宜。雪明的父亲是大队书记，很快，他身边就聚拢了一群小屁孩，屈指一数，有邹鸣、建祥、新潮、祖林、玉祥等，年龄都差不多。雪明八岁那年，跟围着他的一帮小弟兄做游戏。他把一串鞭炮一小根一小根拆散，还相中了顺荣家的四只小狗。狗主人建强，还一只只去抱了来。雪明手里的鞭炮，就一根根分别插入小狗的屁眼，这家伙将火柴头划燃了，"嗤——啪——"小狗吓着了，也感觉到撕裂的疼痛了吧，一边汪汪直叫，一边跑得比奔马还快。四只小狗被轮换着放了鞭炮。四只小狗走马灯似的奔跑在塔鱼浜的东弄堂，风驰电掣一般，甚至比风、比闪电还快。雪明和几个小伙伴玩了一阵，彻底玩疯了，很快，整整一长串鞭炮放完，他们还不过瘾，还想玩下去。忽然想到了一个更刺激的办法，他们从东弄堂最北边顺荣家廊屋晒得干燥的稻柴堆里，扯出一把稻柴，干脆绑在母狗的尾巴上，然后，呼的一下点着了火。母狗受惊，像一只无头的苍蝇，发疯似的奔窜开去。不料，老狗一个激灵，窜入大毛毛家的老草棚。母狗从这边窜入，瞬间，又从那边跑出，尾巴早已烧得焦黑。经此一奔窜，老狗倒也无事，可老狗身后的三个草棚，忽然，呼啦啦地火烧起来。四五个小屁孩赶紧提水救火，哪里还来得及，哪里还救得了这一团紧裹的烈焰。火借风势，越烧越旺，不过几分钟，三间老草棚烧得精光，连屋架子都不剩一个。雪明自知闯祸，跟几个同伙交代一声，一个人悄悄地躲了，他独自躲入塔鱼浜西北严家浜的机埠。后来，雪明的母亲好不容易找到了他，一问，他老实交代，就被拎着耳朵回到了家。雪明的父亲邹根富一向话不多，这回眼睛瞪得奇大（大队书记的眼睛本来就大），可倒也没发脾气。第二天，邹根富去了翔厚集镇，他独自扛来一堆毛竹。另外几家孩子的父亲也不约而同地拿来一捆捆稻柴，男人们一道，费去一天的工夫，给大毛毛家新盖了三个大草棚。

东弄堂的南头是一块大稻地。稻地尽头是水坝弯进的一只河浜。水流至此，形成塔鱼浜南埭屋门口最大的一只漾潭。河北岸，有一个很考究的河埠，块块条石，全都是金黄色，还一般大小。这河埠头，当年应该是停靠官船之用。河埠理所当然属于金福金宝金发金海四弟兄家。四弟兄的祖上，当过京官，其中的某个祖上，曾是道光年间赠封的侍郎，按现在的官阶，应是副部长那么一个级别。塔鱼浜墙内坟的三个大墓，是他们家的祖坟。

这一天，不知是不是揭不开锅了，四兄弟一商量，决定将家里的老狗杀了。他们让养了多年的看门狗饱吃一顿。吃罢一歇歇，呼狗进屋。老狗摇着尾巴进门，大门随即关紧。四兄弟各抱一根门闩，向着这条可怜的老狗围拢。看到这架势，老狗顿然明白自己的大限已到，不由自主地，狗的前腿趴到了地上。老狗拉长身子，趴到四弟兄面前，一条冗长的尾巴，紧贴地面，一动不动，狗眼里甚至还滚落几滴眼泪。砰的一声，四兄弟中，不知谁敲下了第一棍。地上的老狗，一个箭步蹦跳起来，开始没命似的满屋乱蹿，一边逃窜，一边呜呜之声不绝于耳。这一阵少有的狗哭声，凄厉至极，惨烈至极，整个塔鱼浜的人都听到了，大家悄悄地围拢，都一声不吭，拿眼睛看着四兄弟热火朝天地忙乎着。

可怜，狗头都打烂了，可这老狗，竟然还没有死去。人群中有一个上了年纪的，对着四弟兄嘀咕一声："狗心是泥做的，只要狗的脚还踏在地上，它是死不了的。"四弟兄忽然开窍，找来一根捆稻柴的担绳，捆住狗的一条后腿，绳子一抛，挂上河埠头一棵斜敧的枣树。担绳的一头用力一拉，狗身就离了地面，挂了上去，但见狗嘴里滴沥着血水，仍在呜呜直哭。怎么回事？四兄弟停手，一看，狗的一条前脚，似断还连，还踏实在塔鱼浜的泥土上。于是，又是一阵紧拉，整条老狗，终于完全地挂空了。不到一分钟，狗哭停歇，老狗呜的一声，合上了狗眼。

四兄弟里，老大金福一副好相貌。老二金宝年纪老大了，仍讨不到老婆。20世纪90年代初，外乡人涌入桐乡淘金，金宝与小他十五六岁的一个安徽歙县女结婚。三弟金发，与塔鱼浜南埭西横头玉娥相好，做了上门女婿。他与矮玉娥育有一子建华，一女丽华。建华七八岁的时候，"双抢"时节，去长坂里捉泥鳅，天刚擦黑，脚下一滑，扑通一下翻入一只深水荡。也是巧合，我正好路经此地，听到荡子里啪啪啪的水声，我也不知何故，走近一看，始知有人落水。那时我读初二，不过十五岁光景，也根本来不及细想，直接就跳入大荡，水没头没脑地淹没了我。我一把抱住男孩的双腿，往上一送，男孩求生心切，双手牢牢抓住荡口，身子本能地就挨了上去。人一站上荡岸，哇的一声，没命似的哭开了。我随即上岸，喊他回家。他一边呜咽，一边抹眼泪，紧步赶回家去。那只随他落水的尼龙袋，始终牢牢地抓在他的手里。

东弄堂长期没有人打理，一年四季，总湿答答的。弄堂里也没有垫哪怕一块半块像样的石块，来回非常不便。尤其是新年里脚穿新布鞋，经此，常要湿鞋。舍不得，脱了鞋赤脚再走吧，又嫌东弄堂的淤泥龌龊。其实，田间地头，乡村的泥巴并不让人感到龌龊，可是，东弄堂的淤泥黑乎乎的，混合着鸡屎鸭屎，人粪羊粪，我们白净的双脚，实在踏不下去。我们宁可绕道也不走东弄堂。这真是没有办法的事。

东弄堂与西弄堂相比，不够档次。

高稻地

在村庄的最东边。塔鱼浜（作为一条小河）在此结束。一埭乡村少见的旧厢房，显见这几家住户的小康家底。屋前，张小狗家的枣树赫然在目。此处只一个河埠头，比别处修洁。

塔鱼浜前埭最东边，由东往西，依次六户人家：大队书记根富家、炳泉家、三娜家、新山家、新潮家、张小狗家。这张小狗，姓许，张小狗，大概就是"只小狗"的意思吧，也有说，此人蛮横，如不叫的狗。张小狗三十挂零了，尚未婚配，后来，总算有人做媒，找到了对象。女方似乎有眼病，看人，眼睛一翻一翻的，白多黑少。结婚那天，我们一淘去高稻地看新娘子，透过他家的木格子窗，看到平常日脚[1]狗嘴里吐不出象牙的张小狗，这回掩不住兴奋，嘴巴里的"鸟"字也暂时地飞走了。我难得看到张小狗喜气洋洋的一个瞬间。

根富家应该是这个村坊最东面的一家。他家的门面朝东。根富是大队书记，那个时候年纪也不过三十出头吧。根富国字脸，一表人才，两个眼睛睁圆了，炯炯有神，这条成语，也总算让我有了一个直观的理解。根富话不多，这就越发地让我觉出他的权威。根富家与我家是自族，同为邹姓，拥有同一个远祖，还是早年被一把大火烧掉屋宇后的圣堂湾搬迁出去的。他老婆与我母亲又是结拜的小姐妹。因此，他是我的长辈。我小时候，见他无声无响，加上大队书记的官衔，很怕见他。其实两家平时也不大往来，只在新年，才互相走动走动。我家去他家吃一顿饭，他家来我家吃一顿酒，仅此而已。有一年，翔厚小学招民办老师，我母亲读过几年书，忽然有了想当老师的念头，她去根富家说出了自己的愿望。那天晚上，我跟着母亲也去了塔鱼浜最东面的那间小屋。根富默默地听完我母亲的话，终于说了一二三，无非是说，大队支部还要考虑考虑之类的客套话吧。我与母亲去说这件事的时候，正巧彭家村的跷脚彭权

---

[1] 塔鱼浜土白，即平常日子。

勇也在，他也是为了这个民办教师的名额而来的。后来，我母亲和权勇都如愿以偿地当上了民办教师。

高稻地稍稍向西，有一条狭长的桑树地，很早，村里就有人说，这块地，是留给根富家盖房的。这是一块好地，可以造两直落房子。几年以后，果然应验，根富家单门独户，造了两直落进深的楼屋。全新的房子，大门的两边是书法家章柏年的条幅，另有不知出于何人的梅兰竹菊图，由翔厚高北桥的著名木匠林林师傅精雕细刻。这，不用说在塔鱼浜，即使在全个桐乡县，也不多见。

高稻地最出名的是炳泉家门口的一簇细竹蔀头，葳蕤的竹子，圆润细结，实在是做钓鱼竿的上佳竹竿。当然啦，还可制作笛子。塔鱼浜也的确有人断下一根来做竹笛，但我在塔鱼浜多年，似乎没有听到哪个人能够吹出像样的曲子。再说这个炳泉，比我大两岁，见人笑嘻嘻的，在塔鱼浜也算不惹是生非的一类人。全个塔鱼浜，只他家有这个品类的细竹，因了这一簇常年翠绿的竹，炳泉笑嘻嘻的骄傲随处可见。

炳泉家的这簇细竹旁边，是一条小路，每至盛夏，塔鱼浜的小家伙们都要有意无意地去那里坐坐，没有凳子和椅子，坐地上也成。大家心里其实都想折那么一根细竹回家，制作一根让人羡慕的鱼竿。我也是其中的一个。无奈总得不到手。这炳泉，面对大家和他套近乎，仍旧笑嘻嘻的，浑不当一回事；也或者，他心里晓得，是故作糊涂吧。我也不便开口索要，因此，终我的童年，也没弄到一根称心如意的钓鱼竿。不过，话说回来，我这一生，对于钓鱼的闲情，完全外行。我只记得在木桥块头钓到一条白水鲦。有一回钓到半个手板大的鲫鱼——看到浮子猛地吃水，被拉入水底，赶紧抬手，扯起钓竿，鲫鱼叭的一声出水，但见半空中，鲫鱼尾巴激烈的跃动终于让它脱离钓钩，扑通一声，重回它自由的水域。此后，我再无心垂钓。我看到别人钓上红尾巴的鲤鱼，心痒痒的。但我钓鱼的梦，始终未曾圆满。好多年，我把这钓不到鱼的事实，幼稚地归于我一直没有拥有一根炳泉家的细竹竿，实际是我童年做事缺乏耐心。

每到年节边，塔鱼浜和别的村坊一样，总要做一些过年的准备，打年糕就是其中的一种。高稻地的厢屋里，摆过打年糕的大石臼。打年糕是孩子们喜欢的活动，虽然那时我们都还没有力气举起那把装着蘑菇形石头的棒槌，但满满一蒸笼的年糕打好，放竹匾里切割的时候，总会有人将一些边角料扔给我们吃。糯米掺上少部分粳米的年糕，百热沸烫，黏性大，很有嚼头。为了那一份口福，石臼边总围着一大圈塔鱼浜的小屁孩。但有一次，我被顺娥家的男人哑巴子新田恶狠狠地追了出来，大概我骂了他一句，他抬起手，试图劈我一巴掌。我撒腿奔向屋外。哑巴子新田，耳朵其实好得很，他张牙舞爪地追打过来，也是村坊上少见的事体。哑巴子欺侮我们这些小屁孩，必受大家的指责。我和别的小屁孩打架，我父亲平常总是数落我的不是，这一回他见哑巴子大不得当的凶霸气势，难得地数落了他几句。在我童年的顽皮生涯中，这是很少见的。

高稻地最闹猛[1]的一次，一不是张小狗结婚，二不是新潮的祖父母去世，三也不是打年糕，而是临近秋天的一个夜晚放映电影。电影的银幕就挂在厢屋朝东的白粉墙上，映的是黑白片《奇袭》，战斗片，中国人民志愿军抗美援朝的故事。那时，塔鱼浜的"双抢"刚刚结束，村民难得有几天空闲。那时的电影都在翔厚中学的操场放映，电影队直接来到生产队上放，还很少见，我们猜想，这

---

[1] 吴方言，热闹的意思。

一定是得到了大队书记邹根富的首肯,俗语近水楼台先得月,翔厚大队的正副书记——邹根富和施凤宝,都是塔鱼浜人,电影队来塔鱼浜放映,总得优先考虑一下的吧。《奇袭》因为好看,放了一遍还觉得不过瘾,于是又计划着再放一次。第二次放的时候,片子在四中队,于是,塔鱼浜派出一个小青年去四中队跑片——远在三四里地外的四中队每放完一片,早早候着的小伙子赶紧带上电影的胶带跑到塔鱼浜的高稻地,再在这里隆重地开映。那时节,村里还没有脚踏车(整个翔厚唯一的一辆脚踏车是兽医王文龙的),跑片是名副其实地撒开两腿跑路,再说,即使有脚踏车,也没有一个人会骑。也因此,这部《奇袭》,我是断断续续看完的。因为跑得再快的人,总有接不上放映机的转速的时候。

高稻地上的这几间厢屋,是除张小狗家外的其他五家人家共用的。此屋往后(北面),是一块长方形的共用的天井,然后是各家的平屋,这在塔鱼浜也是比较有特色的人家。可惜不过数十年,哗啦啦,全给拆除了。如今片瓦无存,空有一个高稻地的地名。

机埠

在严家浜西,大水坝的北面。陆地与墙内坟西边相连,机埠正对的水田即老人下。机埠口有机耕路与彭家村相通。

彭家村没有机埠。金家角没有机埠。许家汇没有机埠。河西庄,不用说了，当然没有"屁大屁大"的机埠。说起机埠，说起机埠里的大水泵"屁大屁大"的抽水声，孩子们的口气里充满自豪感。

彭家村、金家角、许家汇、河西庄，都是塔鱼浜附近的村坊。河西庄因间隔一条弯曲曲的小河，两村互不往来，可以不必去说它。另外三个村坊，在塔鱼浜的北面与东面，呈扇子形展开。这三个村坊的水田，有的还与塔鱼浜的水田相连。旱地，更加是犬牙交错在一起的。那些水田的进水与退水，全靠了严家浜最西边的大机埠。自从机埠落北修筑了一条机耕路之后，三个村的农作物，就不必担心断水枯死了。农作物的成活率有了保障。

后来，机埠就成了塔鱼浜一个很重要的地名，称机埠牢。牢，塔鱼浜土音，非牢房之牢，表方位的意思，意思就是"那个地方"。

那个地方，与墙内坟相连。墙内坟我们一向称野搭里，机埠还要再往西一点，更加野气弥漫，荒野到白天我们根本就不敢走近。黑灯瞎火的晚上，更不敢靠近。即使机埠的窗口透出橘红色的白炽灯光，机埠的大水泵"屁大屁大"地又欢叫开了，严家浜的河水一寸一寸地浅下去，甚至打水员杏春的咳嗽声又清晰地传到我们的耳朵里了。我们还是不敢去那——那个鬼地方。

鬼地方，是说那个地方有鬼。打水员杏春说的。杏春是说鬼故事的一把好手。他一说有鬼，我们更不敢去那里。

可是，机埠又开始"屁大屁大"地叫开了。远远地，机埠前后两个窗户的橘红色灯光，硬生生往黑夜里挖出两方明亮的色块来，趋光的幺蛾子全都往这前后两个窗框里飞去。我们的双脚也很愿意离了地面随着它们飞过去，可是，我们到底给杏春嘴巴里那些活灵活现的鬼给拉住了。我们恨死了那些看不见摸不到又无所不在的鬼。

起初，只是一间简易的草棚。后来，盖起了一大一小两间平房。西边一间顶大，安装机器设备；东首一间最小，贴地打下一只地榻铺，供打水员杏春一个人卧睡。

起初，只是一只大水泵。自从修筑了机耕路后，机埠增加了一只高压水泵。屋子里一大一小的两只水泵，通到屋外，变成了一高一低，高压水泵抽上来的水，只供机耕路四通八达的水渠。

盛夏的一天，杏春赤着双脚，路过我家屋前的稻地，看到他头戴草帽，肩扛铁耙，两只裤管一只高一只低，长手长脚地走过来，往机埠的方向走去，我就知道，他这是要去打水。于是我偷偷地跟在他的背后，跟着他，我就能够进入机埠神秘的内部。

机埠里只有杏春一个人。两只马达，一大一小，这回我看清楚了，好像一个阿爸领着一个儿子，越看越像。

大马达带着一只大水泵。大水泵的轮盘磨得亮光光的。打水的皮带盘了小山似的一堆。杏春走过去，用力抖开来，方知皮带原有一股雄阔之相。我很好奇，小手悄悄摸上去，皮带的质感不用说，硬邦邦的，糙得扎手。这一条大皮带，杏春一个人盘上去很有那么一点吃力。我就怯生生地过去给他打下手。我把皮带的一头套住马达的小头，我就专管这个小头，不让皮带滑脱。另一头，杏春龇牙咧嘴（嘴唇还黏着一根雄狮牌香烟），正在使唤他的蛮力。常常是，他力气用到几乎让他的脸孔变形的程度，只听得"吧嗒"一声，好了，他说，皮带扣住大水泵的大头了。

看杏春推闸刀是一桩兴奋的事。不光是我，每个小屁孩都兴奋。当杏春走到带电的闸刀边，我们早就远远地跫到另一边去了。但见长手长脚的杏春走近闸刀，侧身，右手稳稳一推，马达就转动起来，马达的声音顷刻就出来了，"咕——哦——"，这个声音持续足足五秒钟。马达的转速越来越快，"咕——哦——"的声音再次提升到我们的喉口,马达开始发狂发野。杏春屏住气,"刷啦"一声,一个回拉,满屋子就只听得"屁大屁大"的皮带转动声了。我一直很好奇,机埠牢的"屁大屁大"声是哪里出来的。这一回挨近细看,总算看清楚了。原来,皮带的两头有一个接口,这个接口相比起皮带的其他地方,要来得坚硬,当这个接口轮转到水泵的大头和马达的小头的时候,声音就出现了。转速越快,"屁大屁大"的声音就越急、越响。实际上,"屁大"声一出来,机埠外面的两只落地水口就开始吐水了。严家浜的河水,翻翻滚滚,绵绵无尽,一大口一大口地,此刻被提到水泵的嗓子眼。大水泵吐大水,连通的水渠迅速涨满。

小水泵在屋子的北边,靠近北墙。小水泵的闸刀就没有那么讲究,不过是一把简易的小闸刀,外接一根电线,安装在一只黑色的塑料盒子里。盒子外,露出一个"巾"字形的小把手,小水泵打水,推上去就是了。这个我也会。

可是小水泵是高压水泵,出水口翘得老高显天[1]。高,是为了把水引向高高的机耕路上的水渠。小水泵的出水口下面修了一只水池,水池里常年蓄着水。这水,要派用场。小水泵的小闸刀一拉上,马达启动,水管里豁落豁落直响,但并不出水。这就需要打水员拿一把舀子将池子里的水一舀子一舀子地舀到小水泵管子里,舀到一定的水位,水就哗的一下喷出来了。这活当然是杏春干的。杏春舀水的时候,我就待在小池的对面看。起初,铁管子里根本没有一点水,水舀进去,管子里豁落豁落山响,好像喉咙里有一口浓痰吐不出来的那么一种声响。慢慢地,看到管子尽头的水了,再舀几舀子,管子里的水就漫上来了,噗的一声,壮滚滚的一口水吐了出

---

[1] 吴方言,很高的意思。

来。再不需要舀水了，水，自动就抽上来了。

不管大水泵还是小水泵，抽上来的河水真的是清爽。我去机埠，一半是去游水。大水泵口的引水道是石头水泥所砌，引水道又很长，水流又不是很急，很适合我们小屁孩玩水。另一半其实是去捡鱼虾。水泵停止送水的一刻，引水道里常有鲫鱼、鲤鱼、昂刺等，它们是被大水泵硬生生地抽上来的，水一停，鱼啊虾啊的，就在这浅浅的水里游动着，一副很无奈的样子。它们很容易被捉到。小时候捉鱼，是一个很大的乐趣。有时，我们专等杏春进机埠关停闸刀，然后，痛痛快快地在干涸的引水道里一半捉一半捡这些活蹦乱跳的鱼虾，简直不费吹灰之力。

走在机埠引水渠边的路上，我还有过这样的经历：

春初，杨柳长势葳蕤，披头散发，孩子们就近折下一根，用手一勒，这根杨柳的梢头就挂上了一个摇曳生翠的小球，男孩总喜欢拿在手里晃着荡着。这是一种无所事事的晃荡，从南走到北，从东走到西，我是其中晃荡来晃荡去中的一个。

走到水口的时候，忽然感到后脑勺冷飕飕的，还伴随着刷拉刷拉的声响。回头，我看到一条刚刚冬眠醒转的秤掀蛇，跽起冗长的尾巴，睁着两只暴突的绿豆眼，吐出一条麦苗似的蛇信子，正紧紧地跟定着我呢。在我们塔鱼浜，老里传下一个通俗的说法，说秤掀蛇立起身来，如果超过一个人的头，这个人会死。我因此怕得要命。我赶紧向前逃奔。但我一逃，这条通灵的小青蛇就紧紧地开始追赶上来。我立定，它也突然停下直立的蛇身，好像逗我玩耍似的。逃逃停停，几个来回之后，我也不怕它了，反过来逗它玩，我作势追将过去，可怜的秤掀蛇到底怕人，赶紧回头，反方向逃跑。跑出一小段路，感觉后面没了动静，还偏转头来，怯生生地看着我,怪委屈似的。我停止追赶,回头走路,它又开始赶上来。原来,这是一条逗我玩的小蛇,好像我们之间葆有一个秘密似的。

但另一条秤掀蛇就没有那么幸运了。

机埠出水口的南边是一道石砌的墙。杏春发现有一条扁担长的秤掀蛇在游动。我们都知道,这种蛇无毒。杏春一个箭步上前,两脚叉开,分别踏住蛇头与蛇尾。这是一条成年的秤掀蛇,首尾被人踏着,蛇身开始以自己全部的力气紧缩,身子渐渐地拱了起来,但见蛇的一个惊恐万状的力,左右摇摆,似乎痛苦不堪。眼看着蛇慢慢地从他的鞋底滑出,大半条蛇随即钻入墙洞。杏春赶紧喊我过去,让我去帮他的忙。我赶到时,看到杏春正抓住蛇的后半截往洞口拉扯。于是我和杏春一道,抓住蛇的这后半截,可是,我们哪里还抓得住蛇的这个惊恐万状的逃命的力。无脚的蛇此刻好像伸出无数的脚,牢牢地粘在石头上了,蛇一寸一寸地缩入洞中,吧嗒一声,我与杏春手里,只捏住了一条蛇的断尾。很幸运,这条大蛇,活着钻入了墙洞。

夏天去机埠是我们这些小屁孩最欢喜的。机埠就修筑在严家浜的河面上。机埠临水的一堵墙基,是一整条老石块。黄色的长石正好露出半只脚的阔度。整个塔鱼浜村的小屁孩,全都走过这条艰难的半脚路。我们只穿一条裤衩,借助于两只紧扣墙壁的双手,颤颤巍巍的,从东首排队走向西首,其中有几个稍大的家伙,会将前面的小伙伴一把推下水去。更多的时候,我们会一根藤上的蚂蚱似的,乒乒乓乓,接二连三地掉下水去。掉入河中,就开始在严家浜里游水。村子里的小屁孩,没有一个不会游水的。游水,是夏天常备的节目。每天的午后,通常都会在河里嬉戏一番。直到每家的大人,骂骂咧咧地寻过来,才一个个不情不愿地跑上岸去。

大水泵发情的日子，多半在赤日炎炎的盛夏，这个季节，它最风光，整个塔鱼浜上空，全是它撒欢的"屁大屁大"声。每天下午，除了朴树和楝树上的老蝉声，陪伴它的，还有我们扑通扑通的跳水声。

深秋了，机埠的屋顶上，常跑来一只野猫，蹲上小半天，久久不离开这一字形的屋脊，入夜，野猫凄厉的叫声，听得人心惊肉跳。据说野猫是长坂里的一只柴冒棺材里跑出来的。长坂里离此不远。后来，这野猫就不知去向了。

入冬以后，大水泵"屁大屁大"的欢叫声完全停歇。黑瓦白墙的机埠，独吊吊的，蹲在野搭里的风口，成为一个无人过问的所在。隆冬到来，一场大雪飘下，覆盖了这单门独户的机埠。我站在严家浜的东首，远远地望过去，我看到的，不过是一个稍稍高出地表的雪丘，但我总觉得它有点儿孤单，有点儿落寞。

墙内坟

在严家浜西，素称野搭里。西与机埠毗邻，清光绪间立碑的侍郎墓所在地。

我家的位置在严家浜的一个高墩上。这个高墩，据推测，是开挖严家浜时的堆土。为什么挖一条莫名其妙的断头河，据说是为了留住一片好风水。这高墩的西边，是一小片桑地，经此冲下一个陡坡，就到了墙内坟。墙内坟我所见的那会儿，只有坟，无有一堵墙,且连颓败的墙基都没有。

墙内坟西边挨近机埠,一个凹入陆地的水湾。其东口通姚亩田,也是凹入陆地的一个水湾。两个水湾半抱着墙内坟这一块坟地。此地一向清幽,偏僻,野气十足。我乡老老少少,口口相传,共称此地为野搭里,这意思就是:荒凉到连鬼都没有一个的地方。

墙内坟,其实为塔鱼浜的一个土音。这个地名,文字的记载自然是无,因此,这个土音大抵怎么书写,没有一个约定俗成的名称。我原先据它的土音写成"恰连坟",后来,有人听出这个土音隐含着其中的端倪,认为就是"墙内坟"。但终究不知道是否确凿,我就姑妄听之姑妄写之吧。不过,村民口里一般都"墙内坟墙内坟"叫唤。我今据音写出。

墙内坟原先有六个大坟,前后各三个,显见此地是一个家族墓地。但,就我所见,只是其中的三个了。三个大坟大有来头,其中的一个,前有墓碑,凿刻而成的字迹尚可分辨,细细辨认,原来是清道光间一名例赠侍郎父母的合葬墓。因为这个坟墓,野搭里的塔鱼浜,就有了文化的底气——别看塔鱼浜僻野,也不见有文字的记载,它可是实实在在地出过一名京官的。这侍郎,按现在的级别,相当于国务院下属单位一位堂堂正正的副部长。

墓前的石桌完好无损。一棵乌桕树,一到秋天,满树红叶,如火如荼。这是秋天不可缺少的颜色。乌桕一名柜柳,我乡最常见的一个树种,平常日脚,叶子淡绿色,开出的花是黄白色,结出的籽是乌墨色,还带着亮光,仿佛清亮的眸子里射出来的。我小时候,也没有少采这乌桕籽。但乌桕籽吃不得也玩不得,采了,多半放到石桌上,太阳照照,硬剥剥的叶子瞬间枯萎了,籽粒也黑得无光了,过些天,再去,还在。我们对乌桕籽的处理方式一般是一粒一粒摆放在的角四方的石桌上,用半块青砖敲碎,噗噗噗,很好听,汁水迸溅,闻着有股药料气味。力气大的伙伴,用大拇指加压,嘴巴憋一口气,狠劲地压,压,压……有时候,乌桕籽也会噗的一声碎开,我们脸上就会显露出骄傲的神色。这是很高兴的事。

三个坟墓拢得都很高大。朝南的一边,溜得精光滑达。原来,乡下的孩子,看见这样的大墓,并不害怕,反倒觉得有趣。一个个爬上去,坐在墓顶,发一声喊,再溜下来,还比赛谁溜得快呢。因此墓的南面,硬生生地露出一道灰白的纹路来,带子一般,从墓顶垂到地上。墓边,我和同龄的玩伴斗过草,捉过七。斗草和捉七,是我们村最常见的两种小游戏。

不过,墙内坟的晚上就过于清凉了,那里的乌桕和松柏,也特别地加深了此地的荒凉。晚上很少有人走去那里,连大人都怕去那里。秋天,墙内坟的南瓜老熟了,也不大有人去采摘。一到秋天,墙内坟的蟋蟀叫唤得特别清亮。

塔鱼浜东边弄堂口的邹仲明,俗称老九爸,生了金福金保金发金海四弟兄,他们家是墙内坟主人的正宗后代,有一年清明,我看到四弟兄聚在墙内坟,正将一堆碎裂的骨殖夹进一个甏中。再看棺材里面,一簇乌黑的头发,在风里微微颤动。楠木的棺材板,像豆腐渣一样已经起了疙瘩。四兄弟说,里面躺的是个女的。他们也不知道棺材里的她是他们的什么辈分。总之,是他们的老祖宗吧。那会儿村里移风易俗,他们是响应大队号召。我一看,附近的桑树地里还插着一面红旗,这是1949年后我们村移风易俗的一个标志。

老九爸家除了拥有墙内坟前后六个大坟,与此直对的八分埂上,还有另一个大坟。

严家浜墙内坟东西两只凹陷的浜兜——即姚亩田口和机埠边

那两只浜兜，相风水的人说，那是人工开挖出的。从一个大的格局看，这样一开挖，就成了一只蟹的两只大钳。

有一位人称六先生的风水先生，那些年，经常带着一只罗盘和一根老烟管来墙内坟相风水。六先生跟我家自族邹子潮关系好，他摆了一会儿罗盘，收摊之后，常跟老友邹子潮吃酒说事。酒一多，六先生的舌头根就软了："子潮哥，子潮哥……"后面的话，不说出来也罢。意思无非是，墙内坟一带，本来是大大的好风水，可惜，拦腰造了一只机埠，好风水就给破掉了。而首当其冲的，就是仲明的儿子金福金宝金发金海四弟兄一族。

老九爸的四个儿子都没有好好读书，后来就分家了，其中的金发还做了别人家的上门女婿。他们家原有多幅祖上的官帽像，据曾经看到过画像的富凉阿二讲：红顶帽子，官服朝靴。村上不少人也还见过的。后来，就是"破四旧"，邹家哪敢保留这等"封资修"，总之，现在统统不知所踪了。

墙内坟的坟也不知道是什么时候平掉的，好像远在四兄弟收拾那女人的骨殖之前。不过，今天，那块刻着繁体字的墓碑还在，那张石桌也还在，墙内坟也还在。只是，墙内坟附近的野趣，再也不在。

姚亩田渠道口

在严家浜中央的北片。有水渠成环抱状，渠口如一个拳头，紧握左右两条水渠。渠通严家浜。两条水渠，向西折北的一条直通彭家村。向北折东的一条如一个怀抱，抱住邱家门对好大一片水田。

姚亩田在我家的西边。机埠的大水泵"屁大屁大"一抽水，拿起一个自制的渔网，我一个箭步，跑过老培荣家以及我大叔拆烂污阿二新造楼房的西墙脚，再经由一个陡坡，突然从一个高墩冲下，一个下蹲，来到墙内坟北端的一块低地——姚亩田的渠道口就到了。

因为路近，我总是第一个到。第一个到就有下到姚亩田的渠道沟用渔网捉鱼的机会。

我家西隔壁的小毛，总是第二个到。既然晚到一步，他只好干瞪着两个小眼睛，只在岸上看我捉鱼的份。他一点办法都没有。而南埭的那些小屁孩，比如阿八头，因为路远，更没有机会抢占渠道口这个好位置。

无须下到深及胸口的水渠，只要跳到巨大的水泥管的沿口，就可以从容地把渔网扣入水管的圆槽。网圈与管壁的圆槽，严丝合缝。我这网圈，是严格按照这只水泥圆槽的尺寸制作的。

水管里的水很急，由此可以猜知，机埠的大水泵抽水的力道之大。渔网一扣上，水流就略微地有点儿凝滞。过不多久，这种凝滞会越来越明显——渠道水会持续平稳地高涨。这就需要下到水里，伸手去摸一摸网兜里有无蕰草之类的东西。一摸，一大把。蕰草堆里有时还会裹着一些螃鲏鱼、小鲫鱼、泥鳅和虾。而很小的小鲦鱼是留不住的，小鲦鱼筷子那么细长，早就摆摆尾，从网眼里脱逃——小鲦鱼每次都能逢凶化吉，它们逃入越来越浅的严家浜。它们也不怕水浑，继续去过它们自由而群居的生活。

网兜里，伸手摸到一条滑腻腻的鲶鱼，心里会漾起一阵狂喜。鲶鱼肉质细腻，味美，还不常见，不似昂刺鱼那么多。鲶鱼灰色的身子有一层天然的黏膜，容易从手上滑脱。有时候，我的双手明明抓捏得很牢，可是，鲶鱼忽然生出一股蛮力，一个弯折，再用力一挺，扑通一声，刚刚出水的鲶鱼早就挣脱我的手掌，重新落入渠道。渠水尚满，再要抓它，就不那么容易了。

昂刺我们通常叫作汪钉头，头大，嘴阔。嘴边是两根软不拉叽的白须，身上长有三只硬邦邦的刺，其中一只顶在它的脊背上，如同这种鱼自备的逃生装备。但是，昂刺一旦落入我的网兜，它根本就休想逃脱。而妨碍它脱逃的，正是它自身的三枚刺。它们牢牢地扎入网眼，扯都扯不下来。提网出水，用力甩，这讨厌的汪钉头还甩不下来呢。

机埠一抽水，姚亩田西边落北的那条渠道沟上，就慢腾腾地走来了我妈的干爸麻子外公。麻子外公右边的肩膀上，永远扛着一把放水的铁耙，铁耙柄黄灿灿，亮晃晃，像少年的脸蛋那样光洁。麻子外公患有大脚风的毛病，脚踝跟小腿一样粗大，远远地望过去，两只脚直统统的，好像穿着长筒套鞋。大脚风是一种血丝虫引起的病，过去，在乡下的老年人中比较多见，此病中医属"流火"范畴，所以，发病就叫"发流火"。流火一发，麻子外公只好躺在床上，什么事也做不成了。夏天，麻子外公总穿一双草鞋，腰里挂一根朝烟管、一只荷包，荷包里裹着一簇香喷喷的烟丝。他走得慢，腰里的朝烟管和荷包晃得也慢。麻子外公是彭家村的放水员，姓彭，名泉生，整个夏天，他就看管着彭家村的水田，他放水拦水，来来回回，都在太阳底下，故浑身晒得紫黑，像陶钵里的豆瓣酱似的。麻子外公性情和顺，一生不跟人计较，我印象里，从没看见也从没听说他跟人红过脸——他是远近出了名的好脾气。

　　麻子外公见到我在姚亩田的渠道沟玩水捉鱼,也不多问,到了吃中饭的时候,就交代我一声:"好回家了,二毛。"有时,他干脆扛起铁耙,领着我一道到我家。我妈见到麻子外公来,叫一声:"爸爷,一道吃饭!"麻子外公"嗯"一声,铁耙放下。铁耙就坐在我家的廊檐下。麻子外公坐到一张拔秧凳上,摸出荷包,撮出一小簇烟丝,取下朝烟管,他就此敲起了他一生嗜好的朝烟。我妈赶紧起身,去灶间快速端整几只小菜。菜嘛,无非咸肉炖蛋——那算是一道临时抱佛脚做出来的好菜。还有,就是滴沥几滴菜籽油清蒸油筒鱼。这种鱼长圆滚滚,头尾小,价也不贵,是我父亲早晨从翔厚或对丰桥买回的海鱼。我记得有次,家里实在没有荤菜,出集市去买吧,路又远,也根本来不及,我妈立即端起一只小提篮,走到严家浜的河埠头,河埠石上摸了一碗螺蛳,她迅速剪去螺蛳屁股,噼里啪啦炒了一碗酱爆螺蛳。中午的八仙桌上,总算有了一道荤菜。麻子外公喜酒,白酒通常也是自带,如果这次没带,我妈就把灶山上的料酒倒给麻子外公喝。

　　渔网装在管口,并不需要看管。只需静静等待机埠的大水泵将严家浜抽干。河里的水抽没了,与河连通的渠道里的水自然也流尽了,不过,这很有点想当然。须知,姚亩田有多少田,那是望不到边的好大一片。姚亩田西边的水渠,连通着广大的彭家村水田,彭家村也是一个大村坊,这是连棵带藤的一整条水系啊。一般上游总有稻田的水流出来。当然我也有办法,办法很简单,就是跑到差不多远的地方,用薀草和泥,拦一条小小的水坝。这样一来,下游的渠道很快就没水了。没水以后,水渠里的鱼,一条一条,全都钻到了我的网兜里。渔网凹槽里取出,提着一网兜鱼,就可以回家了。

那时，严家浜鱼多，永远捉不完。可渠道里装网捉鱼，完全取决于机埠的大水泵抽水彻底不彻底。有时，隐隐看到鲫鱼游动的水线，可是，叫人气闷的是，严家浜里的河水抽到一半，不抽了；还有，抽到水浅下去的那会儿，该死的打水员杏春风风火火走到拦住外河的大水坝上，他叼起一根香烟，坐在突出于大水坝的一块水泥石上，三下两下，用手里的专用工具将闸门渐渐地提升上来，放入滔滔的外河水。眼看着急流倒灌，到手的大鲫鱼随即逃得影迹无踪。

独有一次，杏春关停了抽水泵，很意外地来我装网的渠道上走了一走。渠里的水还多，几乎没到大腿根。我根本看不出那里有没有鱼。杏春看出来了，他蹲下身，很难得地来跟我商量，用的是压低嗓子的轻言细语："二毛，你高兴不高兴，我跟你拼捉，好不好？"杏春的意思，他和我，两个人，一道来捉渠道里的鱼。换句话说，最后我们捉到的鱼，两人均分。杏春大概怕我回绝，顿了一顿，又说："不过，有没有鱼，也说不定。"他哪知道，我巴不得他这句话呢。"好啊！"我一口答应下来。在这之前，这姚亩田的渠道，是我独有的领地，杏春知道自己没有办法进入。但杏春有不打水的权力，抽水的主动权在他手上呢。他停止了抽水，鱼再多我也捉不到，现在他答应重新开闸打水，那机会在杏春也是不多的。我记得这是唯一的一次。杏春赤着脚，快步走回机埠。只一歇歇工夫，"咕——哦——"我熟悉的开闸声响起，大水泵的雄阔皮带那一迭"屁大屁大"声传入我的耳朵。渠道里的水流又急急地退下去，直到完全抽干。

原来，左右两条水渠藏有那么多的鲫鱼。它们游回严家浜的路已被我装网拦断，随着河水回落，它们一条条平铺在软泥上，鱼嘴急促地翕张着，最多也就拼尽全力蹦跳几下，很快就安静下来。小半天的工夫，我和杏春各自分得一竹篓的鲫鱼。

姚亩田是塔鱼浜的粮库，也是彭家村的粮库。中间只隔一条二三十米宽的土埂。土埂上种出的番薯我记得，是表皮紫红、很光洁的那个品种。这一层紫红的番薯衣，比薄膜还要薄。紫红的薄衣下，是雪白的番薯，蒸吃，香喷喷的，饱肚。

与番薯间种的，还有黄豆，土埂上，一垄平行着一垄，都横着种。土埂土质一般，但疏松而不板结，故无论种什么，长势都不算坏。此地黄豆叶上的刺毛虫，扁大而有劲，蜇起人来，真要命，比别处的来得痛多了。

土埂的南部无名，或说单名一个"埂"。此埂落北，稍稍偏于东北方向，那东北的一小段，叫八分埂。

八分埂

在塔鱼浜西北，南边靠近严家浜，北端与彭家村毗邻。

埂是田塍的放大。八分埂，就是面积不到一亩的土埂。

八分埂在严家浜的西北，南北方向，东边是塔鱼浜的田，阔阔大大的一片；西边，是彭家村的田，狭长的一条，望不到边。稻田的中央有一条著名的水渠，水渠上下的草木虫鱼，是我认识世界的开始。水渠上走来的那个人扛着铁耙，拖着两条无比巨大的流火腿，走路比蜗牛还慢，不用说，就是上面我讲到的麻子外公。

八分埂属塔鱼浜，常年被绿色的农作物遮蔽着。只要我一走到八分垾,麻子外公隔着一块狭长的水田就会向我招手:"二毛,二毛,去我家吃饭,我捉到一个乌脊背鲫鱼。"我一听,一万个不情愿,于是身子一蹲,就躲到茂密的农作物里去了。

每年的5月,番薯的苗开始扦插,细细的、嫩嫩的番薯苗,手指一掐,"的"的一个细声,就断了,青色的汁水溅到手指上,乳汁似的。番薯苗落种到泥土的那一刻,原是没有根须的,种入土中,浇几回水,就会长出根须。番薯的苗两头生长,尤其是地面上的藤,满地爬,贴地长,耳朵般大的翠生生的叶子,很快就挤满八分垾。两个月过去,正是盛夏,江南的雷阵雨一来,番薯出奇的大。判断番薯的大小,全凭我们的小经验。我们扒开番薯藤——如果偷懒的话,就用脚尖一撩,看到泥土开裂,裂缝奇大,下面的番薯必然很大。八分垾不是一条特别肥沃的土垾,番薯贱,正须得这样的土地,方能孕出拳头般大的番薯,如种在屋脚边,地肥土沃,多半育出几颗白皮,只可扔给猪吃。

夏天滚过几阵雷声,或者一号紧跟着另一号的台风一停歇,我们就开始动八分垾的番薯的念头了。那时候,番薯是合心生产队(人民公社时期塔鱼浜的新名称)的集体作物,不像长坂里的西瓜,日夜有人看管。八分垾鬼影儿没一个。于是,我和严家浜的几位小屁孩,背着竹篓,假装割草,在冗长的八分垾上来来回回偷番薯,那一份挖到新鲜番薯的兴奋,真可谓无以言表。

八分垾的北横头,我们是很少走去甚至怕走过去的。那地方摆着一口棺材,里头躺着邻居老培荣的老婆。一想到那儿,我眼前即刻出现一个病恹恹的女人,手指甲长长的,面孔煞白,手背的青筋毕剥乱跳,头发蓬松,眼神无光……她叫美娜,她叫得出我的小名。

还有一个秘密,在很长的一段时间里,我没有跟我的小伙伴说，在棺材的旁边，还有一个土墩，土墩上，木槿花开得无限凄凉、无限孤寂的时候，我就会想到这土墩里早夭的那个女孩——那是我从未见过一面的嫡亲的姐姐。姐姐生下来不久，就得了黄疸病，早早地夭折了。我小名二毛，那是我妈将空缺的一个位置留给了我这位过早地躺在泥土下的姐姐了。塔鱼浜的大人每叫我一次小名，似乎都在提醒我，我的未曾谋面的姐姐，她是始终在的。

麻子外公的自留地在八分埂的最北面，那块地，当然不属于塔鱼浜。我嫡亲的外公过世早，没留给我什么印象。麻子外公看到我一个人在八分埂割草，总会绕过来，拉着我的手，领我到不远的彭家村小桥头他的家，开饭了，一碗水炖蛋已经炖好。然后，不认字的麻子外公拿出粉笔，要我写字，专写他的名字，写他家一对大门上的两条标语。很多年里，麻子外公就是我嫡亲的外公。

邱家门对

在机耕路南，戤壁路北，与塔鱼浜姚亩田毗邻。东边与六亩头遥遥相望，西边隔一爿田，即八分埂。小时候去彭家村看露天电影，这里是必经之路。

站在后门头自留地上往北隔空一望，那块有着一条发白泥路的高地，我们叫它邱家门对。这块地是彭家村小桥头的，东西南三面却被塔鱼浜的水田包围。很奇怪，塔鱼浜或小桥头，都没有邱姓人家，何以称为邱家？所谓门对，吴语一般即门前的意思，但此地实在是野搭里，哪来的门对？

邱家门对的那条发白的小路很引人注目。打个比方吧，它像塔鱼浜木桥头往西第四家户主周顺浩的西装头，那条泥路也像丝缕笔挺的三七分头路，春夏秋冬无论哪个季节，它毫无例外地引人注目。

夜里，传闻彭家村放露天电影。我们经戤壁路，过一爿水田，直角转个弯入北，缓缓踏上这个高墩，邱家门对就到了。走到它的最高处，四野一望，万物都小了下去。可低头一看，脚底的路边草，供碗口那么大，贴地求生，还在风中瑟瑟抖动着呢。

邱家门对没有人家，只有一个坟墓，难道墓主姓邱？坟墓边围了一圈茅草，很奇怪，集体生产队那会儿，塔鱼浜地头连羊吃的草也很少生长，故我们常挨近墓边斫草。那时高高的坟头早已削平，可仍有一圈砖石散埋在墓面范围的泥土里，当我们挥舞镲子[1]斫坟头老茅草的时候，斫到小小的碎石，镲子砰的一声常要弹跳开来，有时候甚至会斫伤自己的脚踝，至于左手指割开而出血，那是常有的事。秋天深了的时候，坟头绿色的茅草转而成为紫红色，秋风里一抖一抖的，像深埋在地底下的坟墓依然在呼吸。坟墓无主，或者这户人家早些年跑台湾去了吧。碰到无主的大坟墓，我们那会儿常这么猜想。

而刚刚说到的台湾，那些年的的确确是一个敏感词。我还记得小学五年级的作文课，作文写到最后，字数不够，最后就凑一个

---

[1] "镲"读如"结"。现在的镲子，乃江南农家常备的器物，大抵是古时之镲的改良，掌心大、形似三角形的一块铁片，右边装有木柄，可割草，功能类似于小镰刀；也可用以挖掘小而浅的泥窝。

句子："我们一定要解放台湾！！！"最后的三个惊叹号好像靠墙一排上了刺刀的步枪。台湾对我们这些塔鱼浜少年来讲，印象不见得好。这是有原因的。我们那时觉得台风就是台湾吹来的（不然为什么叫台风呢）。每到夏天，台风一号接一号，连排到十几甚至二十多号，强劲地吹过塔鱼浜，吹到邱家门对这块高地时，风就特别大。台风的破坏性，我们恨之入骨。那些年我们对台湾的愤恨，就是对着这个邱家门对的无主坟墓疯狂地扔砖头。

邱家门对因地势高，又在一个风口上，所以每到春天放鹞子的那会儿，我们也总去那里。鹞子，我们铺开在八仙桌上自糊，正四角形，简简单单的一个面，说白了，就是一块豆腐干的放大，其中的一只角糊上一条长长的飘带。当一只自制的简易鹞子放上蓝天，我们比什么都开心。但我们的鹞子基本上是用旧报纸糊的，风一大，飘带激烈翻滚，竟至于断裂，纸糊的鹞子就一头倒栽下来；也或者，手头的鞋底线扯断了，高耸入云的鹞子就此一去不复返。乡下放鹞子，最怕高压线，大人们连蒙带吓，一再警告，不可碰高压线。邱家门对没有高压线，这也是我们选择这个地方放鹞子的原因。

有一年暮春，不知道我是在邱家门对割草还是放鹞子，抬头，无数的桑柴拳头上，突然飞过一架飞机，由西向东，抱定一个方向，无声地掠过。飞机飞得很低，真的，此前我从没有见过飞得这么低的一架飞机，因此，它在我的眼里显得无比巨大。我甚至担心它会砰的一下掉落下来。飞机似乎发生了一点小故障，似乎在寻找一个合适的地点降落。总之，飞机缓缓飞过我的头顶。我清晰地看到了机舱里飞行员的头盔和穿着飞行制服的他的上半身。天哪，一架货真价实的战斗机！电影里的一幕忽然推到眼前。这一刻，我怀疑自己还在睡梦中。那是一架台湾飞回来的飞机吗?那时的广播里,我们经常听到某某某驾着一架飞机从台北机场飞回祖国投向光明的好消息。当这么一架巨大无比的飞机低空飞过塔鱼浜,飞过邱家门对,我想,不仅仅是弯腰割草的我,凡是每个看到它的人——无论小孩,还是田间地头干着农活的大人,都会直起腰来,喊一声:"戳那个娘,介大的一只死人飞机!"

这句话的意思的,妈妈的,这么大的一架飞机!飞机缓缓飞过了我们村,由西往东,渐渐地消失在地平线的尽头。一连好几天,飞机成为茶馆店里茶客们吹牛的一个话题。

沿着弯弯曲曲、发白的羊肠小路,花五六分钟走完邱家门对,你就会明白,这块小桥头的高墩地,就农作物来说,实分为两部分,南边,与塔鱼浜的姚亩田相连的地方,是清一色的桑树。桑树太茂密了,以至于桑树底下,除了几棵纤细的草茎,什么也没有。只在靠西的岸滩下,新栽的桑树还不成林,间种着成片的红薯。"双抢"过后,我们常去那里偷挖。很奇怪,那里的红薯,洗干净放蒸架上一蒸,吃起来特别香甜,用我们塔鱼浜的土话说,就是"咽奶奶"[1]。

邱家门对的北片,也种植着一整片杭白菊。别看无迹可寻的一整片菊花,其实一块地一块地,分得清清楚楚,分属很多人家。小路打弯的地方,有一块地是彭家村麻子外公家的。有一年初冬,麻子外公和外婆以及他们领养的金海舅,三人一道采菊花的一幕,我还记得很清楚。驼背的金海舅照例话不多,见了面,憨厚地露齿一笑,叫一声"二毛",仍旧低头采他的菊花。我的这位外婆,戴着

---

[1] 塔鱼浜土白,口感细腻的意思。

一顶女式草帽，面孔用毛巾严严实实地包裹着。这是初冬，地头干农活已经没人戴草帽了，对此我很奇怪，问了她一句。外婆缓缓摘下草帽，撩开毛巾，告诉我，她一采菊花，脸就肿得一塌糊涂。按她的话讲，整张脸像一个胡蜂窠[1]似的。我这才知道，外婆花粉过敏。可是，菊花是一家人家很重要的经济来源，此时正是采摘的关键时刻，女人家怎么可以待在家里不出来相帮呢？好在菊花采完不久，静养几天，外婆脸上的肿块也就彻底消失而完好如初了。

戤壁路

> 在严家浜东壁，南边直达西弄堂、木桥，北经邱家门对，通彭家村。戤壁路南边路口，西毗邻哑巴子新田家稻地，东靠近白头阿大（邹顺龙）家厢屋。

戤壁路离我家不远，其间，不过隔了哑巴子新田和严子松这东隔壁两家两间厢屋、两个稻地。

戤壁路也不很长，南首从严家浜笃底算起，北头通到水田为止，满打满算，不超过二百五十米。

戤壁之壁，实际是土路两边自然形成的两个高土墩的边壁。戤

---

[1] 鸟兽昆虫的窝，江南称"窠"。如鸟窠、狗窠、蚂蚁窠、胡蜂窠等等。

壁路，就凹陷在两个狭长土墩的中间。总觉得跋壁路传过来的声音很长，好似上半个世纪延伸过来的，又好似贯穿了我的童年和少年时代。

"糖山楂要哦——""芝麻糖要哦——"

两个苍老、沙哑的声音系出于同一个人。深秋的一个闲日，这个人还没有见到，声音通过跋壁路的传送，早进到我们的耳朵里了。

隔一歇，跋壁路南口，一路小跑来一个挑担的老人，他肩上的扁担跳舞似的，两个扁担头在他身前身后，一起一伏，弹性十足。扁担头上，挂有两只垂至小腿肚的竹箩。竹箩的箩绳都放得很长。挑担人拉开双手，一抓前，一抓后，紧紧抓住箩绳。挑担走远路，扁担须不断换肩，原先左手上前的，挑一段路，一经转换肩膀，就得右手上前。常年挑重担讨生活，担子过换肩膀，对这个年纪在六十上下的老人来说，也习惯了。挑担人戴着一顶小草帽，脖子里环了一条沾满尘土的毛巾。细看下巴还留着一簇山羊胡子。那个年代，老年人很少留山羊胡子。

担子放在严子松家的稻地上。掀开盖子，芝麻糖的香味老远就逼过来了。好香的芝麻，黑芝麻里杂有少量的白芝麻，好似沉默的底色忽然张嘴露出几颗白牙。芝麻糖，一个圆的造型堆放在一块圆形的木板上。圆的芝麻糖的一小半，已经切去。"喊天鬼"的生意做得不错。那块缺角的芝麻糖，不用说，已换给了北边的彭家村人了。缺口大一点，小一点，可以看出"喊天鬼"这一天的小生意是不是顺顺当当。

为什么叫他"喊天鬼"，不清楚。反正我们村人人叫他"喊天鬼"。"喊天鬼"每次都是由北而南、一路从跋壁路喊过来。

"糖山楂要哎——""芝麻糖要哎——"

没有零钱。我们就用墙角落里的旧东西跟"喊天鬼"换芝麻糖吃。所以,"喊天鬼"的担子,我们叫换糖担。新年里杀鸡拧下的鸡毛,取出的鸡肫皮(黄色,可药用),平常日脚用下来的牙膏壳子,还有屑粒嗦落废弃不能使用的尼龙纸……都很有耐心地留着,等哪一天"喊天鬼"来,换他的芝麻糖吃。

对于塔鱼浜的孩子们来说,戬壁路上,每天来来去去的人也太多了,但其中最重要、最让他们惦念的,就是这个"喊天鬼"和他的这副换糖担。"喊天鬼"每周来一次,很有规律。他来,声音老远就喊过来。我们中的好几个,一听到这个声音,要么赶紧去自家的墙角落里翻捡可以跟他一换的破烂,要么飞奔着前去戬壁路口,迎接他的换糖担。"喊天鬼"也很有意思,家无余物可以换给他的时候,他知道小屁孩们嘴馋,也会拿起专用的一片方正的薄铁皮,用一把小榔头,"的的"两声,从担子上那个镬盖似的圆锥形芝麻糖堆上敲下薄薄的两小片芝麻糖——他白给我们吃。

南埭的白头阿大(邹顺龙)一家搬迁来戬壁路口之前,戬壁路的东边全是高地。高地上全是桑树。走在戬壁路上,头顶的桑叶几乎遮住了天空。天空里漏下来的阳光,也都是绿色的。

白头家三弟兄,他是老大,娶了一个江北人翠英做老婆。他们家原先在东弄堂西边,三兄弟局促在一直落的房子里,白头与翠英成家后,一连生了两个女儿一个儿子,这五口子再与父母兄弟一起过活就不方便了。白头是一个读书人,有脑子,话不多,悄悄地就搬家了。大概他早就看好了戬壁路口这块高地。很快,大约在20世纪80年代初吧,戬壁路口造起了两直落进深的楼房。

白头家的新房子半腰里开了一扇朝西的小门,门口正对严介里一垾人家。这一扇腰门,拉近了新迁户与老住户的关系。白头因此在造好房子不久,客气地叫上严介里所有老住户,稻地上大摆了好几桌酒宴,款待大家。其中有几桌,直接就摆到了戤壁路西边哑巴子新田家的稻地上。白头叫大家痛痛快快吃了一顿老酒,算是从此跟大家做邻居了。那一天,从老早的上午开始,白头的老婆翠英就弯着舌头、叨着她的江北话,围着围裙,忙着洗菜做菜。白头忙着摆桌子搬凳子,等到晚饭时间一到,新邻居们到场,白头忙着递烟。白头是烟不离嘴的家伙,读书无用,一辈子干农活,一天到晚,嘴巴上黏着一根香烟。白头的两个女儿那一晚穿进穿出,相帮大人干家务活。儿子金良,面白了了的,说话女声女气,这会儿也能够帮忙筛酒倒茶了。

　　白头家搬迁到严介里,我叔叔拆烂污阿二是很高兴的。他与白头是小朋友关系,两人新年里互有往来。而且,两人都是塔鱼浜的读书人,平时只要空闲下来,两人手里都可以捏一本闲书,半天不离身,魂灵全在摊开的书本里了。两人的性格也有点相像,都不大爱说话,头脑都比较活络。但,若干年之后,万万没有想到,白头唯一的儿子,那个白了了的金良,居然入室偷窃,被烂污阿二的老婆美娥发觉。大抵是金良哀求,美娥不肯歇,金良就起了杀心。在一场塔鱼浜亘古未有的惨案里,美娥及来她家相帮的父亲阿八一同被杀,烂污阿二重伤。案破后,金良自然是吃了一粒花生米,他们两家从此就断了来往。两个家庭也都给毁了。

　　戤壁路最热闹的一刻,一定是彭家村庙白场放露天电影的那一个晚上。那时候,差不多全个村坊的年轻人,吃好夜饭,三三两两，经由戤壁路，向北边两公里开外的庙白场赶去。

他们一个个都得经过白头家朝西的那扇腰门口。江北人翠英，掇一只小竹椅，半坐着，屁股翘得老高，在一只大脚桶里拎上摁下反反复复搓洗衣物。这辈子，她过长江，来到陌生的塔鱼浜，就好像有洗不完的衣物在等着她。白头的老母亲兰香，眍着一双老花眼，胸口放一只竹筐，在一捆刚刚地里拔来的蛮豆上摘带壳的蛮豆。屋子里，透出十五支光的白炽灯光，白头也不看书，他嘴巴上黏一根飞马牌香烟，默默地，一个人在听收音机。

一拨人向北走过他家门口。没隔多久，这一拨人前呼后拥，大惊小怪地又回来了。

"电影好看吗？"

"好看！"

"啥电影？"

"《白毛女》！"

坐在八仙桌旁的白头听到了，嘴巴蠕动了一下。他那根黏在嘴唇上的香烟也很配合地抖动了一下。

那会儿消息不大灵通，彭家村庙白场放映电影的好消息完全靠口口相传。吃过夜饭，村里的几个小洋盘，穿上白球鞋，换上白色的确良衬衫，满怀希望地赶去轧闹猛。待走到彭家村小桥头，看到回流的一伙人，他们仍不愿相信。他们继续走，直到看见庙白场上空空荡荡的，只稀稀落落坐着几个乘凉的老人，方才相信，这次，他们又是鸭吃砻糠空开心了一场。

他们将想看电影而白跑一场，后来总结出一句大家彼此心照不宣的口头禅，唤作"看了一场《白毛女》"。

"《白毛女》，好看得来——野哎——"

连严子松严阿大领养的女儿，辫子长长、眼睛大大的新美都跟我这么说。

我快要读初中了。我才不上她的当呢。

戬壁路上，很快就空无一人了。

戬壁路上最冷清的一次，一只闲得发慌的老鼠从东边高墩的蚕豆秧里嗦落一下溜了下来，尖嘴上的三根长毛瑟瑟抖动，两只绿豆似的眼睛警惕地斜视着，探头探脑地走了一小段路，没有找到任何可以一吃的食物。它在路中央的一堆软泥上打了一个盹，慢慢地移步到另一边的低地里去了，自始至终，没有一双南来北往的脚来打搅它。

这一次，老鼠比蜗牛走得还慢。

小猪房

一在严家浜西，一在严家浜南。

不记得什么时候了，严家浜笃底[1]，戬壁路南头，渠道沟的北片，修筑了一垛小猪房，生产队发展畜牧业，这一年开始养猪。因为养猪，夜里，这地方就有了通明的灯火，也有了猪的叫声。猪

---

[1] 塔鱼浜上白，最里面的意思。

叫声不大，无非夜里饿极了，呱幺呱幺几声。还有，猪吃食的时候，会发出囉落囉落的声音。每天夜里的这一阵猪叫，听着欢喜。

严介里门户少，不闹猛，吃好夜饭后，我就走到塔鱼浜南埭去白相。我主要想去木桥头听杏春讲鬼故事，也或者凑足一桌人打百分。鬼故事听多了，背脊上冷飕飕的，听完回家就有点害怕。特别是走到这严家浜的笃底，荒野的三岔路口，向左望去，白茫茫一片，那是严家浜的河面；向右望去，黑黝黝的，是三分田横以及六亩头迎风倒伏的庄稼，风一吹，似乎躲着无数的鬼魂。可自从这地方搭建一排简易的小猪房，且有了灯火还有了猪的叫声后，我就不那么害怕了，好像走夜路有了一个照应。

塔鱼浜的小猪房有两处，另一处在严家浜南面、姚亩田渠道口正对处。我记得那个地方的小猪房有专人负责，这个任务，队里交给了邹介里的出屁阿三。出屁阿三闷声不响，脑子却灵清。大队书记邹根富的小儿子雪明，脸上总笑嘻嘻的，肚里的小主意很不少。雪明领着东埭一帮小屁孩，每每玩得风生水起、肚子饿极了的时候，这家伙就跑到那个小猪房，去掀出屁阿三的镬盖。那时的肉猪和母猪都吃烧熟的南瓜。生产队里的南瓜分两种，一种我们叫好吃南瓜，另一种叫猪食南瓜。出屁阿三很精明，把好吃南瓜蒂头爿的一大块，放在满镬子猪食南瓜的上头同煮。雪明镬盖一拎，早看到这块熟透的好吃南瓜，他不由分说，拿了就走。出屁阿三边上看着，满心欢喜。其实，这块好吃南瓜，他就是为大队书记的儿子准备的。

但严家浜笃底的这排小猪房无专人负责，印象中好像是村上轮流看管。也或者，塔鱼浜分小队的时候，这里分给施介里，出屁阿三负责的那个小猪房分给了邹介里，两小队管理不同之故。总之，我真记不得这坯小猪房有专职的养猪员，倒是某个暮春的晚上，轮到我的小娘舅成坤看管猪房，那晚的事我没有忘记。这小猪房离我家不过一箭之路，成坤破例来叫我陪他过夜。此时正是新蚕豆尝新的时节，成坤备了一只小灶，采来不少豆荚，我们两个一道剥新蚕豆，剥了满满一搪瓷杯子。他用一根根的洗帚竹丝将剥出的新蚕豆串起来，生好煤炉后，放在搪瓷杯子里煮。水噗噗噗噗翻滚的时候，新蚕豆的清香吱吱吱吱地溢出来了，飘满了整间猪屋。我们一提串一提串地吃，吃得满嘴生津，吃完还想吃。我现在回想起来，这是塔鱼浜的地力在尽毁于农药与化肥之前差不多最后一次捧出的珍贵物产吧。

小猪房背靠着一个巨大的高土墩，土墩上是密密麻麻的桑树，那是我们采摘桑果的地方。这块地的东面，是空旷的田野，田野东边即六亩头。1973年这高土墩的朝东岸滩，为了响应伟大领袖"深挖洞、广积粮、不称霸"的最高指示，挖了两个内里环通的防空洞。这会儿防空洞中老鼠出没，洞口已经坍塌，整个防空洞随时都有坍塌的可能。这里因此成了一个危险的所在。大人们常告诫我们不可去那里躲猫猫，甚至不可去防空洞上面割草，担心它会突然凹陷坍塌。那时候，高墩最南边的白头阿大家尚未搬迁过来。

土地承包到户后，高土墩以南的这坯小猪房就渐渐地颓败了，先是猪圈那青砖打底的缝隙里钻出了茂密的青草，接着，上面的瓦片接二连三地掉落，接二连三地开出了亮晃晃的天窗，直至天窗越开越大，终于有一天，哗啦一声，顶棚彻底坍塌。猪圈的木头在风吹日晒下完全开裂了，没过多久，小猪房就被时光中的尘埃所掩埋。

六亩头

在机耕路东南，北与毛介里毗邻。

六亩头是很大的一块高地，按地形的高大，孤绝，其面积远不止这六亩之谱，但为什么叫六亩头，殊不可解。

严家浜往东，过小猪房，走过三分田横的一条大田塍，折北，渐渐地就走上了一个高坡，登顶后，左右一望，全是平坦的泥地，种着连成一片的很茂盛的庄稼。夏天是烟片，秋冬是菊花。春天是桑树发叶的季节。但六亩头的桑树我印象不深，或者干脆没有大片的桑树吧。六亩头地势高，不易积水，这就有理由种植芝麻。芝麻是夏初种下的，好像与烟叶等其他作物间种，云遮雾罩的大烟片起收，节节长的芝麻瘦长的秸秆方才露出头来。我有着六亩头种植芝麻的记忆，是有一次，生产队出工，到六亩头拔芝麻，碰到比我大两岁的毛头，不知什么原因，三句话不对，两人开始对争，毛头的红眼睛睁圆了，他差点和我打起架来。毛头爸施永生，塔鱼浜南埭施家门里人，与我外公家贴隔壁，可能是我外公的堂兄弟辈，故辈分上算是我的"余外公"。"余"表示非正式。如此，毛头尽管只比我大两岁，辈分其实是我的舅舅辈了。我们两人的臭嘴巴正互掷着脏话呢,毛头爸走过来,睁圆了双眼,二话不说,抡起拳头,一拳将毛头砸倒在芝麻地里。毛头平素最怕他爸,根本不敢还手,扁扁嘴,眼睛红得快要喷出火来,他一骨碌爬起来,拍拍裤腿,独自走开了。我看到毛头爬起的地方,足足有扁担长的一埭老芝麻都给他压趴下了。

我家在六亩头的最北边和最南边,都曾有过自留地。我到现在也还弄不明白,生产队当年是怎么划分自留地的,反正,我记得,自留地东一块西一块的,去年父亲在那块地上种烟片种菊花,今年又换了一个地方。单说六亩头南边那块坡地,我就看到过他种植的大片烟叶,烟苗从拦头屋前的地窖里移栽到这里,从小拇指那么大,经过一个夏天的培育之后,长到铁扇公主的芭蕉扇那么阔大,他一担一担地采摘回家,装烟帘晒干。晒红烟是塔鱼浜每户人家除菊花之外最主要的经济来源。

再说六亩头最北面,靠近毛介里的地方,我读高中那会儿,父亲种了很大一片杭白菊。这一年的菊花长势太好了,亟须人手采摘,母亲和我们兄弟俩一有空,就从石门步行赶回家,帮忙采菊花。

再早几年,这块自留地还不归属于我家的那会儿,六亩头的最北面摆有一只柴帽棺材,不知道是塔鱼浜哪家的。因为有这么一只棺材,这个地方就显得特别鬼气森森。好在此地我们不常去,如去大队所在地翔厚集镇,此路当然也通,但显然兜远了,故一般无须走这条小路。此路必经的毛介里,我家也没什么亲戚,即使割草,我们好像也不到那里去。但是,六亩头地势很高,柴帽棺材摆在高地上,老高显天,大老远就能看到。我若是在我家后门头做农活,眼睛便被这一只突兀的棺材所吸引，还有，妈的，晚上做噩梦，也常做在这里。

自从六亩头靠近机耕路的一侧造了一个小机埠后，夏天我们就去那里的荡田游水了。有一次我居然走上了这条杂草丛生的小路，可刚走到一半，就后悔起来，回走其他的路吗？男子汉胆怯后退是要被人笑话的，我只好硬着头皮，迎着前面那只柴帽棺材走去。走到它的边上，我大气不敢出，一路砰砰砰砰地快走，可是，即使我眼不旁顾，仍然清楚这棺材的朝向——棺材的一头，坚定地朝向北方。塔鱼浜的这种葬制，说起来，其来有自，历史渊源要追溯到宋室南渡。金兵攻陷北宋都城后，大宋的许多子民，跟着一个溃败的政府，沿着京杭运河东线南渡，浩浩荡荡，一路南来，很多人家就安居在了江南，像一棵棵植物，他们选择膏腴之地繁衍生息，这亡国而背井离乡的一代，死后心系故国故里和故土，在葬制上的体现，就是将收殓尸骨的棺材不入土，砌一间小屋暂厝，俗称"白云葬"。亡故之人所躺棺材的一头，心有所念地指向北方。塔鱼浜是否有南渡的人家，这就很难说了。还有，邹这个姓氏，本就源于北方，是否此时落脚在这里，到今天也一概不知，塔鱼浜的邹氏也从来没有一部家谱可以查证查实。而乡下人的家族观念，本来就是一笔糊涂账。

如同六亩头一样，塔鱼浜的高墩地头，都摆有这样的棺材，一般都是青砖黑瓦的一间小屋。如果棺材的旁边还有一间摆着一只马桶的马桶间，那么，躺在这个棺材里的人，一定是一个难产而死的母亲。至于泥砖打墙，稻柴覆顶的柴帽棺材，那是这户人家穷，用不起砖瓦的缘故。不过，很快，不管什么样的棺材，统统在新社会移风易俗中横扫干净、彻底灭绝了。

荡田里

在机耕路西南一侧，与六亩头错壤。东边与毛介里、许家汇接壤。此地承包到户后分与邹介里。

六亩头往东南一点点，塔鱼浜的最东边，在与彭家村、毛介里、许家汇交汇的一个无规则地段，俗呼荡田里。这里的"里"，是地名的一个尾缀，塔鱼浜土语中表方位的意思。所谓荡田里，是村民口头的一个表述。这地方，原是一大块高低错落的坡地。坡地下面，有一只面积不大的圩。小圩通常种满水稻。合心生产队那会儿，我就在那里割过稻并插过秧。那是离塔鱼浜的中心木桥头很远的地方，称得上塔鱼浜的边鄙之地。有一年，生产队需要扩展水田种植的面积，就想到要利用好这个地方。依托这只小圩，生产队很快开发利用上了圩上那一块无甚大用的坡地。于是，将小圩挖深挖大，开始储蓄水源。又在小圩的一头，即东南角上靠近机耕路（通往翔厚）的地方，筑起了一座小机埠，安装上一只水泵。下面的水，屁大屁大抽到上面，流入坡地后，板结的泥土软化。队里赶紧围起田塍，高高低低的，修筑了类似山区梯田的一爿爿水田。这种拦筑圩堤种植水稻的方法，很可能是小队长毛老虎从外面取来种田经的结果，也可能，他从中央新闻电影纪录片里看样学样来的。

机埠下面，从此就形成了一只面积不小的荡。而且，离机埠越近，水荡就越深。这个地方的地势，是缓缓地向着机埠倾斜。水荡整体上不甚深，最深处，不过齐我们的头颈。可以这么说吧，从此这地方就成了夏季一个天然的游水场所。

炎热的夏季，如果是日照头顶的午后，走在乡村的泥路上，泥土的灼烫传达给脚底的神经，那个火辣辣的痛啊，就别提它了。我们午间的走路，就有点像跳舞——根本不能整只脚落地，只可脚尖点地，一蹦一跳，急速地奔到荡田里。但跳得久了，脚趾会酸疼，于是改用脚后跟蹬，如此，两只脚的脚趾不自然地翘起来，我们的上半身就不得不躬身向前，这样的走路姿势，好像南极洲的企鹅，实在有点怪异。我们一边走，自家的耳朵里还能听到噔噔噔噔的声音。这样的走路姿势维持不了多久，说白了，不如用脚尖来得轻松。

塔鱼浜南北两埭的小屁孩，从各条小路上各自跑来，一会儿就到齐了。大家围站在荡边。一看，荡水浑浊，根本就是一股焦黄色的泥浆水呢。那是暴雨过后，周边高地上的雨水滚落到大荡，荡子注满，可也给雨水搅浑了。但我们全不管荡水的浑浊，照例嘻嘻哈哈，跳着足尖舞来到它的边上，三下五除二，全都脱去了衣裤，浑身赤条条的，一手捂着自己的小鸡鸡，一手将水撩到同伴的身上，全体嘻嘻哈哈下到水里，我们这才真正领受到了盛夏的美妙。

村里比我稍大几岁的金海、金祥这些大孩子，早就学会了游水，他们总要炫耀一下自己的下水姿势——一般是选定一个高墩，两个手臂像车轮一样轮番转动好一阵，最后，大声喊着一二三，双脚起跳，以一个优美的弧形头朝下入水。但像我这样的小小孩，还没有学会游水，见着水总归有一份胆怯，却又非常向往游水。他们这些大孩子，是不会有耐心来教我们游水的。我的小舅舅、同村的成坤，也不过比我大四岁，他只顾自己游得起劲，也不来教我游。罢了，我只能一点一点地，相当笨拙又相当胆怯地下到水里。

我们那时有一条不成文的规定，下水前，每个人手心里，须得舀一点点水，往胸口抹一抹，拍一拍，以示这回是下定决心了。每一次游水前，我当然也这样做。我的两腿站到水里了，我伸出手去——天太热了，手心里的水居然有点烫——啊，我倒退着下水，沿着水底的缓坡，慢慢地倒退着下到荡里，待水齐胸的时候，人突然之间就感到了微微的憋闷，水漫过胸口，人反倒轻飘飘起来，恐惧也随之上来，于是就扑到水面，仰起头，玩命似的往回游。可是，我没有能力，让整个人浮到水面上，我只能用一只脚打水，另一只脚踮着河底，动作很不协调地"跑"到岸边。

这样地"游"了几次，忽然感到，自己稍稍有浮游的感觉了，于是游水的信心大增。

如果在比较深的河流，比如木桥头的河里，我会扛一根门闩下到水里。木头的门闩硬邦邦的，浮力极大，一不小心，就脱手而去。我又不敢往水面追去，只得大呼小叫着喊会游水的同伴，抓到门闩往水面上掷回。我接住了，继续游吧，于是，双手搂定浮力极大的门闩，头昂得高高的，这时候，不用担心身体会沉到水里。就这样，我的两条腿完全解放出来，一上一下，乒乒乓乓，胡乱敲打着水面。这动静，看起来很大，其实游水的速度很有限。会游水的一看，就知道这家伙根本不会游。

荡田离我家有一段路程，扛一根门闩，毕竟不方便，且目标太大，要知道，我们那时都是悄悄地偷着去的，尽量不让大人知晓。而那几天的午后，跳着足尖舞走十来分钟，到这只浑浊的大荡里去游水，我也是从来没有扛过什么门闩的。

就这样，在荡田的这只浑浊的大荡里，我一次又一次地退到深水区，水漫上来，齐胸口之后，蹬起一脚，赶紧面朝岸滩，往回游，往回游……不知道重复了多少次之后，忽然有一次，我的两只脚都能腾空了。那是飞翔的感觉！心里一阵狂喜。这一阵狂喜，差点儿在水里喊出声来，也就在这个时候，一口水呛入喉咙，硬生生把我的高兴给噎住了——足足有十秒钟，我才缓过气来。

我七岁，在塔鱼浜东面这只浑浊的大荡里，就这样无师自通，学会了游泳，或者，学会了澡浴。在我们乡下，没有"游泳"这个文绉绉的词。我们那儿叫游水，或者通俗一点就叫澡浴。六月六，猫狗畜生（读如中伤）澡浴。这是塔鱼浜一条大家都知道的俗语。每到农历六月初六，这一条民间的谚语，就会拿出来晒一晒、用一用。在大人们的嘴里，所谓猫狗畜生，从来都是包括我们在内的。而只有经过了六月六、澡好浴的猫狗畜生，才会平平安安、健健康康地过好这一年。

蟹洞田

塔鱼浜西北，机耕路下，北与彭家村相邻，西紧靠长坂里。

螃蟹是江南的美味，我小时候没少吃到。螃蟹白天躲在水洞睡懒觉，洞口，常有一小堆细碎的新泥，经验老到的小屁孩立马就能判断出它的大小。八分埭往西，越过水渠、一块水田、一条机耕路，就到了蟹洞田。

蟹洞田是塔鱼浜靠近彭家村的一块水田，为什么叫蟹洞田？没人说得清楚，从字面上琢磨，很费解。

蟹洞田以一条小小暗道汇入姚亩田渠道口，成为四条注入严家浜的水渠中的一条。这暗道，正在机耕路底下，形状当然是一个不大的涵洞，或许这就是蟹洞田的由来吧。

我对蟹洞田印象之所以深，是因为我母亲在那里捉到了一条很大的鲫鱼。那是我少年时代获得的一条最大的鲫鱼。还有，就是蟹洞田种植过一大片千娇百媚的紫云英，即我家乡俗呼花草的那种植物。

初夏，每年必发的大水刚刚退去，蟹洞田里，满畦的紫云英又露了出来。这花草，任凭它有着乡下野姑娘般的花容月貌，却不是一种观赏性的植物。在塔鱼浜，其实也没有所谓观赏的植物，所有的作物，人们只看重它们的实用价值，美丽如紫云英，也不例外。

好吧，整年劳苦的农民，实在没有闲情逸致欣赏紫云英们华而不实的外表，在他们眼里，它也仅仅是一种肥田的作料。适逢开花的时节，如同水田吞吐着旺盛的精力，紫云英的美是抱团的美，它们的确好看，阵阵微风中，紫色的花朵摇曳生姿，千娇百媚。现在我觉得，如果你爱看江南乡村的美景，就应该去看看这个样子的花草田。

我不知道农民们一铁耙一铁耙翻垦美丽的紫云英的心情——当一垄一垄的水田翻垦完毕，满畦的紫云英早已花容失色，溃不成军。如此美丽的花容，顷刻被黑土压在下面，硬生生地被摁入田间，硬生生地把它们的美给取消掉了。

我母亲就是在这样的节眼骨上走到蟹洞田的，当她双脚踏入软绵绵的水田,她竟惊叫了一声,全个蟹洞田的妇女都听到了,一直跟着她们而此刻蹲在田塍上的那个小小的我,也听到了。随即,我合拢双手,高高举起了一条很大的鲫鱼,鲫鱼的尾巴,兀自转过来转过去,鲫鱼的两只圆滚滚的眼睛,多么水汪汪啊!

承包到户后,蟹洞田最北面的一小块水田,分给了我家,我父亲在那田里种了几年水稻后,厌烦了,忽然种起了慈姑,于是,黑黝黝的水田里,开出了朵朵白花,坚硬的慈姑一个个被挖出来,结结实实,白色的肉被嫩黄的衣包裹着,有着油画般奇异效果的慈姑,就这样来到我们面前。这实在是一桩很开心的事。

补充一下,在蟹洞田,我捉到的活物是:鲫鱼、鳑鲏鱼、青蛙、白水鱼、泥鳅、黄鳝、乌龟、小甲鱼……我从来没有捉到过任何一只螃蟹。塔鱼浜的这块水田,为什么叫作蟹洞田?天知道为什么。

长坂里

在塔鱼浜偏西北的方向。由大片陆地与大片水田构成。西边北边与金家角相邻,南边与河西庄隔河相望。

长坂里,塔鱼浜面积最大的一块旱地以及面积最大的一块水田的统称。它的南面是河西庄,其西其北是金家角、彭家村的低田高地。长坂里一直往西,就是白马塘。

我十三岁那年，生产队忽然开种西瓜，地点就选在荒野的长坂里。自古以来，塔鱼浜的水田一向以水稻种植为主，地头一般种菊花和烟片。种西瓜，那是开天辟地的大事，也是我们这些小屁孩乐颠颠的好事。而西瓜，水漉漉，绿油油，看到就会流口水，如果亲手摸到，或咬上一口，我们心头自然会涌起一股清泉。西瓜，那是太好吃的水果。

有一本小人书，书名《猪八戒吃西瓜》。八戒边吃边扔西瓜皮，走着走着，踩在自己扔下的西瓜皮上，结果一跤一跤摔下去——原来是大师兄孙悟空在作弄他。就是这本小人书，每个夏天，我们实实在在地感受并虚构着西瓜的美味。

西瓜秧用肥比较讲究，如果用多了肥田粉（化肥），西瓜就有一股咸味，大大影响口感，这是小队长毛老虎从别的生产队取来的经验。所以，他决定发动塔鱼浜大大小小的社员，一律外出捡鸡粪。鸡粪是最好的有机肥。

于是，塔鱼浜每家每户每个日子，无论大人小孩，都肩背竹箅，去别的村坊捡鸡粪。我家当然不例外。我也开始加入这个捡鸡粪的队伍。

找到一根小木棍，把它插入畚箕背上，绑得紧紧的；还找来一把加长木柄的刮子，一手拿着畚箕，一手拿着刮子，见到干结的一小粒鸡粪，像得了宝贝似的，刮子一刮，落入畚箕。鸡粪的重量可以换生产队的工分，且有专人过磅，会隆重地记在每天的工分账上。每次过磅，白纸黑字，非要亲自看到与自己有关的那个数字，小小的心才算踏实。可那些日子，塔鱼浜突然干净了，找不到鸡粪，我们只看到公鸡和母鸡打转，却找不到以前满地的鸡粪了，或者看到鸡的屁股一撅，新鲜的、热气腾腾的鸡粪刚落地，就有人跑过去，眼明手快地刮进专用的畚箕，抢到的，还一脸得意之色。

西瓜拳头那么大了，西瓜藤的叶子还没有铺满地垄呢，藤蔓稀稀落落的，挺好看。西瓜长到舀水的铜勺那般大了，藤上的叶子已经满满地铺塞地垄，西瓜反而看不到了。但我们知道西瓜多着呢，就在满满一地碧绿的叶子底下。

西瓜地有专人看管。队里还搭了一个高高的草棚，居高临下地看守着方圆几十亩的西瓜地，日夜轮班。

我们从蟹洞田那边过去，爬上一个高高的斜坡，看到顺势攀下的西瓜藤了，于是，慢慢地拉，拉，拉……扑通，一只大西瓜滚落下来，有时是两只，三只……一起滚到水田里，碎了，鲜红的瓜瓤，还没有完全变黑的瓜子……将就着吃吧。偶然弄到一个完整的，抱来，蹲到稻田的田塍上，啪嗒一拳头，敲开，可用力过猛，敲得太碎了，鲜红的瓜瓤一股脑儿迸溅到白衬衫上——好一次紧张的吃瓜往事。

那年的西瓜实在不贵，七分钱一斤，拣最好的卖。队里的男劳力轮番摇船去附近的小镇叫卖。塔鱼浜周边的几个村庄，也有人挑着担子去买瓜的。没有种瓜的村庄，很羡慕塔鱼浜。那年夏天，外村来塔鱼浜走亲会友的明显多了。好瓜外销，次一档的西瓜，后来全堆在木桥头的空地上，按每户挣得的工分分到家。这是前所未有的事。

夏天的傍晚，因为那些西瓜，我们还变戏法似的做起了瓜灯。方法其实很简便，就是将西瓜挖空，想着法子将一根烧得差不多的蜡烛放到里面去，然后点燃，提了它满村坊游走。漆黑乡村的夜晚，一盏西瓜灯，薄薄的瓜皮里映出来的火光，竟是碧绿翠色的。

长坂里出产的西瓜，因为施的是有机肥，所以西瓜鲜甜异常，不过，个头却不大。长坂里是塔鱼浜的野搭里，晚上，即使提着瓜灯，有灯火照明，我们也不会大着胆子去那里。长坂里实在太荒凉了，不要说夜里，就是阴雨的白天，也少有人去。我们割草也不去那里，那里的桑树特别茂密，人钻进去，很快就消失得无影无踪，竹篰的草割满了，准备回家了，往往就找不到同伴了。其中一块水田中央的地墩上，还有一块很大的不知道谁家的墓地，围绕墓地，刺藤围了一个大圈。撩开有刺的篱笆，时常能见到慢吞吞移步向前的刺猬，还有警惕性很高的野兔，还有长而无言的蛇以及飞虫、百脚、蛤蟆、黄鼠狼……

那些年，只看到一个个老人抬着去长坂里，却未见有回来的，像严子松、螳螂头秀高……一个霜粒满地的早晨，我父亲带着一帮至亲，把我的大叔拆烂污阿二以及我的祖母埋在了已经用推土机推平的长坂里——一块长方形的自留地的路边。

老人下

"下"读如"屋"，表方位。塔鱼浜西边一块十亩左右的水田。东面正对机埠。北边、西边均为长坂里所阻。南与活杀埂相邻。

我是在老人下的一条土埂上认识莴苣的。我帮父亲收菜，看到硬邦邦的莴苣，不认得，觉得这些像纺锤一样的植物好玩，就一抓一大把地扔到那两只镂空的竹篰里。其实,我还提不动父亲手里的那把大斫刀,莴苣篰头老结,皮厚,来得个硬,我砍不动,我只能做他的下手,其实做下手也还勉强。

那是一块高地,北面就是无边无际的长坂里,西边是长坂里的稻田,而东面,云雾团团的一方空阔,就是老人下——那其实是一块十亩地的水田,如是凌晨,田里的青蛙和泥各嘟(泥蛙)憋足劲道叫唤,比任何一部田园交响乐都要好听,都要持久而热情。

老人下正对着塔鱼浜著名的机埠。机埠的大小水泵口,出水的第一口水,必定喂给老人下的稻子。稻子青翠翠,站得笔直,像个愣头青。稻子摸上去有浙西人的硬气。稻子不同于陆地植物,强光一晒,全都软绵绵、蔫巴。强光下的水稻要是还没有吐穗或者刚刚吐穗,完全是一个草绿色军团的赫赫阵容——纵横分明,平整如砥,精精神神地站在水田里,就少喊一声"首长好"和"为人民服务"了。

旱季的老人下总最先得到滋润,但机埠每次打水,水总是过量,散珠堆玉一般,总要溢出水渠,将好端端、精精神神的水稻全给淹没。因为老人下太靠近水泵口了。水,如正午太阳的关爱,似乎也过于猛烈了。

我在老人下的一个大水潭里凫水,水潭里的水,源源不竭地从严家浜抽上来,凉丝丝的,柔柔滑滑地流过身体,实在太舒服了。我双手抓牢一块石头,也不用游动,水泵口冲过来的水,足以晃动我的身体,就好像我在河里游水似的。我在老人下认识了塔鱼浜的水——那么好,那么温柔,那么细腻。水包裹着我小小的身体。

这老人下的南边,就是活杀埂——当然,确切地说,它与活杀埂还隔着一条水渠。

活杀埂

据音，土埂名。隔河与河西庄毗邻。此埂为塔鱼浜进出伍启桥之唯一通道。

离开塔鱼浜后，我做过很多梦，每一次做噩梦，背景多半在活杀埂。"活杀"二字，土音"喔煞"，非"活活杀死"之意，实在指的是"淹死"。盖"活杀埂"，实是一条东西方向的土埂，埂南正是白马塘流进来的小河，埂北是水渠。这条土埂，一年四季，生长的农作物不断——春天是蚕豆、豌豆；夏天是南瓜、冬瓜；秋天是红薯；冬天，霜雪之中，是光头和尚一般蹲在地上的一棵棵包心菜……

活杀埂既在塔鱼浜最大的河边，每遇大水发，浑浊的河水便会漫过土埂。于是，土埂就成了名副其实的活杀埂。有一年发大水，埂上到处是噼噼啪啪的鲢鱼、鲫鱼和鲤鱼，还有鲶鱼，整个塔鱼浜都出动了，网兜，枪刺，手抓，毒头琴宝最开心，脱得只剩一条裤衩，在乱泥堆里摸到一条鲶鱼，举到我祖母眼前，"三阿大，你看，三阿大，你看……嘻嘻……你看……嘻嘻……"我祖母看着眼热，说了一句："琴宝运道好！"

但活杀埂并不是经常有这许多鱼来，转眼酷热的夏天来到，南瓜藤在太阳的照料下，生长的势头真是旺盛得很。活杀埂一片旺沛的绿色，在蒲扇般大的南瓜叶底下，也有盘得紧紧的大蛇舒服地发着呆，这其中，有一种叫作灰地鳖的毒蛇，最凶狠，也最骇人。

这种蛇，皮肤土灰色，头扁平，将整个长长的身子盘成一个圈，懒洋洋地在南瓜藤下避暑。蛇是近视眼，也是没有声音的家伙，在乡下，我最怕这东西。别看它懒洋洋，一旦发急，盘紧的身子突然发散，就会箭一般蹿出来与你拼老命。但乡人被蛇咬伤的情况实在不多见，因为蛇听到脚步声，早悄无声息地避开了。所以，我们夜里走路的时候，脚步总是踩得很重，恨不得将塔鱼浜的大地踏翻。其实呢，是心里怕蛇的缘故，希望以此吓退这群用肚子走路的家伙。

塔鱼浜只有一个人不怕蛇。这个人就是毒头琴宝的儿子毒头阿大。一到夏天，他就腰里系一只竹篓，专往活杀埂上走。他也不像其他小孩子，脚步重，与脚下的大地结了前世冤家似的，他完全相反，专门踮起了脚尖走路，并且两眼放光。看到灰地鳖，他满心欢喜。这个拖着鼻涕的家伙，是蛇的克星，那一条条进入他视线的毒蛇，很少逃得了他的手掌。平常日脚，从他腰间挂着的一只收口的竹篓里，他冷不丁地摸出一条长蛇来，专门吓唬村里的女人和小孩。在一阵阵尖叫声中，这个智商不高的家伙嘿嘿嘿嘿地傻笑着，也从他一滴落下的口水里获得了极大的快感。

一年夏天，活杀埂的南瓜叶做了一回草鱼的诱饵。

我的小娘舅，脾气火暴的成坤肩扛一杆鱼枪，带着我来到活杀埂。我们选好位置，将南瓜叶扔入河中央，然后静静地守候着。不多久，有好几条草鱼前来抢食，成坤猛地将鱼枪掷出，嗖的一声，鱼枪射入水中，河中心的那堆南瓜叶上传来一记闷响，随之一沉，但也没见激起多大的水花。成坤脱了衣衫,跳入河里,游向刚刚脱手掷出的鱼枪。我站在活杀埂上,远远地望去,看到尖锐的枪头上,还正戳着一条手臂长的草鱼。

活杀埂的尽头,接近金家角的地盘,埋藏着我的一位小弟弟。这几乎是我的一个秘密。这个秘密,当然只有我和我的父亲知道。

我父母生育我和大弟汉良之后,一直希望生养一个女儿。于是,他们一再地努力着,直到又一次瓜熟蒂落。非常可惜,这一回又是一个带柄的小家伙。这位曾取名汉金的小弟弟,在这个世界上大概糊里糊涂地逗留了四个月。他得了一种黄疸病,小小的身体,全身泛黄。其实得这种病也没有什么可怕的,小孩子大多得过,我也得过,轻者,只要用小刀挑挑皮肤也就可以了。我也曾陪着母亲去翔厚找过小儿科的医生——我小学同学的妈。但是晚了,小弟弟耽误了治疗的时机。他死的那一刻,我正在灶间烧火,我父亲不在。我母亲喊我过去看看,这最后的一眼,我记得那么清楚。小家伙眼睛睁开,呆呆地盯视着我,过了几秒钟,突然露出了一个天真无邪的笑靥,可转瞬之间,他就永远地闭上了眼睛。这是我第一次这样近距离地打量死亡。母亲抹了一下眼泪,悄悄地包裹好这个小身体。下午,父亲从田坂里回来,带着我去埋他。我们走了很长的路,几乎走到了活杀埂的尽头。我们选中了河边的一块坡地。父亲用钎步掘一个很深的洞,连同一条草席,将我的小弟弟埋在了里面。填上土后,我还记得父亲带着我对着这个小坟堆作了一个揖。死者为大呀,这是江南农村千百年不曾变更的习俗。我和父亲认清了埋藏的方位,做了一个记号,匆匆回家了。

很多年以后,我到石门读书,如果去白马双桥乘轮船的话,必定要经过活杀埂的这个所在,我都会忍不住地偏转头去,默默地回想那个早已融入了泥土的小生命。因此，活杀埂也始终是我记忆所铭记的一个地方。

2002年的7月，我外婆过世，埋在了靠近大坝的活杀埂的另一头，辣钵金龙也在那里，连曾经的大队书记邹根富2020年5月过世后，也埋在了那里。

大水坝

在严家浜与外河相连处。与小圩毗邻，直对塔鱼浜的机埠。

大水坝在严家浜与外河相连的地段，也就是一条小河浜收口的所在。大水坝是为塔鱼浜的那个机埠修筑的，与机埠的距离，只六七十米。

我六七岁的时候，此地并无什么坝，所以，父亲去宗扬庙交公粮的水泥船，是可以随时随地畅快地出入的。有一年，塔鱼浜突然来了一拨人，说要在这里筑一个大坝。没过多久，这一段河道的两头拦起泥墙，中间的水迅速抽干。与此同时，一只只巨大的混凝土水泥管在地面上浇铸成功。水泥管一只套一只，嵌成一条直线，埋入河道。这些水泥管，当它们尚未埋入水下的时候，我们从一头爬入，另一头爬出，一只接一只，统统爬过一遍。我们把它们当成了乡间稀有的玩具。现在它们被埋入河道，严家浜与外河水，从此只有靠这一排水泥管连通了，船只的道路，从此就断了。

很快，上面堆上泥，夯实，两头砌以石块，地面浇以混凝土，这大坝就这样成了。大水坝临外河的一面，形成一个凹字形，中间安装了一道闸门，闸门用一根手臂粗的铁条提着，打开闸门，须用一把专用工具，往逆时针方向旋转，一圈一圈，连着转动，闸门就一个厘米一个厘米地提升，直到闸门完全打开。这个类似于方向盘的东西，沉甸甸的，由打水员杏春掌管，当的一下，扔在机埠的墙角落里，好多年，也没见它生锈。

起初，大水坝还未成形的时候，正巧我父亲装了一船的东西要带回家，大概他嫌停靠在外河卸货麻烦，叫了他的二舅佬永金，两人硬生生地将水泥船拉到严家浜。船从外河起拔，拖过尚未完全隆起的大坝，等下到内河严家浜的时候，嗦落一下，就落在水里了，最后摇到自家的河埠头。他回看船底擦过的坝面上，留下光溜溜一道痕迹，心里一定很舒坦。

水坝成，严家浜就成了一只断头浜，不过，从算命先生的角度看，这水坝恰如麻袋的收口，袋口那么一个紧扎，严家浜的风水，就被紧紧扎住了。这当然是其中的一种说法。

夏天，我们脱得精光，在大坝与机埠之间的一段雄阔的河面上游水。大坝的斜坡非常适宜下水，粗糙的石头上，蹲满了我的小伙伴。一到秋天，大坝的缝隙里会接连不断地爬出无数的螃蟹。那么多的大螃蟹全都暴出两只眼睛，速度飞快且悄无声息地爬行着。螃蟹的美味天下尽知，谁见到，谁都要捉拿回家。甚至在水中，我们也会将手伸直，直接插入一条条缝隙，我们还真会将螃蟹捏住，一只接一只地摸出来。这是很开心的事。

大水坝的外河水色深黑，看上去，有那么一点险恶。这是白马塘流来的河水形成的三只大漾潭中的一只，对面河西庄，水流转角处正是一个大坟墩,周围蹲着一大片矮桑,望过去,野趣和鬼气横生。

塔鱼浜河西庄,两个村坊互不往来。两边的小屁孩,隔河照面,也完全不相识,也互不搭话。独有一次,这边某人和对面某人搭上了话,可一搭话,话不投机,彼此都来了火气。于是互相开骂,侬么好了,屄啊卵的,怎么难听就怎么骂。骂过了还不够,开始扔泥巴。河面雄阔,泥巴轻飘飘的,屑粒嗦落全掉落河里,根本扔不到对方头上。于是干脆互掷小块的瓦片砖块。很快,那边聚拢一群小鬼头,这边也围拢三四个人。其中就有我和矮玉娥。矮玉娥是大姑娘了,不好意思站到前面扔瓦片。她躲在这边靠近活杀埂的岸滩上,她给我捡来一大捧一大捧的碎瓦片,压低声音说:"二毛头,使劲笃(掷),笃开(破)不管!呶,砖头瓦翘(片)都在这里。"矮玉娥还会做好人,忽然故意站到活杀埂上,回顾头来,大声地对我们说:"咬根强,不要笃了,头要笃开的。你妈叫你回家去!"她这句话是故意放给河西庄的小屁孩听的,于是,他们就把这里的某个人当成了金家角的金根强了。他们齐口大声地叫着"咬根强"的名字,好一番毒骂,直骂得金根强狗血喷头。可怜的金根强,此事与他浑身不搭界,他无缘无故在此被毒骂一顿。

两边的小屁孩,在我的印象里,自从这一次相骂交手之后,忽然就偃旗息鼓了。从此,再没有任何的纠葛,两支部队,各各马放南山。这真是很奇怪的事。

大水坝外面的漾潭不仅雄阔,水还很深。因为这里的水,常年都是黝黑碧绿。静静的河里,南北两边,都长满水草。水草的飘带都很长,随着水波的流动而微微飘动。这个水坝口的大漾潭,即使最会游水的小伙子,也很少来此下水游泳,谁都忌惮这深黑的水潭。

我离开塔鱼浜后，常做一些黑白的旧梦，如果做的是噩梦，常做在与活杀埭相连的这个野搭里。

小圩

在严家浜的西南，其水汇入严家浜。水田面积十亩左右。

很多细节表明，塔鱼浜的塔就在小圩里。如果江南的这个自然村曾经有一座令人侧目的塔的话。

无名的小河道这会儿像字母L款款而来，L的胳膊肘就是一个大水潭，因为水深的缘故，这个水潭常年黝黑。对岸是河西庄的一个大墓，墓木拱矣，倒映在水中，自然就加深了水的黝黑。还有，水里锯齿形的蕰草，像长长的飘带，多多少少也让这里的水增加了黑色素。小圩隔一条河坝，枕着大漾潭，按照风水先生的说法，这小圩的风水就特别好，但也很容易流走，所以须得有一座塔来镇住好风好水。江南，很多河流的交汇处，据说常有恶龙兴风作浪，承平日久，民间出于风调雨顺的考虑，首选会想到起造一座塔，如此说来，小圩的塔，其存在是完全必要的。而塔身高高耸起之后，无意间就成了船只行驶的航标，中文的"灯塔"一词，大概就是这么来的吧。这或许是关于塔的最好的称谓。

小圩的塔，遍询塔鱼浜的老辈，回答均语焉不详，但所有人都那么肯定地告诉我：塔鱼浜本来就有一座塔，否则，村坊怎么叫塔鱼浜呢？

我母亲也曾回忆：她小时候，来此割草，发觉小圩的地面特别多瓦砾。她听说了，宝塔就在这个地方。她的记忆，由不得我有丝毫的怀疑。我大舅干脆说，他小时候看到过塔基，还爬上去玩过。

那么，作为实物的塔已经倒掉，甚至连它的片瓦都不曾保留，整个村坊也没有留下哪怕一帧塔的小影。若干年后，这让我的求证变得异常艰难，但塔作为无名之地的一个精神象征，它又如此具体地存活在底层民众的心里，以至于我们对于塔的存在依然深信不疑。没错，我的祖先曾被古老村子里一座伟大的塔照亮。

塔，即使在牙齿落尽的嘴巴里
只是一个抽象的名词，一个疼痛的记忆
多年后，它成了我精神生活的一个部分
向着高处的未来喷射神秘的汁液

因为坚信我的村庄有一座塔的存在，我的想象力就无限地丰富并飞升起来，它让我日后的飞翔不至于丧失根本。

在我开始有记忆的时候，小圩的瓦砾即已全部清零，它高高的土墩铲平也久矣。它变成了一块类似于正方形的水田。它的北面有一道直通严家浜的水渠，这里，通常流淌着一道细细的、鲜活的水流。

这条水渠太有意思了。

油菜花绚烂之极的时候，塔鱼浜的鲫鱼就特别多。此鱼在油菜花开的季节里大量繁殖，故又称菜花鱼。这条水渠里，不知是谁弄的，常年装着两道倒连。所谓倒连，乃"簖"的一种，即长度相等的竹片，用上下两道尼龙绳连缀成"簖"。这有点类似于古代的竹简,不过稍阔稍长而已。倒连斜斜插入水渠,或左或右,只留一个口子,便于菜花鱼只进不出。河水回落,小圩之水急急注入严家浜,大批的菜花鱼溯流而上,游躲到小圩的油菜田,河水上涨之后,小圩俨然成了鱼乐国。

机埠的大水泵好久不响了,这天杏春兴致好,开闸打水,小圩的水急急地汇入严家浜。小半天后,油菜田的水流尽了,眼前到处是手掌大的乌脊背鲫鱼,呆头呆脑的,激激地冲入倒连。它们很快被捉入竹篓。无须提醒,小圩里捉菜花鱼,我的记忆一直很清晰。

小圩旁边就是那个拦住严家浜的大水坝。有一年,为了引来机埠抽上来的河水,村里特地接了一条水管,经过水坝,直通小圩,以便浇灌这块方方正正的水田。水管与小圩的接口处,因为水流的冲刷,形成了一个浅水潭,翻出一块镂空的石头,那里的泥鳅真大,真肥。

小水坝

在塔鱼浜南埭最西边,两条河的一个T字形相交的地方。位于西首河流入村的漾潭口。坝口直对河西庄。

塔鱼浜的机耕路没有筑成之前,一条弯曲曲的小河道,是它与外面世界相通连的主要交通要道。小河通白马塘。白马塘笔直,南北向,南通石门,北达乌镇。它的得名,据说是康王赵构骑白马经过的缘故。过去,塘河边的某个地方,还建有白马庙。这个真真假假的传说，被庄敬地记录在了光绪年间的《桐乡县志》里。

确切地说，塔鱼浜的自然河与白马塘相接的地方在伍启桥。伍启桥是一座简易的石板桥，桥面只两块瘦而长、颜色紫褐的石板，没有护栏，桥脚却极高。而且北桥堍的一块桥基陷落，上面搭牢的一块石板倾斜，我们去白马双桥打酱油或买腐乳，走到这里，小腿常要发颤，回家，夜里还做噩梦。

站在伍启桥头，迎着日出西望，但见一条弯来弯去的水带，从蛋黄似的太阳底下凿空而来，飘飘欲举。水带转第二个湾的地方就是河西庄。转第三个湾的地方就是大水坝。转第四个湾，小河一分为二，它的干支直南而去了西厚阳。一条分支，经小水坝，折西，进入塔鱼浜南埭，小河最后终结于高稻地。而塔鱼浜村庄的主体部分，它歌哭生聚的故事，就是沿着小水坝折西的这段并不笔直、长也不过三百米的小河道（北岸）展开的。

好了，小水坝扼守在古村落的水口，位置的显要，连经过其间的每一滴水，都清楚自己的分量。

小水坝其实不算一个完整的水坝。至于它的那个"小"字，是我为了区别塔鱼浜的另一个大水坝而生造出来的。

这个水坝的来历不复杂。作为河道的塔鱼浜既然是一只断头浜，那么，只要水口拦一个坝，船只就不能进出了。而在过去，往来运输全靠水路，揽坝，那不是壮士断腕、自断生路吗？塔鱼浜人可没这么傻。小水坝的拦筑，必在年底。那些年，每至年关，必要拦一条坝，河水抽干，彻彻底底清理一次河底的淤泥，热热闹闹捉一回鱼，然后，大家开开心心过大年。而事实上，鱼捉完，河底的淤泥清空，浇灌到桑树地面之后，水口的坝随即就打开了。

开坝放水那天，孩子们一定要去凑个热闹。北岸，家家户户的稻地上,必定挤挤挨挨,站满了看热闹的乡里乡亲。长长短短、高高低低的一排人,某几人的小腿肚边,还磨磨蹭蹭着一只黄狗,一只黑狗,一只黑白斑点的短尾巴狗。狗也爱热闹。

开坝放水,大家都异常兴奋。有一次,我看见咬纪家的男人坤祥举着铁耙,很骚匹[1]地冲在头一个。当他的铁耙"噗通"一声,领先于别一把铁耙落到实处而水花溅起的时候,他嘿嘿嘿嘿地第一个就笑出声来。这之后,接二连三的铁耙垄入水中,翻起一块块浸水的黑碎泥块。水一决口,那就再用不到费力垄泥了,急吼吼的水会自动带走曾经围困它的淤泥。就这样,口子越冲越大,河水滔滔,灌满低处的塔鱼浜。南北方向的小水坝,此刻唯剩坝南和坝北两个坝蒂。坝口还小的时候,我们一脚就可以跨越。但大人们知道我们的小心事,他们多半不给我们这个机会。他们非要翻开弄阔,开到我们一脚跨不过去为止。

坤祥为什么这么骚匹地冲在前头呢?这事总有那么一点蹊跷。

坤祥与咬纪(纪英),成家后住在木桥北埭西边第三家,那是塔鱼浜最好的地段之一。坤祥粗眉大眼,一副好相貌,坤祥的老娘[2],长得与坤祥很相像,这大概就是所谓的夫妻相吧。咬纪其实模样很端正,人也长得高高大大,在塔鱼浜的女人堆里也还算出挑。只是咬纪的眉梢有一块蚕宝宝那么大的黑痣,这就所谓破相了。他们夫妻俩倒也和顺。坤祥有两个兄弟,一个叫金祥,一个叫阿八。据说坤祥与金祥、阿八,还有两个妹子玉娥、金美,是同母不同父。那时阿八、金美还小,不经事。金祥虽然长大了,但女声女气

---

[1] 塔鱼浜土白,干起活来风风火火、行动迅速的样子。
[2] 塔鱼浜土白,即老婆。

的，话总不多，也不是尖尖上大[1]的一种人。坤祥咬纪结婚后，很快就与父母兄弟分了家。坤祥家一直落进深的老房子，中间拦腰一断，好似塔鱼浜水口拦了一个坝，两头各自分家过活。坤祥咬纪并一子一女，住前面的厢屋、灶间和卧室，这是房子的前半部分，当然是比较整齐的。房子的后面部分，归他的几个兄妹同住。坤祥老娘咬纪与继父老金宝的关系大概很僵。总之，她与他们常相骂（吵架），一直吵到互相要操家伙的程度，这也少见。

印象中，没有多久，坤祥的弟妹就搬出了老宅，老老小小一大群人，全搬到了塔鱼浜最西边，几乎搬到了那条白马塘通过来的小河边。矮玉娥招赘了本村一家四兄弟的老三。金祥一直找不到对象，后来，只好牺牲金美，与塔鱼浜南边的一个村坊上一对兄妹换了一门亲，也就是说，金祥娶了对方的妹子，对方的哥哥娶了金美。

搬迁并成家后的矮玉娥、金祥——坤祥兄妹的家，正对着小水坝。

夏天游水，我们要么在机埠也就是大水坝里面的那个地方，要么就在矮玉娥、金祥两家的门口，也就是小水坝这个地方。

去这个水口游水，我实在另有一份埋藏得很深的情感在。

小伙伴们在一旁玩水的时候，我多半会出神。看到水面缓缓移来一朵碎青花似的蓝天白云，这神会出得让岸上的大人担起心事来。

坝南，一片桑树地。看不出一点房屋的痕迹。此地即圣堂湾，原先是黑压压一大片屋宇，我家曾祖父手里，曾居家于此。后来，邹家遭强盗抢劫，家里的米囤被搬空。再后来，族里一位懒妇往羊棚里倒稻柴灰，休眠的火星苏醒过来，羊棚失火，殃及祖屋，从此祖居一

---

[1] 塔鱼浜土语，占上风的意思。

片瓦砾。再后来,蔓生一片杂草,记忆就这样被覆盖了。我小时候所见,这里早已是一片废地,哪里还有人歌哭生聚过的痕迹。

坝口是一只大漾潭,人称东漾潭。我盲太太[1]的一个兄弟叫庆荣的,某年清明节,村里摇踏白船,人声鼎沸中,满船的人,就庆荣一个人落入河中,可怜的年轻人不知不觉就给淹死了。盲太太邹文才是我祖母的叔叔,晚年与我讲闲话的时候,常说起这个事。庆荣死,他的女人美芬后来招赘了一个乌镇北栅人,这人就是培荣。老培荣在我家西隔壁,好喝一口。我小时候,常见他大清早臂挂一只竹篮,篮子里摆着一只青花小酒盅,去翔厚或对丰桥吃早茶同时兼吃早烧,回家,他的篮子里就多了一簇金灿灿的油豆腐。

坝上和坝下,都有一个家族的惨痛记忆,这个记忆随着我游到河中央的时候,就开始涌上来了。我的心,就止不住地会往深处沉去。

但是,会玩水的人,总得拼命地浮上身来。

常常是午后,趁着大人们午睡(一个监管松弛的空档),村里几个年纪稍大的男孩,比如外婆家东隔壁的高中生施云生——他这会儿正在长胡子——偷偷地组织发动起一次盛大的游水活动。

云生毛着喉咙,指指这个,点点那个,开始分派任务。年龄稍小的几个小屁孩,不堪大用,他让他们光着身子,听从号令,南北方向肩并肩站成一排,似一堵人墙横绝河道。他还交代,待会儿他从对面快游到水坝口的时候,他们得一个劲地用力拍水。他自己则拉上我,跑到自家稻地外口的河埠头,一个猛子入水,乒乒乓乓,人是笔直地游向水坝口。游水前,他跟我作了交代,要尽可能地双脚猛击水面,要让水浪掀起来,浪头越高越好。我照着他的样子

---

[1] 我家乡无分男女,凡祖辈的老人一律称"太太",以示尊重。

做,可我力气小,掀不起多大的水浪。云生却自道一经[1],双脚打出很大的浪花,一径向着水坝的那堵人墙游去。

塔鱼浜的河,人能在其中游水的河面实在很窄,因为河的岸边家家都养着一块水草。唯有河中央留着一条望过去白线似的水道,那是公家通船用的。云生和我就沿着这一条水道向水坝口猛冲。平静的河面由于我们这个莽撞的举动,开始晃动。水草底下,几乎也在午睡的花鲢和白鲢,经此一激,本能地往前游去。当大群的鲢鱼游到水坝口的时候,更遇到一堵正在使劲拍水叫喊的人墙。鱼们前无去路,后无退路,只好纷纷蹿出水面。有一条鱼斜刺里一个起跳,撞上了我的下巴,麻麻木木的,让我疼了好几天。这样的场面,总有几条受惊吓的白痴鲢鱼会胡乱地蹿空后又迅速落到水草上,孩子们纷纷游过去,两个手指头一挖鲢鱼的腮,总有几条斤半来重的花鲢白鲢,腮瓣一翕一翕,瞪着两只傻里傻气的鱼眼,乖乖地做了我们的俘虏。

圣堂湾

在塔鱼浜南。隔河与河西庄相望。往来西厚阳、石门的陆路通道。

小水坝的南头,是一只壁陡的岸滩,朝北岸滩,多生长一

---

[1] 塔鱼浜土白,有自作主张,不管不顾之意。

些喜阴的小花小草。登上去，但见一片横枪似戟的桑地。桑地的西南，一只九十度直角，往南直通西厚阳，甚至十三里路外的石门。

这一块不大的桑地，原先有一个很有意思的名字：圣堂湾。

圣堂湾总有一间类似于"圣堂"的老建筑吧？但是没有，只有这一个不知道什么年代传下来的地名。圣堂湾北面的空地全是桑树，除了辣钵金龙老娘的那只棺材，其他什么建筑都没有。

我家的老房子上一代再上一代，据说就在这里。在被密密麻麻的桑树填满之前，就凭那么阔大方正的一片空地，那些黑压压的房子，我能想象，它们占据的面积有多大。

供我遥想祖上风光的只有一个废弃的河埠头。这片桑树地的最北面（也是当年房子的后门头），就是作为一条河的塔鱼浜（我家乡所谓的浜即河）。我十来岁上，这个弃置不用的河埠头还在，河埠头的杂草长得比我的身体还高。看那些河埠头的长条石，完全是大户人家才有的派头。

有一年，父亲为了方便挑勒色（主要是后门猪棚羊棚里的垃圾），计划在房子后面的小沟上搭一块跳板，不知怎么地，他就想到了祖上弃置不用的那些长条石。他叫来了我的永金舅。他们不知道用了什么方法，竟然将那么大的一块条石移置到我家的后门头。那块条石，颜色金黄，通体是养眼的小麻点，背面虽凹凸不平，正面却相当平坦。边上的轮廓，已经磨得非常圆整，细细赏观，的确很有些年头了。

显然，那个河埠头的石块并非我一家所有。父亲弱水三千，当然也只取一瓢饮。偌大的河埠头，那么多的石块，他也就运来了这么极普通的一块，其余的，塔鱼浜前埭东面的邹姓，应该都有份的吧。后来，一大片河埠石大抵都给他们——这些我一直未能分辨的本家自族给瓜分掉了。

圣堂湾与河西庄，就隔了一条河。这一条小河，平时未见有船只往来，因为它往南的一头早让另一个叫西厚阳的村庄给堵死了。在这段宁静的小河里，小鱼小虾多得是。一年里，县农林局的小汽艇至少突突突突地会开来两次。小汽艇上，一男一女，或者还要多，一律头戴大草帽。他们戴的草帽和我们村的不一样。他们的草帽上，有"农业学大寨""工业学大庆"字样。红色字体，虽有点模糊，望去也还是一目了然。这些人都一手握着一根装了网兜的长竹竿，一手捏着一根导了电的竹竿。他们经白马塘，过伍启桥，甚至经过了河西庄，来到塔鱼浜的这段水面，照例是以电触鱼。带电的一根竹竿往河里特别往水草底下一伸，大小鱼类（包括黄鳝与水蛇），银白的鱼肚触目惊心地就翻转过来，一动不动地浮出水面；另一根装着网兜的竹竿随即往前一伸，大鱼小鱼都捞到了。

只要农林局的小汽艇噗噗噗噗的声音传到，塔鱼浜的大人小孩都会兴奋地自带渔网，沿河河岸，跟着汽艇缓行。于是，出现了两帮撩鱼的人——河中央是汽艇上的两人或四五人；河岸边，是一大群塔鱼浜原住民。两拨人，有时候干脆抢着去撩这些被电击晕了的鱼。奇怪，汽艇上电触鱼的人也不恼，其中有个瘦瘦高高、细白粉嫩的女人，还微微一笑，故意将她手里那根带电的竹竿往河边一伸，近岸的鲫鱼、小银鱼、螃鲏鱼、白水虾……纷纷翻转肚皮，浮出水面。她也不伸网兜来捞捕，而是由着岸边人争抢。她的这个举动实在赢得了我的好感。她的美也赢得了全塔鱼浜的尊敬。

棉花埂

塔鱼浜最南一土埂,南、西均与西厚阳隔河相望。

圣堂湾再往南,就是棉花埂。顾名思义,这条巨大的土埂上早先是种过棉花的。塔鱼浜种棉花,我只记得一回。但此刻一说到棉花,我眼前随即浮现洁白的棉花被棉铃壳包裹的那一幕——我曾小心地将这种叫作棉花的软绵绵的东西剥出壳,扔到竹箅里。不过,那不是在这条棉花埂上,而在我家后门头。

棉花埂之所以让我铭记在心,是因为它的最南端摆着我家长辈盲太太的水泥棺材。1982年,我在石门公社中学读初二,那年端午节,塔鱼浜报老[1]来,来人告诉我盲太太死了。我母亲一听,二话不说,带着我和汉良匆忙赶回塔鱼浜。

按照塔鱼浜的风俗,出殡时,需要铜锣开道。早有人取了塔鱼浜出工收工时急急敲响的那面铜锣,几个转手,这革命时期的圣物,顺顺当当就递到了我的手上。我拎着它,仗着血气方刚,敲出了一连串的咣咣——咣咣——咣咣咣。我走在送葬队伍的最前面,以暴烈的铜锣声开道。四个年轻力壮的自族,抬着盲太太的水泥棺材,从严介里出发,走过长弄堂、木桥头、南田横、圣堂湾,一直

---

[1] 塔鱼浜土白,即报丧。

走到塔鱼浜最南端——靠近西厚阳的棉花埂，咣咣——咣咣——咣咣咣——咣，在最后一阵急促的铜锣声中，盲太太的水泥棺材停放下来。我重重地敲出了最后一棒槌。

盲太太凄苦的身世此不赘述，单说他的水泥棺材摆到棉花埂的那一刻起，似乎注定了要和我发生一点微妙的联系。

我十五岁转学石门读书，此前两年，我母亲的知青身份落实并上调到这个镇，她被安排到一家工厂做了一名普通的工人，这个机会使得我那双一直插在水田里的脚终于拔了出来，可以舒舒服服地在干净光洁的街上走路了。这在那个年代确乎会引来羡慕的眼光。

一年里，每到重大的节日或寒暑假，我们总要返回塔鱼浜。为了省四角五分的轮船票钱，我们选择步行回家。走过西厚阳的老石桥，入北五六分钟，就到棉花埂了，盲太太的水泥棺材就在路边，白森森的，特别显眼。旁边的桑树上，一只饭篮照例还挂着。几年之后，这饭篮不见了，水泥棺材的外墙塌了一角，阴雨天走过，更加触目惊心。每次经过盲太太的埋骨之地，我都会转过头去，默默地想念他一番。奇怪，此地荒僻，渺无人家，我却也不怕。我打心眼里想和盲太太打一声招呼，问一声好。

与棉花埂隔开一块田的另一个土墩上，摆有我的祖父的棺材，棺材的外墙，一侧是我用毛笔写的七个字：人生自古谁无死。另一面无字。那时年轻，满眼都是蓬勃的未来，大概是想表示对死亡的满不在乎吧，我居然不恰当地随手涂了文天祥的句子，涂好一侧，转念一想，我的祖父，最辉煌的成就不过塔鱼浜的一个小会计，即我家乡叫作记账员的行当，他能"留取丹心照汗青"吗？这一思索，我噗地笑出声来，掷了笔，任由这面棺材墙空白着。

河的南面

在塔鱼浜南。

河即流经塔鱼浜前埭几十户人家面前的这一条。这条小河流到高稻地，就彻底断流了。形成了江南乡村异口同声的所谓浜或浜兜。清代太仓人顾张思著《土风录》，说"小港曰浜"，顾氏引李翊《俗呼小录》："绝横断港谓之浜。"如此，塔鱼浜的名字，就是这么来的。

河的南面没有一户人家，只在前埭中央的木桥头，有四间公房。这三间平房，依次做过集体的食堂、知识青年程小平短暂的栖身之所、小队长毛老虎的独子邹有林发疯后的锁身之地。

房子靠西的一边，辟有一个小水泥白场，这白场前文有记。我这里只补充一点：我六岁那年的某天，因摔了一跤而让煤油灯管戳破了左眼泡皮，纱布蒙了一个星期，这天有好转，来到这块小水泥白场上玩得正起劲，忽然有小伙伴跑来告诉我：有个老老头[1]到处找我们家大人。来人是我家的一位乌镇亲戚，在这位老人家手里，我第一次尝到了橘子的味道，就在这个小小的白场上。

河的南面，有一块叫作"河南丬丬"的水田，广阔，平整，特

---

[1] 塔鱼浜土白，老头前多加一个"老"字，以示亲切。

别是木桥往南这条小路靠西的那块,是大家心里有数的一整块肥田。塔鱼浜河南的大田,它的半中央开掘有一条东西向的水渠,干旱时节,便于引水灌溉。水渠以南的田统称南田横。南田横之南有一条东西向的机耕路,再南边,又是一小块高地,高地外,即与东厚阳、西厚阳接壤了。老太阳高临的盛夏,卖棒冰的"三百三"背着棒冰箱子,从翔厚集镇急急出发,一路小跑,一路敲敲拍拍,一路从东厚阳、南田横喊过来。

"文革"一结束,谋划着分大小队了,合心生产队至此恢复塔鱼浜旧称,并一拆为二,分东片的邹介里和西片的施介里（北片严介里归施介里）。拆分田地的那一天,邹介里、施介里分别派出了自己的小队长,他们用抓阄的办法抓取自己的田地。结果,一切都颠了个个儿,西边的施介里摸到了塔鱼浜东边的田地,东边的邹介里摸到了塔鱼浜西边的田地。

而河南最西边的一块肥田,也就是说,施介里各户稻地外可以望得一清二楚的那块好田,这时候开始,就全归了邹介里。

承包到户后,我们家在南田横东边暂时分得一块不到一亩的好田,那时母亲已去石门玻纤厂做了三班倒的工人。1979年5月,父亲带着我们兄弟俩下到这块旱田收油菜籽,忽然,翔厚大队部来人,站在南田横喊了两声我父亲的名字,来人说收到一个电报,石门拍来,内容是我母亲的手臂被机器轧断了。父亲听来人这么一转说,不禁叹了一口气,低低地说了一句:"倷么完了!"父亲的油菜籽这天是没法收了。我和汉良也茫然不知所措。这个下午,我们兄弟俩有了天塌下来的感觉。父亲随即收拾收拾,赶到十三里外的石门镇。但母亲是工伤,此时已由工厂转去杭州治疗。父亲那天很可能扑了一个空。

河南还有我家的一块自留地。这块地，西边离木桥南塅的三间公房不远，面积大约四分，刚分到我家没几天，父亲就去种了两排水杉。地不大，离家也近，就多种了一些蔬菜，也方便平素居家的生活。几年后，水杉长得很高大了，河北的人家望过来，颇有点醒目。自留地与邹介里的猪头炳奎家隔河斜对，那些年，猪头炳奎家不顺境，就信起了迷信，他听信了神汉巫婆的胡言乱语，认为我家这块自留地的高大水杉有碍他家的发达，就择日提了一把磨快的斧头，不管三七二十一，将我家所有的水杉砍翻在地。在乡村，遇到这等欺上门来的烂事，是非狠狠地打一架不可的。我父亲到底是一个软弱的人，一生信奉多一事不如少一事的信条，只暗地里骂了几句毒猪头，也就没去计较了。好多年，那些被无辜伐倒在地的水杉可怜巴巴地横卧着，他也懒得去收拾。

这猪头炳奎，某年我回塔鱼浜，劈面碰到，倒是年纪轻轻的我狠骂了他几句，大概自觉理亏吧，他也不声响，也不搭话，挑着粪担，只顾走他自己的路。

砍倒我家的水杉之后，猪头炳奎家也未见有什么发达。忽一年，他的独养儿子玉强，塔鱼浜一向和和善善、说话女声女气的一个好小伙，因为跟老猪头吵了几句，竟喝农药自我了断了。这是谁都想不到的一桩意外之事，逼死了自己的儿子，猪头因此被全村人看轻。经此命运的沉重一击，猪头整个人就彻底地垮了。再过几年，我见到他，老得一塌糊涂了。他眼睛无光，嘴巴也没有话，手足笨拙，看着也着实可怜。老猪头往年犯下的烂事，不提也罢，反正，那时，河的南门，他家斜对面的那块地，也早不是我家所有的了。

后头田

塔鱼浜南埭（确切地说是南埭邹介里）后门口直对的一大片水田。有水渠通严家浜，还曲曲折折地连通着河的南面的大片水田。

后头田是很大的一块田，向北、向东延展而成不甚规则的一片大水田。后头田的水渠是一条不容小瞧的大水渠，阔而深，还曲折迂回，包围了东边的小半个塔鱼浜。它尽管连通严家浜，但我们很少去这条水渠捉鱼。这条水渠从没有抽干过。

这条水渠流入严家浜的地方有一个很小也还算平整的渠坝。这坝的北面即戤壁路。其南通东弄堂，是去塔鱼浜南埭的必经之路。初夏的黄昏时分，有一次，我母亲在中白场的公房共浴室看蚕完工后返严介里自己的家。那晚，她打着手电，脚步急促地正要踏上这个坝，突然大叫了一声，这边我父亲听得母亲尖叫，早已猜到那边发生了什么情况，他随手操起一把锄头，三步并作两步，奔下严子松家的稻地并迅速赶到。母亲一脸惊恐，断断续续地向他描绘着刚才眼见的一幕：一条地扁蛇伸出一个三角形的头，横躺在路面，正在缓慢地经过渠坝。蛇听见脚步声，加快了爬行，扭曲着身子，很快逃归严家浜河滩边的草丛。从此，雷阵雨后黑灯瞎火的夜里，经过后头田西梢的这个渠坝，绝对需要考验我们的勇气了。

后头田因其辽阔，春天，无论遍植的紫云英（拙著《江南词典》之"花草田"一文有记，此不赘述）还是春风中一大片油菜花，都是我家乡先声夺人却多半也是无人理睬的好景致。蓝天白云下，鲜美的春花，寂寞开无主，也只好开放给自己看。

春天，黄灿灿的油菜花可以熟视无睹，但油菜花底下，追逐着油菜秆迅速蹿高的桃树和梨树，是我们乐意找见的。原来，寒冷中油菜刚刚露头的时候，田里早铺了浅浅一层上海勒色（垃圾），勒色里混合着城里人咀嚼过的果核，经过一冬的休眠，经过春天里雨水的滋润和春阳的撩拨，核仁坚韧不拔地萌发它的芽尖来了。因为阳光被油菜遮挡，果树的小苗一律纤细孱弱，但它们再不起眼，我们也分得清哪棵是桃苗，哪棵是梨树苗，哪棵是苹果树苗。总之，桃树的苗叶，几片风中颤抖的叶子，每一片都来得细长，像一只好看的丹凤眼；梨树苗叶显得相对饱满一点；苹果树苗则更纤弱，茎秆和叶子通常是一抹紫红。这些果树苗，都长在勒色堆里，大拇指与食指轻轻捏住，很容易拔出来，不会在泥地拔苗那样，一使劲就会吧嗒一声扯断。菜花田里拔出的树苗，也不多带泥巴，连根茎也都干干净净的。

暮春，田间的地气转暖，我们怀着对美好植物的渴望，再一次来到后头田。我们牵连不断地拔来微风中瑟瑟抖动的树苗，每次都拔来一大把，满怀希望地种到自家的屋角地头。我记得我家后门头的沟渠边，我曾精精神神地种下很长的两行果树，又是培土，又是浇水，可是，太阳一晒，全都蔫巴而魂归离恨天了。第二年，我们仍不死心，继续来到后头田，继续拔，继续种，但也从来没有种活过一棵果树。塔鱼浜几乎没有果树栽培的经验，也很少有人家种植，有限的几棵桃、柿子、枇杷、葡萄树，我们都清楚在哪堵围墙内。显然，大人并没有教给我们多少果树培育的知识。

即使挖来的果苗从没有成活，那些年，躲在油菜田里，也是一桩幸福的事。油菜花下，果苗的腰杆儿细嫩纤长，羊草也是嫩得掐一把流出汁液来，湖羊嘴刁，就爱咬嚼嫩草。这里的羊草不需要割取，只需张开左右手，满把满把地或捋或拔就可以了，抓满一篰草，不需要费很多时间。

年纪比我大七八的莲宝背着竹篰，也爱往油菜田里钻。莲宝是我家西隔壁老培荣的女儿，脸蛋圆整，模样俊俏，人小小的，乖巧。她一说话，眼睛先就眯起来。她没上过学，老早就学做农活了。她爱上了西弄堂口的顺林，顺林比她大五岁，他们家穷，弟兄又多，顺林不小了，一直没有谈上对象，这会儿他也看上了莲宝，他们两个就躲在油菜田里谈朋友，哪知老培荣嫌弃男方家穷，一根筋地反对他们搞对象。他反对的一个出格的举动就是将莲宝关在家里。老培荣爱喝一口，走进走出，嘴巴里除了喷出一股酒气，还喷出连声的詈骂，但最终，老培荣彻底败下阵来，他反对无效，莲宝越发地跟紧了顺林。

顺林家的后门外，沿着东弄堂，入北通下去是一条泥路，泥路的另一头即六亩头，顺林没有去六亩头，而是中途折向西边的后头田。好大的一片旱田，此刻油菜花开得正旺，顺林背只竹篰，从一条小田埂闪身进去。这边厢，莲宝也背只竹篰，从严介里下来，经过小猪房，来到后头田的西首，她由另一条田塍进入，两个年轻人，隔着一爿田，凭着感觉，互相寻找着心上人。一会儿，他们的衣裤、头发甚至眼睫毛上，都沾满了黄灿灿的油菜花。这一年里开得最旺的油菜花可以作证，两位有情人的前途一片金黄。事实正是这样，他们从此不再分开。顺林和莲宝婚后育有两个女儿，一家人过得和和美美的。

前埭还有一个叫全英的女子,比我大五六岁,留着童花头,也总盘桓在后头田附近,她每次见到我,总过来打个语笑嫣嫣的招呼。全英穿着碎花的丝绸袄,腰身渐渐地凹凸有致了,但背着一只羊草篰的全英,总见她一个人走来又一个人走去。后来,就很少见到她了。她嫁到别的村坊做一份人家去了。

严家浜

塔鱼浜北面严介里的一只小河浜,是生我养我、寄托我梦想的地方,也是当年嬉游的地方。

严家浜东西长约五百米,南北宽不足十米,粗粗一看,其形状并无什么特别之处,它的中央有一个收束的地方,正是姚亩田水渠的落水口,依次为界,可分为两个部分,西片(主要是河北),由西向东,依次是:机埠、墙内坟、姚亩田水口。这三者,构成一个完整的元宝形。确实,从显见的地势分析,这个落水口和机埠的进水口,构成元宝的两只角,这显然是人工开挖形成。而坐落于元宝正中位置的墙内坟的六个大坟墩,猜想它一定大有来历。从一方残存的道光年间的侍郎墓碑,我们就可以觉出这个墓的非同一般。据此推测,严家浜是一只风水浜,其"始作俑者",可能就是深埋在这里的某公。此外,墙内坟落北,有一条八分埂,硬生生将一只水田分成两爿。八分，说的正是这条埂的狭而小，一亩地不到的土埂，显然是人工堆土筑成。八分埂北段有一个大坟，在土地私有的晚清和民国，均属于塔鱼浜南埭的某个邹氏。塔鱼浜的这个邹氏是从湖州练市迁来的，其祖上，不少人埋在了这墙内坟。这八分埂，若从墙内坟那边望过去，非常像一块长方形的朝板，如果我的推测不谬，那么，八分埂、墙内坟连同整只严家浜，都是古代堪舆学的产物。这样一想，严家浜就有点不同寻常了。

这一只风水浜，并非命名为邹家浜，而唤作严家浜，这又是为什么呢？整个塔鱼浜，严姓也只严子松一家，显见是外地迁来。偏偏严姓不兴发，且成分不好，在一个讲究成分的年代，这都是致命的。此地，严姓显然是最早的住户，至于严家浜的名称始于何时，这我就不清楚了。

意识到地理上和命名上的这两个发现，严家浜正处于填平的时刻。村里的小书记，已经带着一帮忠实的手下勘测过了，所有的房屋、树木都作价处理，不过，价格也不高。我们赶上了一个前所未有的大拆迁年代，鲜红的"拆"字，成了这个时代的关键词，写满了斑驳的墙壁，也最终写上了地处江南偏僻一隅的塔鱼浜。严家浜自然不能免去房屋拆毁、河浜填平的结局。

那是2005年秋天，平铺直叙的河面上，挤满了紫红的水葫芦，像是涂了一层油漆。原先很好看的河流倒映着蔚蓝色天空的千年美景，但这一切已经不再——那是严家浜临终的回光返照——满河是触目惊心的紫红，像结痂的伤疤，巨大，荒凉，无言，以及无言中隐隐的疼痛。

还是让我的目光回到过去吧，回到我十五岁之前的有关严家浜的记忆中去。严家浜和江南所有已经消失和即将消失的河道、村庄一样,活在过去的黑白时光中。

严家浜起初有两个河埠头,一大一小。河埠头,即塔鱼浜土白中的"桥垌",其主要功能无非洗洗刷刷。比较整齐的那个河埠头是严家的,正对着严子松家的矮门,不多的几排石级,石条棕黄色,小麻点,赤脚踏上去,微微麻痒,脚底顿感舒舒服服。

清早,第一个来河埠头洗刷的人,有时能看到河底的软泥上白亮亮的镍币。河埠头的对岸,如果运气好,一早,会捡到天青色的鸭蛋。我就捡到过好几回。螳螂头秀高,也或者小毛毛也会去捡。但这一天,老螳螂或小毛毛多半是大家取笑的对象,因为他们捡到的是一只挖空的咸蛋。

咸蛋也不经常吃到。那时,家养的鸡鸭甚至屋前屋后的树木,大队里都会派人来点数,绝不能超过政策规定的数目,否则,就是资本主义尾巴,一旦够上这尾巴,那就要派人来割取。河埠头两边的河岸上,我记得有一棵枣树、一棵桃树、一棵巨大无比的朴树、几棵苦楝树,这些树,在一米半高的地方,都划了一道红杠,这是大队来人做下的标记,表示这棵树已经清点完成,算是合法的标志了。

一到淘米烧饭的时间,严家的矮门吱呀一声推开,严子松拎着淘箩,上下的嘴唇上,照例含着一支雄狮牌香烟,无声无响地来到河埠头。他蹲下身,半个手掌插入米里,翻捏几下,淘箩提出水面,用力颠几颠。淘箩里的米,因震动而发出刷拉刷拉的响声。淘箩再次沉入水中,一小簇秕糠浮出水面,河里的小鲦鱼异常兴奋地围着淘箩转,上浮下潜,更有一条不安分的白水鱼,像一枚银针,激的一声,弹跳出水面,刺向空中。大群的小鱼聚拢来,像极了穷人造反似的那种快乐。淘好米,严子松一步一步回转。他走过的直直的路上,有一道直直的水印,似断还连,像一幅简静的水墨大写意。

严家河埠头的斜对面是一条三分田横来的水渠。严家浜水坝的闸门平时是关上的,大水泵一抽水,水位急速下降,这三分田横来的一脉水就激激激激地发出声响。河里的鲫鱼逆水而上,微微耸起一条水线,有捕鱼经验的人一眼就会看出鱼的大小和多寡。

这样的水渠,严家浜拢共有四条。姚亩田、小圩里、三分田横、老人下,都有这么一条激激激激会唱山歌的水渠。这四条水渠,实在像连通着一只大腰子的四根血管,它们源源不断地给严家浜提供养分,严家浜反过来也滋养了水渠连通着的大片良田。

每年油菜花开的时候,全村人会到严家浜或与此连通的姚亩田来捉菜花鱼。大家所用的工具无非是扳鱼网或棺材网,也或者干脆就是一把鱼枪,而后者必定是捉鱼的一把好手。这些渔具,家家都有。据说塔鱼浜从前多捕鱼的人家,这样说起来,捕鱼乃塔鱼浜远古的遗风。

最喜欢机埠的大水泵抽水,一抽,水位就一寸一寸地退下。半天的时间,严家浜就会抽干。抽干水的严家浜,湿润的河底黑油油的,泛着幽暗的光。严家浜里,除了噼噼啪啪还能游动的鲫鱼,其次就是无声无息的螺蛳了,那么多的螺蛳,这回我们看清楚了,原来它们都钉子一样钉在河底。这时,塔鱼浜前埭的女人们都赶过来了,提着竹篮,深一脚浅一脚,全部挪向严家浜底。小半天的工夫,每人都能捡到半篮螺蛳,回家冲洗一下,放养在水缸里,隔一夜,剪去螺蛳的屁股,老灶头上用菜籽油一爆炒,滴入酱油、少许的醋、红糖、老姜、小葱,香喷喷一道河鲜,端到八仙桌上,男人们连筷揿到嘴上，米酒因此多喝了一供碗。

七八两个月，塔鱼浜、彭家村、金家角三个村坊的水稻田每天需要灌溉，严家浜三天两回被抽干，运气好的时候，我们能够捉到甲鱼、黑鱼和鲶鱼。甲鱼这东西，那时候也不见得像现在这么珍贵。我记得我父亲从一个上海知青那里学会了用猪肝装钓钩的捉甲鱼法，一个晚上能捉到四五只，清早，他拿着甲鱼到翔厚或对丰桥摆地摊，实在也卖不了几个小钱。故他捉来甲鱼，一般就放养在一只大甏里，甏口盖一木板。甲鱼是经不得蚊子叮咬的，蚊子一叮，它就死。死了，只好扔掉。我常常乘父亲不在家，揭了木片，趴在甏口看那活动着的甲鱼。俗语王八对绿豆，是说甲鱼的眼睛小吧，我看着它们一只只伸出头，眼睛果然细细的，嘴巴却很凶猛。我还不敢用手捉拿，只能用一根小棒敲它们的背壳。甲鱼受到侵犯，冷不丁发力，老龟头伸出，狠劲上来，就想咬你一口。我赶紧缩手，我知道，被甲鱼咬到手指，一定不是好玩的。

夏天"双抢"的傍晚，有那么一刻，严家的河埠头上最热闹。晚上八点半，广播机的新闻联播播报结束，桐乡电台的气象消息接着开播，一两分钟后，本地的女播音员用桐乡土白打招呼："各位听众朋友，再会！"这句熟悉的土白一出播音员的口，严家浜的这几户人家——从东往西，依次是拆烂污阿二（邹品林）和他的老婆美娥，老培荣和他的大儿子小毛毛、儿媳玉珍，我父亲（我母亲1978年去石门工作），严子松严阿大夫妇，哑巴子新田和顺娥，白头阿大和他的苏北老婆翠英……他们一个个提着拖鞋，肩上搭一条黑乎乎的破毛巾，陆陆续续地来到河埠头洗澡、揩身。他们是长坂里"双抢"刚刚回家，一身的汗水，半腿的泥巴，都要卸落在这条亲密无间的小河里。

我家东隔壁的顺娥,那时候也不过三十来岁吧,皮肤黑黝黝的,一半是为夏天强烈的太阳光所暴晒,一半也是天生,她光着上半身,两只奶子晃荡来晃荡去,也不避人。她来到人头拥挤的河埠头,也不觉得有什么难为情。她两手叉住一个儿子的胳肢窝,一来一回,荡去又荡来,连着"嗷嗷"地喊了两声,突然发力,将其中的一个儿子扔到了河里,接着,如法炮制,将另一个儿子也扔进河水。黝黑之中,她由着他们在水中嬉戏。她局促在河埠头的一边,不紧不慢地洗澡。自己洗干净,回转,拉过两个儿子,给他们浑身打满透明肥皂的泡沫,擦一擦身,一个一个又扔河里去。这两个和我一般年龄的家伙,哪天不扔他们一次,骨头犯贱,都要喊出麻痒来。

这些女人的男人们,这会儿一个个在河中央游水。河面上,只露出一颗头,水性好的,就直立在够不着河底的水里,腾出两手,擦起了自己身上的乌皮[1]。那个时候,河里的小鳈鱼实在多,它们不时游拢来和他们的身体打招呼。最让人发笑的,它们径直来到脐下三寸的地方,啄他们的小鸡鸡,惹得大家咯咯咯咯笑出声来,可笑归笑,一个不小心,咕嘟,任他水性再好,也会灌上一大口河水的。

这里还得说一下最东边的白头阿大,他们家原是塔鱼浜前埭东弄堂口搬迁过来的。这个白头阿大,是我的大叔拆烂污阿二的朋友,年纪不大,头却早早地花白了。他这个样子,在乡下是比较少见的。白头读过书,是那个年代乡下少有的高中生,他喜欢读演义小说,或许就因为这一点,才和我的大叔交上了朋友。白头的老婆

---

[1] 据音,即黏附在皮肤上的垃圾。

翠英，苏北口音一直没有改，说话"腊块腊块"的，声口婉转，确乎有点脆，在塔鱼浜，这也算特别。那个时候，外地女人嫁到塔鱼浜的还不多见，不像20世纪90年代以后，塔鱼浜几乎成了一个"联合国"，湖南湖北，四川贵州，什么省份的女人都有。

白头一家——他老婆、一个儿子、两个女儿——搬迁到严家浜，大概在70年代末。记得他们家在稻地上摆了几桌酒，邀请严家浜所有人到他们家吃酒。大家也都领情赴会，原先的小意见小情绪顿时就消失了。他们家从此算是融入严家浜这个大集体了。白头大概为了向大家示好，还在严家浜南岸新辟了一个更平整的河埠头，且规制比老河埠头来得更大。这大大缓解了夏天澡浴的拥挤。

"双抢"过后，河水重又涨满严家浜，这时常会看到一条水蛇，蛇头抬得高高的，扭动着S形的身子，搅动水波，正游向对岸——水蛇游过之处，满河都是惊恐的细鳞。

或者是一只失了群的小鸭，焦黄的鸭毛还没有转成雪白的羽毛。小鸭在水面打了几个圆圈，仍找不到方向，我只好伸一支竹竿过去，引导它回家。小鸭找到群体的高兴也是我的高兴。

蜻蜓也会飞来，一只两只三只……蜻蜓的头好大，翅膀好长，让我想到空中的直升机。蜻蜓逗留在河中央一根撑住水草的竹梢上，时间竟然那么长，那么长……远远超过我观察它们的耐心。

遇到家里的老猫睡懒觉，或者这一天我的心情郁闷异常，我就去捉那老猫，捧了它，快步赶到河埠头，一二三，使出浑身的力气，远远地把它扔到严家浜里。老猫被冷水一激，突然醒转，昂起头，拼命游上对岸，噗的一声蹿上岸来，立定身子，直愣愣的，抖一抖浑身的水珠，但见老猫前爪探出，伸出一个更长的懒腰，若无其事地，迈着它固有的虎步，又回到原来的地方打盹去了。

秋天一深，严家浜河面上的水草由翠绿转黄，渐渐地，青翠变成了枯黄，忽地又矮了一大截。手背大的鲫鱼就开始躲在枯黄的水草底下，准备过冬了。

隆冬时节，严家浜也会结冰，但结的多半是鸡脚冰，河面稍有动作，就会碎裂，连声音都不会有。只有很少的年份，严家浜才结厚厚的巨冰。如果结了连河底都封冻的冰，我们穿了棉鞋，放心大胆地去踏步，一步连一步，就可以走到对岸。冰块的白色白得有点心慌，像是骨殖甏里的骨头的那种白。用力气踹一脚冰面，白白的冰块会喊出声来，特别是近岸的所在，会有略微的松动，咯啦啦，咯啦啦，像是一把老骨头在喊疼。

我知道，严家浜的春天还会回来——水草还会绿起来，河水还要涨满来——直到2005年，老培荣（他死去至少十五年了）家的那棵百年朴树以一千块钱的价格被挖走，那片隐蔽我童年的巨大树荫顷刻解散，随即，严家浜被彻底填平，变成了江南腹地一块无关紧要也无甚特色的平地。没过多久，不知由谁，地上已经种满了我异常熟悉的蔬菜。

严家浜的地名也没有了吧，因为它压根儿就没有在任何一本书上出现过——在我的这一段长长的絮叨之前。

卷二

地理志附
父亲的老屋

草棚，或拦头屋 / 厢屋
灶头间 / 房间里 / 后门头

父亲的老屋，在严家浜戤壁路西，一埭平房的中间。据说是我盲太太手里撑起的家产。父亲与他的兄弟析产后居此。老屋的构成：前稻地——草棚（后改建成拦头屋）——后稻地——廊屋头——厢屋——小天井——灶头间——房间里（东侧大天井与严子松家共用）——过道——小天井——后门头。老屋南北向，一直落进深。平屋。

草棚，或拦头屋

1975年，塔鱼浜的草棚已经拆剩无多。除了我家、西隔壁的老培荣家、南埭东弄堂口大毛毛家、顺荣家之外，其他我就记不得了。

不知道我家为什么还搭有草棚。整个塔鱼浜，上代以前，草棚其实也不多见。再说家有草棚，当时也不觉得有什么不体面。那时大家都穷，有草棚的人家或许更穷一点。那个年头，贫穷不见得是一种耻辱。实际上，它反而可能是政治上的一种荣耀。总体来说，塔鱼浜贫富均衡，两头没有特别突出的人家，还没有建立起物质的概念，也都不觉得贫穷。大家穷得蛮开心的。

我家的草棚，面积倒是很大的一间。这么说吧，反正比普通人家的厢屋还来得大。草棚搭在厢屋的前头,严家浜河的后头(北面)。四面不开窗,只在通厢屋的朝北,开一扇小门进出。草棚乃泥墙所夯实,比厢屋略低。檩条连大梁都是不甚粗大的水杉木,椽子是毛坯的杜竹,稻草代替了平常所铺设的瓦片,就这么简单。

草棚不住人。草棚里关着猪和羊。猪一栏,只养一只,是阉割后的肉猪;羊一栏,一般养两只或外加一只小羊,算三只吧。中间泥墙隔开。猪和羊的叫唤声,声声相闻。所以,我父亲进去喂猪的时候,羊就开始叫唤了,进去喂羊吃草的时候,猪就开始不安分了。猪羊全部喂食完毕,只听得猪和羊安乐的舒坦之声。

没有安装电灯。草棚上面,连小天窗都没开一扇。所以,即使大白天,里面也是黑乎乎的。里面有亮光的时候,正是来找父亲烦恼的时候。草棚顶上的稻柴发黑发霉了,风一吹,啪嗒掉落老大的一块来。猪羊突然见到这白晃晃的天空,特别是那头白毛约克猪,直愣愣的,显然发了好长时间的呆。三只羊却一如既往,低头吃草,不管不顾,偶尔咩的叫一声,像是自言自语,一副悠闲无争的老样子。

那时的大人多忙,忙于生产队里的各种农活。夏天,起早摸黑,参加"双抢"(抢收抢种)。深秋,轧米,还粮。初冬,开始空下来,小队长毛老虎忽然又有了新安排,两人一组,轮番摇船,去塘栖罱河泥,去上海扒勒色……哪有闲工夫来翻盖自家的草棚。反正,猪羊会叫,也还不至于叫苦。

草棚的天窗终于越来越敞亮。秋雨绵绵,无穷无尽地斜打进来。地上滑里滑汰的,快到了晴天去喂猪喂羊也需穿套鞋的地步了。地上是一摊黑泥,简直非人世的产品,弥散着一股猪粪和羊粪的陈年臭味。反正,十岁的我,根本落不了脚。一落脚,滑汰一跤，是常有的事。

终于看不下去了，抽一个秋高气爽的日脚，趁家里堆满了新收获的稻柴，父亲决定来整修一下草棚。来做他的帮手的，仍然是我的永金舅。永金手巧，也或者倒是我父亲做他的帮手。总之，两人一道，爬上爬下，将草棚重新来了一遍彻底的翻新。原先瘪塌塌的草棚不见了，新草棚显得蓬松而有稻柴的光泽。还有，人站在草棚下面，闻得到新稻柴的清香味。猪和羊，重新圈养入内。这在猪这一生，或在羊这一辈子，是不大遇到的吧。

1975年7月16日，泥工、木匠全部到位。我家决定拆除草棚，在原地起造两间平屋。又，乘着叔父搬迁至严家浜西边，叔父家腾出的那块空地，正好与我家灶头间齐平。就这样，我家趁机翻建老灶头间，顺搭便新起了与老灶头间面积一般大的另一间平屋。这四间平屋，是我父亲这辈子创下的最大的家产。这段时间，可能也是他最畅心的一段日子吧。那年他虚龄三十四岁。

20世纪70年代的乡下人家，造房子是一辈子的大事，不是一般人家所可以动念的。那时我母亲在翔厚小学做民办教师，有一份很微薄的工资。父亲自留地的收入也还可以。可能我家经济收入尚可以吧，省吃俭用几年，再亲戚家借一点，勉强就可以起屋了。

可是，起屋的砖块和瓦片，去任何一座土窑购买，光有钞票还不行，还需要柴票。按那时的通例，一级、二级八五青砖，软柴八百斤可换一千块砖；小青瓦每斤软柴换一张。这些规定，是起屋前连我父亲都想不到的。等到邱家浜的小盲子开出盖房的日脚，五星红旗稻地上一插，就开始动土了，父亲方才发觉光有铜钿银子还买不到砖瓦，不得已，只好四处去借柴票。幸亏了我母亲的民办教师身份，她赶鸭子上阵，居然一个人走到四中队她班级里的几个学生家，家长们出于好心，出借给她一大沓柴票。有些人家不造屋，柴票留着其实也无用，干脆就送给了她。有了足够的柴票，这才解决了起屋所需的砖和瓦的大问题。

乡下造屋一般要叫小工，协助泥工木匠。小工不付工资，叫来的，要么是父亲一方的近亲，要么是母亲一方的近亲，其他关系稍远些的，一般不会叫，但真正客气的亲戚，知道这里缺帮手，也会自己找上门来帮忙。这些来帮工的至亲，中晚两餐，铁定在我家吃，早餐主人家也叫吃，但一般小工并泥工木匠，都自家吃罢才过来。不过，上半天和下午，主人家还需要准备两顿小点心[1]，一般也就是面食、馄饨之类；或者，父亲出桥头去买软糕若干，给泥师（泥水师傅）小工点点饥。起屋的费用开销上，有一个大头，是香烟。乡民都好这口。烟是比酒更讲究的东西，怠慢不得。我记得我家起屋用的香烟有蓝西湖，三毛二分一包的，那时利群是二毛九分一包，已算高档。我父亲分发蓝西湖，泥师、木匠以及小工们，嘴里一迭声的啧啧，很显然，这么高档的香烟出乎他们的意料。顺便说一句，那年月，利群、牡丹、西湖这类高档烟，都需凭票供应。我父亲之所以买到蓝西湖，是托了正在部队参军的我二叔雨良的福。二叔雨良时来运转，某司令员的女儿看中他，他因此在部队很吃香。这些高档烟，是他搞来的。这在当年的塔鱼浜，造成了一次不小的轰动。

起屋的这天，正是7月16日，毛泽东最后一次畅游长江九周年纪念日。闻知石门镇上有大型游泳纪念活动，反正我还小，在家

---

[1] 清顾张思《土风录》："小食曰点心。"我家乡中餐谓点心，故此等小食谓小点心。

也帮不上什么忙，索性向母亲告了一次假，随南埭的毛头、建洪步行去石门湾看热闹。那真是我平生所轧最可怕的一次闹猛。我们从马家弄进入老镇，来到京杭大运河边，远远地看到河上的大幅标语以及领袖的巨幅肖像从南高桥向着东高桥缓缓漂移过来，围绕这张巨大竹筏的，是懒懒散散放松游几下做做样子的几个游泳健将，不过，距离太远，人面看不分明。我在挤入观望队伍的时候，被一帮毛头小伙挤在中间，有个男人的胳膊肘恶狠狠抵住我的右肋，那一刻，我顿起绝望之感。幸亏持续时间不长，才得以缓过一口气，解了围。

石门回家，已是下午。发觉两间灶头间连瓦片都已铺好。而厢屋通灶头间的小门，仍旧是老门，我随即取来半支粉笔，在小门的背面，歪歪斜斜写下"一九七五"这个年份。

这一次起屋，两间灶头间本不在父母的预算当中。好像是听取了塘南姑父的建议，说，已经动工，不差这点砖头瓦片了，索性灶头间也翻建一下吧。这显然是明智之举。不过，这次起屋的重点，仍是草棚拆除后新起的两间拦头屋。

两间拦头屋，造得比原先的草棚略大，这大出来的一公尺[1]，是占了东隔壁严子松家的稻地。起地基的时候，严子松没有说话，严阿大不是省油的灯，她终于耐不住，站在稻地上开始说话。她的意思是，这一公尺地是她家的，韩林你怎么可以占过来呢。也不知我父亲怎么回复她。反正，严子松成分不好，永丰大队挂名的四类分子。那时是一个讲成分的时代，四类分子，基本上是抬不起头来的一种人。我父母亲的小心思，大概也就在这里吧，不过没有说出来

---

[1] 旧时计量单位，一公尺为一米。

罢了。严家说了几句,也就不说了,这要是换成别家,挡了他们家的道,非大吵一场不可的。

拦头屋建起来了,并排两间。东首一间,有前后门,直对,门都不大。这一间堆堆放放新收的稻柴,如此而已。年节边酿米酒,也是我永金舅过来帮助,酒缸就摆在这间的北爿。有一年粮食歉收,父亲怕米不够吃,就在这个角落里,他跟着村里的人家一样开始蒸红米。也不知这红米没有做好还是别的缘由,总之,红米饭镬子里烧好,若抓一把,手里捏一捏,撒手,仍是一粒一粒的饭粒。盛一碗红米饭,都没法用筷子吃,松散的一粒粒红米,没有丝毫的黏性,筷子搛不起,纷纷从筷头落下。一镬子红米,看似涨性好,比起同等数量的白米,感觉上要多得多,但口感欠佳。最主要的,红米饭不饱肚,一碗下去,没垦几铁耙地,肚子又饿了。只此一年,后来,我家就不再蒸红米。但这一年,摆在这个角落的一缸红米,吃得我胃口全无。西边一间做了卧室,前后未开门,但前头对开两扇木框玻璃窗,安装了那个时候乡下很少安装的防盗铁直棱。北爿开有一扇长方形的小天窗。靠窗口,搭着两张床——父母亲的垫架床以及我与汉良的一张纱帐竹榻床。两床之间,窗口底下,照例是一张窄小的床头几。我的竹榻床头,我读高中那会儿,墙上贴了一张女明星龚雪的大头照。回家的时候,早晚有意无意一定要瞄她几眼,因为龚雪露齿微笑的样子,实在像极那时我暗恋的某位低年级的女同学。这张明星照,很多年后还贴在那堵墙上,大抵在1993年拦头屋倒塌,终于不见踪影的吧。

两间拦头屋,大梁稍稍讲究,用的是杉木。其他檩条,都是我父亲分家时所种的楝树伐来制成,有几根楝树长度不够,中间只好拼接一下。大梁的正中央,一直钉着"上梁大吉"的红布头。乡下起屋，架上正梁的时候，必要放炮仗的，四个八响，外加一串小支炮仗（百响）。东西两根大梁拉起，一边架上去，一边炮仗与百响啪啪啪啪响起，空气里顿时弥漫着一股喜庆而好闻的火药味。家里生蛋的母鸡受到惊吓，呱嗒——呱嗒——呱呱呱——嗒——连续几个叫声，一扇翅膀，径直蹿到廊屋的柴堆上，这才镇定下来，直起鸡头，眼睛眨巴眨巴，似乎明白过来的样子。而严家浜的孩子们，闻到小支炮仗的火药味，精神顿时就被吊了起来。

拦头屋建好的第二年夏天，唐山大地震传到，村口的广播一播报，全村人晚上睡地震棚。我们家也不敢睡屋里了，我把竹榻搬到拦头屋廊屋，帐子一装，蚊子进不来，凉风进得来，倒也安耽。但连续几夜睡露天，到底不舒心，天亮起床，感觉身上黏嗒嗒的，那是受了露水的缘故。此后，也就顾不得危险不危险，各安天命吧，于是，纷纷进屋睡觉。

拦头屋造好，屋外有了一片干净的稻地。稻地外口，早先有严家的一棵野桃树，桃叶绿得精精神神的，很好看。但这桃树很少长桃子，即使长，桃子也不大。桃树上，常见渗出一簇簇有黏性的汁液，这种桃树汁液，我们常掯下来捏成一个有弹性的小团，随身玩耍，最喜欢掷它到女孩子的身上。很多年以后，我在饭店里吃到这种桃胶做的汤汁甜品，很吃了一惊。不久，严家的这棵桃树终于枯死。起屋之后，我在西边大叔家挖来一棵小桃树，移种在西屋的窗口，也居然成活了。但桃树是一种需要嫁接的果树，嫁接是一种技术，我终究嫌麻烦，栽培也不得法，故这棵桃树，仍旧是一棵野桃，枝头所长，仍是一只只颜色青碧、形状不大的毛桃。

拦头屋前的稻地还是塔鱼浜一条主要的过路通道。南埭的人出工收工，常经由此间。黑乎乎的矮玉娥也好，酒糟红鼻子的辣钵金龙也罢,他们肩扛锄头铁耙,每次经过,都要对着正在做农活的父亲说上一句:"韩林,严家浜底的风水,全给你家得去了。"我父亲也就嗝落嗝落地笑笑,不小心,也或者还会挂下一条口水来。他用手臂一抬,一抹嘴,也不曾停下手头的农活。

稻地的外口正是严家浜的尽头。下面是河埠头,桃花水大发的有一年五六月间,我在我家的稻地上支开两根晾衣的长竹,往河中央四平八稳摆下一只扳鱼网。两根竹竿的交合处,拉过来一根很长的麻绳,隔一歇歇,拉起麻绳,再隔一歇歇,再拉起麻绳,拉得吃力了,就想出办法,背麻绳,背了一会儿,还真叫我网到了一条大鲤鱼。看到红尾的鲤鱼翻转扑腾心有不甘,我母亲赶紧过来帮忙。我们就这样用扳鱼网捉到了一条大鱼。

就在这块小稻地上,春天,我父亲开了一只土窖,来培育他的南瓜、丝瓜、茄子的秧种以及番薯苗。这一只整天覆盖着尼龙纸的土窖,简直成了父亲的聚宝盆。我有时也小半天守候着它,细看植物生长的秘密。那些日子,父亲拿着剪刀,长时间地喊嚓喊嚓剪番薯苗种,剪下一小捆,捆扎好,安放在竹箩里,明天一早,他背到翔厚去卖一点小钱。

土窖终有收场的时候。春头一过,各种蔬果落种,它的使命就告完成。它松松的泥土正是做泥砖的好材料。大抵我也想玩泥巴,向谁家去借来一只模子,掇一条稍阔的条凳,开始平生唯一一次泥砖制作。泥砖晒干,一块一块叠好,整整叠了半堵墙。后来,我父亲真的用我做的泥砖砌了一堵墙。

此后,大约有七年的时间,我的竹榻床一直搭在这间西屋的窗口。暗夜里听严家浜抽干时,东边的后头田里通下来的大水渠的流水声。我甚至还听得出严家浜的鲫鱼逆流而上的击水声。听到我家的花狸猫小半夜守在水渠入河处捕食鲫鱼的声音。花狸猫每捕捉到一条大鲫鱼，讨赏似的叼到我的床边，喵呜喵呜，好一阵叫唤，直到我醒来，看到它送来的礼物，呼它一声，也就相当于口头给它点个赞吧。花狸猫嗦落一下，沿着前面的一条廊柱，再一次翻墙而出，又跑去原地叼鱼了。

一天夜里，万籁俱寂，一家人全在睡梦中，突然，窗玻璃上有手指敲窗的笃笃声，敲过之后，听到刚退伍回家不久的我大舅施永根的喊声，声音里带着很重的哭腔："阿大（阿姐），爸爸走了！"我母亲惊恐地应了一声，随即翻身起床，套上衣服，叫醒我们，一同来到塔鱼浜南埭我外婆家。

外祖父去世时，大舅半夜里赶来的这一声报老，长久以来，一直回响在我的记忆里。

厢屋

乡下人家，厢屋即正屋，摆八仙桌的地方。

两扇大门，大门上残存有银灰色的"文革"语录。大门的底色是紫红，是一种很耐看的荸荠红。大门很高，左右对开，称得上雄阔。这样的雄阔，不是跟哪家争气派——那不是一个可以争气派的时代。

两扇大门一关，合拢的中央有锁把锁口，一搭，加一把挂锁。门当然也可以锁的，但，整个少年时代，我从未看到乡下人家出门干活有锁门的。那一把锁，因此显得落寞，多余。不奇怪，全个塔鱼浜，你甚至不会看到大门上挂有铁锁，有时关门，只是为了防备鸡呀狗呀的进屋，锁扣上也只插一根桑条，做做样子而已。我在塔鱼浜生活的最初十五年，看到的，大抵就这个样子。

推门进去，首当其冲的就是厢屋中央的一只八仙桌。这只吃饭台子，一定配有四条长凳。考究的人家，四条长凳中必有一条阔凳，凳板比普通的要宽阔一倍之多。此凳，孩子们很爱坐。小身子坐着还够不到桌面的时候，他们就跪在阔凳上吃饭。盛夏的傍晚，男孩子最喜欢扛这只阔凳到稻地上乘风凉。前半夜躺在阔凳上听盲太太讲故事，仰头默数惝怳迷离的星星。最喜欢看扫帚星的大尾巴，扫把一样快速滑过天空，留下一道长长的水雾般的痕迹。阴历七月半、八月半这样的节日前后，月亮总是又圆又大，大得甚至担心它掉下来，扑通一声掉到我们村口的那只大池塘里。抬头空望大月亮，思量最多的居然是月亮山上那一个婆娑的桂花树影，再做一些不着边际的绮梦，这也是很有意思的。所有这些，许多年以后，构成了夏天夜里我的乡村记忆。

白天不锁门，夜里却要落门闩的。门闩就戳在右首的门角落里。我们小时候，盲太太有一个很出名的谜语叫我们猜，即关于这根门闩的：墙角落里一个老阿爹，伸出一只脚。我家的门闩很长，是整根木头刨成，两头稍细，中央处甚粗壮，样子也好看，好像是比杉木更高级的什么木料。我第一次游泳，就是抱着这根大门闩去南埭木桥塊下的小河。不料门闩常年不沾水，很干燥，浮力很大，一不小心，脱手而去了，我的那个离了门闩的身子，差点淹没在这条小河里。

大门两边的门角落很有一些旧物。有一双钉鞋，说是太里太

（即祖父的祖父）脚上穿过，如今灰头土脸的，鞋子里的灰尘足有半斤重。很奇怪，这么一双几十年不穿的钉鞋，也还没有扔掉。也还没有交给"喊天鬼"换他的糖山楂和芝麻糖。还有一把黄油布伞，很像戏文里断桥相会许仙白娘娘共撑的那把。这油布伞长久不使用，骨子错位，已很难撑开。有一年，我怀着好奇把它拆了，黄布剥落，里面的伞骨子做得真是考究。只是油布伞很重，哪有后来的折叠伞使用方便。还记得有一把生锈的弯刀，铁柄，有说是长毛（太平军）手里留下的，那就有上百年的时间了吧。我小时候常拿着它跟严家浜的几个小伴玩冲锋打仗的游戏。门角落里还常年放着一只畚斗，一把笤帚。笤帚是自己绑制的。我自己就种过高粱（专门收取它的高粱秆），打制过多把笤帚。其他呢，有父亲挑担用的两三根扁担，其中最看重的一根木头扁担，细长，光洁，抹着不知是桐油还是紫红的漆水。扁担头上各有两只钉牙，这根木头扁担比竹扁担长得多，适宜于挑稻或挑油菜梗，稻子或其他作物不容易扎到腿脚上。另外几根毛竹扁担，与之一比，就显得笨头笨脑多了。不过，毛竹扁担自有它的诱人之处，因为常年使用，扁担光滑异常，黄灿灿的，弹性十足。有一次，我拿着它去河埠头劈水，啪啪有声，虎虎有生气，吓得河里的小鱼小虾纷纷逃窜。我甚至看到对面水草丛中有一条赤练蛇，昂着头，频频回顾，摆动它惊恐的尾巴，侥幸游到对岸，躲入更加茂密的草丛里去了。想起来，我那时劈水的动作，一定很威武。当然，玩水回家，少不得挨父亲一阵臭骂。

两只门角落里有地鳖虫的消息不知道谁告诉我的。地鳖虫可入药，能治淤血、折伤，因而可以卖钱。我于是常拿着一把斫草的镍子，在东门的那只邋遢角落里翻翻拣拣，果然，一堆群居的地鳖虫出现在我眼前。地鳖虫棕黑色，背着一张大背板壳，见到有人来捉它，赶紧窸窸窣窣钻入蓬松的泥土。我取来一个空玻璃瓶，一只一只捉进去，捉了满满一大瓶，真的还卖了不少钱。这是做梦都没有想到过的。

门角落里还有破尼龙纸、新旧套鞋、草鞋，新年里杀鸡煺下的一堆鸡毛，取出来的几只黄色的鸡洋肝……这些东西，除了不堪再穿的草鞋，后来都给挑一副换糖担收旧货的"喊天鬼"收走了。门角落里稍占地方的，可能是一只颜色土灰、又破又烂的竹篰，里面，永远垫着小半篰稻草，那是家里的母鸡生蛋的地方。那里的稻草，已经匍匐得很软绵。可是，那个温暖的草窠，常被家里的花狸猫不恰当地占有。我母亲见到，骂一句"死瘟猫——"，手拿扫把，高举头顶，作势将花狸猫赶将出来。花狸猫轻松地跳出稻柴窠，回头对着女主人撒娇似的叫了一声，又不慌不忙，从从容容，迈着它与生俱来的虎步，迈到门槛边，两只前脚搭在门槛上，奋力前伸，两只后脚，奋力后缩，伸出一个长长的懒腰。花狸猫不情不愿地离开了那个被它焐得热烘烘的草窝。

门角落里还会临时戳一些铁耙锄头之类。总之，我家，不，塔鱼浜任何一家的门角落，都好似一个魔术师的大口袋，里面收藏着各种各样的废物和杂物。

除了门角落里的两堵墙之外，厢屋的朝东、朝西、朝南三堵墙，都不开窗。除了朝南墙是八五青砖所砌，其他墙体，都是泥砖所砌。这就可以想见我家贫穷的现状了。朝南的墙上，未能免俗地跟风贴过伟大领袖和英明领袖的巨幅肖像。那时候，我曾长久地观察两位大人物胸前的一排纽扣以及喉结处的风纪扣，还有就是中山装的外领子与衬衫的内领子那个颈圈，白的归白，青灰色的归青灰色，一个毫米都不差，好似圆规的细脚走出来似的。塔鱼浜别的人家，可能是大队副书记施凤宝家吧，我记得朝西墙上贴马恩列斯毛华邓的巨幅肖像，马恩列斯，尤其前面的马恩，都是大胡子，我们小孩子嘴上不说，总担心两位老人家吃饭尤其吃粥怎么办？他们的大胡子都把他们的嘴巴都盖没了呀！这前四位的肖像都有点凶巴巴，刚开始的时候，有点害怕，不敢多看，后来也就习惯了，但这四位"大神"，终究也没请他们来到我家的南墙上。

朝东和朝西的两堵墙上，偶尔倒挂几把锄头铁耙，锄头只有一把，铁耙可能有好几把的，铁耙挂在墙面，也别有一景，取用也甚方便。那时，根本就没担心它们会掉落下来。

朝东的墙体与大叔家紧邻，后来大叔家迁走，老房子拆去，墙体留着，有一年，忽然发觉墙体下沉了数寸，以致横梁与墙壁之间，漏了一条见光的墙缝。没过几年，下沉越来越厉害，墙缝变成尺把宽的缺口，这就有点严重了。不过，没有想到的是，这一堵墙，即使下沉这么严重，也还是没有倒塌。

厢屋全部是木结构框子，东墙与西墙，整体之中又有小的块状。小块的墙体与墙体之间，是木头立柱。柱子上，钉着寸钉，挂物之用。比如西墙的柱子上，一只寸钉上常年挂着一件蓑衣，一顶箬帽。父亲的小凉帽和母亲的大凉帽，各挂在另两只寸钉上，煞有介事似的。

厢屋的上头，也即八仙桌上方，父亲东西向横了两根毛竹，毛竹上，架着一扇扇暂时不用的烟帘。团匾有时也架上去，但团匾会像挂凉帽一样挂在东边与严子松家紧邻的一堵墙上。团匾，就其形状来说，不就是凉帽的放大，挂在墙上，纹丝不动，取用又方便，又节省了置物的空间。这也是有意思的。

80年代初,盲太太六十开外。盲太太是我的一位堂祖父,眼瞎,不能视物,他没有成家。他是老培荣的小儿子咬毛、大儿子小毛毛以及我大叔拆烂污阿二、我家等四家人家的族长辈。他就拄着一根简易的拐杖,轮番在这四家人家吃轮家饭。轮到其中的一家,吃饭时,那一家的孩子就来牵他的拐杖拽他去吃饭。可是,两三家人家都不愿意盲太太去搭床。盲太太后来就在我家的这间厢屋的南墙边搭了一只竹榻。我那时已在外读书,很少回家。也不知道盲太太最后这几年是怎么过来的。那时我家的这间厢屋已经开始走漏,尽管漏雨不很严重,但雨水滴下来,盲太太的床边,总起一层膏泥,黑色的,亮晶晶的黑膏泥,踏上去,非常滑汰。不知盲太太摔过跤没有?这些我都不知道。

那年端午节,盲太太过世。他头南脚北,躺在一扇杉木门板上,脚板头点一盏长明的油盏灯。遗体的两边,挤满了前来吊丧的自族和亲戚。

盲太太就是在我家的这间厢屋里一径抬到远远的棉花埂去的。

灶头间

1975年初夏新屋造好之前,我对于旧灶头间的记忆相当模糊。起屋后,两间灶头间都很整齐,都是土窑烧制的小青砖所砌。这种青砖的颜色我一直很喜欢,但一连造好四间房子之后,我家的积余完全掏空。两间灶头间的外墙体,没有及时粉刷,因为那时恐怕连纸筋石灰都买不起，粉刷一事，只好作罢。

我母亲曾经非常厌恶旧灶头间的潮湿。乡下人常年在田间干活，每到上午九点五十分广播机响，扣准再过半小时，女主人就会赶回家做中饭。有一回，我母亲从田坂里拔秧回家，高卷着裤管，还光着脚，去河埠头风风火火淘好米，往水缸里打了一铜勺水，转身正要倒入灶头靠边的小镬子，转身的时候，总归急促了点吧，她脚下一滑，一个闪失，铜勺脱手飞出，哐啷一声，铜勺落地，水浇了一地不说，她自己还闪了腰，幸亏那时年轻，坐下，敲一下背，歇一口气，也就没什么事了。中饭烧好，母亲仍旧要赶回田里，还要再做一阵农活，方才收工，赶回家吃中饭。

从厢屋推开一扇小门，跨脚，过一条门槛，再经左右两个小天井的东边小过道，一脚踏上新灶间的地基时，明显就会感觉到新灶间的高度。显然，两灶间的地坪被顺势垫高许多。工匠们大概听取了我母亲的建议。这样一来，两间新灶间的地坪就再也不会潮湿，不再有脚踏不下去的担忧，更不用担心因脚步匆忙而滑倒在地。

灶头间的主体当然是灶头。乡下人家，灶头打得都比较考究——既要容易生火，省柴，又要好看。灶头靠着天井打，洗镬子的时候，灶脚水就可以一铜勺舀到天井里。而生火时的烟和水汽也容易散发。塔鱼浜人家，秋季要蒸菊花，一般都打三眼灶，样式是那种很老式的传统花篮灶。灶台下面有一个明显的缩腰。灶山上有特别为灶君菩萨搭的一个小亭。烟囱砌在靠窗的大眼灶上边，直通屋面，烟囱顶端还要搭烟棚，盖砖，形似一个小凉亭。花篮灶的每个节点，看似不经意，实则都很讲究。

小时候看打灶头，最过瘾的是看画灶头画。灶头画大多粗糙，但也很可以看出泥师的图画功夫。一条跃龙门的鲤鱼，鼓腮翘尾，正好在灶山底下一只暗藏的小镬子上方，也不必画全鱼，事实上也没处画全鱼。这时候，泥师的匠心就出来，他只画一条摆动的鱼尾和一只张开的鱼嘴，当然，鱼嘴上添两根触须是必须的，鱼的腰身全凭你想象。中国画留白的技艺，在民间的一个灶头师傅那里有很好的掌控功夫，这实在难得。灶头正面，灶山上的花卉、麋鹿、财神、三官、八仙等，各具形态，特别是一笔下来的"米中用水"，既是提醒，也是装饰，很见笔墨的功夫。灶头背面，中灶门上端，总是写一连笔的"火烛小心"，形似一朵墨花。我家的花篮灶，我记得这朵"花"，曾是我的涂鸦。虽然我的毛笔字，从来没有写好过。

灶头朝西打，灶肚与东墙、天井的矮墙构成一个相对安静的空间。长方形的空间里，总放着硬柴和软柴，为了火烛的安全起见，也不会放很多，故烧饭的时候，若灶间储备的柴不够了，只得赶紧往灶肚里塞一把，火钳一压，直起身，匆忙奔去廊屋搬柴。这是每个主妇常有的事。

第一只小灶口上的右手旁，有一个很进深的方洞，我曾在里面藏过绍兴特产香糕，但通常里面只放着三四盒火柴。塔鱼浜人家，人人将火柴叫作"备来火"。这里的"备"，土音，是"擦"的意思。"备来火"的意思，就是"擦出来的火"，但也可能是"备着的火"，这种无名之地有音无字的土白，谁知道它确切的意思是什么。再说江南黄梅天时间甚长，火柴极容易受潮，受潮的火柴是"备不来火的"。一"备"，火柴头早没了。这个方孔小洞的用意就在这里。受潮的火柴扔里面一夜，第二天就干燥了。火柴头与火柴盒的黑边一擦，吠的一声，一朵焦黄的小火苗就在手底里发明出来了。

花篮灶靠着的小天井很小，水泥浇地，那年头也算讲究的，里面常年养着一只乌龟，不大，田坂里捡来的。乌龟吃饭米糁，行动迟缓，这大概是这种家养动物长寿的缘由。乌龟待在小天井里，或许也是它的福报。天井东墙下有一个下水洞，洞口塞了小半块青砖，没有完全塞满，为的是提防乌龟爬出。

天井的西首是走廊，长度不过米半。靠天井口一堵矮墙，上面平铺了一块水泥板。放着家用的洗脸盆、半块透明肥皂和忘了什么牌子的肥皂粉。也摆着两三只搪瓷杯子，各人的杯子里是各人的牙刷。牙膏共用，就平放在水泥板上。水泥板与屋檐之间的空旷处，南北两头各垂下一根铅丝，铅丝头弯成一个圆箍，箍着一根磨光的竹竿。几条新旧不一的毛巾就掼在上面。新毛巾没过多久，白色就变成灰黑色。大家因此不喜欢白毛巾，总央求父亲买红颜色或绿颜色的毛巾，以便于区分，且看上去还不脏。过了几年，挂毛巾的那根短竹换成了一只用废的日光灯管。那时候乡村人家没有使用日光灯的习惯，为了省电，一般也就是一只十五支光的小灯泡，灯泡上，斑斑点点，虫迹满布。再早一点，因为经常断电，我家还点过洋油灯。这日光灯，那时是想都不曾想的奢侈品。就是这根用废的灯管，还是我专门去向公家求告来的。废旧日光灯管换下小竹竿的那个瞬间，我心花怒放，一天里似乎连着洗了好几次脸。为的是试挂我的毛巾。靠灶头的柱子上挂着一面镜子，书本一般大，用了好多年，镜面已经模糊，很可能是母亲的嫁妆吧。不过，那时候大人没工夫照镜子，我们也不曾想到照镜子。几年之后，当镜子越来越模糊的时候，我们才想着要凑上去，每天照一照这面旧镜子，照一照我们越来越光鲜而英气初露的面孔。

灶头的正面，摆着一个碗橱和一只水缸。碗橱有全橱和半橱之分，材质上，也有木作和竹制之别。说起我家的碗橱，母亲一直很光火。她想要一只木橱，父亲怕多花钱，偏买来一个竹制品，戤在两个灶间中央的一堵墙上，时间一长，早灰头土脸的模样了。竹橱开橱门，吱嘎作响；关门，也不密缝。家里偶尔买来一块咸鱼或半斤坐臀肉，也不知我家的花狸猫还是隔壁严子松家的黄斑猫，脚爪一撑，橱门嘎啦一声大开，两只猫，半夜里轮番偷食。第二天各自伸伸懒腰，一副若无其事的样子。不过，那年头，碗橱里有剩鱼剩肉的日子也不多。那时饭镬子的蒸架上，常年所见，就一碗咸菜豆瓣汤，颜色褐黑，清汤寡水。如果一提饭镬盖，热气蓬松中，蒸架上显出一碗黄灿灿的水花蛋，那就要念一声阿弥陀佛了。

碗橱下面，堆放着一些废旧的杂物，主要是瓶瓶罐罐之类的东西。还有就是废弃不用的厨房用具，比如蒸架、镬盖、某只需要修补的铁镬子之类。这一堆灰尘覆盖有一毫米厚的杂物里，有一只不显眼的、全封闭的甏——塔鱼浜鼎鼎大名的臭卤甏，原来就摆放在这么一个阴暗、潮湿、积满蛛网的地方。它整体上灰头土脸的，与它的盛名实在不相配。

碗橱边是一只水缸，人称"七石缸"，这缸，我记得是父亲与永金一道摇船去石门工农桥堍搬回来的。水缸底浅埋在地下，缸面上覆盖着一块拼合的圆木板，主要用于遮盖长脚灰尘。当然，也可避免家里的猫狗畜生落入缸里。水缸的边上，放着一只木作提桶。提桶口大，器容却小，若用提桶提满整整一七石缸的水，来来回回，走马灯似的，需要十几个来回。提桶是方便女性提水的器物，男人力气大，提水嫌它气闷，一般不屑使用。我们家一直没有挑水的担桶，隔壁严子松家有，我长力气后，就婉转地借过严家的担桶去严家浜挑水，顺便也给他们的水缸挑满。担桶挑水就爽快得多了，两担，也不需要装得满满的，哗啦倒进去，水缸就满沿了。我一直记得满满一担桶水倾倒在空荡荡的水缸里的那个刹那，一条白练翻卷着落下去，碰到缸底和缸壁，白练再翻卷着漫上来，很有气势，忘不了。

挑水一般在早上。那时河埠头还没有人洗衣洗物，河水比较干净。挑满整只水缸后，需要放入一点点明矾，用它来沉淀一下河水。明矾真是一种神奇的物品，只需一点点，浑水就淀清了。水缸下面，结淀有灰尘一样的不透明的异物，取出这一层明矾沉淀下的异物，很费了我们的一些脑力，后来，不知从哪里学来一招，用一根软管，里面装满水，两头各以拇指摁住，先将一头放入缸中，另一头放入空的提桶，两头的拇指同时一松，浑水就出来流到提桶里了。这个有趣的游戏，因为有水的流动，我找来一帮小伴，趴在水缸口，常玩，也常不小心把灶头间弄得湿漉漉的。

灶头与碗橱、水缸之间的房梁上，垂下来一根细细的尼龙绳。绳头，挽着一只铁钩。钩口，常挂着一只饭篮。吃剩的饭放在通风的篮子里，不会馊。挂在高处，简直让挨饿的花狸猫气煞脱[1]。

垂挂的稍粗的绳子是挡不住老鼠的脚步的。老鼠经烟熏得漆黑的椽子，贼头贼脑，沿着绳子就下来了。有时候，老鼠下到篮子里却爬不上去，很纠结，第二天还在篮子里待着，只好乖乖就范。所以，家境稍好的人家，夏天，吃剩的饭菜会放在一只竹篾做的罩篮里，圆形的罩篮，上面有一个方正的篮环，篮口有盖子盖住。面对一只考究的罩篮，老鼠就一点办法没有了。买不起罩篮的人家，也有办法，即用极细的尼龙绳做垂挂的绳子，尼龙绳不打股（绳子大多两股交缠搓成），老鼠就爬不下来。可是，老鼠没有了，蝇蛆和

---

[1] 塔鱼浜土白，气死的意思。

壁虎也会经常下到饭篮里来。蜒蚰和壁虎体轻，很多时候就是直接从拴着绳子的上头摔下来的吧。不过，我亲眼看见蜒蚰，拖着鼻涕似的身子，缓缓爬行在尼龙绳上，不知道它要做什么。它可真有本事。

我们家穷，买不起罩篮，再说，那个年头，有钱也无处可买这么考究而好看的罩篮。连塔鱼浜北面、民兴对丰桥南边、专以打制竹器闻名的陈庄，世代相传的老竹匠们也都不做罩篮了。他们嫌它有地主老财的腐朽趣味。

夜饭吃罢，碗筷洗好，镬子底的剩饭就用炝刀盛到有着一个高高提环的饭篮里。我看到母亲小心地扯来一块干净的毛巾，镂空铺盖在饭篮口。毛巾太小了，她这里扯扯，那里拉拉，想尽办法，也不能将它盖密实。毛巾是长方形，篮子是圆形的，长方形盖圆形，哪能盖密实，我母亲不会不懂这个道理吧。

两间灶头间，西边一间没有打灶头。西间结构上与刚才描述的东间一模一样。但这间的小天井里，我种过梨树、桃树和枇杷树，印象中记得只种活过一棵枇杷。很多年里，它就这么枝繁叶茂地生长着，直到高过窗台，高过屋檐，从长方形的天井直蹿向天空，可它就是不长一颗枇杷。每到采枇杷的时节，我免不了有点失望。可是看到枇杷树油光光、绿沉沉的叶子，我们就说，这棵是雄枇杷树，长不了果子。如此一想，就原谅了它。

靠西墙，还养过两只兔子。那时塔鱼浜养兔，好似只我们一家。母亲其时在翔厚小学做民办教师，不知从哪里听来，说兔毛卖得起价钱，且翔厚收购站有收。于是捉来一对小白兔，毛色雪雪白，眼睛是鲜红欲滴的。兔子胆小，缩在笼子的一头，长时间都不敢伸出头来吃食。那个晚上我们兴奋得睡不着觉，第二天清早醒来，急急跑到笼子边观瞻。但养兔的时间似乎不长，可能是兔毛不值钱了吧，也或者，母亲的知青身份落实，不久去了石门工作的缘故。

每年看蚕的时节。两间的拦头屋、一间厢屋都落了地铺。等到蚕宝宝上山，我们家就不走前门而专走后门了。晚上睡觉，就转移到灶头间西间来。小小的一间平屋，靠东墙一只，靠北墙一只，一连打了两只竹榻铺。吃饭就在灶头间东间将就一下，反正看蚕的时间也不很长，不过个把月吧。

蚕罢，我喜欢上了这个西间。我的竹榻铺不肯就此拆走。晚上我继续睡在这里。房间靠南的一根木头柱子上，有一只小广播机，那时好像一家一户只安装一只。我家的广播机就装在这里。广播机都有严格的作息时间，每天早上五点五十分，广播响，音乐《东方红》出来，气势磅礴，不可一世，而老太阳这会儿也很配合似的从东边升上。躺在床上，迷迷糊糊的，我眼前好像看到这一轮红日正从东方升起。然后是播报节目……上午广播机响的时间是九点五十分。晚上八点钟，是半个小时的新闻联播。一天播报结束前，是气象消息，女播音员用桐乡话播报。最后是"听众朋友，再会"的告别。这是一个说桐乡话的女声，很好听。

就在这间屋子里，有一年的秋天，我躺在床上听完了整整一出戏《洪湖赤卫队》，"洪湖水呀，浪呀么浪打浪呀，洪湖岸边，是呀么是家乡啊……"这主题歌，小学音乐课上，陶老师教过。这辈子，我于音乐完全是门外汉，但那个秋天，不知哪根筋搭牢了，听得我心软绵绵的，听了还想听，还想听……另外一次，被这小小的广播机吊住胃口的，是刘兰芳的评书《岳飞传》。刘兰芳一个人，一张嘴，那几年，竟然吊住了几亿人的耳朵和心，世界播音史上，怕也绝无仅有的吧。在这之前，我买来读钱彩、金凤合著的《说岳全传》，也翻过《小商河》等有关的小人书，刘兰芳评书一出，完全被她绘声绘色、融入感情的说书艺术迷住。我记得，那些日脚，即使在田坂里做农活，一到评书的播放点，我就会放下手头的活，匆匆赶回家里，坐竹榻床上，听嗓音清亮的刘兰芳。这当然是那一天顶顶要紧的事体。

白露一过，秋雨绵绵的日脚就到了。也不知道从哪里借到一册《古今小说》，躲进竹榻小床的被窝里读得津津有味。也不知读到哪一篇，说的是富家大小姐烧香拜佛，遭人暗算，迷魂后，糊里糊涂回家，一摸下身，红殷殷的，有疼痛之感，方知自己着了几个坏和尚的道。文字至此，下面是一连串的小方框，谓此处删去多少多少字。这比贾平凹的《废都》不知早了多少年。

秋风摇落草木稀，那本来就是一个容易起相思的季节，加上青春少年，一时之间，想入非非，我就对着这一连串的小方框开始发呆。那一个个删去的汉字，到底是什么呢？到底有着怎样的红帐销魂？如此想着，比眼睛读到，更容易浑身发热——这是身体最初的觉醒吧。

房间里

塔鱼浜口语中，房间里与屋里是不同的。房间里专指卧室。屋里是指包括房间里在内的所有屋子。

我的房间——事实上，我在塔鱼浜生活的最初十五年，根本没有一间自己的房子。我的房间,也是我的父母的房间,也是我的弟弟汉良的房间。

起屋之后,除了偶尔睡过灶头间西间,我睡觉主要在拦头屋西间靠窗的一张小床上。接下来要写到的记忆,是我家起屋之前旧屋的房间。

这个老房间,西边与严子松家共有一条狭长的天井。那边严子松家是灶头间,这边我家是房间。两边各有一排木窗可以关启。我家的房间里,靠天窗打着两只床,父母亲的垫架床与我的小床之间,是一只稍长(三只抽屉)的小台子。小台子靠近我的床头的一只抽屉,有一次,父亲买来搭鐴和一把小锁,用一把开刀,的的笃笃,费了大半个小时,他把抽屉给锁了起来。

晚上睡觉前,迷迷糊糊里,我总看到父亲把一些零钱、一些发票锁进抽屉。从此我知道,这只小抽屉,是他存放私房钱的地方。他有办法存钱,我和弟弟就有办法"偷"钱。我们偷钱的方法很简单,将这只父亲专用抽屉旁边的那只抽屉抽出,我们的小手就可以从里面的一条边缝里伸进去了,直接可以取到他的小钱。但是,如果我们取到的是五元和十元的大票子,我们就不拿走。我们最开心的是摸到一角两角五角的小票子和分币。取了多年,也不知道父亲知道不知道,反正,他从来没有发觉过,也或者他发觉了,从来不说,只当不知道。但我倾向于,他并不知道我们在用我们的小诡计偷摸他的钱。

还有一种办法,就是用开刀直接将搭鐴的螺丝旋出。搭鐴上的小锁好端端地锁着,但有什么用呢?螺丝旋出,锁就成了一把装饰性的东西了。我们可以直接把抽屉抽出来,从从容容地翻找需要的东西。但那时家里要多穷就有多穷,抽屉里有时就是一堆无用的发票，什么都没有。有时候，却锁着父亲的上海牌手表。那时塔鱼浜买手表的人还不多，就我所知，就他和他的朋友周顺浩两个人有。顺浩就是塔鱼浜的小伙子里头发梳得一丝不苟的那个家伙。顺浩的头发，三七开，塔鱼浜村坊鼎鼎有名。我父亲和他是小朋友，顺浩买了手表，穿着白衬衫，人多的地方，很有点洋盘，他会不时地抬起手腕，看一看手表，这个动作，很令女人心动吧。我父亲没有征求我母亲的同意，秋后，菊花卖脱，他一意孤行，买来一只亮闪闪的上海牌手表，总价一百二十五元。那是什么价钱，那个年代，简直就是一个天文数字啊。洋气而洋盘的事，年轻的时候，他也没少做。

房间里我的小床，是并排着的两只木榻搭起来的。两只木榻中间连接的地方，正好扣在我的腰上，睡觉很不舒服。后来，脚横头的一块板砰的一声凹陷了下去，于是，睡到半夜里，我的脚经常会挂下去。有时搭好，半夜翻一个身，又是砰的一声，扣板又凹陷了下去。两只木柜原先是储放白米的，容积很大，我们小孩子躲猫猫，经常把席子一撩，钻进里面去躲着。第一次躲，小伙伴哪里找得到，再躲，就不灵光了。小伙伴进来，首先就掀席子看木榻里有没有人。

父母的双人简易垫架床比我的木榻小床整整大了一倍，三面围着横档，床帐的开合处，各有一个可以靠手的床栏。床是父母结婚时所购置的吧。那时，家里还刚刚装电灯。电灯的拉线，母亲绕来绕去，引在她的枕头边，这样，半夜里，我喊要尿尿，迷迷糊糊里她抬手一拉，吧——的一声，电灯就亮了，稍后，手一松，嗒——的一个回声，电灯开关落实到位。

1975年7月14日或15日，上午，我母亲去民兴对丰桥银行领出两百元现金。因为第二天我家开工动土起屋,她叫我父亲去石门买菜。塔鱼浜村谚:南十三北十四,这句话的意思是,我们塔鱼浜距离南边的石门镇十三华里,距离北面的乌镇十四华里。走路去石门,大概需要一个半小时。又担心第二天一早去,时间上晚了一点,怕买不到足够的蔬菜(包括鱼肉),母亲就叫父亲提前一天去塘南亲戚家借宿一晚。塘南到石门,半小时不到,这样,第二天一早买蔬菜,时间就宽裕多了,可选择的蔬菜自然也会多一些。下午,父亲走过西弄堂,走过木桥,独自上路了。

当天夜里。大约九点多,母亲、我、汉良三人已经入睡。睡梦中,我似乎听得有滴里笃落的声音。母亲也意识到了,屏住呼吸,开始谛听起来。这滴里笃落的声音随即又没有了,万籁复归于俱寂。我似乎看到一个身影,悄悄地挪到母亲的垫架床的另一头过道口。我母亲一向好睡,她的呼吸声随即又开始放松起来。这滴里笃落的声音又在我的枕头边响起。吧嗒一声,母亲干脆利落,突然拉亮电灯,"啥人?"一个光着脊背、赤着脚的小贼一惊,迅速迈开步子,风一般跑出过道,经后门跑出了我的家。我母亲大喊一声:"捉贼!"她想都没想就追了出去。我母亲一边追,一边骂:"你个瘟贼骨头,你转过头来,让我认认。"这贼哪敢接话,一声不吭,兀自跑路。我母亲看到他的头发很长,又骂:"你个瘟贼骨头,明朝好去剃头了,你不剃头,我认得出来——"贼骨头始终不敢回头。我母亲追出后门头,骂了这两句"瘟贼骨头",突然意识到自己的危险,立即收住脚步,返身回到家里,吧嗒一声拴上后门。因为她的这一声"捉贼"的喊,后门邻居小毛毛开始搭话,严子松严阿大也送过话来。这种搭话,其实是撇清干系的意思。我家后门的两户邻居,其实并没有起身来观瞻。

那时的塔鱼浜，可以说夜不闭户，路不拾遗，家里来贼偷的事是从来没有过的。何以贼会来我家，且在我母亲领出现金、我父亲去石门的情况下来偷，种种情况表明，这贼就是本村的熟人，很清楚我家的底细和起屋的安排。但几十年来，我母亲一直没有说这贼是谁。尽管她猜测得到一二，但家里也没有什么损失，也就不必去确认了吧。

发生这种事之后，回过头来，我母亲说很有点后怕。如果贼回头跟她拼命怎么办？女人根本就不是男人的对手。我那时虚岁十岁，弟弟七岁，要是搏斗，我们母子三人是非常危险的。

此后的很多年里，每天天还没有擦黑，母亲就早早地将后门关紧，拉上插销。这种习惯，一直延续到她离开塔鱼浜，作为一名下放的知青上调石门镇进工厂为止。

房间里是我家的一个私密的空间，凡值钱的物品物产大抵放置在这间屋子里。1971年的深秋，菊花晒干，两只藤萝里装得满满的。这天，吃过夜晚，我突然要去后门头。那时后门头还没有安装电灯，照明全靠一盏洋油灯。我右手端起洋油灯上厕所，经过父母的垫架床，刚想开小门进入后门头，脚下被一根箅绳绊了一下，重重地跌了一跤，我的头磕在了洋油灯管上。灯火随即熄灭。听得我一声哭叫，母亲一个箭步赶过来，看到我满脸是血，眼睛紧闭，以为灯管刺入了我的眼睛。她马上叫来西弄堂口的赤脚医生小阿六。小阿六用酒精棉花擦净我的额头，看到我只是磕破了眼皮，没有伤到眼睛，他一边消毒一边告诉我母亲，她的一颗心这才放了下来。小阿六消了消毒，看到我的伤口还有洋油灯管粘着的一点黑色，对她说："这一跤掼得运道好。一点点画眉，结一个疤，就看不见了，就这样吧。"他将我的眼皮擦一擦，匆匆忙忙包扎一下，就这样了。他背起药箱，打着手电，深一脚浅一脚地回西弄堂去睡他的大头觉了。

过了几天，乌镇的一家老亲来我家做客人，老人带来几只橘子。我第一次见到这么好看的橘子。我的左眼此时还包着纱布，我只好用另一只眼睛看。看了几秒钟，拿起橘子就咬。老人赶紧喊住了我，他示范给我看。原来橘子需要剥皮、一瓣一瓣掰开来吃的。剥开黄灿灿的橘皮，一瓣一瓣金黄色的橘瓣，我学会了用手掰着吃橘子。那年我六岁。我拿着这只散发着橙黄色光芒的橘子，砰砰砰，一口气跑到木桥头，一手抛向高空，另一手一伸，结结实实地接住了。我简直向全个塔鱼浜显了一下我的活宝。显了两三回，又砰砰砰跑回家——这才掰开一瓣瓣的橘瓣，咬一口，甜津津的，满嘴的汁水，这是一种很鲜激的味道，与我熟知的糖水罐头里的橘瓣味道大不相同。就这样，我在一只眼睛蒙着纱布的情况下，吃掉了平生第一只橘子。

又过了几天，小阿六开始给我拆纱布，纱布拆去，小阿六这才意识到，由于他的一个疏忽，我的左眼皮上，永远留下了一个弦月的徽记。我母亲叹了一口气，说，她曾去给我算过命，算命先生跟她说，你这个儿子要破相的。她因此很担心，算命先生说的破相，到底是什么呢？如果这就是破相，她说她反倒放心了。纱布一经甩脱，我赶紧找出镜子，一照，心情郁闷之极。好多年里，我的注意力总是集中在这个伤疤上。而一个人身上的伤疤，也很可能就是上帝给他的第三只眼睛。

老宅的这房间里，藏着一个玩耍的好所在，那就是我家与严子松家之间的这个狭长的小天井。天井里,常年养着两只老乌龟。乌龟行动迟缓,但生命力极强,很多年里,都生活在这个狭长的圈子里。那时我常下到天井里去逗这两只乌龟玩,玩法很简单,就是用一个小棒将乌龟拨到肚皮朝天,再观察它们怎么翻身。这两只老乌龟也真成精了,当我下去将它们翻转,它们居然也不急于翻身,四只朝天的脚和一个龟头紧缩在肉里,一动都不动,即使我拿着筷子去捅它们,抽它们,它们也浑不当一回事体。等到我厌烦了,刚一爬上天井,就只听得的的两声,龟背碰击天井的青砖,两只老乌龟迅速翻转身来,恢复故态,重新开始在小天井里来回爬行,好像什么事都没有发生。

后门头

70年代,江南乡村的民房,两开间三开间的房子实在不多,弟兄多的人家,各自娶妻生子后,就分家了,分住的往往是一个单开间,从廊檐到后门头,狭长的一条,一直落进深,平屋,砖木结构,相对独立。比如我家,景况在中等偏下的,前后居然也有四大间,一前一后,还附带着两个天井呢。这四大间房,由南而北,让我像煞有介事地重说一遍,依次是:拦头屋—(廊檐)——厢屋——(大天井)——灶头间(卧室)——(小天井)——猪棚和羊棚。

后门头,主要由羊棚和猪棚构成。就在这猪棚和羊棚的中间,是一只茅坑。坐垫是一根溜光的圆木，坐上去，背后有一条横木可以靠背，两大腿搁一截溜光滑达的圆木上大解，倒是一桩惬意事。倘是夏天，一边是羊轻快的叫声，一边是猪沉闷的吃食，这倒解了夜间过分安静生出的孤独和害怕。

坐坑上大解，果然惬意，可是，后门头蚊子之多，非亲历者实难想象。尤其深黑不见底的坑里，不知聚合了多少蚊子，且都出奇的肥大。不要说叮上你的小鲜肉，就是偶然眼光瞄到，身上也一定起鸡皮疙瘩。蚊子一多，轰鸣声一合，简直吓煞人的。我的两只小手，那时往屁股上挦都来不及。你看，我大腿刚碰到茅坑的那根溜光圆木，一只凶猛的大蚊就飞过来跟我打招呼了，嗡嗡嗡嗡，在耳朵边絮叨不止，好像是它吃血前的一个祈祷。蚊子真要叮上你身了，反倒安静了，等到身上一阵奇痒，伸手一抹或者抬手一巴掌，手心已是黏糊糊的一摊血迹。

很快，那几只大蚊叮上我的屁股，因为蚊大，叮时就略有感觉，就本能地随手一挦，照例，满手血渍，无须凑近鼻孔，即闻到一股血腥味。挦死的蚊子在手，手感烂污泱泱，相当过瘾，也很有那么一点成就感哩。蚊子的季节，每次上厕所，我的两片小屁股，全是这种灰黑的小尸体。也可以说，一次上茅坑，毙蚊无数，战果辉煌。

乡下有一种花脚蚊子，好似前一种蚊子的升级版，喜欢躲在暗处，日光下难见它的身影。此蚊腿脚长，有斑马似的白斑花纹。花蚊的嘴极锋利，也比普通蚊子来得长。这种蚊子最是悄无声息，飞起来却速度惊人。它好像还很有一点小聪明，不像普通蚊子，叮咬前，必要嗡嗡嗡来一番吃血的宣言。它忽然降落下来，不知不觉就叮上你，起初你一点感觉都没有，等到某处一阵没命似的奇痒，立刻伸手去拍，它早就吸饱血，抖抖翅膀，不无得意地飞走了。最恼火的是，这花脚蚊子还专往你的档里钻，专叮你的小鸡鸡，叮你的肛门边，痒得你抓也不是，不抓更不是，总之难受极了。而花脚蚊子吃饱血，居然很难拍死它。我们那时真是恨死了这一匹狡猾的花蚊。

后门头比较污秽，蚊子自然就特别的多。还有臭虫、百脚、老鼠、家蛇……那里简直是一个小小的动物世界。其实蚊子吃人血的机会不是很多，它主要吃猪和羊的血。幸亏猪的皮厚实，羊有浓密的羊毛，但饶是如此，主人还是心疼自家的牲口。我就亲眼看到父亲"双抢"回家，匆匆吃过夜饭（两大碗白米粥），来到后门头照看牲口的场面。他先是取过一些晒干的艾草，堆在一块青幽幽的方砖上，成堆摆好，然后，利索地划燃火柴。艾草点燃后袅袅散逸的浓烟，飘满了这个面积不大的地方。一些蚊子就这样被浓烟逼出了屋子。但艾草的浓烟维持不了多久，浓烟过去，蚊子又回来了。回过神来的蚊子或许更加肆无忌惮，吃血的狠劲倍于前也未可知。没有办法，他只好去翔厚集镇买来蚊香。那时的蚊香，颜色和形状极像一条长长的猪大肠。大肠蚊香盘成一个圆圈，仍旧放在这块大方砖上，点燃后，一缕带着药味的驱蚊烟细腻而持久地飘散开来——后门头的一头猪和三只羊，就在这一缕细烟的呵护下，大致可以安静地进入它们的梦乡了。一圈蚊香，可以持续到天明。蚊香烧完，青砖上就留下了一圈黑色的印痕，像中学课本里九大行星的星象图，神秘而好看。

后门头的茅坑里，读者就无须费心瞥出你们珍贵的一眼了。那是一个白色蛆虫的世界。蛆虫们漂浮在上面，缓缓蠕动着。蛆虫们的一生将消磨在这一只粪缸里。这个蛆虫的世界，因为在茅坑板下面的暗处,不常看到。但坐在茅坑的圆木上大解,不由自主地就会想到。必须知道,地球上,宇宙间,还真的有一个蛆虫世界存在呢。一经想到,也会暗暗心惊。想到人拉下的屎块扑通扑通掉落粪坑,蛆虫们翻滚在浓粪里,简直有一种恶作剧的快感。

70年代,乡下人家,为了省钱,化肥不常使用,人粪仍是最基本的有机肥料。这后门头茅坑里的粪便,隔几天,父亲总要用粪桶挑空它。人粪羼入严家浜的河水后,浇灌到自留地的蔬菜上。这个挑粪浇粪的累活,总在下午暑热消退的那个时间。挑粪,需要将茅坑板掀开三四块,粪,一舀子、一舀子地舀出来。一担粪与一担粪之间,如果没有完工,通常不会盖上坑板。有一次挑粪完成,我父亲忘记盖上坑板了,晚上,母亲去后门头方便,一脚踩了一个空,幸好边上有其他坑板盖着,母亲的双臂就搁在了两块横盖着的坑板上,一只脚悬空挂在茅坑里——很惊险,底下可就是一个蛆虫世界呀。而后门头与前门基本是隔绝的,尤其当我们晚饭后都到了拦头屋里的时候,那距离就更远了。母亲叫了几声,没有应答。她只好自己想办法,两个胳膊肘靠在坑板上,把小腿慢慢地挪上来。亏得那时母亲不过三十来岁,也有气力,总算平安无事,虚惊一场。

后门头是一个相对独立于人的牲畜世界,除了解手,按时喂猪喂羊之外,人是很少在这个区域活动的。但也有特殊的,年节边,家里突然间来了远客,要留宿,实在腾不出空房,也会安排客人住到羊棚上面。这当然是比较熟悉的客人了,比如乌镇北栅头我的一位祖辈来,我小时候,他来往的脚步勤,就不讲客套了。我就亲眼见到他住到我家的羊棚上面,可能还不止一两回哩。这种羊棚上的临时床铺,铺得很简易。羊棚的木板上面,本是堆放稻柴的地方,上面只需铺一条席子,扔条被子上去,就成了一只临时的床铺了。

我家羊棚西隔壁是小毛毛与玉珍夫妇的新房。东隔壁，是严子松严阿大夫妇的卧室，大抵只有乡下才有这种房屋的结构吧。那么多年，羊叫猪吼外加群蚊的嗡嗡，还有茅坑的臭气，也不知道东边这对四类分子夫妇是怎么过活的。羊棚的上面，还不是墙壁，哪怕泥墙都不是，只是一些竹爿做了一道简易的篱笆墙，不仅各种声音可以传递，如果隐蔽在上面，还可以看到他们不为人知的私生活。我爸的大妹子即我的姑妈三娜，那时还没有嫁人，正值情窦初开的花季，某年夏天，不顾蚊叮虫咬，也不理睬汗珠儿滴滴答答淌下脸来，吃好夜晚，居然悄悄躲到羊棚上，名为观察阶级斗争新动向，实则要偷窥这对四类分子夫妇是怎么亲嘴做爱的。据说还真的看到了条梗很好、浑身光裸的严阿大……她其实只看到了三十来岁的严阿大的一个背影。严阿大卧室里沐浴，光身从脚桶里出来的那一瞬，照亮了我姑妈一双少女的杏眼。

　　后门头的猪棚里，有一段时间，我家养了一头母猪。母猪生崽，夜里得守候，父亲特地拉了一条电线，装了一只十五支光的电灯到猪棚里。那几天，他总要在猪棚隔壁的羊棚上面睡上一两夜，守候母猪生产。羊生小羊，好像用不着这样子费心候着；猪生猪崽，是要特别紧一紧心的。主要的担心，怕母猪木头木脑，不小心压死了刚生出来的小猪。我小时候，说起来难为情，小小年纪，我还给母猪接过生的。母猪翻身躺在猪棚的里边，嗦落一声，小猪崽生出来，我赶紧猫着腰奔过去，将溜光滑达的猪崽双手捧出，手指头往小猪嘴里一挖，再用稻柴将裹在它身上的黏液抹去，放到一边早备好的竹篮里。一歇歇工夫，下一只小猪又嗦落一声生出来，我也用同样的方法给小猪接生，直到母猪全部生下它们并落下它的胎盘。那一年，我家的老母猪一连生了十三只小猪。小猪生完，全部放到母猪身旁，我特地数了一数，没错，十三只。十三只猪崽，一齐趴在母猪肚皮上吃奶的样子很壮观。老母猪心甘情愿地侧躺着，发出快乐的呻吟。小猪呢，拱嘴吃奶，上下两排。下面的一排不时钻到上面一排。但也总有慢一拍的某只小猪，被一胞所生的其他小猪挤出吃奶的行列，孤单地趴在上下两排小猪的身上，吃不到奶，吱吱地叫唤着，很可怜的样子。但不管怎么说，这都是猪棚里我所见到的一个温馨的场景。这在节奏缓慢的70年代，在我是一个很有意思的记忆。

大多数人家，后门头都比较简陋。穷困如我家，或许更加简陋也未可知。开出门去，有一条很深的干涸的旱沟，沟上，搭有一块金黄的石条。这石条，有些来历的。某一次，父亲约了永金舅，两人摇船去塔鱼浜南埭圣堂湾，也就是被火后的我家祖宅的河埠头，吭哧吭哧抬了它来。我父亲手里的这一埭位于严家浜的老屋，说一句实话，唯有这一块金黄的条石，才是有点意思的旧物，能勾起现在的我对于民国甚至更早年代的一个旧家的记忆。

后门头的条石之外，那是真正的原野，是桑树、楝树和其他不知名的一个植物世界。就在这条干涸渠沟的北岸，我的大舅永根一天夜里走来，一脸神秘地蹲在泥地上，跟我父亲悄悄地说着一件很私密的大事。

"阿哥，国家出大事了，听说鹰爪鼻头飞机出事，摔死外蒙古，罪名是叛逃。"

父亲"哦"了一声，举着刚刚拔下的一把青草，不置可否。他根本就不是一个关心家国大事的人，他是眼睛只看到自己鼻头的农民。

可那时的大舅不一样。他当过兵，做过团长的警卫员，还深得团长的器重。团长很想提拔他,可惜,他大字不识一个。当兵五年,团长曾特意安排识字的小伙子面对面教他。他也认真地买了钢笔,买了簿子,用尽办法想识几个字,可最终仍半途而废。临了,团长叹了一口气。他也只好退伍回家种田。那个黑咕隆咚的夜里,大舅说这句话的时候,不知正值他探亲假还是已经退伍回家,总之,是1971年"九一三"林彪出走之后的几个月吧。大娘舅因为五年的部队生活,那时也很灵一点市面[1]。1971年,我虚岁六岁,他与我父亲,一个蹲在渠沟上抽烟,一个弯腰干活,这一次难得的对话,这临事的场景,至今,我历历在目。

冬天,西北风的呼呼声,特别响亮。夜里,风钻入后门门缝发出的怪声,很有点吓人。如果没有大人陪着,我一个人是不大敢走进后门头去的,尽管有猪羊的声音陪伴着,但也有蛇虫百脚在暗处伏着。尤其在我们家遭贼偷之后,我每次到后门头,都心有惴惴,仿佛暗处伏着某个小贼似的。这真是活见鬼了。

后门头,推出门闩,拉开后门,乌黑的夜里,满眼都是乌黑的原野。原野上的桑树落光了桑叶,唯剩条条古老的桑鞭子,抽打着星空。星空底下,是人们亘古不变的家居生活,是人的生老病死,是大地上隆起的一个个坟墓,是突兀的棺材房子,是远远的彭家村、邹家埭、许家汇、河西庄、毛介里……是这一个个小村坊漏出的晦明的白炽灯光,是一地虫声,满坡月亮的清辉……

后门头,是与自然最切近的地方,也是星空低头并欠下身来的地方。

---

[1] 塔鱼浜土白,消息灵通的意思。

卷三

岁时记

正月初一 / 正月初二 / 正月半 / 二月初二 / 三月三
清明 / 头忙日 / 立夏日 / 五月初五 / 六月六
七夕 / 七月半 / 七月三十 / 八月十五 / 国庆节 / 九月九
冬至 / 十二月廿三 / 十二月廿四 / 年节边 / 十二月廿九 / 十二月三十

正月初一　　　　　　　吃甜，去彭家村做小客人

毕竟是江南的深乡下，塔鱼浜过年，没有一家会贴春联挂红灯笼的。

年初一的早上，落下门闩，大门吱呀一声，分向左右两旁，一道狭长的、鲜亮的、万古常新的光灌进门来。揉揉眼，但见附近的稻地上，铺满了碎碎红红的纸屑，空气中还有火药的味道，那是昨夜四个炮仗与一串百响留下的，是除岁的灰烬，也是清早有关年节的最美好的记忆，或许还是新年留给这一年三百六十五天第一天的脚迹。

严格地说，子夜一过，新年在孩子们通红的欢呼声中就到临了。那么多的炮仗、百响，接二连三地响起，为的是接灶——灶君菩萨天庭回转，主人家须隆重接回。孩子们有时候也起身帮忙，比如传递炮仗、洋火之类，但实在困倦得不行的话，也就放任着赖在被窝里，迷迷糊糊中，闻听自家的炮仗与百响地崩山摧地响起来，也交关开心。这一声接一声的爆竹，就把大年初一，从接下来的三百六十五个日子里，隆隆重重地给区分出来了。

除夕守岁一结束，炮仗、百响放过，灶君菩萨接到，一家人才踏踏实实地上床睡觉。大人们睡眠的时间不多，鸡鸣即起，早早地升火，铁镬子里下起了糯米团子。甜的团子，拳头一般大小，一个团子正好盛满一只蓝花供碗。团子上撒一调羹绵白糖，用筷子夹

吃,吃到团子里的芝麻豆沙馅,那才叫真的是甜。糯米团子是我爱吃的东西,一吃两个。在我家乡,好事讲究成双成对。

这新年的头一日,塔鱼浜的每户人家,必定要吃甜。这甜味,预示着一年的安稳、幸福、甜蜜。在这普普通通的甜味里,有着他们对于生活的先知先觉,实在暗含着他们朴素的愿望。

对于孩子们来说,新年第一天的早晨,首先看到的是昨夜里母亲悄悄放在枕头边的新衣服;摆在床口的一双崭新的松紧口布鞋;再则,就是吃到母亲亲手端过来的白糖糯米团子了。

好几年的除夕,我都去南埭外婆家或彭家村外婆家过年。南边的外婆家,和我家同住塔鱼浜,可惜我外公四十六岁就得病故去,几个舅舅年轻气盛,脾气都不好,又互不买账,外婆活得艰难,加上她又啰唆,我小时候去得并不多。北边彭家村外婆家,是我母亲的干妈,外公即常来塔鱼浜放水的麻子彭泉生。两位老人没有生育,人都很和气,我去做小客人的机会反而多。我记得有好几年,年三十夜里我都住宿在彭家村。

彭家村的外公外婆,说起来很有意思。我母亲小时候出对丰桥路过,走到小桥头,与相熟的人打招呼,那时,我外公正巧在河埠头淘米,旁人就和我母亲搭起了话,说的竟是:泉生家没有子女,你就过继给他们吧。我母亲没有干爸干妈,她大概觉得过继给人家有老人疼爱,总归是好,脚步就停下了,说:好!问我麻子外公,他一口答应。这边厢就回到家里的米囤边,多抓了一把米,重新去河埠头淘一遍,又去百米路外的小桥头割了一斤坐臀肉,张罗了一桌小菜。我母亲就这样认了干爸与干妈。原先两家互不相熟的人家,从此就认了亲戚,逢年过节,常要走动走动了。

彭家村外公外婆一家，还领有一人，一起过活，这就是金海。我从小叫他娘舅的。金海舅人和顺，又非常勤快，只可惜，他不知得了什么毛病，整个背脊驼了下来。再后来，严重到两只手只能搭着脚趾头走路了。金海舅原本是来外公家接续香火的，这样一来，哪家的姑娘还看得上他呢。他也只能一个人过活一辈子了。他的心思，外人如我，终究是猜不到的。他的脸上总笑嘻嘻的，可他的心里，我猜想一定很苦。他与我外公外婆相处得很好，一家三口，简简单单，相依为命。可是，有一年夏天，四十来岁的他，大概心脏病发作吧，突然倒在彭家村小桥边的水泥白场上。他还有这个毛病，平日里大家竟是不知。

有一年，我在彭家村外公外婆家过年，吃好年夜饭，在昏暗的灯光下，麻子外公就开始发压岁钿，崭崭新新的一张纸币，二元，当时是很大的一笔压岁钿，一般的亲戚，也就五角。我夜里就住宿在他家的木楼上。那个时候，村里有楼房的人家也不多见。麻子外公家的木楼，楼板坦平，又结实，不像塔鱼浜外婆家的木楼，人走上去，软乎乎的，晃荡得厉害，一晃，箱子的铜搭扣啪嗒啪嗒直响。

第二年还是去麻子外公家过年。小孩子去别人家过年有个不成文的规矩，要么过一年，如果第二年仍旧去，那下一年也得去，须得连过三个年。我记得我在麻子外公家就连着过了三个年，拿了三次压岁钿。

年初一这一天的上午，我父母一般就来彭家村吃中饭，顺便带我回家。晚上，一家人可能去同村的外婆家。很多年里，我的年初一就是这样须得做两家外婆家的小客人。两家外婆家都要给礼物，是同样的一根紫皮或青皮的甘蔗，这样，我就高高兴兴地扛回两枝长长的甘蔗了。那甘蔗蔸头的泥，梢头的枯叶，都还在。梢头上，还缠着一股红丝绵，*丝丝缕缕的*，在风里摆动，有一股绵绵不绝的喜气。

新年里，男孩最喜欢玩火药枪。枪是自已或在大人的帮助下做成的。做火药枪的原理其实很简单：找一块稍厚的木板，锯成枪的形状。枪管上，将一只子弹壳用牛皮筋绑固。子弹壳被撞针撞出一个凹点的地方，放上火药，再用薄铁皮固正，利用牛皮筋的弹性，拉起一块铁条去重重地撞击。这一撞，啪的一声，火药炸响，一股青烟连同我们满脸的兴奋一道升腾而起。每个男孩都喜欢这把火药枪。彭家村的麻子外公每到年初一，必定会给我买好几张火药纸，也因此，我就特别愿意去麻子外公家做小客人。

年初一，如果孩子们去附近的小集镇，无非就去翔厚或对丰桥。麻子外公家离对丰桥近，由此我常去这个小集镇。去，也就是买那火药枪的子弹，也即火药片子，记得是四分钱一张，紫红色，一买总是好几张，可以玩上一个新年。所以，新年里，孩子们闻得最多最持久的气味，不是鸡鸭鱼肉的香味，而是浓烈的火药味。我们这个年代的孩子，大概《地道战》《地雷战》这类军教片看得太多了，生活中居然也喜欢上了火药味。

新年的头一天，如果起床早，晚上睡得又晚，这一天的时间，比起别的一天来，就显得特别长，可是，因为兴奋，时间过得实在太快。天黑下来的时候，孩子们的遗憾就会像暮色一样拉长，他们会说：要是每天都是年初一就好了。见大人们不搭话，他们就又说了一句：要是每天都是年初一就好了。大人们笑笑。他们才不搭腔呢。

要是每天都是年初一，那还有意思吗？

有一年（只此一年），年三十夜里，我到塔鱼浜前埭杏春家打红五星，六个人，三副牌，围着一张八仙桌，一连玩到次日凌晨三四点钟才回家睡觉，这一睡，竟然睡到下午两点钟才醒。一问时间，都下午了，天哪！赶紧起床。这么难得的年初一竟然只剩下小半截了。这一天，我眼泪儿汪汪的，遗憾得不得了。

正月初二　　　　　　　做客人的手把子，镬糍糖茶

年初二开始，木桥头上南来北往做客人的人家就多起来了。孩子们在前面走，后面是他们的父亲和母亲，两位大人一般都要提着手把子[1]，这是做客的见面礼。两位大人在后面喊：阿囡，慢走，当心路滑，勿摔跤。此时红日高照，路上的霜冻开始融化，路上水亮亮的，两位扎着红头绳的女孩，提着小小的裤脚管，踮起脚尖，胆怯地走过塔鱼浜远近闻名的小木桥。

塔鱼浜，沿这一条小木桥东西两边各自展开。南来的客人们，东边的客人到东边，西边的客人到西边，东西各家的门口，各自有一张或几张笑盈盈的脸在迎候着。

新年的手把子是：酥糖、饼干、云片糕、柿饼、糖水罐

1　塔鱼浜土白，新年做客手拿的礼物，比如一尺糕、一盒酥糖或饼干、一听糖水橘子、荔枝或黄桃罐头之类。

头……

　　酥糖是用毛草纸包着，的角四方的一包，正面贴一张正方形的红纸；这酥糖包出棱出角，折线挺括，像砖头似的一大块，看上去很饱满；饼干一般装在一只好看的纸盒里，饼干是动物饼干，有鸡、狗、猪、鱼、羊……的形状，饼干不多，孩子们接到手，摇一摇，就掂出分量的多寡了；糕是云片糕，一小片一小片切得薄而均匀；柿饼倒是散装，直接从小店里称的；至于糖水罐头，无非橘子、菠萝、荔枝、黄桃……这几种，因为装在矮墩墩的玻璃瓶里，里面的内容看得一清二楚。根据吃得的经验，荔枝的糖水罐头最受欢迎。这些糖水罐头吃起来有点麻烦，须得用一把起子（开刀），对着包得紧紧的铁皮撬一整圈，盖片才会嗒的一声脱落。当然，有些大人嫌麻烦，就用一把切菜刀，扣上十字花的那么两刀，用手扳开铁皮，将罐头里的好东西一股脑儿倒在蓝花供碗里，这倒也爽快。但总不如前一种方式来得有意思。

　　客人到家了，主人家一定会泡上一小碗镴糍糖茶。这是塔鱼浜待客的礼数。新年来客人，无论至亲还是远亲，都要泡一碗糖茶。如果来的是毛脚女婿[1]的话，还会烧一碗六个或八个的糖蛋，那是最高的待遇了。

　　我到前埭的外婆家，总会喝上一小碗镴糍糖茶。外婆家不用说了，隔壁的洪生妈，只要我在她家的廊檐下一站，她立即客客气气地端上这一小碗糖茶。我常告诉自己，她这一份待我的礼数，是不可忘记的。我写这篇小文的两个多月前（6月29日），洪生妈因病故世。我父亲特地去吊丧。我也曾以我的方式念想了她老人家一回。

1　吴方言，指已定亲但未成婚的男子。

正月半

正月半的好事：闹元宵吃汤团。张灯或看灯。

元宵的水磨汤团，是早一天就做好的。取白胖的糯米淘好，清水里浸过，沥干，太阳下暴晒，干结，再磨成的粉，就是水磨粉了。这个粉做成的汤团，软而糯，将糯米的特性完全释放出来了。汤团的馅，或鲜肉，或猪油拌芝麻豆沙，分咸甜两种。要不，索性搓小圆子，像珍珠大，什么馅也不放。甜的芝麻汤团，吃时须加白糖腌制的桂花，那个才叫清香四溢呢。

元宵节看放灯，塔鱼浜那样的小村坊，哪里看得到。须得去附近的乌镇或石门这样的大镇。因此，我这里说了也等于白说，那就干脆省略不说了吧。反正，我在塔鱼浜十五年，一次都没有看到"灯市"。

且说正月半一到，新年也就过去了，连尾声也没有了。因此，正月半是一道槛。这一天过去，用塔鱼浜的土白叫作"年罢"。

于是前面的两三天，孩子们抓紧时间做客人。大人们则抓紧时间请客人。做的客人请的客人，比起初几头里，现在来的都是路程比较远的。乡下的习惯，新年里总得你来我往一次，否则，亲戚要断交。

到了正月半，年节里请客人的肉啊鱼啊，终于可以动筷子了。原先铁耙枕一般的块肉，现在几乎缩水一半。那个鲤鱼或鲫鱼，已经在饭锅的蒸架上热了又热,黑乎乎的了。这一天,搛一筷,尝一尝吧,发觉咸得不得了。

亲戚们带来的手把子,找出来,统统堆放在孩子们面前,堆成小山似的一堆。一包一包打开,发觉那一尺云片糕,已经给蛀虫蛀坏了,舌头一添,竟然泛起一股苦味。酥糖呢,走油了,糖也耗了,那种可惜呀,实在难于说出口。好在还有几瓶糖水罐头,费了很大的劲,用起子撬开,一尝,居然鲜甜鲜甜,总算弥补了不小的遗憾。

二月初二　　　　花朝节（有说二月十二,百花生日）

春天的消息都是花草树木以及鸟声传递过来的。

草木发芽,燕子的小嘴巴啄一啄软新的黄泥,在谁家的屋檐下追逐着,扑闪着翅膀;桃花小心地放出涨疼的蓓蕾。这一年里,桃花总是第一个爽快地撩开这倾国倾城的美貌;还有呢,村里十三四岁的小姑娘,脱下土灰色的丝绵袄,试着穿起了花花绿绿的衣服……

这一日,本是土地公公的生日,可附近的土地庙,已经无存。这些年,不知道勤勉了千年的土地公公去哪里过日脚。他和土地婆婆还在歆享本村的祭供吗?两位与农民相处得这么亲密,农民喜欢叫他们公公婆婆的老土地,各有一张笑嘻嘻的面孔,两老憨厚,老农们总觉得有点亏待他们。

这也是菜籽落种的日子。

我的父亲，算是塔鱼浜勤快的一位吧。他在自家的稻地上开了一只瓜秧的地铺，用尼龙纸做了一个大小适当的棚。地铺的新泥里，排满了番薯；还有，边角上摆着南瓜、丝瓜的种子的盆。这些瓜籽都落种在一只稻草编制的小盆里，盆底填满稻草灰。瓜的种子一粒一粒竖立在灰盆里，整整齐齐，像在做纪律严格的团体操，各自待在自己的位置上，一点都马虎不得。

大棚的气温比起大棚外面，自然要高几度。太阳一晒，尼龙纸的反面，就出现一条条的水蒸气。这些水纹路是活的，会动，会说话，刚才还是不起眼的小不点，忽然就是长长的一条，在拱形的尼龙纸上扭动着，看着也着实有趣。孩子们觉得好玩，常常走拢来，伸出暗沉沉的冻疮尚未消退的小手，拍一拍尼龙纸，循着水纹的流向，发一阵呆笑。有时候，下雨了，尼龙纸的凹潭里，会积一片雨水，白白的，晶亮的，越积越多，吃分量了，终于沉下去一坨，顽皮的小家伙，会将这一坨水，从东一头赶到西一头，再从西一头赶到东一头，可以玩上小半天。

隔了一些天，地铺里的番薯冒出惹人怜爱的青芽，细如针尖，稀稀疏疏。起初，孩子们还能够数得清，再隔一两天，番薯的青芽就多如牛毛了。不多久，青紫色的茎略微转变成紫红色，渐渐地就硬实了。叶子也舒展开来了。番薯的茎，粉嫩粉嫩，拇指与食指一掐，微微的一声"嗒"，就断了，青色的汁液，不多，还不够浸满一指甲缝呢。事实上，父亲就是用两个手指头掐来一小把，用稻柴扎好一样大小的一小把，码在一只竹篚里。第二天，天蒙蒙亮，他挑到翔厚或对丰桥，卖给附近的人家。

待大面积的番薯苗长上来，他才想到要动用一把剪刀。于是，一到午后，掀开尼龙纸，嘁嘁嚓嚓地开剪了，剪刀的声音也是很好听的。至于小盆里的瓜秧，须得用手指头捏住瓜秧的茎，轻轻地一提，就能从稻柴灰里拔出来。瓜秧的根须细细的，白颜色，连带着黑色的浸透了水的草木灰。

番薯的苗可以直接扦插成活，瓜秧却只能连着草木灰种到地里。看这样小小的苗，在泥土里一个厘米一个厘米地长大，实在是很有意思的事。若干天以后，番薯藤爬满一垄一垄的地，泥土里，每一根藤上，孕出一串红皮番薯，你能不感到惊奇？还有，牵连不断的南瓜藤上，蓦地拉出这么大、这么大、这么大的一只长柄南瓜，你能不感到惊奇？

三月三

鲈鳢上岸滩

三月三，鲈鳢上岸滩。

鲈鳢在前埭的塔鱼浜兜里很多。靠近小水坝的地方尤多。那里，阳光充足的缘故吧。小水坝往东，这一段河也最热闹，农户大多集中在这一地段。我大舅的新房子也造在这里。他家的稻地外，有一道平缓的河坡，河道的半边，都是水草，那是整个冬天湖羊主要的饲料。水草经过一个隆冬的霜打，蔫巴拉几的，满河一片焦黄，波斯地毯似的厚厚一大片。撩开水草，河水清冽异常，一眼看得到河底。

农历三月三，气温还没有回升，河水依旧冷冽。由于日照充足，靠近河滩的地方，总有小鱼小虾浮出水面，似乎水生一族，也天生懂得享受阳光的妙乐。

经验老到的家伙,在这样的河滩,水草覆盖的水底下,早用锄头掏出一个小潭,再撒几粒饭粒,引诱鲈鳢及昂刺。运气好的话,还有鲶鱼上钩。

当然,他们的目的无非是引来鲈鳢。过了一个冬天,鲈鳢肥美异常。鲈鳢是这样的鱼类,身子不大,头、嘴却大得出奇,浑身肉滚滚,喜欢铺开它宽大的鳍,静静定定地匍匐在小水潭里,享受阳光和美食。

不需要渔网,只需两只手掌,像两片括弧,慢慢地将鲈鳢括进来,括进来……手掌一合,肥美的鲈鳢就到手了。

一个小半天,可以捉到三四条鲈鳢,折一根小柳条,穿了它们的腮,高高兴兴拎回家去。蓝花供碗里打两个鸡蛋,鲈鱼炖蛋,烧饭时,放蒸架上清蒸,这是一道味美的过饭菜。

印象中,三月重三日是一个与水有关的日子。老杜诗:三月三日天气新,长安水边多丽人。那是在帝国的心脏长安,春阳转暖,刚刚度过隆冬的美人们开始玩水乐水,整个春光就这样浓缩在了帝国的水边。而在时间滚滚而下一千多年后,在江南一个无名的村落,水边无美人,独多宽腮阔嘴的鲈鳢——还有,孩子们诱使鲈鳢入彀时那一份出奇的耐心。

清明

新年以后两个月,就是清明。为了清明的来临,孩子们等得好心焦。

清明是一个大节，塔鱼浜谁家都须认真对待。节前，杀鸡割鹅的事，随处可见。蓝色的炊烟，笔直地从墨黑墨黑的天井口若有心事般地升起，也随处可见。还有，廊檐下，随处可见孩子们拿着桑剪，笨拙地在剪小河里前两天摸来的螺蛳屁股。

清明节，八仙桌上少不了一碗酱爆螺蛳。吃了螺蛳的"罐头"肉，螺蛳壳还要派一个用场，要大把大把地撒到自家的屋面上去。如果一个村坊相继或者同时往屋面上撒螺蛳壳，那大幅度扬手的热闹场面，那沙啦沙啦的螺蛳壳在瓦面上滚落的声音，实在是很好听的。

清明宜晴，天一放晴，气温即刻回升，万物的绿就出来见人了。清明两个字的本意也就真切地映在孩子们的眼前了。

但清明偏多雨水，清明时节雨纷纷，谁不晓得这个触气的天啊。要是碰到一个落雨天，人会觉得冷飕飕，节日的气氛已自减了一半。清明节落雨实在是很扫兴的事。

清明的吃食实在多：青的白的团子，形如腰子，无馅；粽子（塔鱼浜只在清明裹粽子，端午反倒不供），三个角的，四只角的，都有；还有甜麦塌饼。清明的甜麦塌饼是塔鱼浜的名吃，真该隆重记一笔。

一般人家过节，也就裹一竹匾或咸肉或赤豆的粽子，四只一提，挂竹竿上，沉甸甸的，竹子的中间，立刻就起了一个弧形，弯弯地驼下来，看着这个饱满的弧度，清明的气氛，显见的，是日渐地隆重了。青的白的团子，即使再穷困或没有主妇的家庭，总也要搓揉一些，这个制作起来，相对比较容易。

至于甜麦塌饼，塔鱼浜大多数人家，就未必肯花工夫动这根脑筋了。但没有甜麦塌饼的清明，还能算是一个清明节吗？

为了过上一个像样的清明节，母亲已经早早地做了准备——发麦芽啦，淘洗糯米去翔厚轧粉啦，去野田坂割白胡子草啦，等等。这甜麦塌饼，做起来，确乎有那么一点烦难。

甜麦塌饼的甜味，不是焦黄色的古巴糖逼出来的。它的甜，全来自甜麦，所以甜麦实在是制作甜麦塌饼的关键。所谓甜麦，就是浸水后发了芽的麦子，晒干，磨成甜麦粉，再撒到米粉里，它产生的自然的甜味，与加古巴糖泅出来的甜是不一样的。而且，好的甜麦粉，能令糯米粉异常的柔软和光洁。

村里的笨女人，哪发得好甜麦。辛苦了好几天，临了，竟然一点甜味都没有，这是每一年都有的懊糟事。村里的懒婆子呢，临到要做甜麦塌饼了，才着急起来，赶紧兜着围腰巾，东一家，西一家，满村坊讨要。当然，她每每能够讨到，因为一般的人家，甜麦总会多备一些。

做甜麦塌饼的另一样要紧东西是草头，乡下叫白胡子草，也叫棉线头草（学名佛耳草）。这草，贴地铺开，爪牙一般，张扬得很，屋前宅后，田间地头，到处都是它们的影子，不难找到。母亲知道我爱吃甜麦塌饼，花小半天时间，割来了满满的一竹箅，洗干净，倒铁镬子里煮烂，再拌入米粉（糯米中掺入少量粳米，比例需适当，倘糯米过多，搓成的甜麦塌饼容易过软而难成饼形，反之，则显得过硬，影响口感），在一只大陶钵里，糅合成灰褐色的粉团。这粉团，因为有了棉线头草，便增加了米粉的韧性。最后，搓成一只只扁平的粉饼。到这里，甜麦塌饼的制作，大半算完成了。

接下来，要放老灶头的铁镬子里油煎。油当然是黄澄澄的菜籽油。到了煎饼的步骤，我们嘴巴里关闭着的口水，开始跑出牙关，并允许它小小地挂下来。

母亲有在石门镇上开糕饼店的短暂经历，因此，也算得上做甜麦塌饼的能手，看她围裙一围，利索地舀几调羹菜油入锅，再一只一只煠在锅底。这时候，我就在灶口帮忙，不时地往灶肚里塞入早已团好的稻柴圈。烧稻柴，为的是容易控制火候，火过大，煎的甜麦塌饼容易焦黑，那就需要用火钳将灶肚的稻柴压一压。煎甜麦塌饼的过程，实际是我和母亲配合着制作成品的过程，往往是，往灶里塞好一个稻柴圈，噌地一下，我就从灶口蹿出来，围在镬子边观瞻。铁镬子里，吱吱之声不绝于耳，那是母亲撒入了一调羹糖水的缘故，镬子里顿时腾起一股热气。微微的焦香沁出来了，一面已经煎熟了，母亲用炝刀翻一个身，再煎另一面。一会儿，甜麦塌饼就可以装盘了。

有意思的是，一般熟食，趁百热沸烫的时候吃总归没错，唯独这甜麦塌饼，实在应该凉透以后吃。仿佛只有完全地冷却下来，它特别的甜味，特别的韧劲，才很有性格地呈现出来。

头忙日　　　　　　　　　　　含山轧闹猛

塔鱼浜去含山约二十里。

头忙日上含山轧蚕花，是塔鱼浜的姑娘和小伙子的事体。都说小伙子穿得光鲜，在熟悉或不熟悉的姑娘堆里轧来轧去，身子尽往姑娘丰满的胸脯上揩油，姑娘也不恼怒，相反，暗地里还高兴着呢。姑娘偷偷地瞥一眼小伙子，两厢若是认了真，那才交关好。姑娘的脸是酡红的，头发也有点乱，但觉得自己更有资格更有资本做好今年的蚕娘了。今年家养的蚕宝宝，一定会获得一个好的收成。

我小时候，每到清明节这一天，看到村子里的当龄青年，都争先恐后步行去含山。我也跟着去了好几趟，可惜，头忙日的年轻人实在太多，我人小，上不了含山，只站在山脚下的桑树地头，踮起脚尖，努力地遥望了一会儿，望见不远处的含山了，再依依不舍地回家。一路上，我曾听得塔鱼浜前埭的云生正开心地说着"摸奶奶（乳房）"的好事，觉得好奇极了。不知道这个塔鱼浜的高中生，是怎样大着胆子，挨近姑娘去摸她们的大奶子的。

含山不远的新市古镇，干脆有一条弄堂叫"摸奶弄"。从古镇的西栅进去，这一条长不过十米、宽不过一米的平常小弄，名气大得附近二九（十八里）地的乡民无人不知。弄以"摸奶"命名，听来有点古怪，但中国其他地方也都有摸奶弄，按民间的说法，那是"摸发摸发"。这该是多么好的口彩。往深里讲，这是远古延传而下生殖崇拜的孑遗。中国民间的性观念，到底干净、清爽，还健康，也上得了庙会这样的台面。含山浩浩荡荡、磊磊落落的性元素，预示着蓬勃的繁殖力，预示着这一年蚕花的旺盛。而蚕茧的收成，实在关乎乡民这一年的生计。他们无论如何都要想尽办法去取悦一下蚕花娘娘的。

从前，男女青年交往的机会确实不多，头忙日上含山，轧闹猛，摸奶，这也为姑娘小伙子各自挑选意中人创造了一次难得的机会。

这里再唠叨一下这个"轧"字,音"嘎",我家乡土白"轧闹猛",本来就有往异性堆里钻进钻出、挨来挤去的意思在。这清明节头忙日上含山,大概是他们一生轧得的最大的一次闹猛吧。

这闹猛轧得性感。很多年以后,要是含山古风犹存的话,那才交关好。

立夏日   咸蛋,野火饭

立夏日好吃的东西是:咸鸭蛋、绿豆糕、野火饭。新蚕豆渐渐地饱满了,剥壳,用黄澄澄的菜油与咸菜同炒,是很好吃的。豌豆也渐渐地硬了,豌豆与咸菜,也用新打的菜籽油同炒,有一股清新朴实的田野风味。竹林里的边笋冒出青青的笋尖,掘来,剥壳,好一段雪雪白的美玉,小拇指大小,光洁里让人感到人世的安稳与清朗。这样节节分明的一段春笋,切片,与白豆干、咸肉一淘放入蓝花供碗,摆蒸架上清蒸,老灶头上端出来的味道,特别的鲜美。

立夏日的咸鸭蛋有青白两种。青是天青色,纯然春天的颜色,青鸭蛋壳厚而硬;白壳鸭蛋,比较多见,壳薄,因此也可以隐隐地见到凝固的蛋黄。煮熟的蛋,略小的一头总是空缺着一小角,可以让你轻易地找准穴位敲出它的美味。每次见到蛋故意露出来的那个软弱所在,觉得饱满的蛋也终究懂得人世的谦逊。

立夏的咸鸭蛋是母亲个把月前做好的。腌制咸鸭蛋的方法稍稍

有些讲究。如果时间允许，直接把蛋放入盐泥就可以了。这个方法所需的时间比较长，大概需一个月，咸味才会缓慢地渗入蛋黄。如果时间仓促，可以用筷子轻轻地敲碎蛋壳，放入有盐泥的陶甏，只一个星期，蛋的咸味就出来了。但这个敲蛋的动作一定要拿捏得当，不能敲得太重，重过头，蛋壳的纹路一大，蛋清就会溢出来，盐渗透过多，就会太咸，大失咸蛋的风味。这个活确实需要我母亲来做，她出手轻，敲得也真恰到好处。若换成父亲，虽然他只拿筷子的一头，嘚的一声，但总是出手太重，或者，他怕敲重了，蛋的表面根本还没有纹路呢。因此，腌制咸鸭蛋，父亲帮不上什么忙。但即使小心如我的母亲，失手也是常有的事。于是，有一年，她想了一个办法，用针刺一下蛋壳，再腌制，这个办法的实际效果如何，我竟不知。

立夏日吃咸鸭蛋，是一种很久远的古风。俗语：立夏一只蛋，力气多一万。说明很久以前，我家乡能吃的东西实在是很少。那么，千百年以来，蛋是人类很看重的一种滋补品吧。

立夏日的绿豆糕也是很好吃的。这一日，孩子们骑坐在门槛上，吃绿豆糕，可免疰夏。

这绿豆糕，方方正正的一小块，绿汪汪，小巧玲珑，自有一小股野趣。这应该是极有江南特色的风物绝品，也是孩子们认为是好吃的好东西，但只有镇上有售，且还有品牌。谁家的绿豆糕做得考究，大人们心中有数。他们去镇上，总认定某个牌子。绿豆糕装在一只小盒里，十块一盒，像牌九，码放得整整齐齐。糕面上，还有一方凸凹有致的印章。这好东西难得买来吃。一年里大抵也就这个时间有。绿豆糕不能放长久，隔几天，原先柔软的糕点就变硬了，口感明显粗糙，大失纯正的风味。

立夏日的重头戏是野火饭。孩子们把烧野火饭当成一个乡村的游戏，因此特别有意思。

去野外捡一捆捆干柴，最好是干枯的菊花梗、桑条之类的硬柴，一边堆一个小山头，挑选一个合适（背对风口）的地点，掘一只简易的小灶；或者，在平整的地面上，用砖头搭一口小灶也成。不过，搭灶是有讲究的，所谓喜鹊叫喜，按我母亲的规矩，一定要寻到一个喜鹊的窠，烧火时，能够正对着鹊窠当然最好。乡下楝树多，楝树长得瘦而高，碧空的枝丫间，常有一个个黑乎乎的喜鹊窠，像挂在天空的一个个惊叹号（特别像它下面的那个小黑点），窠不难寻到，但整个少年时代，我一直分不清喜鹊和乌鸦。抬头望树梢，喜鹊或者乌鸦的窠，实在没什么两样。其实，蹲在楝树枝头的喜鹊和乌鸦，这两种江南常见的鸟，确实很难分得清。这个，也许无关紧要。乡下的规矩原本没那么多，只要有那么一点小意思也就可以了，管它喜鹊乌鸦呢。远远地望去，只要它们闭着鸟嘴，还不都是一样的一只老鸟。

于是背来铁镬子，按在小小的灶口上，架柴点火。火苗呼呼蹿出，借着野外的东风，威猛得紧。赶紧把地头采摘的豌豆，掘来的鞭笋，廊檐下取下并已经切成小块的咸肉，一塌刮之（全部）倒入铁镬子，用新榨的菜籽油唰唰唰一个劲地爆炒。这新菜油，黄澄澄的，铁镬子里一翻滚，喷香到快让我们的鼻子都要掉下来了。几样素荤搭配的菜，铁镬子炒了一会儿，趁还没有完全炒熟，舀入一勺清水，下米（最好是糯米与粳米混杂）。硬柴烧出来的火，火也身板硬朗，不一会儿，镬盖缝隙吱吱冒出直条条的热气，丝丝的清香终于散漫开来。随后，需要用文火焖一焖，直到滋滋地起镬糍（锅巴）的声音响起。扑灭了火，去原野上小逛一下，翻几个跟头，或干脆豁几个虎跳，放开喉咙吼几声，提升着心头不断涌起的大喜悦，一群人围住铁镬子——镬盖一拎，蓬松松的好一阵野火饭的香啊！

这立夏日的野火饭，吃了一碗又一碗，肚皮撑得圆滚滚。更有趣的是，总有同伴，乌黑的烟煤涂上红彤彤的脸蛋，弄得像京剧里的大花脸。

五月初五　　　*端午的菖蒲、黄鱼及咸鸭蛋*

端午的菖蒲像一把宝剑，我一直不敢接手。

塔鱼浜南面不远有一个叫钱王的村坊，据说是纪念钱王爷的。这钱王是不是五代临安的钱镠，这我就不知道了。说实在的，临安离我家乡不算远，也不过百十来里路吧。这钱王爷很小的时候，曾在山里放牛，有一天竟把牛放到了山洞里，全村的人都跑去看热闹。果然，山前一个牛头，仍在吃草，山后一个牛尾，左一下，右一下，仍优哉游哉地摆动着，还时不时地，牛尾巴打一个小曲儿，可牛身夹在石头缝里，怎么拽，老牛都不肯出来。

钱王是什么时候来塔鱼浜不远处的这个村坊的，这我也不知道，但有一次，他与村里的同伴玩耍，各自去割了菖蒲来，制作战斗用的刀器。钱王高高举起菖蒲做的刀剑，小小身体里迸发出一声"杀"——他拼性命，冲杀过去。两拨人马一合拢，立即厮杀起来。奇怪，钱王那柄菖蒲剑所经之处，人头滚滚，一片血迹。他自己也将信将疑，拿菖蒲剑往石头上一砍，火星顿时闪亮亮地爆溅开来。村里人于是都知晓他是真命的天子。从此，附近的百姓都来保护他。

我从小就听塔鱼浜的大人讲这样的故事，全不管里面的胡说八道和皇权至上。但因了这钱王的传闻，我对菖蒲始终是害怕的，生怕看到这血迹斑斑的场面。

端午是讲黄吃黄的。端午的黄是：黄鱼、黄鳝、黄瓜、蛋黄、雄黄酒（一般以绍兴黄酒代替）。端午吃黄，是历史的源头传下来的例俗。

这里单说黄鱼。

黄鱼是东海的物产。我家乡向属浙西，离东海不远。

塔鱼浜男女老少很早就知道东南方向有一个舟山渔场。小时候，因此经常吃到现今奇贵的大黄鱼。翔厚集镇上，"三百三""二百五"这兄弟俩清早卖的海鲜，听说就是舟山渔场派送过来的。

黄鱼有大小之分，我父亲平时一般买的是小黄鱼，大概价格相对要便宜一些。普通人家，大黄鱼总在节日才买，比如端午节。黄鱼红烧，加大蒜头，加老姜和葱，肉质瓷白，筷子一撬，就散成蒜瓣模样的一小块一小块了，鱼肉嚼上去温软，味美。可惜，这么好的东西，后来越来越少，再后来，基本上就见不到了。据说东海现在都没有黄鱼了，那是乱捕乱捉的一个混账的结果吧。

每一个节日总有一些特定的元素，比如端午节，一般少不了菖蒲、粽子和五黄的。有意思的是，在我出生的这个嘉兴西北与湖州交汇的深乡下，风俗与集镇多有所不同，比如粽子，我们村就不在端午节裹。我们小时候吃到的粽子，都是清明节所裹。端午的菖蒲也不多见，如果哪家门上挂着一束葳蕤的菖蒲，多半是别的村坊讨要来的，或者，亲戚来塔鱼浜做客人时随身带来。所以，惭愧得很，这种据说能够驱邪的植物，我小时候并不认得（但我很小的时候认得与之十分相像的茭白叶子）。乡村的风俗，隔一条田塍，也会有所不同，何况深乡下的风俗，本来就没么严谨。再说，阴历的五月，农忙已经开始，村民也就没那份闲工夫非得大老远找来菖蒲挂在自家门楣。因此，说起来，菖蒲是一种被我们村老早就忘却了的植物。

端午节实在和其他的节日一样，无非意味着孩子们的又一次口福。端午讲究的"五黄"，到了我们村，实实在在地也就减少成"两黄"——黄酒与蛋黄。黄酒不必说，家家的灶山上都有一瓶，那是煎鱼时除腥所用，也是村里老酒鬼晚餐桌上少不得的妙物。不过，黄酒向为孩子们所不喜。倒是咸鸭蛋，可以说一说。

村子里，立夏日是要吃咸鸭蛋的。端午日，当然也仍是要吃。因为那时候，虽然也割过几回"资本主义的尾巴"，但老百姓实际得很，每家每户，仍要偷偷养几只鸡几只鸭。他们打的就是这鸡蛋鸭蛋的主意。

江南的村庄，门前或门后大多有一条水，塔鱼浜不例外。记得端午那天，我早早来到河埠头淘米烧早饭。清水里，我喜欢照自己的面影，也喜欢将竹淘箩沉下水去，引成群的小白条来淘箩吃食。我的额头随即低沉下去，专注在这个惯常的游戏里。不一会儿，米就淘好了。当我抬起额头的时候，蓦地看见河对面的岸滩上，顺风倒伏的青草丛中，躺着一只青白色的鸭蛋。于是，兴冲冲地绕过去，在满心的欢喜里俯身，低头，伸出手去捡拾……鸭蛋翻身——

原来是一只鸭蛋的壳。蛋壳的一头，有一个筷头粗的小洞，蛋白与蛋黄，都从这个小洞里掏出了。是村子里和我差不多的一个淘气鬼做下的好事吧。

于是，在接下来的端午日，我总是如法炮制：将一只掏空的鸭蛋放在河对岸。在河边青青的草丛里，一个蛋，白亮亮地诱惑着人们去捡拾，去领略那种满心欢喜里的微微失望。这是顽童记忆中的端午。奇怪，没一个人去捡拾，见到了，大家笑笑，嘀咕一句：二毛头，又是你做下的好把戏吧，哪有鸭蛋是立着的呀。原来，为了掩藏那个掏空的小洞，我将鸭蛋竖着放在青草丛里了。

在我十五岁尚未离开村庄之前，我的端午记忆就是从这样一只空心的咸鸭蛋开始的。当然，鸭蛋里面嫩黄的蛋黄，它无与伦比的美味，是每个端午节实在的内容。

六月六　　　　　　　　　　猫狗澡浴，以及爆米花

六月六，猫狗畜生澡浴（洗澡）。

一大早，火黄色的光线贴地斜射过来的时候，河埠头的猫和狗排起了小分队，等着主人家把清水滴沥在它们身上。大部分人家，所谓猫狗畜生澡浴，无非做做样子，并非真的让猫和狗在河水里滚一番。轮到我了，我手捧着猫的两只前脚，一二三，集中气力，一下将花狸猫扔到严家浜里，而这一股扔出手的惯性，差一点把我自己也扔进了河里。

这一天地面潮湿,贴着褐黑泥土,水蒸气弯曲的丝缕还在,各种植物叶子上的露水闪闪烁烁的都还在。太阳还没有趴到树杪放出它的好手段。河水荡漾,如瞌睡人的眼。水没足踝,蓦地发觉,水是温热的。我家的花狸猫被水一激,河水里痛苦地仰起头来,眼珠儿放光,抖抖索索往岸边游,爬上岸,回看一眼恶作剧的主人,似有怨言的样子。花狸猫四脚并拢,脊背耸起,浑身直嘟嘟一抖,水珠散射开来,溅得我的眼睛都睁不开。澡浴的仪式完毕,老狗一阵狂奔,干它的老本行——看自家的大门去了;猫呢,伸出一个长长的懒腰,踱着它一贯的虎步,旁若无人地走回老屋……

六月六这一天,还有一样好东西是我们一直期许的。

我们去石灰甏里取出已经吊得干干的糯米粉片。这些或青或白的粉片,原本是米粉做的活灵活现的猫狗畜生。清明节祭祖的时候,我们也曾无限虔诚地把它们放到点上蜡烛的八仙桌上,让祖先们尽情享用。那时候,它们刚刚蒸熟,还都百热沸烫。我母亲说,祖先们吃的就是这股热气,所以,每次祭祖,每家人家,端上八仙桌的菜肴,总是热气蓬天的。

这些小东西因为被祖宗歆享过,就有了一层神秘的光彩。祭祖完毕,它们就从祭坛上撤下。乘着还没有完全硬化,我们用切叶的刀,把它们切成薄薄的小片,摊在竹匾晒干后,小心收藏好。因担心黄梅季节泛潮,我们还特地做了一个石灰甏,这些米粉片包扎好之后,轻放在里面,就等六月六这一天了。

这一天到来,随之而来的,是别的村坊一位放爆米花的老人。他挑着竹担,来塔鱼浜做生意。他的担子里,一头放着两头小小、肚子圆滚、像一颗炮弹形状的铁家伙;一边是一只煤炉。炉子生火了,那架小机器咯哆咯哆摇开了,就在你家我家的稻地上。老半天,他摆开了好大的架势。火是通红的,铁器是乌黑的,放出来的吃食是雪雪白的。只听得砰的一声巨响,整个塔鱼浜地动屋摇。整个塔鱼浜的妇女孩童,都拿来了这些切成薄片的糯米粉干。有些人家,清明不曾做这些小玩意儿,就用米粒或豆子代替。大多数人家的粉片,是清明团子切成的,白的、青的都有,颜色好看得很呐。

白场上,孩子们排起了长长的队伍,每个人的脚边,是一只装有清明团片的竹篮。

隔十来分钟,就听到砰的一声巨响。接着,你会看到一位脸上笑嘻嘻的小屁孩,提着一篮子"泼溜"(家乡对爆米花的土称),一边伸手抓起一把往嘴里送,一边见了随便哪个,就分给他(她)一大把。香喷喷的"泼溜",是那个年代我们最爱吃的零食——我们叫它"好东西"。中山装下端的两只大口袋,长裤边的两只深不可测、贴着膝盖的长袋子,那几天,全都装得满鼓鼓的,里面就是又松又脆又香又甜的"泼溜"。

七夕   喜鹊、葡萄、儿歌、蟋蟀

七月七,牛郎和织女相会的日子。那些年,满脸泥巴的老农,或许忘记了这个男女忘情的好日子。但,村里的喜鹊是不会忘记的。

葡萄熟了,一串一串挂在藤架下。葡萄叶子遮住太阳光,葡萄藤架下好乘凉。

沉甸甸、翠绿翠绿的，几乎透明、圆滚滚的葡萄，一粒一粒又一粒，重叠着，鼓突着，好大好长的一大串，眼角眉梢瞟一瞟，口水都要流下来。塔鱼浜只有少数人家才在天井里种葡萄。而这些人家的门总是关得硬邦邦的，生怕孩子们进去偷吃。

阴历的七月七，虽是初秋，盛夏酷暑的气势实在还没有消停呢。白天，大家也还在田坂地头，只有到了晚上，才啊呀一声，想起今天七月七，牛郎和织女相会的日子呀。

我还分不清喜鹊与乌鸦。我好长时间都分不清这两种体形相似的鸟。我隐约觉得，喜鹊是黑白缠身的一种鸟，乌鸦却通体一身黑，两者的区别在张嘴呼出的声音上——喜鹊"喳喳喳喳"，叫起来喜气洋洋；乌鸦"哇哇哇哇"，嘶哑着嗓子，喉咙里总咯着一粒小石子似的，难听死了。这两种鸟，通常都蹲在我家门前的一棵大楝树高高的树杪。我对它们的印象最深的，倒不是这七月七，而是光秃秃的冬天。且说喜鹊群里夹杂着乌鸦，或者相反，乌鸦群里夹杂着喜鹊，两种鸟，都懒洋洋地蹲在树杪。那黑乌鸦，幸亏不大张嘴，它一张嘴，即有一股寒气袭来。它好似不爱动，耷拉着黑翅膀，偶尔振一振，整个树冠就要低一下头的。

但今天是七月七，当龄的小伙子和姑娘们，谁都会注意那些鸟。可是，塔鱼浜最常见的鸟儿不是喜鹊，也不是乌鸦，而是麻雀。麻雀最多，也最热闹。奇怪，这一天，连麻雀都不见了。它们都飞哪儿去了呢？

几乎每一个老人，都会告诉你一个古远的传说：那些鸟儿——喜鹊当然是第一主角——都飞到遥远的银河去了。银河不知道有多远，只知道很远很远。但再远，鸟儿们的翅膀总够得到的吧。这天它们有一个任务，要飞去搭一座桥，用它们张开的翅膀，搭一座能够让牛郎和织女牵手相会的鹊桥。而我们对于牛郎织女的印象，都来自一部叫《天仙配》的黄梅戏。彭家村的露天电影场，谁没有看过这部让人难过得直落眼泪的黑白片呢。

夜晚来临了，这一天的夜晚黑漆漆的，树木飘浮在半空，很可怕，像是吊死鬼的形状。稍息，弯弯的弦月爬上来，冷光照耀孩子们的热心肠。孩子们搬来阔大的条凳，听大人们开讲牛郎和织女的故事，想象着那条将有情人分得老远八只脚[1]的银河——我呢，曾经自作聪明地想：银河啊，就是两华里开外白马塘的那个样子吧。当银子似的月光全部倾泻到塔鱼浜的时候，孩子们还同时向着遥远的星空撒去了莫可名状的好多伤感呢。

玉珍的女儿小玲，早早地沐浴更衣，头颈里拍满了雪白雪白的痱子粉，这个脑瘫女孩，正流着口水、拍手唱着小曲呢。她唱是：

乞手巧，乞貌巧；
乞心通，乞颜容；
乞我爹娘千百岁，
乞我姊妹千万年。

这首《乞巧歌》，是玉珍从书本上抄下来教给她女儿的吧。

七月七，又名乞巧节。乞巧是女孩们的花事。这节日，因此也就叫作女儿节。

但男孩们也做这穿针引线的小把戏——去母亲的藤篮里找来一块小巧玲珑的线板，选中那根鲜红的绳线，扯断一截，捏了一枚

---

[1] 塔鱼浜土白，很远的意思。

针，去弦月下连着穿中三次，据说事情就这样成了。但，到底女孩穿针才算得上乞巧。我母亲说，小鬼头这样做，可以眼清目明。那么，我想，那些年我也没有白做。

像故事中的人一样，孩子们也会来到葡萄架下，掇一条长凳，安静地坐着，揣摩那些故事。细腻、凉爽的月光丝丝缕缕洒下来。传说这个晚上，只有在葡萄架下，才听得到牛郎和织女的悄悄话。至于其中耳朵特别好的，或许还能听到两人难舍难分的啜泣声吧。

七月初七日的夜里，塔鱼浜实在安静得很，外墙脚，乱砖头堆里，木槿树下，蟋蟀的叫声竟是这样的清越，嚯嚯嚯，短促，有力，干脆，还雄赳赳的，近乎威猛。走过去，叫声如火焰般瞬间熄灭。一脚踢开，布满青苔的断砖底下，噗的跳出一匹小虫来。想来，这是一只年轻的雄蟋蟀吧。

七月半　　　　　　祭祖，严家浜里放河灯

农历的七月十五为中元节，又叫鬼节。这实在是一个很特别的节日。鬼，塔鱼浜土白即"祭拜拜"。鬼是人的反影，它在人的暗处，它掌管着与光明同样庞大的黑暗。这当然是不能小瞧的。俗语：鬼由心生。为了求得心安，七月十五这个鬼节，是怠慢不得的。因此，这俗称的七月半，村里的每户人家都非常庄敬地去度过。家里过七月半，在我们这些小屁孩，原是少不了磕一番头拜一番揖的。

其实，早在七月十二，各家各户就忙着准备过七月半了。这

前面的三天，主要是祭祖。这事我母亲最起劲。她忙着做菜，做馍馍，里里外外张罗着。做好的几碗小菜，无非香干肉丝、红烧鲫鱼、蛋夹子、东坡肉……也不多，大抵六碗，也或者八碗，都是很家常的小菜。平时，要是没客人，很少做这么多的。

我帮父亲早洗好了筛酒的小盅，以及祖先们专用的筷子。这会儿，一只盅子配一双筷，东西两边摆端正。父亲将热气腾腾的六只或八只小菜摆到八仙桌上。蜡烛点上，他先拜一拜，接着是我拜，我大弟汉良再拜。我们家原先是有一个蒲团的，两个小膝盖跪在有弹性的蒲团上，也很适意。后来，这个稻柴蒲团不见了，父亲就扯一把稻柴，扭一个松松垮垮的结，将就着拜揖。这样的场合，我母亲是不出场的，她难得也来拜一拜，她心里想的，大概这祭祖拜阿太的家事，轮不到她一个女人家吧。但我母亲另有一个任务，就是祭拜刚开始的时候，她隙开大门的一条缝，手搭在门边，小半个头探出门外，小声地喊一声："阿太哪，来吃！小囡也来吃！"我起初感到奇怪，后来知道了，她这是在特别关照我那位早夭的姐姐。母亲生怕姐姐年龄小，玩得兴起，忘了回家吃饭吧。

七月半的元宝是盲太太折的，佛柴也是他念的。盲太太一年四季，除了搓绳，就是做这两样事体。祭祖仪式的高潮部分，就是去墙角边给祖先们烧这些盲太太念过佛的元宝和佛柴。这活计一般就靠我们两兄弟完成，父亲反而做帮手。主要是怕火势烧到别的物事，他在一边警戒。烧纸钱的时候，母亲也会走过来，她在一大堆元宝佛柴之外，另堆开一小堆，这也是她的特别关照——烧给我的姐姐的。有一年，我们忘了堆这一堆，她就裁了一小刀煤头纸，自己念佛，念完，重新烧给我这位从没有见过面的小姐姐。

真的到了七月半这一天，这祭祖的大事，似乎都已提早做完。

这一天，父亲一早去翔厚或对丰桥，回来的时候，篮子里就多出了一叠馄饨皮子。那时候，馄饨不常吃到。据说七月半吃馄饨有来历，一百多年前的咸丰年间，我家乡曾有一小支太平军的残部，因为打散了，不得不散落此间，他们或种田，或给家境殷实的人家打短工，与村里人家相处甚为亲密，但此事终于被清廷发觉，于是一个个捉去杀了头，每割一颗头颅，即将他们的耳朵割下报功领赏。村民为了祭祀这些没了耳朵的亡灵，就以面粉捏成耳朵的形状，摆在八仙桌上祭供。这就是七月半吃馄饨的由来。

村里没有人知道这些老古话了。但七月半的馄饨，我一直记得，它实在是一次不小的口福。

传说七月半是鬼门关大开的日子，因此，即使有堂堂的月亮高挂天空，夜里，孩子们也不敢走到塔鱼浜的前埭去。

眼前的严家浜，已经有人在放河灯了，灯是自己做的，最简单的就用一张香烟纸折一只万吨海轮的形状。然后，放上短短的小半截蜡烛，纸船随着微微荡漾的水波，去留无心，也随意。这纸船我会折，这河灯我会放，只是这黑漆漆的严家浜，我一个人还不敢下到河埠头呢。

最好看的河灯当然是西瓜灯。我把一只小西瓜的顶端挖一个洞，用调羹一勺一勺挖去它的瓤，再把西瓜由里往外刮得薄薄的，只剩外面的一层绿色的皮。瓜里面，横着撑一根竹片，摆上一截红蜡烛，划出一朵洋火，点燃了，放到河面上去。青绿的瓜皮衬托着红扑扑的火苗，飘摇在黑黢黢的河面上，好看好看。

这些河灯，千百年来，为的是安慰村里的孤魂野鬼吧。大人和孩子们只有一个心愿：求它们不要来打扰村里活着的人。这个小小的愿望，我满溢着幸福的双手去放河灯的时候，哪里会知道呢？

七月三十　　　　　　　　　　　　　　　　插地藏香

晚饭过后，是插地上香的时间。屋角头，墙脚边，阶沿石旁，全是星星点点的香火。塔鱼浜的角角落落都被这一种袅袅上升的沉香罩临着。七月三十是地藏王菩萨生日。这些浮游着的点点香火，都是礼敬他老人家的小意思吧。

七月三十，或者七月廿九，如果下一场雨，那就更有意思了。雨后的塔鱼浜，土松松的，肥肥的。那比棒针还要细、还要长的地藏香插上去，就比较容易了。

最喜欢沿着直直的条石的边缘插。石头连着泥巴的地方，总有一些缝隙，且这里的泥巴碎软，插香就不容易断头。这一段条石，是厢屋通拦头屋的一段路，只有三四米的距离，路上铺石头其实为的是雨天走来走去方便。可七月三十这一天晚上，这不到四米的断断连连的石头路，我怎么就觉得，实在是给地藏王菩萨插香而早早地准备好的呢。

八月十五　　　　　　　　　　　　　　吃月饼，掌上的月亮

中秋的主角是月亮。明月别枝惊鹊，是说月亮又大又圆又亮，

且升腾得又快、动静又出奇地大吧。看看，暮色还没有西沉，月亮就早早地从东面坡地上升起来了。起初，是坡地上的草尖在托着它。接着，它躲到桑树的枝丫里去了。不一会儿，桑条的手指头就摸不到它丰满的胸脯了。它满怀着抱负离开了坟头的那一簇松柏，离开了骨骼奇瘦的苦楝树梢，开始升到混沌虚空的中天。那一刻，连朴树上打瞌睡的喜鹊都惊动了吧。

中秋的诗实在太多了，好像那些指甲长长、额角头高高的大诗人都要写一首中秋诗，才一生没有了悔恨似的。这实在加重了孩子们的负担。到了八月半这一天，有关中秋的诗歌，学校里背诵过关还不算，回到家里，常要被大人捉着胳膊再背诵一遍。而粗暴一点的家长，就用他那只粗糙有力的手，叉住孩子们的脖子，强摁着，要求他们眨巴着眼睛背诵背诵背诵。不过，背得出背不出，无关紧要，孩子们都可以去领赏——小手掌摊开，一个圆圆的、贴着一张小方纸的百果或芝麻月饼就到手了。这糕点叫月饼，名字真好。它就是我们手掌上的月亮，带着那么美好的味道，辽远而古老的味道。

我母亲是我十二岁的时候离开塔鱼浜抽调到石门一家工厂上工的。我父亲却一直留在塔鱼浜。村里还有不少的田和地绑住了他。可是，一到中秋节，母亲总要带着我和汉良步行一个半钟头到塔鱼浜去过八月半。回老家前，她去寺弄口的百货商店买了好几筒月饼。筒头月饼，每筒十只，百果和芝麻的都有。她通常各半买。夜里月亮高悬，分吃月饼的时候，母亲每年都要唠叨一番：早先爹爹娘娘（她祖父祖母）在石门下新弄开糕饼店，每到八月半，总是给自家特制几只大月饼，那才叫好吃。我吃到嘴里的月饼已经很好吃。我想象不到那些我不曾吃到的自制月饼的好吃程度，但有口水在嘴里泛上来，滋润着小牙关。我用一双圆睁的眼睛无声地盯着母亲。而母亲的脸孔，泛着柔和的微光。她亮光光的眼神里满是对她爹爹娘娘的回忆。

我们严格遵循着团圆饭吃完后，乘凉赏月时再吃月饼的习惯。为了吃月饼，饭特意不吃饱。整筒月饼拿出来了，近一尺长，包装的纸已经完全吃透了月饼沁出的猪油。手指肚一拓，油亮光光的，凑近鼻子闻一闻，真香。忍不住就要伸舌头去舔一舔。圆滚滚的一筒，纸面上凸出的圆圈历历在目。拆开一头，一只一只地扳出来，平放在伸过来的手掌心，揭去月饼上的小方纸。月饼的香飘过来，就是在这个时刻，我们也还舍不得咬一口呢。

月饼的"衣"是很好吃的，很薄，很脆，稍微一碰，就碎成粉末。汉良特别喜欢吃月饼的这一层"衣"。他甚至光吃这层"衣"。黑乎乎的芝麻馅他不爱吃。当然，也还是舍不得扔掉。他其实总是第一个吃完。吃完了，还要。嘴巴不说，水汪汪的眼睛分明在讨要。父亲说，他是叫花子不留隔夜食。我当然也爱吃，不过我总留一些，等到第二天再吃完。好东西不要一下子吞肚子里去嘛，否则就是猪八戒吃人参果。另外，我可不要让父亲骂我小叫花子。这个道理，早早地就懂得了。

后来，有了广式月饼，又厚又大，焦黄色，月饼的正面有一圈印章似的花纹。再后来，有了鲜肉月饼。不过，话说回来，月饼的品种越来越丰富了，可到底抵不过小时候的那种味道。

中秋节最触气的是天落雨。俗语：云遮中秋月，雨打上元灯。这都是不讨好的。秋天的雨夜，原是好的，可是，八月半的夜里下雨就大煞风景了。尽管，月饼也还有得吃，但赏不到一年里最饱满的月亮，毕竟是一桩无趣的事。

中秋节在时令上也很适宜。酷暑已过，凉薄的气候，适宜家居。农活大多也已忙完。西瓜虽已谢市，可紫嘟嘟的巨峰葡萄，正是当令的时节，早装在蓝花的碟子里了。不一会儿，粒粒饱满如少妇乳头的巨峰葡萄，端到孩子们的眼前来了。

国庆节　　　　　　　　　　　　雨天的芝麻糊

国庆节，学校照例放假一天。

印象中的国庆节总是下雨。这一天不用上学了，可以在拦头屋里睡懒觉。听到瓦楞上滴滴嗒嗒落雨，心里有愁闷，听着听着也欢喜起来。勤快的祖母不用来喊起床了起床了二毛三毛割羊草去。抬头看看天窗，雾蒙蒙的，那是毛巾一般长的一块毛玻璃，刺眼的仍是高天的白光。屋子的北半间，隔一歇歇，哒的一声，隔一歇歇，又是哒的一声，哒与哒之间，是等长的音尺。原来，瓦片让叫春的猫给抓乱了。或者，父亲捉漏[1]时，不小心被他重重的大脚踏碎了吧。

躺在床上看小人书，或者，喊母亲做芝麻糊。

芝麻是自己种的，已经收好。芝麻与晚稻米同炒，用小小石磨磨成粉末，香得来——野哎。吃时，拌入白糖，干吃，舀一调羹，

1　吴方言，修补屋顶的意思。

渥嘴里一歇歇，叫舌头底下泛起的津液慢慢地沁透，再慢慢地咽下去。这个吃芝麻糊的过程，我体会得竟是那样的深刻。三十年过去了，我还没有忘记。

九月九　　　　　　　　　　我们是这样登高的

九月是菊花当令的季节，菊花的美妙无须我多说。

且说当年有一种香烟叫作"大重九"，让我对九月九这个重九日留下很深的印象。

塔鱼浜的洪泉是一个老烟鬼。这大重九的香烟壳子，多半是他给我的。他的烟壳子也基本上给了我：大前门、飞马、西湖、利群、大红花、牡丹、大重九……他抽的都是中档的香烟。从他的手上，我从来没有收集到像上海勒色（垃圾）堆里捡到的有一根立柱的中华牌烟壳子。好了，重九，我记住了，这原来是一个节日。

重九是一个登高的节日。遥知兄弟登高处，遍插茱萸少一人。这是孩子们很早就背熟的唐诗。至于诗中少了谁，才不会去管他呢。

登高须得有山。离塔鱼浜最近的山就是含山，在西南二十多里处，吴兴与嘉兴交界的地方。天气晴好的日子，向西南遥望，也看得到含山的宝塔尖。但去含山主要是在清明节的头忙日，重九日是不会去的。即便是含山附近的村庄，这一日似乎也没有登山的习俗。虽然各地的重九日都以登高出名。

孩子们知道重九登高是上学以后的事。他们别出心裁地想了一个办法，去攀登奇形怪状的桑树楝树香樟树。当然最好是野桑，因为野桑比家桑来得高大。野桑的桑条笔直，高高地凿空。人站在野桑的枝丫上，夹紧两腿，站定了，双手往上一举，号出一大声，桑树地里的万千只麻雀，哗的一下，齐刷刷地飞离地面。黑压压的一大群麻雀，在高远的天空游转，打一个弯，像一块巨大无匹的幕布，黑压压地又盖落在不远处的另一块桑地。

还有一种登高。秋天，田里的稻子收割完毕，那些稻柴堆得像日本鬼子的炮楼似的，耸立在光秃秃的田野。我们想尽办法爬上，滑下，再爬上，再滑下……可是，爬到老高显天的稻柴堆上，实在也不容易。

爬树是另一种登高的形式。爬的树多半是苦楝树，这种树直挺挺的，枝干不大不小，正适宜攀爬。聪明的孩子脚踝套一圈绳箍，双手可以不费力气地抱住树干，利用着绳箍，一跳一跳地往上爬，那可要省力得多。

最简单的当然是将家里的梯子搬到稻地上，梯脚扳开，摆稳。孩子们一级一级地登上去。这是女孩子们喜欢的登高方式。如果是男孩，他就会做一个惊险的杂技动作，来趁机表现一番——他两脚板并拢，绷直，勾住梯子的顶端，突然，身体倒挂，双手像翅膀一样张开。此时整个身体一无依傍，引来小伙伴们哇的一声惊叫。体验空中倒立的眩晕，这个，不仅要技巧，还需勇气。

这样的登高，或许与九月九的本意无关了吧。但我觉得这样的登高，已经不是在比试谁登得高，或为了避祸之类的敝国的传统。在塔鱼浜，谁表现得最强悍，谁就是他们的孩子王，谁就有资格带领他们上树下河、捉鸟摸蟹。

冬至　　　　　　　　　　糯米团子，冬至的鸡

一年里，冬至的白天最短，黑夜最长，这连塔鱼浜最呆傻的毒头琴宝都知道。可是日子的长与短，怎么丈量呢？我们就不知道了。我母亲倒有一把直尺的，这薄薄的光阴的流逝，孩子们实在还没有多少感受呢。再说了，那时候又没有滴滴答答走圈的钟表。我父亲倒有一只手表，上海牌，一百二十元上海百货商店买的。据说全个塔鱼浜也只有两三只。那只手表戴在他的手腕上，很显眼。他时不时地，故意地，白衬衫的袖管一撩，抬手一瞥，洋腔十足。就是这只手表，他是无论如何不愿也不会退下手腕的。给我们开开眼睛、拨弄拨弄，门儿都没有。

冬至也是一个节日，民间的说法：冬至大如年。冬至也叫作冬节。这一天，宜动土。因为传说是姜太公的生日。姜太公是封神榜里的大人物。民谚：姜太公在此，百无禁忌。这八个字，写在一张小红纸条上，贴于门楣，即使村坊小，也不难看到这种小红纸条。平常日脚不敢动土的忌讳，冬至这一日无不宜。

河埠头的条石，严子松提着一把锄头，一根铁条，老早在修正了。他用锄头削去爬满石头的水草，将铁条小心探入石头的缝隙，用小石块依次垫平整，一块一块地弄好，他站到条石上，用用力，估摸着行了，这才捡起锄头和铁条，扔了一直黏在嘴巴上的烟蒂头，收工。

灶头间的地坪，黑里透亮，溜光滑达，一脚踏去，很容易跌

跤。冬至日，用锄头削一削灶脚泥，动一动这不常动的土，也是不要紧的。

还有，后门头的茅坑，踏板与坐垫的横木，脏得实在难受。清理一下吧，在时令上，冬至日也最适宜。

最让我们惊讶和害怕的，是去野地里葬骨殖甏。换了平时，当家人一定要去外村坊问风水先生，这一行称为"看业"。冬至日就省了这一笔看业费了。这一天里，随便哪个时辰，只要当家的愿意，他都可以去野外葬祖先的骨殖。

过冬节，少不得搓冬节的糯米团子。冬节的糯米团子不像清明团子，它一般团得很大，像一个张口的惊讶，一个团子足有半斤重。两种馅，素的，用豆沙，荤的，当然是鲜肉。冬节团子蒸好，蒸架上端到我们跟前，百热沸烫，每个团子底上，衬着一张碧绿的方形粽叶，便于手取。

过冬节的重要仪式当然是祭祖，即塔鱼浜土白里说到的拜阿太。走到前埭，我的外婆会问我"阿太拜过没有"，意即冬节过了没有。拜阿太，是她老人家最关切的一桩事体。她张开缺了门牙的嘴巴，似笑非笑地期待我的回答。唉，连她那颗不知扔到哪里去了的蛀牙，似乎都在好笑地期待我的回答呢。

我印象最深的是冬至日我父亲一个人独享的那一只汤鸡。整只鸡，盛满一钵头。上面一层黄色鸡油，诱得我们口水直流。但，流再多的口水也不能开口讨吃。这是父亲一个人的吃食。大人们常告诉我们，若有旁人分吃，这土鸡就不能滋补身体了。塔鱼浜的老老少少都知道，冬至这一天，宜进补。老母鸡一只，是乡村人家上好的补品。

母亲为了安慰我们，会想方设法多做几道荤菜，以便引开我们贼溜溜的眼光。问题是，钵头里的这只土鸡父亲一个人要吃好几天，这无疑加重了我们痛苦的眼光。看着父亲吃得畅快，我们自顾自吃饭，尽量不去看他。不过，通常情况下，他会撕下一块鸡肉，扔在我们的饭碗里，可面对那一块鸡肉，我们心里真怕因此而令父亲没法补好他那于一家人相当重要的身子骨呢。

十二月廿三　　　　　　　　　　赤豆糯米饭

十二月廿三一到，农历年关的序幕就慢慢地拉开了。孩子们就是从这一天开始，数着小指头，一天屈一指，候着过年的。年节的气氛，也一点一点地浓郁起来。这些，从塔鱼浜那一条条蓝色的炊烟上，从一只只跑过门前的小狗摇晃的尾巴梢头，都可以觉出来。

廿三烧糯米饭，是塔鱼浜约定俗成的规矩。村里的水田，糯米并不多种，但每年总要种一小爿田。除了一些大节日做糯米馍馍、裹粽子、打年糕之外，糯米的用处，就是廿三这一天的晚上，一定要烧一铁镬子的糯米饭。

糯米饭平日是不会烧的，因为糯米别有味道，容易吃撑肚子，不易消化。再者，糯米也毕竟不多吧。但糯米比粳米还是要来得便宜。糯米看上比粳米瓷实、光滑，米粒大一点，看起来比平常吃的晚稻米虚胖一点。一般的人家，都用一个小米囤囤积着那么一点点。

廿三的糯米饭，一定要加入一大碗赤豆。紫红的赤豆，铁一般坚硬，清水里浸一下，再与糯米一起倒入铁镬子同烧，这样做出的赤豆糯米饭，镬盖一掀，立时焕发出一股沉实的暗紫色。热气腾腾中，涨开的赤豆依旧粒粒可数，而原本瓷白的糯米，这会儿全染成了赤豆的颜色。赤豆与糯米，融合成一体了。

第一碗糯米饭，一定要盛给灶家菩萨吃。这是我母亲的任务。灶山上，积累了一年的长脚灰尘，早已掸去，且已点燃了两枝红蜡烛。这头一碗香喷喷好颜色的糯米饭，就在她双手恭敬的递送下，摆上了高高的灶山。

廿三日是灶家菩萨上天向玉皇大帝汇报工作的日子。中国的老百姓，素喜临时抱佛脚，你看平时的灶间，总黑漆古脑，邋里邋遢的，这一日却马虎不得，因为菩萨就要起程了，他老人家这一去，关系到整整一年的运道，谁都需要仰仗他的美言，一年四季才会平平安安、和和美美啊。这可是怠慢不得的大事体。主妇们殷勤致意，实在也是在塞菩萨的嘴。这灶君王，一定是一个和气宽容的大菩萨，也乐意成全人世的美意，否则，以他菩萨的大觉悟，岂不明白升斗小民的伎俩。

廿三祀灶君，算得例俗。

推前一段时间，我家乡廿三这一日，考究的人家，会制作一种叫作廿三棚的东西。方法是：去竹林里断一根不大不小的青竹来，截去竹梢，在截去的这头劈开同等大小的三根竹片，当然这根竹片，万万不能与青竹断开，扳开劈开的一头，小心地嵌一只蓝花碗上去，扎紧。蓝花的供碗里盛满热气腾腾的糯米饭，并覆以冬青、柏子等装饰物。孩子们是很喜欢举着这只廿三棚到处走走的——这一定是一种别家没有的小小荣耀吧。

20世纪70年代，江南的风俗已经大不如往昔。我所亲历的农历廿三祀灶君，已经简化到只点两根蜡烛，再盛上满满一碗糯米饭，摆上灶山，仪式也就宣告结束了——这实在有些草率了吧。

灶家菩萨用过饭，接着，就轮到孩子们享用了。我们的好胃口，已经像两扇大门一样，打开许久了。

暗紫色的赤豆糯米饭上撒一调羹的绵白糖，一边吃，一边看着雪白的糖悠悠闲闲地融化到米饭里，一股世俗生活的甜味顷刻间游走在孩子们正在发育的身体里。这个，差不多就是年节的味道了吧。

十二月廿四　　　　　　　大家都来扫尘

过年之前，前前后后的屋子里总要打扫一番。

这一天母亲是主角。事体她吩咐，我和弟弟完成打扫任务。屋里的梁条上倒挂下来的长脚灰尘，竹竿绑上一把笤帚，可以轻松掸掉。因屋漏而在地上出现的水洼，去稻地外挖一块泥巴来填平。有意思的是，新泥是黄褐色，与屋里的黑泥颜色不般配。于是，像一件衣服的补丁似的，修补的痕迹竟然是这样的明显。这水坑新补的泥巴，风干以后，通常仍会与老泥脱离，脚底一拖，或笤帚一扫，松松垮垮的，全是泥屑。这实在是没有办法的。

廊柱上，多余的洋钉要拔去。这些洋钉，都是我父亲钉上去的，原本可以很方便地挂他的蓑衣、箬帽、担绳……但实在太多了，把一个好端端的廊柱，钉得像岳飞传里金兀术的狼牙棒。

门角落须得整理一下，锄头、铁耙要挂墙壁上，套鞋、镴子、土挞，要分开放，梯子要回到原来的所在。

最难处理的是一双钉鞋，扔又不是，留又不是。还是留着吧。这是盲太太传下来的"传家宝"吧。没见父亲穿过，灰头土脸的，积满了尘土。要是在现在，可以收入博物馆了。

年节边

小队分红了

做了一年的活，记了一年的工分，农历十二月廿几了，小队该分红了。

小队长毛老虎提起铜锣的拎头绳，拿了敲锣的棒槌，站到木桥塉，一个转身，面北背南，眼光正好罩临整个塔鱼浜。他手里的铜锣终于在这一年的尽头，咣咣咣咣，敲出了最欢快的乐章。不用分说，今天是分红的日脚。各户的当家人都到齐了，汇聚到毛发林家的厢屋，全体围着一只油光光的八仙桌，分红点数钞票。我父亲，这一年，分到人民币七十六块，其中多数是角票。他一张一张地数着。每数几张，手指肚抹一滴唾沫，继续数，继续眉开眼笑，笑到口水都流下蛛丝似的一长条来。分到了铜钿，无论多少，可以备办过年的年货了。塔鱼浜的每个当家人都很高兴。主妇们，男孩女孩们，同样高高兴兴。高兴极了。

晚上，敲门的声音好听地响起。高稻地的牛屎新山来了。一忽儿，大块头炳奎也来了。原来都是还钱来了。我父亲是老好人，只要说几句好话，就乐意借钱给非亲非故的人家。他不像我婶婶美娥，除了几个至亲，铜钿银子一律不外借，抠门得紧。

有一年，不，不只一年，小队会计、我的大叔拆烂污阿二的算盘珠噼噼啪啪一推算，我们家成了倒挂户，倒欠公家二十六元。父亲垂头丧气，只是一口一口一个劲儿地抽他的雄狮牌香烟，他一句话都没说。他这一生，心里原本就没有这一粒算盘珠。这个亏他吃大了。

画一副六神牌吧

每年拜利市[1]供奉的六神牌，连同供六神牌位所用的那个木架子，是我得着父亲或母亲的吩咐，急匆匆跑去半里许的外婆家借来的。我这一番来去，额头汗出津津，胸口怦怦直跳，厢屋里立定了，还要吐一口大气，可见得我这一回的奔跑是用尽了全力。因为终于做成了一桩神圣的事体，看着厢屋即将开始的拜利市仪式，满心里都是欢喜。

五颜六色的六神牌，塔鱼浜实在也没几家有吧。好像翔厚镇上也不见得有店铺卖这个四旧。对了，那时要破除迷信，板刷刷出的红赤赤的标语，墙面上正写着呢。但破除迷信是翔厚大队的正经事体，三里路外的塔鱼浜根本就没把它当一回事。我们祭我们的祖宗，拜一年一次、多一次也不拜的利市，顶多把大门关紧一些，不

---

[1] 江南市肆中向有"利市"之称。所谓拜利市，是我家乡年节边敬神的一种祭神仪式。

让你看见，就算我们的迷信早就破除了——也就可以了吧。对，这就是塔鱼浜思维。

有一年，村里有人悄悄地在传说：东边的阿二也在他那座新造的屋子里拜利市呢。阿二家供奉的那副六神牌，才好看啊。阿二就是大队支部书记邹根富，他的举动一向有榜样的作用。那一年，我在翔厚小学已经学唱到"学习雷锋好榜样，忠于革命忠于党"的革命歌曲。"榜样"这个褒义词，我熟悉，也会用了。

农历年底了，寒冷的天气让整个塔鱼浜村的大门都关得紧邦邦的，泥路上泛着阵阵灰白色，也不知是尘土还是冰霜，还是天上的哪一颗星夜里碎裂在了地面上。总之，除了那一分灰白，路上什么都见不到。西北风一阵紧似一阵，天一黑，屋外面少有人在。那几个晚上，只要满村坊跑跑，透过大门的缝隙，都能够看到八仙桌上两簇摇曳的火苗——那是一家子正在拜利市的标志。跑到高稻地上，果然，我看到了根富家也在热火朝天地祭拜呢。这一下，我们大家都放宽心思了。连我家贴隔壁的四类分子严子松，也不再像原先那样小心谨慎。

当年底拜利市的仪式越来越公开化的时候，这庄敬的仪式上必要用到的六神牌，就越来越难于借到。因为大家都需要啊。好多人家，就等着隔壁邻居家仪式完成，赶紧借来一用。终于，我弟弟汉良眨巴眨巴着布满红丝的大眼睛，充满期待地对我说："阿哥，我们画一副六神牌吧！"

于是，我们借了一副模本，用养蚕时剩下的白纸，尺寸裁得与模本一样大小，先用图画铅笔，勾画出六神的轮廓。那六神，从右至左，依次是：观音、门神、圣帝；寿星、土地、灶司；蚕花天子、马鸣王；五路财神、地母、田公；蚕花五圣、顺风大吉；文昌（赵元台）、招财、利市；家堂（路头五圣）：关帝、太君娘娘。一个个像模像样起来，鲜活起来，等到我们用图画课上的蜡笔一上色，简直与借来的模本一模一样，父亲见了，难得地夸了一句："两只小棺材，倒画得蛮像的。"

其实这一副六神牌，大多是我弟弟画的，我沾了他的光。后来的好几年里，我们各自上大学，寒假回到塔鱼浜，每次拜利市，供奉在架子上的六神，我仔细一看，仍是我和弟弟同画的那副蜡笔画。

年节边的猪头

年节边，江南农村的风俗，过年必备一个大猪头。

猪是自家所养，算定到年节边，正好养大，这猪就叫作年猪。年猪的头是不外卖的，自家备着，年廿八或廿九拜利市用。

猪头煺毛后中间半劈开，呈一柄蒲扇状，腌在一只大陶钵里。腌法：用石块压实，等血水流出，滗干，如是者再而三。腌一些时日，取出，挂廊檐下晒，直晒得肉质紫红，滴沥出油水，摸上去硬邦邦，逸出一股清香，这才收好。

烧猪头一般用花篮灶最大的那眼灶。用硬柴烧，火势持久，猛烈。小半天工夫，镬子里飘出猪肉的香味，与猪头放在一起同煮的，还有蹄髈。灶肚里，可以煨番薯。年底的这些天，整个塔鱼浜就飘散着这股勾人食欲的肉香和番薯香。

烧年猪头是很开心的事。开心不仅仅是可以煨番薯。那些天，天寒地冻的，坐在灶口，就相当于我们今天置身在暖洋洋的空调间，适意非常。猪头烧熟，又经硬柴火一焖，肉质糜酥到无须刀切,只须一双筷即可以打开巨大无比的猪头。不过,且慢,烧熟的猪头还要派一个用场,在祭祀的仪式完成后方可以拆骨食用。

年三十前两三天的晚上,塔鱼浜家家户户开始拜利市。天色向晚,父亲取出上年收折好的六神牌,置于八仙桌北端朝南的方位,东西两边各摆上小酒盅并配有筷子,南端朝北的方位燃起两根大红蜡烛。八仙桌上,除了鸡鸭鱼肉,赫然有一个热气腾腾的年猪头。猪头肉上插一把刀,特别醒目。看这个样子,大概是请神仙们自己动手歆享吧。

利市拜好,碗筷收进,父亲就在八仙桌上动手拆猪头。我和汉良围坐两旁,嗅着猪头肉的香味,吸着口水,一边分享着父亲不时扔过来的猪头肉屑和一块块还粘着精肉的骨头,有说有笑,连呼好吃好吃好吃。

咸猪头的两只耳朵肉嚼着唰噗唰噗的,用牙齿一咬,自己的耳朵也会哔剥哔剥响。女孩喜欢吃猪耳,男孩嫌肉味不过瘾。不过,猪耳朵是酒醉徒最喜欢的下酒物,父亲不会给我们多吃,只尝鲜,杀一下我们嘴巴里的馋虫也就此打住。猪头上最好吃的是猪翘,也就是猪鼻,吴语谓鼻冲。猪天性喜拿鼻子拱土,其鼻纯精,煮熟,肉头细结,嚼之无滓,猪翘肉香中带有韧劲,味道特别好。猪翘一片一片切得极薄,拆肉的时候,我们能吃到几片,也不过过过瘾而已。其次,大概是猪舌头了,至今仍是酒醉徒吃酒下饭的妙物。

猪头的骨头大而且多。我记得,拆出的骨头上的肉被我们小心剔出后,骨头就此收好,放门角落。过了年,读者一定知道了,我们会跟一个绰号叫"喊天鬼"的小货商换芝麻糖吃。

那时候,过年的年猪头,市场上实在难以买到,因为一般的养猪人家,肉猪脱手,猪头就自家备着过年。只有养两只猪的人家,才有可能卖出一个猪头。有几年，我们家不养猪，过年时就买不到一个香喷喷的年猪头。没有了年猪头的年，那还像过年吗？总觉得缺少了一点年味。有时，看到村上有养两三只年猪的，父亲早早地就去打招呼了，要求他们留一个年猪头卖给我家。但这样也不能保证，轮到对方的亲戚也要年猪头，我们家又要轮空。我记得有一年父亲买了一个咸猪头，是商家腌好的，到了拜利市的当晚，一拆肉，尽管有肉香，肉质却偏咸，全没有自家腌制的那种纯正的年猪头味道。

十二月廿九　　　　　新剃头，打三光，准备过年了

彭家村小桥头的剃头师傅金介里，年前，无论如何要来一次塔鱼浜，整个村坊的男人，顶着一头乱七八糟的头发，也都在等着他来收拾端正呢。

我是看着金介里由一副剃头担子换成一只小箱子的。金介里也由脸色红润、步子轻快、手脚利索渐渐地走到了面白蜡生[1]、一阵西北风来就能把他吹倒的那个样子。

他从我家东边的戤壁路口蹭出一个头，看到他提着他的小皮箱走来了。孩子们早早地将一只阔长的条凳搬到稻地上。江北灶上的水，也开始烧滚，直到铁镬子的缝隙里直挺挺地喷出一条紧邦邦的水蒸气来。

1　吴方言，脸色惨白的意思。

小皮箱里，金介里先取出鐾剃刀的帆布带，随手挂在门框边上的洋钉上。接着，箱子里取出折叠得甚是方正的一块剃头布，噼啪一抖，双手一甩，宽宽大大地就围住了一个人的胸口，上端的两条布带利索地围脖子打个结。一边打，一边还不忘轻轻地拍一拍他的后脑勺，好像跟被剃头人有了一份誓约似的。随后，他不紧不慢地取来轧剪、木梳、剃刀、黄颜色的透明肥皂、掸头发的刷子，一把与我们家里全然不一样的小剪刀……一切按部就班。他娴熟的剃头手艺就在塔鱼浜人的眼皮底下施展开来。

崭崭齐齐收拾干净，簇簇新新过大年。理发，终究是头等的大事，要是头不剃，想含含糊糊混过年关，那不成的。全村人的眼睛雪亮雪亮。那就要被套上一个讥讽，叫作"毛猪头过年"。总之，要被大家笑话的。

金介里最擅长剃西装头。所谓西装头，头发三七分梳，显得洋派。全村唯独我盲太太，每次金介里来，都要让他刮一个大光头。看到头发一簇簇落地，一个圆滚滚、肉鼓鼓的和尚脑袋就出来了。每到这个时刻，孩子们总觉得盲太太就是电影里的那个大坏蛋。盲太太为什么要剃光头呢，这是我们不能理解的。那么他该不是要省五分剃头钱吧。金介里的剃头价格，光头比西装头便宜五分。再者，光头的剃头间隔总比西装头时间上也要来得长一些。这样，盲太太就可以省下不只五分钱了。至于光头，那个年代，除了牢监里刚外放的之外，我看整个塔鱼浜也就他一个吧。

新剃头，照例要打三下，一边打，一边还念念有词：剃头打三光，不长虱子不长疮。孩子们快快活活地追打新剃的头，连盲太太的头也打。他人高马大的，实很难打到他的大光头。但我们跳起来，打了他就跑，总之，仍旧打不到三下，且稍不留神，反被他捉到，反打。有吵闹激烈的，欺盲太太眼瞎，搬来一只拔秧的凳子，悄悄儿趸到他背后，站凳子上打他的后脑勺，如此得手了一回，高兴得像得了旺财，赶紧跳下来，早跑得没了踪影。

盲太太像个陀螺似的，转南转北，转东转西，手忙脚乱，嘴里是呵呵呵呵的笑。

金介里如果十二月廿九不来，年三十上午他一定来。要是年三十上午再不来，那一定发生什么意外了。我离开塔鱼浜前的某一年，眼看着年三十已到，那一天终于没有等着他来剃头。整个塔鱼浜都在埋怨他。

"格卖屄[1]，到十八亩田横头了，也不见他来！"

"格金介里，不要来了，来了，大家都不叫他剃。"

"金介里啊，听说，乌镇看病去了……"

"怪不得老早看见他，面白蜡生的……"

小桥头的某间平屋里，金介里的耳朵根子，想来一阵热一阵冷的。

年节一过，消息传到，金介里故世了。

十二月三十　　　　　　　　除夕，夜里的事情

年三十的上午反倒是安静，因为该备办的年货，已经办好。一

---

[1] 塔鱼浜土白。此语，实无淫荡的意味。不同的场合，有不同的意思。有时甚至表示说话者与被说者之间有很亲切的意味，不直呼其名，多半呼一声"格卖屄"替代，也算得上江南乡村民风粗野的一个方面吧。

埭老屋，前前后后打扫干净。连七石缸里的水，也早早地担满。花纸糊上东西两堵墙。花纸是京剧《李慧娘》《穆桂英挂帅》以及祖国大好河山的十六幅组照，后者每幅配以七个字的标题。我记得其中一句是"镜泊湖上运牧忙"。每家的厢屋，朝南的位置最尊。这朝南的墙上，贴的正是"伟大领袖毛主席""英明领袖华主席"两幅画像。花纸的墨香我一路闻了又闻，鼻孔里吸满了墨香味。真的，每一个乡下孩子，花纸买到手，卷成长长的纸筒，忍不住就把鼻子凑上去吸，一则模仿戏剧舞台上丑角的那个长鼻子，二则，趁机闻一闻它的墨香。那两张领袖的肖像，塔鱼浜每户人家，不约而同都请到了，且都张贴在了朝南的墙上。细看两位领袖的领子和领口，纹理清晰，可以觉出画师一丝不苟的心思。两件同样的微露的衬衫领口，有着同样一道雪雪白、崭崭齐齐的纹线，紧贴并稍微突出于外面中山装的领口。而两位衣服上的纽扣，一位稍显模糊，一位则极其清晰，纽扣的四个穿针线的小孔也画得特别清晰。那些年，两张红光满面的面孔，一直占据大半堵朝南的墙壁。或许离得太近，其实很长时间，小屁孩们是不敢抬头细看的。

母亲塞给我一个铜勺，要我想办法擦干净。黄澄澄的铜勺经过一年的使用，积满了灶间的灰尘，变得乌漆墨黑。只有铜勺的反面，舀饭米水时与铁镬子轻轻一擦的那个巴掌大的地方，还是簇新的。就这一小块黄澄澄的铜，崭新到晃眼，其他地方，其实都暗沉沉的。想要把整个铜勺擦得亮晃晃、黄灿灿，可也真不容易。为了完成大年三十母亲交代的任务，我特意去外墙角落捡来几块瓦片，水里一浸，对着铜勺唰唰唰唰连着擦了小半天。我用这个笨拙的办法，让一个黑乎乎的铜勺重新回到它黄澄澄、光灿灿的黄金时代。当铜勺再一次摆上灶头时，连一向很少表扬的父亲，拿下一天到晚嘴里含着的香烟屁股，难得地张嘴赞了我一句。

我父亲和母亲的生活算不得和谐，两个人的性格差异太大。父亲软弱，母亲却强悍。父亲是塔鱼浜最本分最老实的一类人，母亲虽然出生在塔鱼浜，却从小跟着石门开糕饼店的祖父母生活。她是作为六二六三的知青下放到塔鱼浜的，阴差阳错，两个人结合了。但是，两个人始终说不到一块儿。于是，一年四季，他们吵架不断。而每次吵架，总是母亲占上风。吵架的原因，说到底，其实都是因为穷。父亲早上去翔厚吃早茶，顺便买菜割肉，提篮里带进家门来的，常常是一条项圈肉。项圈肉便宜，可是，猪的身上，就这个部位的肉，最不好吃，看着肉乎乎，一段骨头都没有，烧熟了，汤汁起一层膏，看着油亮光光，吃到嘴里，实在没觉得有什么好吃。父亲一买再买，母亲也就一吵再吵。

年三十的上午，母亲骂父亲，多半是因为父亲贪这小便宜，买来的年货不称母亲的心意。母亲在厨房里，喉咙直响，父亲在外头，气呼呼地说一句，也就没了言语。有时候，两个人就像两个超级大国一样冷战，所不同的，母亲翻白眼，父亲却笑嘻嘻，并不当一回事体。至于那顿年夜饭，两个人仍紧锣密鼓地准备着。母亲做菜，父亲找来祭祖的盅子与筷子，各自做好各自的事，年节的时间一到，两个人居然合拍了。

年三十的中饭一直比较简单，匆匆忙忙吃一碗饭，就完事了。奇怪，中饭吃好，父亲和母亲吵架的事情，像全然没有发生过似的，这一天绷得再紧的神经，此刻也放松下来。接下来的夜里，我们再听不到难听的吵架声。非但我家，塔鱼浜所有人家，大抵都这么一个样子。

家家其乐融融，处处一团和气，在这一年的最后一个晚上，和谐社会终于出现了。现在，就是塔鱼浜最凶狠的母夜叉，也一变而成了说话细细柔柔的小猫咪。年节的气氛，跟着暮色，跟着一份人家的民间柔情，安静地降临下来了。

门早早地一关，大家不约而同地开始祭祖。这个庄敬的仪式一开始，我母亲照例隙开大门的一条缝，听着呼呼折入的西北风，低低地呼唤我早夭的姐姐，一声"……来吃"，也很含着她的深情。这个仪式，与七月半完全相同，这里就不赘述了。所区别的，除夕的祭祖，菜肴来得特别丰盛，除夕讲究全鸡、全鸭、东坡肉、蹄髈、红烧鲤鱼、蛋夹子、油豆腐嵌肉……满满塞塞摆了一桌子。年节的肉，除了东坡肉为鲜肉，大多数人家用的是咸肉。东坡肉所用的肋条，切得如装铁耙的木枕那么大，满满的一大碗，白烧，一股肉香。为了省时，咸肉通常与老笋干同烧。这一碗东坡肉，大抵要"吃"到正月半，新年罢，才彻底消灭。我新年里去亲戚家做客人，这碗肉端到桌子上，也只拿眼睛瞟瞟，隔空闻一闻它的肉香味，并不动筷子。主家也会很客气地将大肉搛到客人的饭碗里，但客人大抵仍悄悄地搛回肉碗。这样客客气气地互相推让一番，也算各自尽到了礼数。汉良小我三岁，爱吃肉，看到这块肥美大肉，眼睛眨巴眨巴，早流着口水想吃掉它了。我眼睛一瞪，他没敢动筷子。

除夕的吃法有许多讲究，我现在只记得吃猪眼和猪的尾巴这两种。这猪眼，须得悄悄地一个人吃，不可让他人看到。每当吃此物时，大人在一旁，必是眼不旁斜，见了也只当没看见。据说如此吃法，可免胆怯。换言之，就是从此一个人走夜路，什么都不害怕了。中国人向来有吃什么补什么的恶俗，吃猪眼难道就补人眼了？这猪眼的魂大概就是这样钻入我们的小眼睛里去的。于是，夜里看到什么，就什么都不怕了。至于这猪尾巴，好像吃的时候无须避目。吃了猪尾巴的好处,说夜里不会咯啦咯啦咬牙齿。我夏天的夜里,常听到汉良咬牙切齿的声音,所以这猪尾巴,通常就让给他吃。

除夕用的是雄鸡。杀鸡煺鸡毛前,孩子们总是眼明手快地将鸡屁股上最亮眼的几根鸡毛硬生生拔下来。鸡毛的用场,一是做毽子,反正做毽子垫底的铜板,无论康熙、乾隆、嘉庆,家里都有;二是祭祖时,仍旧要将这几根鸡毛插回鸡屁股。当然,孩子们也只能插到鸡的屁眼里。鸡毛一上身,鸡就不一样了,雄鸡的威势一下子就出来了。雄鸡,塔鱼浜土话"骚呱嗒"。前一个"骚"字,描绘的正是雄鸡追雌鸡,趴对方身上的骚状,后一个拟声词,描述的是它啼声的嘹亮——雄鸡是一只忠实可靠的报晓时钟。

三十年来,有一道菜我离开塔鱼浜后一直不曾吃到,也一直在我的记忆里。我母亲不知从哪里吃到一道叫鸡黄肉的菜,她居然无师自通地开始做了起来:切用夹精夹油的鲜肉若干;取鸡蛋若干,挑碎,与面粉同拌,撒入少量味精、盐;备一只小油锅;一切端整有序,她将鲜肉放入鸡蛋与面粉同拌的碗里拌匀,筷子搛入油锅,滚满蜡黄面粉的鲜肉,一入油锅,吱吱有声,肉不规则的周边冒出呲呲的气泡,一股肉香扑鼻而来。好多年里,一碗鸡黄肉,是年夜里我们最喜欢吃的小菜。且这道菜,母亲是在祭好祖,开始吃年夜饭的时候特制的,端到八仙桌上,还百热沸烫,十分好吃。但,那些年,肉实在舍不得多买,母亲为了省料,有几次用吃剩的大肥肉做,味道就没有原先的那么鲜嫩了。

年夜饭要满满地烧一大镬子。吃剩的米饭就用饭篮盛起,挂好,以示年年有剩余。这个活一般由我来做。年夜饭还要趁早吃,因为饭后有好多事正等着完成。隔壁的严子松与严阿大,每年都比我们早一些时间吃饭。吃完年夜饭,严子松开大门,再推开他家大门外的矮闼门,呼一声他们家的花狸猫。这猫极乖巧,见到门开,喵呜一声,但见一团黑影,闪电般跳入严家的门内。严子松矮门一掩,再大门一关,就没事可做了。他唯一的乐趣大概就是靠在床头听广播机。严子松没有生育,还是远近闻名的四类分子。严家虽然从彭家浜领养了哑巴子新田。其时新田与顺娥结婚多年,也已另立门户,哑巴子一家似乎跟严子松严阿大夫妇已经划清界限,连逢年过节这样的大事,也不再来往——真不知道老严家那些年是怎么想的。

一年最后一顿年夜饭隆重地吃罢,接下来是孩子们最开心的事。等着当家人来发压岁钿。每人都有份,母亲也有份。印象中的压岁钿,不多,从几毛到几块,与时俱进。父亲这时已经兑好新币,满脸堆笑,似乎连脸上的灰尘都在笑。他数钱的手抖动着,一张一张数好,确认无误,再一一分派过来。领到钱,我们兄弟俩笑嘻嘻的,觉得过年真好。

我有好几个舅舅,都在塔鱼浜。他们在前埭,走路七八分钟即可到我家。年夜饭后,舅舅们也会一个一个来坐一会儿,给我和汉良发一点压岁钿。因此,过一个新年,我的压岁钿也还不少。至于压岁钿的用处,年初一去翔厚买几张花纸,或买一串小鞭炮。最让我动心的,当然是去乌镇或石门的新华书店买小人书。买来的小人书,连睡觉的时候都会放在枕头边,入睡前闻闻它的油墨香,心里就舒坦了。半夜里醒来,说来好笑,我也还会摸到鼻子边嗅一嗅。这铜钿银子用得踏实,用得还斯文。

乡下的孩子,嘴巴都比较臭。这嘴臭,倒不是一年四季不刷牙所致,而是会变着戏法骂人。我或许是其中出名的一个。因此,到了年夜里，我家乡有用老毛草纸擦小孩嘴巴的恶俗。所谓老毛草纸，就是擦屁眼的卫生纸。那时父亲买的都是便宜货，尤其这老毛草纸，黑乎乎的，硬得不得了，纸上的稻草一根一根简直可以抽出来。这种很粗陋的草纸，曾经擦得我们的小屁眼火辣辣地生疼。现在，一年将尽，父母们很希望用它来擦一擦我们的嘴巴。他们说用老毛草纸擦过的嘴，骂人的话就不算数了。那意思就是，小屁孩的嘴巴，就只当它是一个屁眼吧。于是，新年里讲出不吉利的话，全当它是放屁，无甚紧要了。据说有的父母等孩子们入睡后，还真的用这草纸轻轻一擦，真是可笑至极。

年初一的早上，忌口不少。最忌讳口出一个"早"字。比如，天亮了，或者被连成一片的炮仗声惊醒，父母叫起床，准备放炮仗迎灶君菩萨回家，迷迷糊糊中脱口一声："早呵哩！"坏了。"早"与"蚤"同音，喊了这一声"早"，他们说一年里会生好多"蚤虱"。于是就要用这老毛草纸擦嘴。后来，孩子们嫌草纸糙乎乎的大不舒服，就央求大人们由着自己来擦。最终，简化到自己抬起手来，象征性地用手掌一抹了事。这也是与时俱进吧。

少不得打牌。父亲母亲和我们兄弟两个，四个人一桌，正好坐满八仙桌的四个方向，打扑克，赢钱，下的赌注还不小呢，反正铜钿银子都在自家人手里，输也不心疼。这个时候的气氛是融洽的，一家人难得地坐到一起玩乐，大概一年也就这一次吧。打百分，时间就不知不觉地过去了，到半夜，我们跟着父亲到稻地上放炮仗，隆重地接灶君菩萨回家。我们猜想他老人家刚刚天庭汇报工作归来。附近村庄的炮仗声几乎在同一时间噼噼啪啪响起，几秒钟里织成了一张无边的大网，笼罩了新年与旧年分野的此刻。这才是年节的声音，年节的气氛，千百年以降，原来仍是这样的猛烈、浓烈和激烈。此后，零零落落的炮仗声一直响到天亮。

年三十夜里的零食不可不记。一般的零食也就是葵花籽、南瓜籽、长生果、野核桃和大核桃。紫红的荸荠既可做小菜又可当零食吃（生熟两宜）。我父亲爱吃柿饼，每年他都买。此物甜津津，不宜多吃，吃多了，胃吃不消。唯有母亲自家做的芝麻番薯干，炒熟之后，吃上去咯咙咯咙，似乎大有嚼头的样子。这芝麻番薯片，是秋天做的——先将番薯烧熟，用铲刀拓糊，拌入芝麻，少许的糖精（那时糖是紧俏商品，稀缺），做成一张张薄饼，摊竹匾里晒干，再剪成菱形或片条，收藏好。年三十，取出这番薯片，放铁镬子里爆炒，炒时，怕贴锅而焦黑，撒入粗盐同炒，因此口感上又带一点咸味，也算本村的一大风味绝品。野核桃塔鱼浜土语"野葡萄"，大家都爱吃，常常是最先吃完。除夕的南瓜籽大多是夏秋之际剖南瓜时备下，半年下来，竟也积累了这么多，只可惜我始终没有学会嗑南瓜籽的本事，我听到塔鱼浜的女孩咬瓜籽的"的的"声，看到她们吐出的瓜壳竟然只只完整，真是大开眼界，满心佩服。而我，要么将瓜籽咬碎，要么咬半天还吃不到籽粒，南瓜籽的两面被唾液浸湿，最终呸的一声，一吐作罢。

毕竟是江南的深乡下，塔鱼浜过年，没有一家会贴春联挂红灯笼的。

年初一的早上，落下门闩，大门吱呀一声，分向左右两旁，一道狭长的、鲜亮的、万古常新的光灌进门来。揉揉眼，但见附近的稻地上，铺满了碎碎红红的纸屑，空气中还有火药的味道，那是昨夜四个炮仗与一串百响留下的，是除岁的灰烬，也是清早有关年节的最美好的记忆，或许还是新年留给这一年三百六十五天第一天的脚迹。

卷四

动物记

母牛/公牛/湖羊/狗/母猪/肉猪
野猫和家猫/公鸡/母鸡故事/母鸡续/兔子/鸭与鹅

母牛

电耕犁或手扶拖拉机进驻塔鱼浜之前,农民犁田全靠耕牛。但从我记事起,塔鱼浜并无耕牛豢养,等到农忙时节,实在忙不过来,小队长毛老虎也会想办法,外调一头耕牛进来。也可能是我大叔拆烂污阿二邹品林的主意,我的一位余公太太,名叫夏云海的,大老远,从运河塘以南的某个村,赶来了一头耕牛。很遗憾,那个村上也正需要耕牛耕田,派不出力壮的牛,只好将一头即将生产的母牛赶着上路了。母牛腆着大肚子,走走停停,原本两小时的路程,据说走了大半天才到。我的这位长辈,眉毛耷拉着,面白了了,戴着一顶鸭舌帽,话不多,只知道闷头闷脑抽香烟。他大概是村里的牛倌吧。

夏云海将母牛系在南埭扎不屌顺荣家门前的一棵楝树上。母牛一到陌生的土地,仍旧面无表情,沉默着,咀嚼着路边的嫩头草,它偶尔抬头,喷出很大的鼻息,好像在唉声叹气。

上午到,下午就投入犁田。拖个大肚子的母牛秉持耕牛家族的本性,非常吃苦耐劳。母牛背着犁头,目标单一,不紧不慢,低头前进。它的身后,新鲜、褐黑的泥土一片片斜刺里削切下来,一条搭在另一条上,崭崭齐齐,很像一个正在接受首长检阅的队列,就缺一声喊了。

其他日脚我不知道,耕牛耕田的那几天,待遇是很好的。你看,这个戴鸭舌帽的老亲,每天早上,拿来半片竹筒,利用它的凹槽，打入七八个鸡蛋，竹片的一头伸入母牛的嘴巴，手一抬，竹筒倾斜，哗啦，七八只鸡蛋一股脑儿倒入牛的大嘴。母牛砸吧砸吧嘴唇，一副很享受的样子。据说这样可以给耕牛增加营养，长气力，一天能多耕几爿田。

哪想到耕了两天，母牛不肯出工了。它伏在树荫下，开始怠工。夏云海怎么使唤它，母牛就是不听话。到底是使唤了大半辈子牛的老牛倌，他一下子就明白过来。原来，母牛要生产了。这可怎么办，老牛倌只负责耕田，放养，接生可没有半点儿经验。他马上报告了塔鱼浜的小队长毛老虎。老虎也犯傻了。这是他从来没有碰到过的事体。

不知谁出了一个主意，去大队卫生院叫来几个接生的护士，其中一个叫李雪英的，十七八岁，肤白，圆脸，一头乌发，一双巧手，据说在同伴中，她接生的技术最好。给母牛接生的这个活计就这么摊上了她。李雪英搓搓手，看到这么大的母牛，喷出这么粗重的鼻息，怯意顿生。女护士怯怯地走近一步，冷不丁反倒后退了两步。她终于开了口，说，给母牛接生，她从来没有过，她是真不敢接手这活！小队长知道情况严峻，一脸严肃地蹲下身来，跟她做起了思想工作。小队长说，这是政治任务，耕牛是社会主义的耕牛，不能出偏差，要确保母牛和牛犊都活下来。"不好出差错！"他再一次强调。李雪英噘着嘴，只好从命。

去河浜里打来一盆凉水，李雪英袖管一挽，就开始了给母牛接生的准备工作。

母牛已经躺倒在地，两只忧郁的眼睛泪光闪闪。牛倌夏云海抚慰着牛肚子。跟这牛打了多年的交道，他对它是有感情的。在老牛倌的指导下，李雪英一边试着用手安抚母牛，一边伸出两个手指，试探母牛子宫口的大小。女护士的指头刚伸入一半,就够到了小牛犊的头,硬邦邦的。小牛犊迫不及待,想来见世面了。它已经着急地来到了子宫口。

母牛喘着大气,几乎筋疲力尽。这一大堆焦黄的牛身活生生堆放在一起,现在彻底松弛下来了。可这么一个庞然大物,肌肉中似乎再也没有了力气。李雪英的两只手、四根手指头伸入母牛的子宫,四指拢括,指头使力,一而再、再而三地试着将牛犊的小头拉出来。但,牛的那个家伙——农民口头所称的那只牛屄——滑腻腻的,哪里使得上力气。李雪英双腿跪在地上,很努力地使着劲,其他的护士则蹲在一边,两眼瞅着,她们根本使不上力,全都鸦雀无声。母牛的边上,早围成一堵无声的人墙。这回大家约定好了似的,都不作声,连手上的香烟都忘了吸了。他们在一边看着母牛痛苦地产仔。

很快,一个半钟头过去,女护士李雪英的额头上,沁出了绿豆大的汗珠。但,围观的人群看到,牛犊的小嘴巴终于露出来了。转眼,小牛的两只眼睛也见得世面了。最最要紧的,李雪英的一双手,也使得上力气了。她小心地捧住牛犊的头,慢慢地往外拉。跟刚才的艰难不同,她感觉牛的子宫里有了松动,牛犊似乎被一股母爱催逼着往外赶。意识到这一阵松动没多久,嚓落一下,整只小牛犊忽然就生下来了。母牛随即喷出一口巨大的喘息,好像死里活过来似的。人群轰的一声,不约而同地松一口气。大家纷纷称赞女护士了不起。这时候的女护士,好像呆了似的,反倒没有了动作,也没有了话,眼睛定定的。

一身灰色的小牛犊浑身稀湿,颤颤巍巍试图站起来,试站了好几次,都站不稳脚跟。也不知道什么时候,这么一头体积庞大的母牛,悄悄地一个转身,头尾已经调换过来。此刻母牛的大牛头温柔地嗅闻着牛犊的小头，它替它舔去一身胎水。畜生的舐犊之情，塔鱼浜的男男女女看着，看得他们满心的感慨和感动。

母牛匍匐着，还不能站起来，但是显然，母牛的气力在一点一点地恢复。松弛的牛皮又开始绷紧。又过了一歇，母牛落下了它的胞。勇敢的女护士这回手法娴熟，喊嚓一下，剪断脐带。

女护士急急回到家里。据说那天夜里，她蒙着被子，一个人大哭了一场。这大概是严肃紧张的接生之后的一次彻底放松吧，眼泪是一个人放松的最好表达。

牛倌夏云海爱惜母牛，认为刚产仔的母牛已不可下田翻耕。但回塘南须得半天路程，怕母牛劳累，他在塔鱼浜歇足三天后，方才上路。母牛上路那天，大家走出屋子，都来看热闹。牛倌的鸭舌帽戴得还算端正，手里原先的硬桑条这回换了一根拂尘似的环粟，他轻轻一扫母牛的一侧，母牛甩动它的尾巴，瞪着两只乒乓球似的大眼睛，犹豫而深情地扫视了一圈大大小小的塔鱼浜人，慢吞吞地上路了。母牛晃动的尾巴下面，跟着一只腿脚很高的小牛犊，右边左边，左边右边，它跟着牛妈妈，一同踏上了上南入北的塔鱼浜小木桥。这一大一小两只牛，一个牛倌，木桥折西，径直往南——经西厚阳、余墩、石匠里、李庄，过东高桥，一路往塘南大香樟树底下的那个大牛棚走去。

公牛

我还见到过另一头牛。一头公牛，老了，放养在村口的田横头。每天上午去割草，我总要跑去看一眼这头老牛。我不是放牛的娃,见了牛这么一个庞然大物,很有点害怕。我是不敢走它很近的。总之,隔着十来米的距离吧,早就立定了脚步。我只远远地看它一眼。

那头老牛无人看管,被一根绳子拴在一根木桩上。它多半趴着,很少见到它直立起身来。它的眼睛已经黯淡无光,嘴巴噘起,似乎在生谁的闷气,或者它自个儿在生自个儿的气。我一直觉得这头牛不开心,因为它的尾巴,我从未见到它有过哪怕一小阵轻松的甩动。以前我见到塘南来的那只母牛,离开塔鱼浜时,它那根尾巴,摇来摆去,像一个握空的拳头,还打着小曲儿,我就知道,牛倌夏云海的那只母牛有多么的欢快。

这只公牛的苦痛是明摆着的。难道它也意识到了?这是它活在世上的最后一天,它即将被宰杀。一把刀和一块红布已经摆在地上的一个木盘子里了。杀猪佬毛永健磨刀霍霍,这回叫他杀牛,他显得比杀猪还兴奋。他长脚长手,把牛赶到附近一个比竹園稍大的土坑里。

远远地,好多老牛熟悉的人(其中有一个我)都围着它站着,无声无息,幽灵似的围成一个圆圈。老牛似乎意识到了什么,牛首低垂,很听话。它还缓慢地伏下身来,脖子摩擦着木桩。牛的两个暴突的眼睛此刻满含泪水,眼皮频繁地眨巴着,眼皮上赶来凑热闹的苍蝇,它也懒得去驱赶了……牛仍然沉默着,没有嘶叫,甚至没有叹气,也没有像往常一样将它的鼻息重重地喷出来。牛的那一根一向撒欢的尾巴被两片屁股夹得紧紧的,几乎嵌入深深的股沟里去了。说实话,这头老牛,自己早已将生的欢乐剪断……拉不动犁铧的老牛,面临着最后被斩杀的命运。毛永健吸了几口烟,烟屁股一扔,口里叼着一把杀猪刀,穿着高帮套鞋的双脚咔嚓咔嚓作响,很有威势地走近它。他用准备好的一块红布,一把蒙住了牛的大头。杀猪的大佬把牛头拉到自己的左边,右手的刀子干净利落地就递了进去,牛血顷刻之间,成一条直线飙了出来,但也只有一大半落入陶钵,其他都溅到了地上。老公牛"苦"的一声,喘出一口大气,眼睛迟钝了一下,无限眷恋似的,终于合上了。

那天,队里架起两只大铁锅,用桑柴蕌头烧煮。夕阳西下的时候,牛肉的香味已经飘满整座村庄。整个塔鱼浜彻底沸腾了,男女老少举手相庆,砸巴着嘴唇,味蕾像蝴蝶的翅膀一样打开了。生产队里的红头苍蝇兴奋地乱窜,苍蝇越聚越多,黑压压的一大片,一窝蜂下到牛锅边,好像开苍蝇的群众大会似的。这时,小队长发话了,每户出一人,晚上聚餐。那个晚上,围着一张张八仙桌,大家嘎嘣嘎嘣嚼老破絮似的老牛肉,这叫吃"朋东"[1],人民群众的嘴巴里吐出的牛骨头,装填了满满一竹箩,远远地望过去,白森森的,很像一堆月亮的白骨。

湖羊

后门头的茅坑紧靠羊棚,晚上,每次上茅坑,跪在羊棚里的三只羊,见人推门而入,各各咩的一声,齐刷刷地站立起来。三个羊头一同伸出羊栏,三双水汪汪的羊眼睛,充满期待,齐刷刷地看着我。老羊小羊都以为我是来喂它们吃羊草的。看到它们祈求的眼神,我当然也会捧一大捧新鲜的嫩草,喂给它们嚼吃。

---

[1] 据音,塔鱼浜土白,聚餐的意思。

羊棚无门,只有四根水杉木,平行着横成一扇巨大的"门"。最底下的一根木头,已经被羊脖子摩擦得精光滑溚,像一段出土文物了。

我家的羊棚里,似乎永远只有三只羊。三只全是雌羊。羊当然也有发情的日子,不过,好像不似母猪发情那么明显。我家的羊棚里,一年总要曳来一只雄羊。雄羊是南边的亲戚,或者向邻居家借的,曳来关在同一个羊棚圈里。雄羊对两只母羊干下好事,几个月后,母羊的肚子就壮滚滚的了。

很快,羊棚里的羊,多到四只五只之数了,可转眼又变成三只——两只大羊,一只花枯羊。所谓花枯羊,桐乡方言,指的是还没有彻底长大的羊,可能冬季吃枯叶的缘故,花枯羊总是养得肥滚滚的。红烧花枯羊肉,是我家乡的名吃,虽说不乏肉食者的残忍。

且说我家的这第四第五甚至第六只羊,基本上是刚产下的一只两只三只小羊羔。可是,产下不多久,不管母羊揪心的咩叫,也只会留下一只,其余,父亲捉来放入一只底下铺垫了稻柴的草簞,高高兴兴背到翔厚收购站。收购员一刀将羊羔割了,钉上门板,嘶的一下剥了小羊皮。这种湖羊皮,我家乡有"软宝石"之称,也是塔鱼浜每户农家的一笔额外收入。湖羊皮脱手,钞票塞入中山装的上口袋,将刚剥了皮的小羊羔带回家,铁镬子里红烧,这一锅红烧小羊羔,撒上一把蒜叶,百热沸烫搛一块,是塔鱼浜人最喜欢的美食。

大半年时间,湖羊主要吃草,草当然是我、母亲,汉良一道割来的。父亲有时候也会割,父亲的草,多半是我家自留地里拔来的。他一举两得,既给农作物除草,又给三只羊背去草料。父母是大人，割草可以不计，若以我们弟兄俩计数，汉良割草比我认真得多，次数也比我多，他总是割满满的一竹箾，老老实实，不做虚头。我有时候要做点虚头，主要是我跟父亲不搭对，逆反，他要我割草，我偏不，但我也怕挨骂，那时田间地头没有这么多的草，只好竹箾搂搂空，做个好看的样子给他看。一箾有虚头的羊草背过他身边，我心里总有一股憋不住的好笑。

冬天，羊的食料，主要靠桑树上的枯叶。我们不停歇地去塔鱼浜野外捋来一箾箾枯叶，倒在后门头的羊棚上。整个冬季，那上面堆满了屑粒嗦落的枯叶。嫩桑叶是蚕宝宝的食料，老桑叶冬天给羊吃，所以冬天的湖羊，总是壮滚滚的。

枯叶属小队里公有。西北风一来，农民反正也无事可做，比较清闲，这一段时间，田间地头，凡植有湖桑的地面，总有人在捋枯叶。大家全都背着竹箾，都在捋稀稀疏疏的枯桑叶。很快，村坊里所有的桑条都光秃秃的了，枝条戳向天外边，无有一小片桑叶。

冬天，湖羊的食料中还有一种沥干的水草，水草空心，长得又长。羊吃水草，嚼之有一种爽口的脆响。

湖羊是棚养，不似山羊的放养。山羊漫无边际，自由散漫，可以随时低头吃草。湖羊只能被动地等待喂食。像人一样，一天早中晚喂它们三次。晚上，吃过晚饭，父亲端起一盏洋油灯，走到黑漆漆的羊棚前，洋油灯挂木柱的钉子上，腾出双手，他抱来一大捧羊草，堆在羊栏口，羊一边咩叫，一边嚼草，一边还拉下楝树籽一般大的羊粪，羊粪黑色，溜光锃亮，稍稍瞄一眼，觉得跟父亲乌镇冶坊里拿来的铁弹珠类似。这是我至今也还记得的一幕。

羊拉下的羊粪是农家的一宝。羊棚里，一年到头，父亲总要挑几次羊粪。说是羊粪，其实是羊粪与稻柴的混合物，只不过稻柴已经没有了稻柴的样子，稻柴成了羊粪的样子，黑不溜秋，味道不好闻，气味还挺重。

羊粪，塔鱼浜有一个专用的名字，叫羊勒色。挑羊勒色是一个重活。羊勒色需要挑到很远的已经翻耕好的水田。承包到户后的有一年夏天，早晨，我跟父亲传担挑羊勒色，把一担担羊勒色挑到姚亩田。父亲在羊棚里装满一担（两土抶），挑到村口，我接担，挑到水田里倒出。家里的羊棚出空，我的两个肩头，早已血出津津。我到底皮肉嫩，吃不得重担，父亲却一点事儿都没有。

羊勒色挑好，还需将一个个勒色堆用手抓散开来。第一次抓羊勒色，心头是经过激烈的思想斗争的。羊勒色又臭又脏，一双手如何伸得下去？但总算克服了心理障碍，抓一把，散出去。经过这一整天与羊勒色打交道，我的双手完全是黑漆漆的了，三天之后，抬手闻一闻，也还是一股羊勒色的味道。

塔鱼浜养羊，除了剪羊毛卖钱，卖羊羔的皮之外，羊勒色可以肥田。再就是谋它的肉了。但是，平常日脚，羊也不随意宰杀，必得家里办大事，比如红白喜事，羊肉是必备的一道大餐。再比如结婚吧，塔鱼浜即使家境很一般的人家，也有三天的排场。第一天，下午进场，晚上桌面必定有羊肉。第二天的中午，席上羊肉多到四大碗。乡厨烧羊肉简直可称一道风景：稻地上，砌一只简易大灶，上置一大铁镬子，一镬子羊肉，配以红酱油、盐、糖、蒸酒等佐料，用硬柴（主要是桑拳头）猛火烧。也不用盖镬盖，沸滚的羊肉上就倒扣几只大匹碗，镬子里，噗噗噗噗地翻滚着，镬子底下，桑柴的老结被大火打散，偶尔发出很大很沉闷的啪啪声。这一镬子羊肉，上呼下应，必得烧到靡酥起膏，油亮精光，才肯歇手。

狗

黑狗要生小狗的消息很快传到我耳朵里，像我这样贪玩的小屁孩，也心甘情愿放弃玩乐，来看它生产。

得走进黯黑、低矮，有股霉味的草棚。草棚搭在屋子的正前方，左中右，三个，一字排开，分属两户人家。草棚大多是猪棚和羊棚。现在，就要成为狗棚了。

还没踏进门槛，就听得"呼呼"的喘气声，越来越粗重，黑狗明显不欢迎我，弄不好，它会蹿出来咬我一口也未可知。当然，我相信黑狗不至于咬我。不过，它今天的确有点反常。它好像不认识自家人了。黑狗躲在一个稻草铺就的狗窝里，耳朵耷拉着，伏下身子，两眼发出幽蓝的光。黑狗的鼻子亮晶晶的，不停地嗅闻着。没错，它快要生小狗了。

黑狗艰难地生下了七只狗崽。它不停地舔它们，逗它们，或用鼻子掀翻小狗，再用嘴巴叼起，轻轻放回地面，满怀狗的温柔，看着令人感动。一天到晚，黑狗盘着身子，始终守候在一边。除了家里人，这个黑乎乎的狗窝，谁也近不得。其时，在黑狗没有防备的时候，大人拿走六只狗崽，只剩一只。大人再去附近的木场讨了两只小白猪来，放在狗窝里。黑狗何等聪明，早觉出了异常，嘴巴呜呜地叫个不休。黑狗悲伤的声音，草棚外面的我也听得到。

现在，黑狗面对着——一只狗崽，两只小猪，狗的一家，变成了狗和猪的一家。喂奶的时候，黑狗只愿意喂狗崽，不愿意喂小白猪。于是，大人把小狗崽挪开，先放两头小猪上去。黑狗无奈，躺下身，露出奶汁充盈的两排奶头。小猪扑上去，叼住奶头，不停地用尖尖的猪嘴拱狗肚子。黑狗被拱疼，坐起身，不肯喂奶。大人在一边棒喝。没有办法，黑狗知道，它不喂两只小白猪，它的狗崽子就吃不到它的奶。在大人的示意下，它再次躺下来，给小白猪喂奶。小猪吃饱，它亲生的小狗崽子才趴上来。一歇歇工夫，小狗就吃饱了。这样过了一段时间，黑狗也习惯了给小猪喂奶。两只猪，一只狗，就这样在黑狗妈妈无私的奶汁里长大了。

一个多月后，黑狗可以带着它的杂牌军外出了。小狗崽智商不低，也机灵，走的速度明显比小猪快。小狗雄赳赳，脚步生风，攀爬利索，跑在最前头。两头小猪呢，简直笨死了，呱唧呱唧，很吃力地跟着，总落在最后。瞻前顾后的黑狗居中，时不时地要停下来，等一等，等它奶大的这两只小猪也赶过来。黑狗很尽职地照管着它的孩子们，它带着它们一路玩耍和觅食。

现在，猪狗混杂的队伍向着村口的后头田跑去。塔鱼浜村的大人小孩都见证了这有趣的一幕。

它们来到一条小水沟边。最前面的小狗激的一个耸身，毫不费力，一下就跳过去了。黑狗也是，前腿一伸，稍微用一点力，早就到了水沟的另一边。后面的两只小猪就犯难了，叽呱叽呱，望着小水沟，一筹莫展。黑狗和小狗只走了几步，老黑狗就明白过来了，它停住了脚步，汪汪地叫了几声，那只自顾自往前急急赶路的小狗听到，机灵地回过头来，跟着狗妈妈又急急回返。黑狗领着两只不会跳跃的小猪、一只小狗，沿着来路，又重新往家里赶，它们得回到草棚的狗窝。

又过了一个月，两只小白猪的体重，远远地超过了小狗。两只小猪终于关到后门头的猪棚里去了。黑狗恋恋不舍，母性大发，一天到晚，它就围着猪圈打转，连晚上都躺在猪圈外面。黑狗还不时地叼几根肉骨头来，放到两只小猪的身边。两只小猪偶尔也爬出来，趴到狗妈妈身上，温柔缠绵的样子，叫人相信，动物着实也是有爱的。

这样一只聪明的黑狗，后来竟不知所终。大概被外村人打死炖狗肉吃去了。我没有看到黑狗的死。我要是真的看到黑狗的死法，一辈子都会有阴影。我宁愿相信黑狗是老来得病而自行了断的，也不愿相信，人的良心给狗吃了……会去杀死一只比人更有良心的老狗。

这事说起来，还真有点惭愧。

我们家穷，早年，一直没有养狗，养狗要吃食，那时人都吃不饱，哪有给狗吃的饭食。整个塔鱼浜村，几十户人家，我印象中，大概只有两户人家养狗。东边（邹介里）邹金福家养一只，西边（施介里）六生家养一只。两只都是黄狗。我家所在的北边（严介里），无一户人家养狗。

邹介里施介里的两只狗，各养一段时间之后，都撑不下去了，不约而同地想要把它们处理掉。可如何处理它们，也实在让两户家主犯难。

隆冬的时节，小面盆口大的一棵棵包菜，外表的叶子因霜打风吹而黑乎乎的，主人家已经用一根根稻柴捆扎着，挤满了整整一大块自留地。六生和洪生，各自挑一副担箩，把一棵棵包菜割了，装满两只竹箩，挑到木桥头一只五吨水泥船里。他们将水泥船一拦为二，一前一后，两家拼装一船包菜。这两个分属我外公外婆家西面东面贴隔壁的两个小伙子，第二天一大早，准备摇船去余杭塘栖街上售卖。

临开船,天还没有亮开,昏黄的白炽灯下,六生家的黄狗早就醒来了,见到主人要出门,呜呜呜呜地小声叫唤着,这里嗅嗅,那里闻闻,以示跟主人的亲切。黄狗还不离他的脚边,显得很兴奋,也根本不肯放主人出门。六生看着撒欢的黄狗,若有所思,一弯腰,把黄狗拦腰抱上了水泥船。随即,他一脚撑开船头,随手将黄狗扔在堆得小山似的菜堆里。黄狗也不叫唤了,开始坐在高处,偶尔摇一下尾巴,回头看看岸上的塔鱼浜。它很尽责地帮主人看守起这一船包菜。

船头离岸,船艄的洪生,已在架橹拉绷。这架势,明摆着,他摇船。于是,推艄扳艄,调转吃水前进的船头,一橹接一橹,吱吱嘎嘎,接连不断。装满包菜的船摇出塔鱼浜,摇出伍启桥,折南,摇入白马塘,摇过洪泾桥,再折西,摇过石门,再折南,沿着京杭大运河,一路摇向余杭县塘栖镇。

在塘栖,临街守摊的三五天,黄狗早早起身,一直蹲坐在六生和洪生的中间,见镇上人蹲下身买菜,它也很乖,并不叫唤,只是默默地看着陌生人,间或,它离开他们,自个儿去附近的小吃店门口拖几根人家丢弃的肉骨头啃啃。这天,满船的包菜全部脱手,两个年轻人各自吃了一碗三鲜面,他们决定回家。六生还决定了一件大事,他下决心遗弃这只养了四五年的黄狗,原因呢,他越来越感到,养一只食量不小的狗,已经是一家人的负担。

但六生还是有那么一点犹豫,毕竟伴了自己好几年的家畜,有感情,还真舍不得。洪生的性格比六生强硬,他两眼一瞪圆,袖子一捋,说,你下不了手,妈来个屁,那就我去丢狗。他一把抱起黄狗,黄狗以为他要跟它亲热,乖顺地挨过身来,由着他抱去。洪生抱着黄狗，走到河埠头的最上面一级，将狗来了一个大甩手，远远地将它扔到了街面上。黄狗一惊，还没有回过神来，洪生凶神恶煞一般，捡起一块断砖，恶狠狠地扔过去。黄狗满脸委屈，并不吠叫，只是呜呜呜呜地后退了几步，又呆呆地立定了看这个熟悉的陌生人。洪生随即下船，一脚将船踢离岸边，这回六生摇橹，六生看了一眼自己的黄狗，心一横，顾自摇船离开塘栖镇。

黄狗意识到了什么。撒腿跑到河边，跑到最下面临水的一级石阶，但船早摇到河中央了。黄狗开始吠叫，带着满腔的委屈和哭腔吠叫，似乎在请求主人回心转意。随后，黄狗赴入水面，露出满脸泪花的一个乌黑的狗鼻，它使劲摆动尾巴，试图凫水追赶远去的船只，但，河面又宽又阔，黄狗绝望了，力有不逮，只好游回岸上，冰冷的河水冻得黄狗瑟瑟发抖。打了一个抖颤后，黄狗调转身，开始沿着河岸追去……

一天半夜之后，洪生六生摇船回塔鱼浜。很快，他们将黄狗忘记了，这件事好像根本就没有发生过一样。六生呢，因为摆脱了一个额外的负担而暗暗高兴，但静下来，又不免心有惆怅。

七天之后的半夜里，六生和金花夫妇似乎听到关紧的门口有呜呜之声，这声音似曾相识，好像是他们家阿黄的叫声。天太冷了，侧耳听了一下，紧了紧棉被，没再去注意。天亮后，六生妈去河埠头淘米做早饭，老人取下门闩，拉开大门，六生妈长得小巧，眼睛不大好，踢脚绊手的，刚跨出门口，就踏到了一块软绵绵的东西，弯腰凑近一看，天哪，是自家的阿黄回来了。老人家手一搭，狗身还有热气，赶紧叫儿子媳妇，六生夫妇俩过来，睁大了眼睛，半天都没有想通，塘栖离塔鱼浜，少说也有百十里路，黄狗是怎么回来的？它怎么认得回家的路？

黄狗瘦得皮包骨头，浑身的毛发稀稀拉拉，还不住地在打冷战。当夫妇俩抱起黄狗的时候，这一只瘦骨伶仃的老狗，呜了一声，很乖巧地闭上了眼睛。

早上，我的外婆，人称炳荣婶妈的，还有我的余外婆，塔鱼浜的妇女主任、人称洪生姆妈的，两人难得地凑在一起。她们逼仄着嗓子，在交心。原来，昨天半夜，她们两人，在梦里，都听到了这阵呜呜呜呜、似叫非叫、似哭非哭的狗声。

母猪

生产队的畜牧场废弃后，承包到户之前，看到卖苗猪可获利，塔鱼浜不少人家就养起了母猪。但，养母猪须有饲养的经验，幸亏这几年小队畜牧场养猪，已经积累了不少，比对和参照之下，大家觉得这养猪经也不甚难，起先是抱着试试看的心情，尝到些些的甜头之后，家养母猪，忽然就风行起来。

我父亲没什么主见，倒也很会跟风。他依样跟样，也去集镇捉了一只小猪来，当然是母的。往常，小猪捉来，养一段时间后，无论公母，都要经翔厚畜牧场王文龙之手阉割。但这次就不劳王文龙了。未经阉割的母猪渐渐长大，它的母性渐渐地就出来了。最后，终于长成了一只名副其实的母猪。成为母猪的一个标志是，原先叫唤着一门心思长肉的肉猪，有一天忽然不吵不叫，定快快的了，站猪棚里，这猪就像失了魂，猪眼睛也明显地迟钝。母猪迟钝了一段时间，叫唤得更厉害，呱吃呱吃，好一阵狂躁的号叫，到了晚上，也还一刻不肯停歇地叫号。母猪搞得人不得安宁，整日整夜地吵闹着,它还喜欢用牙齿发疯似的咬猪栏。晚上,石槽里倒入糠饲料,它不肯吃,远远地缩身在猪棚的最里头。父亲甚至用桑条抽它,它都不肯迈一步,倒好像跟你顶上牛了似的。我们马上就明白了,母猪这是到了发情的阶段。

母猪发情,按照塔鱼浜老娘们的说法,那是母猪"叫"了。"叫",是"叫春"的缩略语。"叫"了的母猪,只有公猪才能让它彻底安静下来。但塔鱼浜没人家养公猪,大概的原因,不外乎公猪吃性重,一般人家养不起。况且,公猪也不是每天派得上用场的。

公猪只彭家村小桥头有。于是,我父亲早上吃茶时,路过小桥头,顺便弯到一个大草棚里,跟养公猪的老头打了一声招呼。老头答应了,两人讲定下午两三点钟,公猪准时领到塔鱼浜——带猪。"带",塔鱼浜土白,意即公猪与母猪交配。

需要猪倌亲自拽了公猪过来。彭家村的公猪,那时还是一只集体养的猪。换句话说,它还是一只社会主义的公猪,受到的待遇也很不错,有特制的草棚,派专人看管。猪倌得邀请,通常的情况,并不多嘴多话。一到中午,猪倌三下两下,筷子垄完饭碗里的米饭,吞一口浓茶,碗筷缸笃灶上一放,也没有什么好收拾的,打开猪圈,径直放出那只巨大无匹的公猪来。公猪还没有走出猪棚,骚气就一阵浓似一阵扑面而来。公猪嘴喷白沫,神定气闲,小步慢走,浑身的猪毛呈玉白色,如一堆缓缓移动的肉山。公猪不具威胁性,但村民尤其是孩子们只远远地观望,并不敢走近。公猪笃悠悠地上路,低头自行,呱唧呱唧,配合着猪倌口里的小调,待走上去塔鱼浜的正路,猪倌手里就多出了一根小桑条,路边的桑树上他刚折下的。看到公猪偏转路的右方,噼嗒一记,他抽一下公猪右边的屁股,公猪受了一鞭,并不理会,但脚步收正,就往左的路上走了。反之，公猪偏到左首，又是噼嗒一记，猪倌径直抽公猪的左屁股，来矫正它的方向。毫无疑问，牲畜的世界，鞭子就是它们的方向。鞭子落下，公猪即刻就走正了。公猪一路走，猪倌一路抽，抽抽走走，走走抽抽，公猪也习以为常，它就这么不疾不慢，神定气闲，笃悠悠，小步走。猪尾巴还晃左晃右，晃得像电影里一只自鸣钟的钟摆。公猪的两只睾丸碗口那么圆整，皱皮疙瘩，颜色紫红，一路走，一路晃荡。机耕路上，见到两只大卵泡的公猪走路，村坊上的小屁孩全都乐开了花，他们一边追，一边手掰松软泥块，向着公猪的两只紫红卵泡噼噼啪啪雨点似的掷去。左右晃荡的猪尾巴，这一来就多出了一个功能，它就很自然地抵挡了掷来的泥块。小屁孩看准了，远远地掷公猪的命根子，这调皮的举动，猪倌爷爷看在眼里，他发起脾气来了，老爷爷发脾气，无非是凶神恶煞一般举一举手中的桑条棒，口里念念有词："小棺材，走开！走开！"

公猪一径来到我家的稻地上，家人立刻去后门头猪棚里拽出母猪来。这一雌一雄，这一刻，就这么牛郎织女对上眼了。起初，怪难为情的，母猪仍定怏怏站着，两耳朵直直地竖起，它应该嗅到了公猪的骚气吧，它似乎也在打量着它的新对象。就在这一刻，母猪将屁股慢慢转向公猪那边。公猪显见比母猪高出许多。在母猪面前，公猪立刻显出它的雄壮威武来了。可公猪依旧默不作声。它真沉得住气。它回过头来，还不忘嗅一嗅母猪殷红的骚沟子。好家伙，这一嗅，公猪的力道猛地就飙出来了，但见公猪的前腿突然搭上母猪的后背，两腿之间，公猪钻头似的那话儿直伸出来，伸伸缩缩，抖动着，寻找着。顷刻间，藕粉似的块状玩意儿啪嗒啪嗒掉落地面。公猪性急，但就是找不到母猪的牝户，它根本找不到入港的窍门。我们围在一边，看着都为公猪着急。猪倌爷爷拍拍公猪的屁股，似乎在说，伙计，悠着点儿，我来帮你。他蹲下身，满手抓住公猪那话儿，嘴巴里还轻轻地笑骂了一句，一径送它入了港。此举俗称挡卵。这时，两只雌雄畜生，突然都不吱声了。母猪坚定地站着，承受着公猪猛烈的撞击。公猪也很卖力。卖力的一个表现，就是将自己的尾巴紧紧地夹入屁股的沟里。公猪干得正起劲，猪倌却见惯不怪，蹲在地上，解下裤腰带上的旱烟管，在一旁敲起了朝烟。一小袋烟的工夫，猪倌直起身，举起桑条棒，冷不丁"啪嗒"一记，公猪与母猪，像接口的榫与榫头，突然断开了。公猪恋恋不舍，母猪频频回头，似有恋意。母猪身体里的骚劲终于压伏下去。于是，重新关入猪棚。接好种的母猪，总算安静了，晚上也听不到它呱吆呱吆的求欢声了。

母猪的肚子越来越大。母猪要出小猪了，父亲拉了一根电线，猪棚顶上挂了一只六十支光的电灯泡，又将母猪暂时赶出猪棚，他去严家浜挑来好几担水，将猪棚彻彻底底冲洗了一番。我这才看到，我家猪棚的底原是青砖竖铺而成。猪棚底上有一个倾斜的陡坡，水冲下去，全漏到边上的小天井了，因此里面并不积水。猪棚冲洗干净，垫上新稻柴，让母猪重回猪棚。很快，母猪躺倒在干净的稻柴上，头朝里，屁股朝外。六十支光一打亮，小小猪棚的一切，一览无遗。全家人静静守候母猪下崽。

母猪的屁股一动，猪尾巴打了一个小曲儿，第一只小猪嚓落一下就出来了。父亲跑过去，双手从母猪的屁股边捧了来，用手指挖一下小猪的嘴巴，小猪的呼吸立即畅通了，叫出了猪的声调。父亲再用软一点的稻柴把小猪全身擦一遍，将滑腻腻的黏液擦去，放在一只垫好稻柴的竹篰里。小猪吱吱叫唤起来，母猪听到，嘀嘀回应几声，但并不回头，母猪没有时间回头看它的猪崽。很快，另一只小猪嗦落一声又下来了。

给母猪接生原来并不难。父亲接了几只之后，这活就交给我来做了。大概在我的要求下他让出这个接生的职位来的吧。我如法炮制，将一只只刚刚来到猪世间的小猪接出来，擦干净后放入竹篰。大约两小时后，母猪产崽完毕。这一窝小猪，拢共生出了十三只。全部出好，一只只捧放到母猪身旁。小猪上面一排，下面一排，挤挤挨挨，开始吃奶。有的小猪叼不到母猪的奶头，急得不顾一切地乱踩乱踏，母猪瘪塌塌的肚皮，一定会被踏重而生疼，但母猪不喊疼，只是温柔地躺倒在青砖上，任凭十三只小猪叼住两排纽扣似的奶头，被扯着拉着。母猪躺在干净的猪棚里，发出很舒服也很幸福的呻吟。

生好小猪的母猪吃食需讲究一点，比如，烧一镬子南瓜，南瓜的顶上，会放入一些一家人不想吃的小番薯。番薯南瓜烧熟，拌了饭镬里舀出的米泔水，足足一提桶，拎到后门头，哗啦一下倒入猪槽，母猪噗噗噗噗噗地吃食，交关开心。

小猪养一个月，王文龙撅着屁股，背着他那只我们相当熟悉的假皮药箱，左一脚，右一脚，踏着脚踏车赶来了。他当然是父亲凌晨出翔厚吃好早茶后去叫来的。他来给我家猪棚里的十三只小猪阉割。这一个下午，十三只小猪的号啕声震天介响。而那老母猪，待在后门头，躺不安站也不安，母猪死命咬着猪棚圈，喉口呱呱呱呱不断。

小猪是一只一只捉出来阉割的。阉好一只，放回一只。王文龙阉了一只又一只。地面上，是一小堆血出津津的猪卵子和花肠，看着都心惊肉跳。王文龙却不紧不慢，说话仍旧死样活气[1]的，一副

---

[1] 塔鱼浜土白，有有气无力，又有阴阳怪气的意思。

爱理不理的样子。小猪全部阉割完毕，王文龙搓搓手，擦干净雪亮的阉刀，放入药箱，吧嗒一声合上。他阉猪的任务算是完成了。阉猪的费用过手，手指蘸着唾沫，一张一张点数一下，正好，不用找钱。王文龙塞入中山装贴胸的口袋，收拾收拾，打一下脚踏车的钢铃，背起药箱，撅着屁股，屁颠屁颠又到预约好的另一家去了。

十三只小猪，这个下午和这个晚上，没有了往常一个月来活泼打闹的场面，一只只变得呆头呆脑、不爱动弹了，好几天都缓不过气来。大约一个星期后，一窝猪崽方才回过神来。

小猪阉后二十天光景，就可以售卖了。附近有些人家早已打探仔细，晚上抽空也会来我家猪棚看看，顺便捉去一两只家养，其他的猪崽，还得去乌镇南栅或石门马家弄小猪行出售。这两个地方我都到过，也都留有印象。我记得那几次上街，父亲总叫永金娘舅帮忙摇船。船舱里挤满了肚皮圆鼓鼓的猪崽。天还没有放亮，船就开了，两个人轮换摇橹，两个半钟头到乌镇，一个半钟头到石门。

十来只小猪卖掉，后门头骤然安静下来。母猪那会儿一定会感到寂寞，它会想它的那一窝远适异地的猪宝宝吗？总之，母猪有好长一段时间心神不宁，吃食的心思我看它是一点都没有了。

肉猪

肉猪的故事就没有母猪的丰富了。肉猪，养猪人家无非是谋它的肉。

肉猪，塔鱼浜每家都会养一只，但也不多养。养大一只，几乎需要一年。肉猪一般年底宰杀，叫作过年猪。猪头自家留着拜年菩萨（即拜利市）用，称年猪头，或叫元宝头。

杀猪的那一天，我们会像过节一样兴奋。因为不仅可以一饱眼福，还有吃福，可以吃到新杀白的味美的猪肉。那年头很少吃到猪肉，亲戚家结婚，现在叫吃喜酒，塔鱼浜说话舌头不打弯，那时就叫吃肉。一句吃肉，暗含着太多的辛酸，这种辛酸也是老古里传下来的。说白了，猪肉只在逢年过节，或结婚的喜宴上才有得吃。

人没得食物吃，猪就更加没东西吃。所谓猪食，我记得的，永远是洗完饭镬子的饭脚水，舀到提桶里，拌了糠，倒给猪吃。有时候，说实话，这猪食连猪都不想吃。猪见到后门头的十五支光电灯吧嗒一拉亮，看到主人走进猪棚，就激动得跳起来，两只耳朵如两把蒲扇扑扑扇动着，两只前脚还很不安分地搭在猪栏上，嘀嘀嘀嘀地来跟主人套近乎。糠水倒入猪槽的声响很大，猪收起前脚，埋头吃食，吃了几口，竟不肯吃了，猪抬起头来，前脚搭在猪栏的横木上，向着主人继续嘀嘀嘀嘀地叫唤着。如果有"猪食南瓜"（有别于人吃的"好吃南瓜"）喂它的日子，猪就不会第二次跳起来直视主人，它就一门心思低头吃它的"猪食南瓜"了，可一年中，这样的日子屈指可数。因为猪吃不饱，也就不长肉。磨叽磨叽，差不多养一年了，总算养得差不离，主家隆重地叫来杀猪佬，杀白了猪，猪肉直接卖给他。杀猪佬到家，走去猪棚一看，一估，喊一个数字，比如，七刀半。那是指杀白的肉猪能称得的猪肉数量，也就是毛猪净重后的八分之七十五吧。七刀半相当不错了，还有六刀半和六刀的呢。喊出六刀，这猪，主家就不大愿意出售了。家里尽管没有猪食，但还得想办法养一段时间，六刀的出肉率，谁都不满意，该死的毛永健，回头再说吧。

来塔鱼浜的杀猪佬很长一段时间里就是东厚阳的这个毛永健。

如同毛老虎、毛发林等其他的"毛"，毛永健也不姓毛。我们叫他毛永健，是因为他的一脸络腮胡子，就是说，这家伙脸上长毛，塔鱼浜老老少少都这么招呼他，有他们的理由的。

毛永健一路挑着杀猪的家当，叮叮当当从戤壁路口过来。他气力大，浑身全是蛮力。他总是一个人，似乎不需要帮手。连去猪棚捉猪也不需要帮手，腰里围了一块乌黑的人造革围兜，穿着高帮套鞋，烟屁股一丢，嘴里衔了两根细麻绳，大踏步地来到猪棚口，一耸身翻入猪棚。说来奇怪，成年的肉猪见到毛永健，一声都不敢叫唤，只是很胆怯地缩到猪棚的最里边，试图躲避这个天罡地煞星。大概毛永健杀猪多，浑身杀气，连猪都感觉到害怕了吧。

毛永健眼睛一瞄，看准了，一个箭步，抓起猪的一只后脚，只听他嘴巴里闷闷地吼一声，用力一折，猪呱吆一声，失去平衡，一下子就翻倒在猪棚里。毛永健的一个膝盖紧跟着顶上猪肚。很快，他将猪的前脚扳转，取下嘴里的两根细麻绳，干净利索地，将猪的前后脚，两两交叉捆了。此时，猪就只有无助哀号的份了。

一根毛竹往捆缚的猪脚里一插，抬了猪，抬去一杆木头大秤上称重。斤两称好，扔在两只并排的条凳上。毛永健过来拍拍猪肚，开始宰杀前的准备工作。猪叫了一阵，发觉没人理它，也就不叫了。摊成一团的肉猪，头挂在板凳下，一直在喘粗气。

一只接猪血的大钵头摆放在猪脖子底下。毛永健摸出那把杀了一辈子猪的尖刀，连招呼都不打一声，直接就捅入猪脖。一股紧绷的猪血，冒着丝丝热气，如一股粗麻绳，发飙喷出来，恰好飙入下面的那只敞口大钵头。毛永健拉出这把沾满猪血的尖刀，往猪身上擦一擦，丢在一边，随后，他的两只大手死死捂住猪嘴。猪叫不出声，好不容易闷叫几声，直挺挺一下两下，也渐渐地就有气无力了。猪一边喘气，一边时断时续地流血。最后，咕噜一下，眼睛闭了，四肢放松下来，再"苦"的一声，一口气咽下，就完全没了声息。毛永健随即解开捆住猪脚的两根细麻绳，收好，塞入口袋。

老灶头最大的镬子里，此刻翻滚着一镬子沸水。一桶桶提来，倒入稻地上一只缸口拴了一圈麻绳的大水缸。沸水倒了小半缸，毛永健将毛猪翻过身来，哗啦推入水缸。缸里的沸水一下子飞溅而出，落在围观的小伙伴身上。毛永健很坏，沸水已经飞溅而出，他嘴巴里才假惺惺地喊一声："小朋友，跑开——"但我们看毛永健杀猪的次数多了，也知道了他的路数，没等他的这一声"小朋友跑开"出口，我们早就跑得离水缸远远的了。

毛永健用尖刀在猪鼻上戳一个洞，拎着猪鼻，让猪坐起来，开始拿一块薄铁卷成的刮毛刀刮毛。嗤啦，嗤啦，嗤啦，肉猪身上露出一长条白肉。猪身上的毛很好刮，三下两下就刮尽了，可猪头和猪脚的毛就难刮。特别是猪头皱褶和猪耳朵里的毛，得费点心计。毛永健取出一块圆角的小石头，拿它连续地敲击一阵。我很少看到毛永健给猪吹了气再刮毛的。只有一次，他用尖刀挑开猪脚，嘴巴对着割开处一个劲地吹气，把一只肉猪吹得胖乎乎的，显得非常喜气。吹了气的猪刮毛就省事了，但吹气不省事。这是一个力气活，一般杀猪的，没这么大力气。这一阵吹，毛永健额头的青筋都暴跳出来了，他圆睁着两个暴眼睛，气鼓鼓的，好像要找人打一架似的。

一刀将猪头落下。唯在喉结处，毛永健用力略顿一顿，咔嚓一折，猪的喉结扯断了。毛永健随手一扔，腾的一声让猪头坐上八仙桌。煺净毛的猪头，真的像张爱玲说的，有股子说不出来的喜气。

肉猪被倒挂在一架梯凳下。毛永健刀尖一转，将猪尾巴连同尾部碗口大的一块肉剜出，接着，刀头自上而下，轻轻一划拉，猪肚就被拉出一条直线。毛永健倒握刀柄的一只手,伸入热乎乎的猪肚,沿着猪肚上的这一条刀线,由上往下,手腕一沉,往下一勒,随着嗞的一个长声,肉猪随即就开膛破肚了,猪下水滚滚滔滔,蜂拥着落入底下的大脚桶,满满当当,装了一脚桶。毛永健捧起脚桶,到一边翻大小肠去了。我记得有一次我大叔家杀猪,正好看到毛永健翻猪大肠,将肠子里的猪粪噼噼啪啪翻入摆在他裆下的一只粪桶。我嫌臭,捂住鼻子走开了,我大叔拆烂污阿二满脸讥讽地对我说:"待会儿吃起来,拍巴掌都不肯松口哩!"这一句话,说了快四十年了吧。我记得还是那么清楚。我叔叔嘴边的讥讽似乎还没有消退呢。而我叔叔去世也十多个年头了。

猪下水理好,蹄髈落下,一切收拾停当,毛永健那一大堆叮叮当当的吃饭家伙一一入箄,主家必去老灶头上炒几个小菜,随后八仙桌上摆开一瓶白酒,以此款待这个远近闻名的杀猪佬。桌面上的菜是:猪血一碗,红烧猪尾巴,大蒜肉丝炒豆腐干一碗。菜不多,尽个礼数而已。这是杀猪佬毛永健最开心的一刻,半碗白酒入肚,很快就酡红了脸,说话也就没有一点顾忌和分寸了。酒吃好,辛苦钿入手,挑着担箄,哼着小调,他脚步轻松,经由戤壁路入北,过邱家门对的高土墩,到彭家村的下一户人家杀他的猪去。

但主家的事体还没有做完。这一钵头放了盐的猪血,早已凝结。男人用刀尖好一番刻划,划成豆腐干大小,女人拿去,老灶头上烧了满满一镬子。稍歇,女人一碗碗盛好,碗碗相连,灶头上一字儿摆开。碗头尖撒一把切碎的大蒜叶子,每碗顶三段小拇指大的猪小肠。随后派人分送到塔鱼浜南埭的亲戚和自族。而亲戚和自族,遇到家里宰猪,也必定分送来一碗顶着三段猪小肠和一把蒜叶的猪血。

野猫和家猫

我记得塔鱼浜的狗只有三只（施介里一只，邹介里两只，严家浜无狗），猫却有无数匹。我记得塔鱼浜几乎家家养猫。单以严家浜而论，咬毛家一只，我家一只，严子松家一只，连着三户人家，养着三只猫。所以，每到开春，猫情勃发的时候，半夜里，屋顶上，猫的叫春，如鬼魅嘶吼，驰魂夺魄，伴随着瓦片稀里哗啦的缭乱踢踏，直教人难于入眠。

秋冬之际，屋脊上常有野猫出没。严家浜几户人家，除了后来迁此的白头阿大家，由东往西：严新田邹顺娥家、单身的螳螂头秀高家、严子松严阿大家、我家、我祖父母居住的厢屋、我叔叔邹品林邹美娥居住的卧室（他们随后搬迁到严家浜最西边）、邹培荣咬毛家以及后门的小毛毛玉珍家等八九户，这些人家共有一个很长的稻地，厢屋齐平，厢屋的屋脊，由很长一列竖立的黑瓦片排列而成，构成一条笔直而粗壮的直线。就在这条屋脊上，猫的来去，如履平地。它们在屋脊的两头，常探出一个怒目圆睁的小虎头，久久地无言；也或者，懒洋洋地甩动一下冗长的尾巴，冷冽的目光逼视着塔鱼浜的黑夜，逼视着苍穹和整个宇宙。

这一列屋脊上，忽然跑来一只毛色焦黄、尾巴比一般猫来得长而粗的猫。这是一只野猫，从长坂里一位祖辈的柴帽棺材里跑出来。

听起来，好像是我的祖辈死后还养着一只老猫。这祖辈是石门镇上人，曾领了我的母亲去石门生活。我小时候对这位缠过小脚的祖辈略有记忆。我记得她颠着小脚，从南田横那边走来，走到木桥头。臂弯里通常挽着一个包袱，包袱里通常是一尺桂花云片糕。这是她带给我的礼物。

这只野猫真饿极了，它似乎知道自己的野猫的身份，因此非常警惕，不轻易下屋，通常就在这条一字形屋脊上来来回回活动筋骨。白天它不常叫唤，可是，一旦叫起来，足以吓得家猫不敢出门，老鼠们更是惊慌失措，惶惶不可终日。

除了老鼠，它吃什么呢？这确实是一个谜。也因此，它越来越瘦了。猫一瘦，猫身就显得更加冗长。我远远地望过去，这野猫的尾巴几乎和它的身体等长。

我母亲一生对领养她的祖父母极有感情。她知道这猫的来历。她也迷信，认为是祖母阴间没得吃，派一只猫来讨吃。于是，她每到祖母的忌日，除了必烧纸钱送她，还总端正一碗肉烧油豆腐、一条鲫鱼捎去给她的祖母吃。对于这只野猫呢，她盛一供碗米饭，饭上顶一点荤腥，喵喵喵地呼三声，远远地端给它。她与它对一眼，意思是这是端给你的吃食。野猫很警惕地注视着小供碗，并不立刻下屋。母亲就把这一供碗猫食再次摆到野猫看得见的地方，人故意地走开来。她一离开，家里养着的狸猫踱着猫步走过去嗅闻。野猫远远地看到了，忽然一个箭步蹿下屋脊，嘶吼一声，喝退家猫，径自跑到碗边，三下两下就把碗里的猫食吃了个精光。

我去长坂里割草，路过祖辈的棺材，看到泥砖砌就的墙果然有一个洞。我也确实看到过这一只猫进进出出的场景。我从此认同它是我家祖辈的贴身宠物，对它因有好感而顿生亲近之情。如果它来严家浜讨吃，我也会给它口食。如果别人追打它，我会站出来，捍卫它，还不忘甩给他一顿脐下三寸的臭骂。我甚至会奔过去跟他来一番胡搅蛮缠的对打。

初秋的一天傍晚,野猫又来了。这一次,不知道它是不是来讨吃。总之,它一反常态,在这几户人家的屋脊上撕心裂肺地嘶吼着,母亲怎么唤它,端出猫食引诱它,它就是不肯下来。野猫比上一次来,显见得更瘦,更野,身上的毛掉了一块又一块,唯有两个眼睛依旧精光闪闪,可是,猫的叫声凄凉到冷彻心扉。而那徘徊的猫步,还把东边屋脊与墙体交界的一块青砖给踏落下来。它似乎受了很大的委屈,又无处申诉似的。夜幕降临了,猫叫声仍绵绵不绝。秋风吹动瓦楞草,叫声伴随着月光一滴滴滴落下来,击打着万古如长夜的塔鱼浜,难道有什么大事要发生?这谁都不知道。元旦刚过,广播机里经常播报到的一位大人物就翘辫子见马克思去了。广播机里一片纷纷扬扬的雪花。不过,广播机里没有野猫的哀号。

这一夜猫叫之后,我再也没有见到这只毛色焦黄、尾巴粗长的野猫。这匹猫连同这一夜猫的哀号,如一页饱满的文字,夹在了时间这册大书的某个页码中间。

我们家养过好几只狸猫,但我记得的,始终是这一只。

机埠的大水泵屁大屁大一响,严家浜的河水就一寸一寸地浅下去,河埠头的石级就一级一级地露出来了。我家门口斜对面的水渠,水流急匆匆地往越来越浅的河心奔去。什么都挡不住这股细细的、绵绵不绝的、前赴后继往低处奔去的水流。这时候,渠道中央常会耸起一条棱廓分明的逆流——正坚定地逆水而上。有经验的大人一看,就知道那是一条鱼。白天,一定会有人在这条水渠的某个点上装一只渔网。一天下来,竹篓里的鲫鱼一定十分可观。这个人,有时候是我,有时候是隔壁的咬毛。但不论是我还是咬毛,身后面一定跟着我家的大狸猫,任凭你挥手驱赶,它也不愿跑开。它就那么忠贞地远远地跟定着你。我家的这只狸猫,形体甚大,毛色发亮,灰白两色,夹缠在它的背上。而它的眼睛呈琥珀色,深邃得让人觉得这猫似乎有大智慧。猫是吃荤腥的,现场有鱼可吃,它哪有不在场的道理。水渠里捉到一些小鱼小虾,咬毛和我,手一扬,都会扔给它吃。因此,这种场合,猫必定欢蹦乱跳,亢奋异常。它兴奋地兜了一个白天还不够,晚上,我们全都散去了,这猫也仍旧蹲在水渠边,仍忠诚地守护着越来越细的水流。半夜,猫时常将我们从睡梦中唤醒。原来,它叼到一条鲫鱼。它没有自己享用,而是叼到了家里,蹲在主人的床边,喵喵喵,一声又一声地叫唤,并很有耐心地将主人从沉沉酣睡中唤醒。看到它辛劳的成绩,我母亲赞它一声"乖"。它这才噗的一跳,沿着廊柱,直冲横梁。跑出好远,它回过头来,摆一摆它的大尾巴,然后,才翻过泥墙,又去了细水长流的水渠边。这样的夜晚,这花猫会打上好几个来回,捉来好几条乌脊背鲫鱼。我家养过好几只猫,数这只花狸猫最乖巧,也最得人疼爱。但这猫白天很懒散,蜷着身子,常在廊檐下的稻柴堆里打瞌睡。吃轮家饭的盲太太闲而无事,一边坐在竹椅里念阿弥陀佛,一边挥动手里的竹竿,扯大嗓门赶它——因为这懒猫占了芦花鸡下蛋的那个草窝。听到母鸡"呱嗒呱嗒"找不到下蛋的窝,盲太太嘴里"瘟猫死猫懒猫"一迭声咒骂。猫呢,也不知道它是否听得懂,总之,它不在乎。它半闭着碧眼金睛,连嘴巴两边两簇好看的白胡须,都耷拉着,可见它是完全放松了警惕,充分地享受着暖冬的阳光呢。终于,竹竿点到它身上来了,猫还是满不在乎地爬起来。仿佛心里有气似的,四脚并拢,脊背耸起,长长地伸出一个懒腰。然后,迈开虎步,挪到另一个地方去睡。在我们乡下,猫,称作小老虎，可见它的威严。猫与狗是村里最常见的家畜。猫狗不同道，但也极少看到它们打架。很奇怪，猫狗打架，败下阵来的总是狗。猫噌地一下上了屋脊，喵喵几声，姿态潇洒，声音还挺迷人的。狗是做不到的。猫蹲在屋脊上的威仪，头偏转一边，环眼怒睁，狗看到，只有眼红，承认不是猫的对手，只有知趣地走开。猫每每占据这个制高点，庶几和生产队长毛老虎的形象相近。猫的叫声，平日里很温柔，音质精纯，清晰，尾音拖得老长。可是，一到春天，两三只猫登临屋脊，如若两只雄猫为一只雌猫争风吃醋乱搞对象，那种凄厉的叫春，声音之短促，愤怒，急迫，还伴随着不安分的猫脚狂乱抓碎、搅乱瓦片的动作，听着，是很凄凉可怕的。在春意绵绵或秋雨淅沥的晚上，猫的哀号之声，破空而来，在空寂无眠的旧江南，农家少年的魂魄曾为之荡漾，让我小小的脊背顿起一股荒寒的凉意。

公鸡

一只稻地上跑来跑去的公鸡也是很好看的。公鸡那鲜红的鸡冠，是它时刻会喷涌的鲜血凝成的吧。公鸡头颈长，腿也粗长，支撑的身体就来得雄壮。公鸡的鸡毛，闪闪发亮，锦绣绸缎一般。特别是尾巴上的几根，更加鲜艳出挑，拿它来做毽子，真是再好不过。

母鸡一门心思下蛋，公鸡呢，一门心思踏雄。踏雄，是塔鱼浜的土白，意思就是交配。公鸡在稻地上，见到母鸡，雄性荷尔蒙忽然飙高，忍不住就追过去。母鸡见了，第一反应是赶紧跑，它哪里跑得过公鸡。它瞬间就被追上了。母鸡赶紧留步，缩头，此举被我们认定为母鸡的投降。公鸡毫不客气，翅膀扇动，两脚起跳，牢牢踏上母鸡宽厚的背脊。公鸡的鸡屁股对着母鸡的鸡屁股，旁若无"鸡"，就这么干上了。

公鸡得逞了，昂首挺胸，尾巴上的那根锦绣鸡毛晃动了又晃动，竖了又竖，一副心满意足的样子。母鸡的样子有点晦气，甚至萎缩，被公鸡明目张胆地欺侮一通，也只好自己整理一下自己，一副认命的面相。

稻地上如果两只雄鸡一同追一只母鸡，不小心碰到，那就有好戏看了。两只骚头雄鸡，各各刺开脖子上的毛，原先很和顺的顺毛，这会儿像长了倒刺，变成一脖子倒毛，配合着一个伸长的鸡头，面对面干起架来。鸡也知道，要尽量把自己弄得狰狞一点，看看能不能吓退对方。但见两只骚呱嗒，一同跳起来，一同嘴脚并用，用各自尖锐的喙，啄咬对方；用自己的爪子，抓对方的身子，加上张开的一对大翅膀，也正可谓大张其声势。这一幕，常在塔鱼浜的大小稻地上出演，好一副滑稽之相。

公鸡亮明身份的一幕永远在天快亮的一刻。大多数的塔鱼浜农民，中年以后有天不亮南去翔厚或北上民兴对丰桥吃早茶的习惯。凌晨，天边似亮未亮，谁家的公鸡一声呱呱——红，就开始领唱了，于是，远的近的，以及周围许家汇、河西庄、彭家村的公鸡，开始织成一片呱呱——红。公鸡一叫唤，等于后来闹钟的铃声一响，整个塔鱼浜，电灯吧嗒吧嗒，一声接一声，陆陆续续就都拉亮了。房间里，男人们起床，到灶头间简单漱个口，洗把脸，臂弯里挽起竹篮，拉开门闩，上路吃早茶去了。

天还未亮开。公鸡还在啼叫，两短一长。它似乎用它的啼叫划定了自己的势力范围。再说，它已经养足了一夜的精气神，有足够的体力告诉它的母鸡们,这会儿它醒来了,它的热情需要喷发,尤其在这天明之前乡村极安静的时刻。

但公鸡始终不如母鸡待见。公鸡最派得上用场,是在年三十的夜里,它被割了长脖,煺尽了鸡毛,也不忘鸡屁股上那几根突出的锦绣,单独扯下来,保存好,给小屁孩做毽子用。在做成毽子开踢之前,还有一个大用场——拜年菩萨的时候,供桌上须得一只全鸡,一个咸猪头。全鸡的标识,就是一只杀白的雄鸡屁股里,一定要插上这几根锦绣的鸡毛。鸡毛一插,杀白雄鸡头往北,屁股朝南,再加上这几根西北风呼呼中微微抖动的锦绣鸡毛,公鸡的神气就显出来了,足以娱乐家里的大神了。

此外,公鸡几乎就是公家白场或自家稻地上一个取笑的物种。这也是塔鱼浜人给它取绰号"骚呱嗒"的一个原因吧。

母鸡故事

塔鱼浜"双抢"结束,农人每有一段相对空闲的时间。一旦闲而没事,老少乡邻就会想法子出码头上街。他们此去,非游山玩水,吃喝白相。旅游这个热词,那时他们还不知道。我这里说的乡民出码头,多半去闹市梢头赚点小外快。那个时候,也可能连"外快"一词也没有被发明出来吧。他们此去的所在,就近,摇一条赤膊船,去乌镇或石门;远的呢,则深更半夜坐苏杭班轮船径往杭州。

从我的村庄塔鱼浜去省城杭州,先得去石门,赶到石门下埭的轮船码头。塔鱼浜到石门,大致十三里路,都是弯弯曲曲的小路。那时候的农村,脚踏车不要说尚未普及,放眼炉头公社永丰大队,可能一辆都没有。总之，出码头，须得高一脚低一脚，全靠两只脚走。村里爱开玩笑的云生就调笑说："乘十一路车去！"这十一路车，意即步行的两只脚。

夜饭后，收拾东西——竹箩里两只老母鸡早探出了头。一些自留地收来的蔬菜，洗干净，放入竹箩，看上去也挺来精神的，加上水滴未干，蔬菜绿得发亮……此刻，两只竹箩，并横放着的一根扁担，摆在厢屋的地上。约定的时间一到，"十一路车"开动，大家一道摸黑上路。一路上除了有鬼没鬼的调笑，只听得砰砰砰的脚步。约莫一个半小时后，稀稀落落的灯火中，石门老镇在望，隐约就到了北郊的东漾潭。再一会儿，走过东高桥，径到石门运河对面的下埠，来到有一盏白炽灯高挂的候船室，在那里稍事停留，等晚间十二点钟的苏杭班呜的一声传到，大家挑担的挑担，空荡着手的空荡着手，陆续检票，下船，落座。

人坐稳在轮船的靠背椅上了，杭州的话题便适时地在各人的嘴上传开来。同行中，有来过杭州几次的老客，对苏杭班的终点站——卖鱼桥堍的早市一点都不陌生。"留心点，街上人挤人，鸡跑掉，捉不回来的。"这人一边吸烟，一边提醒生客。

我此行的目的，是要赶一个杭城卖鱼桥的早市，脱手我随身捎带的两只矮墩墩的老母鸡。

鸡是自家所产，真正的放养土鸡。两只鸡，鸡棚里捉来绑脚的时候就已经一再地称量过。多少钱一斤，一只可卖多少，也都打听过了，心里好歹都有数。不独如此，为了秤杆上多赚一点斤两，捉绑老母鸡前，以米拌糠，还狠狠地喂了它们一顿鸡食。

关在竹箩里的鸡，随着轮船击水向前的震动，很不安分。鸡的那只尖喙，更不安分，早就啄破箬帽（一种雨具，这会儿常拿来盖竹篰），伸出头来，咕咕咕咕，没心没肺地叫唤着。

最苦恼的是拉下鸡屎。按理，鸡屎拉在竹篰，关系也不大。但鸡一拉屎，明天的秤口不就明显低下去么。所以，看到鸡屁股一撅，拉出一粒蚕豆大的鸡屎，轮船里总回响起"瘟鸡"这样恨恨的塔鱼浜土白。我分明看到某人手握拳头，作势在鸡面前晃了晃，而那只识相的母鸡，赶紧把尖喙连同颤抖的一脖子鸡毛，怯生生地缩进竹篰。

对于去过杭州的人来说，抬腕一看上海牌手表，大约六个钟头的时间滴答过去，即意味着杭城就到了。但对于我这样初次前往的懵懂少年，感觉最深刻的，竟是凌晨时刻，黑乎乎的窗外飘入的一股莫可名状的水臭味。说来也怪，水越发臭，人就越兴奋。我认真地瞄了一眼因轮船的前行而翻滚不已的、如同酱油汤一样的市河水。我知道，杭州——卖鱼桥——很快就要到了。

果然，大马力的轮船噗噗放出几个响屁，再就是突然的一阵瑟瑟乱抖，船舱里的乘客同一个瞬间里皆一个前冲的趔趄，有的人就重重地呼出一口气。站起来，拍拍身上的尘土，很踏实的样子。是的，卖鱼桥轮船码头到了。

赶紧整理竹篰，篰绳还没有扣牢扁担，还没跨出几个步子，三脚并做两脚，腾的一下就跳上了岸。上岸即意味着进入一个百货杂陈、市声喧阗的省城早市。奇怪，愿想中吆五喝六、人声鼎沸的场景不曾出现。这卖鱼桥塊的市声，像一张网，软皮塌骨的，摊开在黑沉沉的市梢的老街上，而弥散开来的声音，都被暗沉沉的水泥地面吸去。此时，天还没有完全地亮开，卖鱼桥塊周边的居民早就笃悠悠地赶来买菜了。不同于数十年后，他们荡着一双空手来，提着一尼龙纸袋蔬菜回去，那个时候，他们臂弯里都挽着一只竹篮。弯腰拣菜，偶尔，以硬邦邦的杭州官话讨价还价。但讨价与还价，两厢并不热烈，倒好像彼此是熟知，早已默契似的打着招呼。满满一提篮的蔬菜买好，杭州人的脸上，溢出满满的笑意。身处前现代的杭城市民，平和和从容，在他们的脸孔上，也都还在。城里人这副知足自乐的样子，既在他们的菜篮子里，也在他们买菜的步子里。

　　一只土鸡，那时也是早市上眼前一亮的土产吧。摆摊没多久，摊子周围就围了一圈顾客。坐在地上，抬头，但见一排肉腿，像一堵密不透风的墙。古书里常形容的观者如堵，我算是亲眼见到了一回。其中一人，眼明手快，只一把，先就抓住了鸡的翅膀，再不松手。还价完毕，一脸严肃地递过来称量。记得我自带了拎秤的，秤钩钩住绑着鸡腿的那个稻柴圈，斤两就报出来了。不料，那人手一放松，鸡得着一个松手的自由，扇动翅膀，一阵乱抖，秤杆忽然就翘了上去。那人疑心我的秤口，非要带我去市场街的公平秤重新称量。公平秤，我第一次听到，很好奇，我跟他过去，见到了，原来就是一台小小的磅秤，秤台贴着"公平秤"三个汉隶。老母鸡过秤，斤两不差，老人满意而去。那时候，一只鸡，售价不过七八元，但对一个普通的居民家庭，是一笔不菲的开销，所以，买菜的老人，一旦买鸡，两眼盯牢秤口，一点儿都不马虎。公平过秤后，递鸡付钞，皆大欢喜。

　　土鸡脱手，钞票入袋，接下来就是逛街，也就是看看杭城的热闹。当然，这其中，是少不得吃一碗三鲜面的。但有时为了省钱，只吃九分钱一碗的小馄饨或七分钱一碗的粉丝汤解馋。同村的几个妇女，我记得有美林娘姨，我的长辈，她几乎是这次远足的领头。她约了另外几个，径去布店剪布，或者买些日常生活用品。大家掐紧时间，到点返回。我们得赶午后回石门的苏杭航班呢。

母鸡续

每家都会放养几只老母鸡，等着它长肉，下蛋。禽蛋与肉类，是塔鱼浜最主要的两样荤菜，一年到头，吃肉的次数屈指可数，但蛋自有自方便，除了有一段时期割资本主义尾巴，规定养鸡每户一只（其始作俑者，其无后乎），那就连吃个调碎蛋也变得相当困难了。

蛋的吃品多，调碎蛋（水炖蛋）、囫囵蛋、糖烧蛋、荷包蛋、蛋夹子、茶叶蛋……诸如此类，品类繁伙，可见鸡的用场。更不用说，吃它肥美的鸡肉了。

春初，有孵房来塔鱼浜卖小鸡小鸭。几乎团匾大的一副担子，盖头掀开，焦黄色的小鸡小鸭，很惹人怜爱。母亲总要买一大群，鸡鸭混合着慢慢喂大。起初，鸡和鸭合群，随着鸡鸭长大，渐渐分道扬镳。两种小动物，倒很有那么一点道不同不相为谋的味道。

但大多数人家，似乎也只买几只小鸭。小鸡都是自家的老母鸡孵的。

老母鸡生了一段时间的蛋后，母爱泛滥，会自动成为一只老孵鸡。这时候，母亲总要拣出七八个圆整的鸡蛋，放在一只草篰里。母鸡自觉地跳入草篰，张开它的两只宽厚的翅膀，很有责任感地孵它的小鸡。孵了一段时间，乘母鸡不注意，母亲从它身下把热乎乎的鸡蛋一个一个取出来，逐一对着洋油灯火照一照。母亲有经验，她对着油盏火举一举，就知道手里的这只蛋能不能孵出小鸡了。她把不能孵出小鸡的蛋截下，把能够孵出的蛋重新放入母鸡的身下。

大约二十一天之后，小鸡会啄碎蛋壳，靠自己的努力钻出头来，来到人世间。

刚出蛋壳的小鸡怯生生的，啄出一个很小的洞，渐渐地，蛋洞越啄越大，小鸡的尖喙伸出来了，接着，翅膀也出来了，紧接着，它就连滚带爬走出自身的囚笼。生命的孕育是很有情趣的，看小鸡出壳，你会觉得，自然界所有的生物，无论大小，都是造物主创造的奇迹。

母鸡的母爱也很感人。它当然也会相帮着一个个小生命出生。它主要用它的喙，轻柔地啄一啄蛋壳，鼓励它们走出来。等全部的小鸡出壳，母鸡匍匐在地上，周身围着一群小鸡。母鸡并不想站起身来，它充分享受着这一份母爱。但是，它终究要站起来。它要引领着它的母鸡家族去寻找食物。小鸡最喜欢吃的东西是小虫，母鸡觅食，看到小虫，自己并不吃进嘴，而是用尖喙把虫子啄死，然后，发出咕咕咕咕的声音，小鸡听到，成一条直线，急速射回到母鸡身边。先到的一只先得，嘴一伸，吃进肚里，后面的小鸡举头谛视，茫然若有所失。但母鸡早就寻觅到另一条小虫，又是一阵咕咕咕咕的召唤……母鸡就是这样，它自己不吃。它先要喂饱它的小宝宝。

家里其实并不需要这么一大群鸡。小鸡稍大，就要分流，把多余的一些，送给邻居或亲戚，也会去对丰桥或翔厚卖掉。分流前，得区分雌雄。大部分人家都喜欢雌鸡，雄的，留下一两只过年鸡就可以了。雌鸡会下蛋，大家都爱放养。

挑选雌雄可不能走眼。有经验的主妇，捏一捏，看一看，总有她的老办法，挑雌是雌，选雄即雄，八九不离十。很多年以后，我看到一首可以鉴别小鸡雌雄的顺口溜，我怎么那时候就不知道有这样的顺口溜呢——

> 小鸡破壳刚下地，雌雄体态有差异；
> 头大腿高常是雄；头小腿短常是雌。
> 母鸡屙屎向后蹲；公鸡排粪不费力。
> 母鸡走路成直线；公鸡步伐两边移。
> 用手轻摸鸡屁股，母圆公尖无须疑。
> 抓住鸡腿倒提起，头部朝下是母鸡。
> 把鸡抓起轻放下，公鸡急跑母慢离。
> 吹开尾毛看肛门，下有白凸为公鸡。
> 虽然看摸非绝对，但也八九不离十。

小鸡分流，母鸡身边只留下不多的几只。刚开始，我总感觉母鸡闷闷不乐，但过了几天，母鸡就恢复常态了。母鸡的哺性渐渐消失，再过几天，它又开始下蛋了。下蛋是它的使命，也是它生活在塔鱼浜的存在感吧。特别是它下完蛋之后，昂首于自家的稻地，那一阵旁若无人的呱嗒呱呱嗒，是在为它的存在感加码吧。

从出壳到长大，鸡的一生，有各种各样的危险在等着它。

其一，稻穗谦卑垂首的时候，严家浜的鸡如果走到三分田横或姚亩田口，它要是挡不住沉甸甸的稻穗的诱惑，很可能就被截杀。它最不幸的是被毒米毒死。

我家有几只老母鸡就吃到过这些毒米。所谓毒米，是用农药如六六六、敌敌畏、甲胺磷浸过的米粒。前两种浸的毒米，鸡吃了，或许还有救，后一种甲胺磷浸的，吃了基本上就没救了。谁浸的毒米？永远不会知道。只知道毒米撒在三岔路口，撒在晚稻尚未收割的田横头。这是母鸡走去稻田的唯一通道。母鸡原本想去吃稻田里的稻谷,可是,半路上看到白花花的米粒,忍不住嘴馋,停下脚步,开始啄食米粒。毒米一入鸡肚,不多久,它就走不动了,鸡头歪下,欲睡未睡的样子,那是它身体里的毒性发作了。如果这会儿主家看到,赶紧捉回家,割开它的食袋,翻出这一大把毒米,清水冲一下食袋,母鸡或可以活命。但,要是时间一长,它基本上就没救了,尤其吃了甲胺磷浸过的毒大米,更难救活。可是,割过食袋的母鸡或公鸡,需要很长一段时间才缓得过气来。在很长一段时间内,它老是病恹恹的,鸡毛耷拉着,一副无精打采的样子。

其二,被叫花子偷去吃了。20世纪70年代,来塔鱼浜讨饭的,苏北人或安徽人居多,大概其地多发大水,粮食歉收之故。大部分来要饭的,生活所迫,手脚都还干净,见到农家放养的鸡鸭,竹竿上晒出的咸肉酱肉,并不偷取,不过,百人百颗心,世上也不是没有小偷小摸之人,有的老要饭的,就专干这种脏事,那就近乎可恨了。老叫花将鸡偷去后,据我的盲太太说,活鸡上涂满一层厚厚的烂泥,放在光笃灶(一种土灶)里煨。煨得差不多了,掰开干结的泥块(每掰一块泥,鸡毛顺带落下),热气冲天,百热沸烫的土鸡肉,非常可口。鸡被偷吃,主家并不知道,晚上见鸡不入棚,就会四处寻找。找不到,明白了,一定给人偷去了,只不过永远不知道谁偷的。那好办,自家把整个村坊的人都当成偷鸡贼。我的祖母就有过不止一回,晚上一数入棚鸡,不对,少了一只,喔朵——喔朵朵,她好一阵寻找,角角落落都找遍了,没有。她心血来潮,觉得一定被偷走了,吃完夜饭,她就来来回回在稻地上骂开了,仔细一听,她骂的是:"哪家绝户人家,把我家养的鸡偷去了……哪家绝户人家,把我家养的鸡偷去了……"北埭严介里骂了一遍,不够,她径去南埭，一会儿走过东，一会儿走过西，不停地叫骂。骂到毒头琴宝家门口，毒头开门出来，笑嘻嘻对她说："三阿大，鸡叫人偷去吃啦！"祖母答："这么滚壮的一只鸡，活捞[1]叫人捉了去。"刚答完话，祖母又亮开了喉咙："哪家绝户人家……"祖母夜游神一样游走在村子里，把塔鱼浜她怀疑到的人都暗里骂了一遍，谁被不指名不道姓地骂到，那就算谁倒霉吧。整个塔鱼浜，这会儿大家都靠在八仙桌边吃夜饭。大家静静地吃饭，也静静地听骂，全都听到了，可谁都不吱一声。骂了一阵子，她舒心了，也累了，颠着小脚，睁着半红的眼睛，哑着嗓子，气呼呼地回家。或者再到鸡棚数鸡，看到那缺失的一只，居然归棚了。她不相信自己的眼睛，转而叫我去数。我一数，好端端的，都在。

也或者我不理她，祖母像往常一样，大门一拴，呼呼呼地睡她的大头觉。第二天，那只"丢失"的老母鸡好端端又在自家稻地上觅食了，她还以为昨夜的叫骂奏效了呢，揉揉眼，不相信，返身往米囤里摸来一把米，把芦花鸡咕咕咕咕呼到身边，手里的米小小地撒出去，左看右看，这不就是昨夜"丢失"的那只鸡嘛。她终于确定鸡其实没被人偷去，是文盲的自己数错了。看着鸡啄米的样子，她先就呵呵呵呵地眉开眼笑了。头天晚上，那整个村坊都听到的臭骂，好像完全与她无关。村里的老人见到她，也就稍稍地挖苦她几句，但总归乡里乡亲的，大家也并不生气。她呢，不当一回事体。这也是很有意思的。

其三，当然是被黄鼠狼或偷鸡豹吃了。有一句大家都知道的歇后语："黄鼠狼给鸡拜年——没安好心。"此生我在塔鱼浜只见到一

---

[1] 塔鱼浜土白，想不到的意思。

只黄鼠狼,而且稍纵即逝,在我的眼睛里只停留了几秒钟,但就是这几秒钟,黄鼠狼的形象牢牢地固定在我的记忆里了。黄鼠狼头小肚大,一根大尾巴,几乎有身子的一半长。浑身焦黄的毛发,只有它嘴巴附近的一圈是黑色的。黄鼠狼的耳朵也很不小,两只眼睛炯炯有神。其实黄鼠狼还是很可爱的小动物,除了它危急时分喷出的臭屁。但黄鼠狼吃鸡的名声总归不大好听。不过,据说黄鼠狼并不爱吃鸡,它其实最喜欢吃的是老鼠。这样说来,黄鼠狼还是有点被冤枉。

另一只吃鸡的动物叫偷鸡豹,学名豹猫,体形匀称,头圆吻短,眼大而圆,小耳朵,圆形或尖形的都有。桐乡一地,偷鸡豹经常出现在大人的故事里,那是一只可以惊吓小孩的魔豹,可以止哭。每当婴幼儿嚎啕大哭,不可遏止之际,母亲就会轻言细语:"噢,囡囡,不哭不哭,再哭,偷鸡豹要来了……"小孩一听偷鸡豹,立即止哭,跟吃了灵丹妙药似的。

塔鱼浜是不是出现过偷鸡豹,我的印象里是有过一次的。那几天,家家的鸡棚不安分,家家传言,夜里有偷鸡豹来过,动作迅猛,快如闪电。据照过它一眼的人说,偷鸡豹的样子比家猫大多,棕黄色的毛发,油亮亮的,白底黑斑,很像动物园里的豹纹。偷鸡豹仗着灵巧敏捷的身子,行走如飞的速度,爬树攀墙,如履平地。它也不大怕人,当偷鸡的勾当被人发觉后,迅速跑开一段距离,再回过头来,散开它两颊那钢丝似的十来根白须,拿两只圆洞洞的眼睛瞪人,一副心有不甘的样子。

据说别的村坊还真的捕捉到了一只偷鸡豹。他们以活鸡作诱饵,以装笼的方法捉到了它。好一只偷鸡豹,大小实在跟一只黄狗近似,状如豹子,也像猫。此举哄传很远。我似乎也隐隐有所闻。

其四，最有可能是被主家吃了。吃鸡一般在冬至日。据说此日吃鸡大补。也因此，我家每到冬至日，家里养鸡的辰光，如有条件，必杀一两只雌鸡，一只父亲吃，一只母亲吃。不过，父母都会扯下鸡腿给我们兄弟俩吃。有的年成鸡养得不多，就只好割一只，单给父亲吃，让他补补身体，多长一点气力，来年好干重活。

兔子

母亲去翔厚小学做民办教师以后，跟街上来的老师一聊，眼界开了。有一天回家，她对我们兄弟俩说，家里要养兔子，剪下的兔毛，卖给收购站，换点小钱，贴补家用开销。她这个重大的决定让我和弟弟高兴得夜里睡不着觉。好不容易睡着了，我的梦里果然出现了一只眼睛通红的长毛小兔子。

怎么说呢，梦里虚幻的兔子总是早于一只鲜龙活跳的真实兔子来到一户人家。第二天醒来的时候，我就开始等候母亲愿望中的那只兔子了。

母亲花五元钱买了两只兔子。五元，那不是一个小数目。母亲做民办老师，生产队是给她记工分的，学校也发给她一点补贴。这所谓的补贴，一个月也就这五元钱。

按母亲的思路，她捉来一对兔子，一只雄兔，一只雌兔；一只是我的，一只是我弟弟的。这一对兔子，构成了一个兔子家庭。兔子安家在我家老灶头间西半间的空屋——那么一个靠墙的地方。母亲用砖头三面砌墙，上面一盖，一个简易的兔棚就做好了。兔棚底上还细心地铺了软软的稻柴。两只小兔子，一对兔子小夫妻，关在囚笼似的笼子里，盖上竹帘做的盖子，开始了它们静静的同居生活。而这一雄一雌兔夫妻，在我母亲的满打满算里，可以生出无穷的小兔子来。

可是，现在，两只兔子都还很小，也就拳头那么大吧。兔子的胆小是很出名的。见到人靠近，赶紧就缩在了一边。它们最喜欢龟缩在一个很私密的角落里。那个角落，还最好有一大捧青草，既可以当它们的吃食，又可以做藏身的屏障。我和小我三岁的弟弟，不时走过去看一看兔子。可兔子总是不时地躲起来，不让我们看。我们和兔子之间，就这样构成了一种微妙的紧张关系。

兔子的毛色这么白，眼睛又这么红彤彤的，这完全超出我们的理解。为了兔子的这一身纯白的兔毛，我们开始背着竹篓，去野田坂里割来最嫩的青草，一把把扔进笼子，喂给它们吃。草扔下去了，可兔子就是缩在一边，只当没看见。这大大伤了我们的自尊心。我们心里不免为兔子发急，以为兔子不要吃我们割来的草。一次又一次地，我们怀着失望，不得不走开。可走开才一会儿，兔子一个转身，一双红眼睛，放出异样的光来，眼珠子很机灵地往周围转一圈，身子渐渐地就挨近了嫩草，它们开始伸嘴，开始咬吃。我和弟弟躲在木头廊柱的后面，见到小兔子这小心翼翼的一幕，忍不住都笑了，互相咬着耳朵说："兔子吃草啦——"我的弟弟高兴得口水蜘蛛丝似的挂下一条来。

不知不觉，兔子养得壮滚滚的。两只成年的兔子，毛色洁白如晴雪，裹住了两个温暖的身子。

也该剪兔毛了吧。母亲从笼子里捉出一只来，交到我手上。我一手捏住它的两只耳朵，一手捉牢它的两只后脚，尽量把兔子的全身舒展开，侧放在一只阔条凳上。母亲取来一把磨快的剪刀，从兔子肚子的一侧剪起,一剪刀,一剪刀,小心翼翼,生怕剪到娇嫩的兔子,伤害到它。这个下午,只听得喊喊嚓嚓的剪刀声。一卷一卷的兔毛,厚厚的,翻卷下来,剪下放在铺了一张报纸的提篮里,或者装入一只尼龙纸袋,明天出翔厚,家里就可以换一点零用钱了。那时一对兔子剪下的毛,不过一两重。这一两雪雪白的兔毛,可卖五块钱。嘿,光剪一次毛,就把买兔子的成本收回来了。

剪兔毛是一桩须得小心拿捏的慢工细活。我也曾试剪过几次,第一次,几乎不敢下剪刀,好不容易将剪刀头伸入兔毛,试着在毛根处下剪刀,咔嚓一下,剪出一块,也终于找到了一个隙口,由此慢慢扩大战果,最终剪下厚厚的一大卷兔毛来。但是,我的手难免有抖动的时候,何况我是好奇,剪刀拿捏还很不顺手,手一抖动,剪刀头就剪到兔子的皮了,兔子多么娇嫩的小动物,它吃了我很小的一剪刀,身子尽管被摁住,还是冷不丁打了一个寒战。兔子的这一个寒战告诉我,我失手了。赶紧住手,低头一看,兔子的薄皮早拉出了一个小口子。幸好,还未曾渗出血迹。

剪了毛的兔子,浑身都是剪刀印,一剪刀一剪刀的痕迹,背在身上,看上去怪模怪样的。剪毛后兔子像是生了一场大病,身子忽然消瘦了。兔子连自己恐怕都认不出来了吧。总之,在我们看来,刚剪完毛的兔子,实在难看极了。我想,要是兔子有自尊心,一定不愿意看到它这么一副丑陋的样子。

两只剪了毛的兔子,互相打量着,它们一定感到奇怪。它们压根儿不知道,人类为什么要把它们一身好看的衣服剥去?

第二年春天转暖,雌兔发情,显得焦躁不安。这几天兔棚里不断传出雌兔咬啮木头的哗剥声。此时,一对雌雄兔子关在一处,免不了交配。雄兔忽然抱住雌兔,趴到雌兔身上。雌兔回头,与雄兔亲密交颈，成其好事。兔子几乎是无声的动物，它们的交配有时是激烈的，有时轻轻柔柔得简直过分，不过，这样的动作，我们也只偶然看到。兔见到人走近，两个搂抱成一团的身子，会迅速散开，各自瞪着警惕的眼睛，怯生生地躲避在一边。这会儿，雌雄兔子似乎也懂得人间的羞耻了。这真是不可思议的事。

一个月后的某天，雌兔忽然开始用两个前爪急速地刨地，刨出的碎土，它不管不顾，刷拉刷拉，纷纷向后边散去。雌兔试图在它的身下打出一个能够藏身的地洞来。这时候，有经验的养兔人知道，兔子马上就要生产了。

鸭与鹅

一种叫洋白鸭的小鸭捉来放养的时候，毛色焦黄，尾部还略有一点灰黑，走路歪歪斜斜，稍后，脚蹼大一点，脚拍子打在泥地上，噼噼啪啪的，发出很夸张的声响，真是一副丑小鸭的模样。可是，随着它慢慢长大，洋白鸭的白就出来了。转眼之间，它浑身雪白，通体就无有一根杂毛了。洋白鸭亮出的双翅，携带着一股雄风，可以扇起地上的灰尘。它翅膀张开，头颈伸直，噼噼啪啪跑路的拙样，很像一个老实的乡下憨大，看着要令人发笑的。

洋白鸭在水面上悠游的时候最好看。白云在天上，当然也在严家浜的水中。洋白鸭在水中，似乎也在蔚蓝的天庭。洋白鸭那样无心出岫的一朵白云的样子，配得上我家乡这安静的风景。

我养过一段时间的洋白鸭。当然，鸭群里也夹杂着几只麻鸭。麻鸭我们塔鱼浜也叫蚕鸭，这种样子小巧的本地鸭，是春蚕时节开始饲养的。蚕鸭体型小，却是很好的生蛋鸭。

洋白鸭又名北京鸭，清明时节开始喂养。仔细想来，那是我赶时髦养的一群鸭。我这么说，是有一定的理由的。一天，我看到南埭的明洪养了几只鸭，赶东赶西，可以不割羊草，还可以不读书，我就生出羡慕之心。我依样摹样，也央求母亲捉鸭来养。这一次，她竟然一下子捉了十来只小鸭。我一边读书，一边放鸭，也或者，养了鸭，我就借口不去翔厚读书了。总之，我宁愿当一个肩扛晾衣竹竿的鸭司令，行走在塔鱼浜翻垦的水田或未翻垦的花草田里，也不愿意背着那个令人耻辱的花布书包，每天走去翔厚小学读书。因为养了这群洋白鸭，我就可以生活在真正的蓝天白云下，腰里凭空还横着一根长长的晾衣竹竿，双手反剪，任凭竹竿的两头，晃过来又晃过去，好一副无所事事的样子。

稻子刚刚收割，一爿爿水田，都还没有放水，拖拉机或电耕犁也还没有下去耕作。这时候赶一群洋白鸭下去，真是一年难再的好时机。看着鸭子们摇头摆尾，奋勇争先吃食的场景，感觉我来对这个地方了。水田里撒落的稻谷是鸭子爱吃的，它们用一只只扁长的嘴巴，把这些撒落在泥里的谷粒一粒一粒找出来，吞进肚子里去。还有，蚯蚓以及来不及逃窜的泥咯哆[1]，也都成了洋白鸭的腹中之物。这里我说一句，塔鱼浜或任何一个村庄的田塍上，蚯蚓和泥咯哆之多，是一般人无法想象的。

洋白鸭体型较大，分量重，可以多卖几块钱。这应该是当年我养鸭的目的。当年，大家一股脑儿养一大群洋白鸭，不养一大群船鸭，就是因为洋白鸭长肉，好卖铜钿。

---

1 据音，塔鱼浜土白，指一种泥灰色的土蛙。

养洋白鸭等下蛋的人家是不多的吧。

养鹅是后来的事。

严家浜的老宅废去之后，父亲与大叔一道在靠近许家汇的一块平地上起造了四间平屋。西边的前后两间属大叔家，东边的前后两间为我家。前后两间平屋的中间，有一个共用的狭长的小天井，藉此可以采光，倒水。其时，祖母、大叔已经过世。母亲和汉良重回塔鱼浜后，就住在这天井北面靠东的一间小房子里。母亲那时尚有精力，像年轻时候一样，决定大干一场。她步行去三里路开外的翔厚集镇，叫来了一辆挖土机，就在房子的东边十来米处，她要开挖一个大水潭。我一直不知道她要挖这么一个很深的水潭干什么。挖了没多久，村里来人了，站在不远处的路边，手摇摇，叫挖土机歇手。母亲出来论了几句理。她哪里论得过满口条文政策的村干部，最后以她走进门去为结局，也就是说，她干脆不搭理他了——可在我眼里，她简直是落荒而逃。翔厚开来的挖土机也只好在暮色降临之前灰溜溜地开回了翔厚，但一个不算很大的水潭，终究还是挖成了。据母亲说，她本来想挖得更大一点，派那么一点用场。究竟要派什么用场，她也没有详细跟我说白，"难道老母要起造一个私家花园吗？"我有一次开她的玩笑，还对着汉良这么瞎猜测。汉良也不置可否。不过，大水潭没挖成，小水潭已在眼前。母亲满打满算，这次重回塔鱼浜，除了要种菊花，种芋艿，种番薯，种玉米这些萦绕心间的农作物之外，还很想饲养鸡鸭鹅（我还调笑她这回只差养天鹅了），一个大半辈子生活在塔鱼浜的老人，对于侍弄农作物和饲养家禽，这份老感情，到底还是不能摆脱。鸭和鹅是喜水的家禽，这点她老人家早就想到了，可是，平屋的周围全是土地，缺乏水源,那么,这就需要挖一个大水潭——原来是想给鸭子与鹅提供一个悠游自在的生态乐园啊。

鹅从此就开始生活在这个水潭里了。一群鹅开始了它们白毛浮绿水的生涯。鹅长大后,走路慢腾腾的,有王者的气度,在群鸭面前尤其显出它们的高贵来。鹅吃草的时候,吧唧,扯一下,吧唧,再扯一下,不紧不慢,从容有序。它们有一搭没一搭地扯着水潭周边的青草,一副天塌下来也不管不顾的样子。鹅吃绿色的草,浑身却长出纯白的鹅毛,干净的鹅毛在阳光中闪出一股丝绸般的质地,而它的一只红嘴,又鲜艳得令人啧啧称奇。鹅很多时候,离开鸭群,独自浮在大水潭的水面上,扭着一条天生的长脖,将一只红嘴,怪不好意思似的藏在自己的翅膀底下。我远远地望过去,它就好像一团白云,在水面上打着千年的瞌睡。

其实,乡下人家养鹅,不见得在乎它的那个鹅蛋。自从我家的小狗柔柔被偷鸡贼药死后,鹅其实站在了狗的位置上。夜里,呆头鹅专门负起看管家园的职责来了。乡里传说,牛眼里的人,山一般大;鹅眼中的人,米粒那么小。所以,牛见了人,温顺俯首;鹅见了人,就不把人放在眼里。岂止它不拿人当一回事,简直就是目中无人。呆头老鹅大老远见到生人走近,回过神来后,头一摆,一沉,伸长脖子,呱——呱——呱地就追过去了,追至生客的腿脚边,胆子大到低下鹅头专啄陌生人的脚踝,还不依不饶。半夜里,鹅的叫声就是一个提醒。拆迁以后的塔鱼浜,只有极少的几户人家赖在原地,不肯搬走。可就是这几户人家,也不拢聚在一起过活,你看黑夜里,各家都亮着灯,可灯光根本连不成一片。如此,拆剩的村庄,让人觉得总是孤零零的。就在安静而有着太古气息的塔鱼浜,大家都需要狗,也需要鹅。需要狗吠,也十分愿意听到鹅的叫唤。

  父母与汉良同住塔鱼浜的最近十年，鸡鸭供蛋，什么调碎蛋、酱焖蛋、煎蛋、蛋夹子夹肉、番茄炒蛋……蛋的滋味依旧没有变化，依旧是满口的蛋滋味，几乎让我回想到十五岁以前的吃福。那几年，我在外地，逢年过节，除了蛋，不时有肥美的土鸡土鸭可以烧吃。而鹅这东西，下的蛋拳头那么大，偏它还不勤于下蛋。鹅蛋到底不如鸡蛋鸭蛋滋味适口。可是，鹅也有时来运转的一天，这不，忽然就传言过来，说鹅蛋可治老年痴呆。于是，鹅蛋一下子涨至五元一枚，还不时有人上门来收买，"鹅蛋有吗？鹅蛋有吗？鹅蛋有吗？"我家的三只大鹅听不懂这弯转舌头的外乡人普通话，它们一同"呱——"的叫一声，吓得收鹅蛋的外乡人连着倒退了三步。

  父亲弯着老腰，走出门来，抢白着应了他一句："卖光了！"

  三只呆头鹅一起绷直脖子，头抬得高高的，若有所思的样子。三条长脖里，这一次到底没有甩出鹅的千古腔调来。我父亲门口的这句话，它们一定听懂了吧。

卷五

昆虫记

蜘蛛／苍蝇／蚊子／乌蠓／蚤虱／蛆虫／壁虎
蜓蚰／洋夹／胡蜂／胡虻／蜜蜂／蝴蝶／蜻蜓／螳螂
蚂蚁／曲蟮／地鳖虫／洞里毛／金眼乌子／老蝉泥
浮子蝶／刺毛虫／瓦刺虫／角蜢／百脚／男儿虫／寸板虫／萤火虫
赚绩／瓢虫／小青虫／蜗牛／米虫／纺绩娘／蚕

蜘蛛

吃饭的时候，一只蜘蛛扔下一根看不见的细丝，嗖的一下，像是乘着它自备的一顶降落伞，垂直地，轻轻松松地，赶赴一个约会似的，挂下来，挂到碗盏中间。蜘蛛张开它那复杂到让我为它担心的八只脚，站稳在厢屋居中的八仙桌上。这是一只奇瘦无比的蜘蛛，长脚细如游丝，一口气就可以把它吹走，可它简直是天外来客。蜘蛛台面上一落座，一秒钟都没有犹豫，窸窸窣窣横着走，速度之快，直教人瞠目。蜘蛛是呼一口气就会飘出去很远的昆虫，它一定知道自己的孱弱，因此从不与人类争胜。它赶紧躲了。它最好的躲藏处是桌板底下。它知道怎么躲，可怜的蜘蛛一生都在练习这个逃生的方法。很快，它就在一桌人的面前消失了。

如同筷筒拔筷的时候掉下一根来，大人在边上，见到这根掉落的筷子，一定会说一句：

"客人来了！"

吃饭的时候，一只蜘蛛不经意地从房梁上垂落下来，大人口里出来几乎相同的这么一句：

"喜事来了！"

我们等了好半天，也不见客人来。这是为什么呢？

严介里的六七户人家，屋子的边上有一条大水沟，下雨天，哗啦哗啦的天落水就会顺着水沟流下去，流入家门口的严家浜。不下雨的日子，沟里是没有积水的。顺着深沟兜一圈，每每会看到瓦屋下面，布满了筋筋绊绊的蜘蛛网。我们找来一根晾衣的小竹竿，竹梢插一个刚绞好的铅丝箍，肩着它去绞瓦屋下面的蜘蛛网。但不要一大早就去绞，太早去绞，蛛网全是湿答答的露水，其黏性就会大减。等太阳收去露水之后，绞来的蛛网才有黏性，黏得着树上的蝉和吱吱吱吱的蝉声。

好奇怪，绞碎过数不清的蜘蛛网，却从没有绞到过一只蜘蛛。绞拍刚触上蛛网，稍一抖动，根本还没有开始绞呢，机灵的蜘蛛就转动它的八只脚，短时间内，它选定一个最安全的方向，轻轻松松，就在我们的眼皮底下逃走了。

苍蝇

最讨厌的事是：午后瞌睡袭来，人躺倒在凉爽的木板上，眼皮重得像压了一块石头，正要入睡，忽然一只饭苍蝇叮到眼睫毛上来搓它的脚，搓它的手，举凡叮停之处，总痒兮兮的，可是，人却一点气力都使不出来。在飘飘忽忽的半梦半醒之间，简直恨死了这只讨厌的苍蝇。

"怎么还不飞走呢，怎么还不飞走呢，这瘟苍蝇，死苍蝇，烂苍蝇！"

半梦中一抬手，啪的一声，连苍蝇的影子都没拍到呢，却重重地拍了自己一个巴掌，把自己给拍醒了。

翻个身再睡吧。等到快要睡着的时候，刚才飞走的苍蝇又飞回来了。这真是叫人哭笑不得的事。

我们对付苍蝇的办法总是有的，屏住气，眼睛牢牢盯住，双手括号一样渐渐地括拢来,括拢来……啪的一声,括号合拢,但好痛的两只手掌心啊。

起初,拍死苍蝇的概率不高,多次的失败之后,开始小有斩获了。

渐渐地,苍蝇一经锁定,任凭它双脚搓得起劲,已经很难逃脱我们的手掌心了。可是,苍蝇是恶心的家伙,拍死在手心里,烂腻腻的,很不爽气。赶紧去洗手,肥皂打了一遍又一遍,还是不放心……再说,苍蝇哪能拍得完呢?

于是,买来一个小巧玲珑的苍蝇拍,香烟盒大的一个塑料拍子,打起苍蝇来,噼——啪,噼——啪,还虎虎生风。塑料拍底下,苍蝇尸骨累累。镬盖、灶头、八仙桌、墩头板上,到处是拍死的苍蝇。可是,苍蝇的种族不见得从此就有所减少。苍蝇的援军正从各个角落里汇集拢来,简直万死不辞啊。苍蝇拍不胜拍,没有一个消停的办法,人与苍蝇的大战,不会因为我刚刚打死了一只而结束。

于是,再去买来苍蝇贴。这是一张充满了诱惑的毒贴。苍蝇叮上去,纤细的脚立即就被粘住了。苍蝇黑压压地死在苍蝇贴上。如果一只苍蝇的死尚不起眼,一群苍蝇的赴死,也会令人起惊。看到苍蝇贴上堆积如山的死苍蝇,呕吐物似的一团黑,我们就眼不见为净吧。可是,我们身边的苍蝇依旧飞来飞去,来搓它的脚,来搓它的手。从数量上讲,苍蝇根本就没有减少的迹象。

人类与苍蝇的斗争,我终于明白了,只见一匹匹苍蝇死去,人类一次次试图洗手不干,但说到底,压根儿占不了什么上风。

在我们塔鱼浜村,苍蝇不计其数,尤以灶头间为最多。午后,田间地头回转,大人掀开镬盖,苍蝇就会轰的一声乌云一般腾空而起。镬盖盖上,苍蝇又迅速聚拢,仍旧搓手的搓手,搓脚的搓脚,展翅的展翅，叮人的叮人，本性无改，一秒钟都不肯消停。苍蝇们聚集在灶头间，甚至爬满了一根垂挂饭篮的尼龙绳，密密麻麻的，整个绳子都是。难以置信，这尼龙绳简直就是苍蝇搓揉而成。我每次看到这苍蝇的绳子，总会吓一跳。这情景，依稀想见生产队的社员们集中在木桥头毛发林家开大会，起初鸦雀无声，一散会，兴兴轰轰，简直一种非同寻常的闹热。

不过，我得说，这都是饭苍蝇，不算顶顶恶心，顶多是讨厌，还不算特别的憎厌。

有一种叫作金苍蝇的，个头比饭苍蝇大得多。金苍蝇俗呼污苍蝇，它的头，绿光闪闪，脚上独多粗毛，喜欢追腥逐臭。家里只要翻鸡鸭的肚肠，或杀鱼，特别是翔厚集镇上绰号"三百三"的那个咸鱼摊上买来带鱼、鲞鱼或油筒鱼，墩头上一放，这种污苍蝇通灵通仙一样，不知从哪个角落里飞出来，顷刻之间，全赶过来了。平常日脚，它们其实很少光顾老灶头的。

灶头上的菜油碗或豆瓣酱碗里，常会见到淹死的饭苍蝇，而金苍蝇从来不会淹死。盛夏"双抢"收工，稻地上吃乘凉夜饭，咸菜豆瓣汤里，浮起一只老黑如咸菜叶子的饭苍蝇，不必奇怪，只需你筷头一挑，甩出去就是。稻地上，早有一只红冠的公鸡墩墩墩跑过来，长脖一伸，尖喙一点，苍蝇早就入了它的饿腹。这也不必大惊小怪的。

蚊子

夏天的蚊子和冬天的跳蚤，不用怀疑，它们就是一对讨人厌的活宝。其实太阳很高很大的盛夏,晚上的蚊子没那么多。蚊子真正多起来,是在秋天,秋雨过后,忽然就更多了。漆黑的夜里,大蚊轰鸣,极易叮上肉身,间或还有一种极爱缠斗的花脚蚊,瞻之在前,忽焉在后,须得跟它斗智斗勇。

对付蚊子的方法之一是装蚊帐。那时的蚊帐由纱布制成,顶端的两条边各自套在一根小小的竹竿里,四个竹梢头绑上直竖的四根小竹,互相绑定即可。蚊帐搭起,帐子里面如果有蚊子,简直就是瓮中捉鳖。对付蚊帐里少量的蚊子,母亲的办法颇与众不同,她通常移过来一盏洋油灯,一点一个准,一一烫死它们。她烫蚊子的手法,简直一绝。她看到一只蚊子,绿豆大的洋油灯火迅速靠拢,一点,嗞的一声,可怜的蚊子滚落下来,一边的我随即捡起来,拇指和食指稍一用力,早就掐死了事。

后来市场上有蚊子药水出售,一个四角方方的玻璃瓶,装满无色的药水。洗好澡,手心倒一滴,搓一搓,两条腿上擦一擦,凡擦到的地方,蚊子就不会叮咬了。但据说药水毒性重,就有点忌讳,也就从来不敢多涂了。药水的药性还是有时间的,每到夜里九、十点钟,药性就过去了。

蚊子吃血前,那顽固不化的嗡嗡嗡,很容易让它送命。半夜里,瞌睡蒙眬间,蚊子嗡嗡嗡,盘桓在枕头边。这时,只要凝定一个意念,瞅准一个时机,伸手一捋,任它多狡黠,也休想逃出生天。

乌蠓

正式的名称是蠛蠓,乌蠓是蚊虫的一种吧。蚊子爱单打独斗,乌蠓却是成片的小虫，好像春初水里的毛毛混（小蝌蚪），来来去去一大丛，以群体取胜。乌蠓叮人，塔鱼浜的土白里只一个词：中。这是一个动词。所谓"乌蠓中"，就是乌蠓一哄而上挨身叮咬的意思。夏秋两季，夕阳西下的时候，弯腰种田已进行多时，抬起头，擦把汗，远远地，总会看到一丛乌蠓，向落山的太阳飞去，也或许会向满脸泥巴的你飞来。好几次，我双手满是泥巴，从水田里直起腰来。乌蠓乘机来"中"我的脸孔和耳根。好像它们知道这会儿的我不能拍打它们。它们此刻肆无忌惮。这些哑巴的小虫，没有一点声响，简直如一朵黑云，翻翻滚滚，摆一个阵势过来。乌蠓还会跟人。一身臭汗的人，走到哪里，头顶总会有一群乌蠓跟过来。乌蠓撞上你的额头，简直是麻钝钝的感觉。乌蠓不会撞死在你的额头上，你闭了眼，小心不让乌蠓撞到眼睛里去就是了。只一会儿工夫，你的额头就穿过了乌蠓的阵脚，那种麻钝钝的触觉一下子就消失了。谢天谢地，乌蠓飞到别处去了。可如今，我仍不知道它们究竟飞到什么地方去了。

蚤虱

别不好意思说。我们小时候，哪个没有被蚤虱咬过？说句实话，比起蚊子来，我不觉得蚤虱这玩意儿讨厌。冬天，穿着厚厚的绵衣绵裤（棉衣棉裤），突然，身体的某个地方忽发奇痒，那一定是着了蚤虱的道儿。手臂够不着，没法抓痒，那就干脆背脊靠上白粉墙，搁着厚厚的衣服在墙上不停地蹭蹭痒吧。这种事，木桥头西边第四家的毒头阿大，最是拿手。这鼻涕连连的家伙，常戳着小阿六家廊檐的墙壁,吭叽吭叽蹭痒。整个冬天,毒头阿大的背央心,时常地,印着一个白粉墙的印子。我们到底和毒头阿大不同。我们一般用扯动衣服来止痒,而这时候如果有母亲的一只手伸到贴肉的里面搔痒,这里这里,那里那里,我们大呼小叫着,很过了一把抓痒的瘾。可母亲恼怒了,一声断喝:"到底哪里?""背上全是呀!"于是,母亲的手在背脊上满身游走。接着,背脊上一拍,抽手而出。那一阵子,通体舒坦。

捉蚤虱也是一件有趣的事。被子里,手指头用口水濡濡湿,伸到痒处,一捻,一摁,指肚上感觉有货,渐渐地挪到另一个指肚上,摸到灯光下一看,果然是一只黑乎乎的小虫。用指甲"哔"的一声掐死。若掐不死,就搁门牙咬死它。总之,一定要它死。那是很有成就感的。

蛆虫

我们把蛆虫的种归结到金苍蝇身上,一直说它是金苍蝇的屎拉在秽物里而结出的恶虫。这个说法,在夏天的酱钵头里得到了小小的证实。夏天农家做豆瓣酱,酱的黑色素需要太阳连续暴晒获取。这一钵头酱,每天都需要端到太阳底下,接受太阳的检验。尽管钵头口上老是盖着一张绷紧的丝绵兜,但仍挡不住金苍蝇频频光顾。金苍蝇来了,停在钵头口,手脚一搓,屁股一撅,一粒屎就拉到了酱钵里。很快,白色的蛆虫就长出来了。所以,我们每天晒酱前,总要用筷子搅动豆瓣酱,一边给老酱翻身,一边捞出酱里蠕动的蛆虫。蛆虫是不洁之物,可它偏有一种看上去清爽的瓷白。上帝造物，也真有意思。

蛆虫以后门头的茅坑为最多。每隔几天，父亲总要拉开坑板，挑粪浇菜。那些生活在黝黑茅坑里的污蛆虫，这会儿让我全看到了。这会儿，它们漂浮在黝黑的清水粪里，被父亲晃晃悠悠挑到后门直对的菜地里，羼入河水后，拿一把长柄的舀子舀了去浇菜。至于污蛆虫会不会是一种什么有机肥料，这我就不知道了。

壁虎

虫以善捕蝎、蝇而得虎之威名。壁虎细鳞四足，灰黑色，大头，暴眼，尾巴很长，简直就是动物园里一条凶猛的鳄鱼的无限缩小版。但，事实上，壁虎很胆小，一遇敌害，转身就跑，逃命的时候，还会自断尾巴，简直狼狈。壁虎自行了断的一截小尾巴，还会在地上吧嗒吧嗒跳动。大人们因此告诫我们，不可捉玩壁虎，壁虎的断尾钻入耳朵，耳朵会聋。因了这一条告诫，我们见到壁虎，也只有瞪瞪眼，束手而已。夏秋之间，壁虎常伏在塔鱼浜老屋斑驳的白粉墙上，一动不动地等待捕捉蚊蝇成功。见到墙缝，它也会钻入，可我们完全不知道，在那么狭小的墙缝里，壁虎是怎么掉头转身的。仅仅一小会儿，壁虎又露出它的头，夸张地偏转一下头的朝向，眨眨眼睛，很机灵的样子。壁虎的一双暴在外面的大眼睛，水汪汪，很清亮，也很无辜的样子。无论它停歇在墙壁，还是玻璃窗上，总觉得它一直在盯着你，逗着你玩似的。无声的、孤独的壁虎，是不是我们不去玩它，它就有那么一点闷闷不乐呢？这我就不知道了。

蜒蚰

小时候觉得蜒蚰像小屁孩鼻孔里的一条鼻涕。小时候的感觉总是对的。蜒蚰通俗的称法就叫鼻涕虫。清早，灶头上总会见到一两条蜒蚰，张开两对触角，被它自身的一堆透明的黏液挟裹着，缓慢地爬行在墩头板和灶头的边沿，也或者镬盖或蒸架上。蜒蚰跟蜗牛很相像，只不过，蜒蚰没有壳。蜒蚰经过之处，总有一条湿答答的水痕，这跟蜗牛稍许不同。蜒蚰无毒，但触手恶心，我一般不愿意接触它，家里见到，多半用棒条挑起，甩到小天井里，至于它是死是活，也就管不了那么多了。有一年，大弟伤风感冒，久治不愈，咳嗽不断，母亲不知哪里听来一个民间偏方，捉了一条蜒蚰，硬是叫大弟吃了下去。为什么想到要吃一条蜒蚰，可能是蜒蚰的柔滑，对于咳嗽引起的喉咙破损有好处吧。大人的想法，那时总猜不透。幸亏我不曾吃过这么一条滑腻腻、浑身是水的鼻涕虫。

洋夹

即天牛。天牛是后来知道的昆虫名。我们小时候称之为"洋夹"。"洋"字言其大吧。那年头，凡带"洋"字，一指外来货，二径言其大，如"洋卵泡"云云，极言其大。至于"夹"，很可能是这虫子头角上伸出的两根触须，形同一夹。洋夹——我以塔鱼浜惯常的土白口诵此虫——的两根触须，长得实在威武，很有一点京戏里穆桂英元帅后背插的两根野雉毛,在背后极有弹性地弯过来又弯过去,威武,柔韧,兼以标示自己的身份。简直令人艳羡。

夏天,午后,我曾在木桥头北堍等翔厚镇上的"三百三"(绰号)背着棒冰箱子来卖冰箱。这个时辰,边上的泡桐或柳树上,总会飞下来一只洋夹。其实,我们见到洋夹,略微有点害怕。我们不熟悉这种虫的习性,也不曾听见它发出什么声响。我们最多扯一扯它的两根黑亮中带有白圈的好看的触须,玩够了,就放它走了,并没有要弄死它的念头。但毒头阿大不这样想,这缺了一根筋的戆大,非要划燃一根火柴,专烧它的触须和头脚,于是,一股焦臭的气味,弥漫在塔鱼浜的小桥头,经久不散。

胡蜂

胡蜂在村子里不受待见。吃饭的时候,大门里飞进一只胡蜂,主妇哪怕端着一只饭碗,饭也不吃了,立即将之追打出去。追打的工具,很可能就是一柄笤帚。胡蜂是吃不得亏的家伙,逃回巢穴后,隔一歇工夫,呼朋引伴,带回来几个同伴助阵。胡蜂们围着刚才追打它的主妇,很凶悍地叫嚣着,挑衅着,从各个方向,作势要叮咬她。所以,村子里的胡蜂窠,尽管也就两三个吧,大人一再告诫我们,那是捅不得的。若不相信,你倒试试看。南埭的毒头明珍就是一个例子。有一次,明珍家稻地外靠河的一棵杨树上,胡蜂来做了一个胡蜂窠,眼看着这窠就要做成了,明珍牙齿咬咬紧,喊了几声"你爷,你爷不怕",风风火火取下廊檐下的一根晾衣竿,眯着眼,将一个碗口大的胡蜂窠三下两下顶了下来。胡蜂窠落下来的那会儿,胡蜂一只一只从窠里飞出来,它们瞬间就形成了一个战斗的阵势,轮番追咬嗷嗷直叫的女人,可怜的明珍,她的头,在这一阵的叮咬之下,肿得笆斗那么大了。所以,有经验的家伙,竹竿顶下胡蜂窠之前,一定会事先用衣服将整个头包好,只露两只眼睛。此时,吃亏的当然只有胡蜂了。

我家稻地外的一棵枣树上,也曾有过一个胡蜂窠。真是罪过,我记得是用砖头、瓦片"笃"[1]它下来的。胡蜂是一个记仇的家伙,毁了它的家园,它当然记得,它就三番两次来追叮我。胡蜂终究没我跑得快。可是,尽管我成功脱离它的追咬,我那时也是吓得不轻。

胡虻

在塔鱼浜的土白里,胡虻的叫法尽管也带一个"胡"字,样子跟胡蜂也有那么一点相像,可它们是两只完全不同的昆虫。胡虻也叫牛虻,牛虻知道的人就多了,也叫牛苍蝇,因它的形体太像一只特大的苍蝇。胡虻最夸张的器官是它的眼睛,细细观察,会发觉,这哪是眼睛,简直就是一副酷毙的太阳镜,灰色,黑色,甚至青绿色的都有;也或者,后来,那些看上去很卡通的太阳镜,就是仿照胡虻的复眼而发明的吧。且说自然界,嗜血基本上是昆虫的本能。在这方面,雄性的胡虻要仁慈一点,雌性的胡虻吸牲畜的血,吸起来简直不要命。田间地头,可怜的老黄牛就被这小小胡虻欺负

---

[1] 塔鱼浜土白,掷的意思。

了成千上万年，除了用尾巴扫扫拍拍，到现在，牛拿它也一点办法都没有。田夫田妇夏天去田坂干活，半路上，如果劈脸碰到一只胡虬，那一定是很讨厌的。胡虬会前前后后一路追着你，不依不饶。有时候，还会挑衅似的，贴过身来，围着一个人的头脸一圈又一圈地飞转。胡虬的那双强大的翅膀，快速旋转而制造的气流呜呜呜呜地轰响着，给人造成一种声音上的恐惧。不过，胡虬如果碰到一个会玩的乡村少年，那也是它活该倒霉。且不说卸下它的翅膀、刺瞎它赖以骄傲的眼睛之类残忍的玩法，我这里略说一种，以备观览。其法：活捉胡虬两只，大小麦管四根（长短适度），牙签一枚。先将一根小麦柴对折，夹住其中一只胡虬的屁股，麦管一头插入另一根稍大的麦管；以同样的方法，这根稍大的麦管的另一头，插入另一根夹住胡虬屁股的小麦柴。注意，两只胡虬，屁股对屁股。至于它们的头，一定要朝相反的方向。最后一环，牙签外套麦管，挂起夹着胡虬的那根麦管的中央。一切准备停当，令捏住胡虬翅膀的小伙伴松手。胡虬骤获自由，本能地张开翅膀，开始了想当然的展翅飞翔。这一刻，滑稽的一幕出现了：一只胡虬向东，另一只胡虬向西；或者，一只胡虬上南，另一只胡虬入北。两只急速拍动翅膀的老胡虬，各自形成一个相反的力。它们挣不脱夹住它们屁股的麦管，反倒使得这根夹着它们的麦管迅速转动起来。围绕着一枚竖立的牙签，一架活动风车就这样制成了。这也是一种小有意思的玩法。

蜜蜂

蜜蜂不似胡蜂那么凶悍，它是一只温和的小虫。它还会唱歌，简直是男低音,有着春天的行吟诗人的低语。蜜蜂是赶着油菜花的花期回来的。蜜蜂除了整天围着油菜花转圈,它的另一个去向,就是一堵泥砖砌成的土墙。它在那堵斑斑驳驳的断垣上打洞营巢,试图做它们外出采花酿蜜的行宫。它们哪里知道,村里的顽童们,一手拿着一个玻璃瓶,一手捏一根稻柴芯,早早地等候它们多时了。一只只蜜蜂,不得不顺着这根稻柴芯爬出来,很不情愿地被装入小玻璃瓶。需要它们的时候,顽童们倒出其中的一只,将它的前后身一掰为二,专门吮吸它那一丁点可怜的蜜汁。掰成两半的蜜蜂,一时三刻还死不了,还各自蠕动着,似乎有着合成一身的意思。惭愧,这实在是很残忍的事。

蝴蝶

每个塔鱼浜的小屁孩必定追逐过蝴蝶,也曾试图捕捉并翅歇力或交配中的蝴蝶。但,捉到美丽无匹的蝴蝶,不是那么容易的事。大自然中若要寻出一种美丽而不可方物的小昆虫,我以为非蝴蝶莫属。蝴蝶的翅膀,天生有道道神秘的花纹;蝴蝶扇动双翅,瞻之在前,忽焉在后,很像水波的起伏,非常富有弹性。换句话说吧,蝴蝶飞行的姿态,实在是曼妙而不可言。我曾痴痴地想过,如果来世做一只翅膀比身体还大的蝴蝶,生活在百花地面的塔鱼浜,那也是一次不错的还魂吧。藉着一对自由的翅膀,自在地过完尘世的一生,这又何尝不是一种美好的选择。

蝴蝶是春天飞到我们塔鱼浜的吗?小时候根本没有想过这个问题。但我不时看到各种各样的蝴蝶翩翩飞临。有时候还不经意飞进了大门，在厢屋，满室飞行，引得我们的眼珠不停地四下里溜达。蝴蝶太轻盈了，像灵魂一样轻盈，很不容易捉到。在三分田横头，我还真的追逐过一只蝴蝶。记忆里的这一只蝴蝶，飞飞停停，停停飞飞，好像专跟我逗乐似的。有些小毛孩浑然不顾蝴蝶满身的粉尘，喜欢拍蝴蝶来玩。我也拍到过，但我最多捏住它的两片翅膀，拎起来看一看，就放它走了。我受不了它扑翅而来的粉尘。我还看到过老猫戏蝶的一幕，忘记发生的时间了，但我记得这个细节。这个细节也许值得我记录下来。在我家的廊檐下，晴好的天气里，忽高忽低，飘来一只蝴蝶。那时候，家里的花狸猫正在稻柴堆上打瞌睡，不安分的蝴蝶扇动翅膀，恶作剧一般，低低掠过花狸猫的胡须根梢，老猫一个警觉，两眼放出精光。猫的视力多么惊人，在它眼里，据说大小动物们的动作，全都是慢动作。且以一条蛇为例吧，蛇的动作，多么迅速，可是，蛇要想咬到猫，想都不用想的。每次蛇头一伸，猫早就轻轻松松跳开了。但是，老猫要抓到蝴蝶，也绝无可能。或许，老猫只是想逗一逗蝴蝶，恰好蝴蝶也想逗一逗老猫，两相正好较上了劲。老猫伸出一只脚，用它的梅花爪，撩拨蝴蝶，蝴蝶稍一振翅，就飞开了。蝴蝶一到空中，猫就没了主意。但蝴蝶偏要停落在离猫不远的前方，诱使老猫的玩性。果然，老猫开始起跳，两个前爪一剪，扑一个空。老猫不甘心，它很专注地扑跳，但扑了半天也扑不到蝴蝶，只好伸个懒腰，作罢而回复到刚才的瞌睡里。蝴蝶呢，抖抖翅膀，得意地得胜还巢。可见蝴蝶也是贪玩的。这一幕，与其说老猫戏蝶，还不如说蝴蝶玩猫于振翅之间来得可信。说真的，不知道谁玩谁呢。

小泉八云曾撰《蝴蝶》一文，引子规的咏蝶俳句如下：

在红花上的是一只白的蝶，我不知道是谁的魂？

蜻蜓

盛夏的黄昏，夕阳已经收起最后的余晖，严家浜的水面上，常有大群的蜻蜓飞来，翅膀硬驳驳，好像这些家伙穿了浆过的杜布衫似的，只听得天空噼噼啪啪的振羽之声。一队队蜻蜓，像一列列直升机似的快速飞过。这样的情景，整个夏天总有好几回。这些蜻蜓要干什么呢？它们为什么那么急急地飞来飞去，像没头的苍蝇似的？对于这个问题的回答，并不比扫帚星为什么滑过天空来得容易。但确实，蜻蜓最喜欢出没在阵头雨来临前的幽暗时刻或黄昏时分。这时候的蜻蜓，明显地让人觉出它们的焦躁不安。严重的时候，它们制造的紧张气氛，以为还真要出什么大事呢。

大太阳直瞪着眼睛的午后，蜻蜓的飞行就没有那么激烈了。严家浜里那一根根拴着水草的竹头上，总会停着一只并拢翅膀的暗绿色的蜻蜓，好像跟大人一样，小小的蜻蜓飞累了，也学会了偷闲打个中觉。

蜻蜓飞行速度奇快。这一定源于它有着非比寻常的视力。稍稍观察它的头，简直大吃一惊。蜻蜓的眼睛几乎占了它的头的大部分。一条骄傲的尾巴，各种颜色都有，像铁耙柄似的直直一根，这在飞行中应该起一个平衡作用的吧。蜻蜓身上最宝贵的当然是它的两对透明的翅膀，它们要是转动起来，都看不清楚它们是怎么抖动的。因为这一对骄傲的翅膀，平时我们很难捉到动如脱兔的蜻蜓。

如果捉到，最倒霉的也是这一对翅膀。它们多半会被我们大卸下来，扔到流动的水面上。可是，捉到的蜻蜓，它不会叫唤，而不会叫唤的昆虫，也就少了一种告饶的假象，那我们捉来干什么呢？

村子里没有荷花。蜻蜓如果停在亭亭如盖的芋艿叶上，如果芋叶的凹处恰好有一滴滚来滚去的水滴，那也是很有意思的吧。

螳螂

螳螂身上的绿是透明的绿，绿得鲜嫩，不掺一点杂质。因为它的这身绿，我喜欢螳螂胜过其他昆虫。螳螂诚然是很好看的，三角形的头，小巧而玲珑。螳螂的穿着打扮也很有古典的衣着之美，一身长裙，天生还配有宫廷贵妇的曳地裙撑。螳螂平时的动作也极有宗教徒的仪式感，两臂收起，抬在胸前恰成一个祈祷的姿势。我简单的昆虫学知识告诉我，做一只雄性的螳螂很不幸，但也很幸福。雌雄螳螂交配刚结束，性高潮的快感尚未消退，雄性螳螂就主动把自己喂给了雌性螳螂，以慰勉它接下来生儿育女的劬劳。这简直有点萨埵那太子舍身饲虎的精神。倒是那一只胃口大开的雌性螳螂，很难博得同情和赞美。螳螂家族延续下来的这一交配习惯，幸好只是罕见，不具有代表性。

蚂蚁

夏天，无事可干的时候，我曾观察蚂蚁搬家的全过程。一队永远劳碌的蚂蚁,抬着一粒对它们来说显得过于庞大的饭粒,急匆匆地往自己的洞穴里赶。很奇怪,没有一只蚂蚁偷懒,也没有一只蚂蚁肯落后于另一只蚂蚁。其中有只特别机灵的蚂蚁,大概半途嗅到一点其他食物的气味,它停下,嗅嗅闻闻,逗留有时,直到它再次返回蚂蚁的大军中。此刻它已经落下蚂蚁的运输队有很长一段路程了,突然,它加快步子,急急赶去,继续参与到搬抬饭粒的大行列中。众蚂蚁奋勇争先,生怕落后。蚂蚁的这种团队精神,还真需要人类好好学习。

在一片白铁皮上放一点古巴糖,我曾诱来黑压压的一大群蚂蚁。然后,将爬满蚂蚁的白铁皮放在火上慢慢加热。起初,蚂蚁浑然不觉,沉浸在古巴糖的甜味中。渐渐地,它爬行的动作有所加快。等到意识到白铁皮的热烫时,蚂蚁们待不住了,爬行的速度越来越快,但如此密集的蚂蚁,也根本不会撞头。当蚂蚁意识到这种火烫最终会要了它们的命的时候,热锅上的蚂蚁这一幕就出现了。最后一刻,我断然抽去了白铁皮下的洋油灯火。是的,蚂蚁不似蚊蝇或其他臭虫,人不能动用主宰者的权力,而任意毁灭一群像蚂蚁一样无害于人类的小虫。意识到这一点,我已经长大。

曲蟮

蚯蚓,我家乡叫曲蟮。曲蟮拉出的屎叫曲蟮污泥。筷子长的曲蟮,也像一根用旧的筷子。可筷子总有一个头的,曲蟮却没有。也或者,曲蟮有两个头。反正,在我们看来,曲蟮的这个头与那个头完全一个模样。曲蟮既可以从这头爬走,也可以从那头伸去,也从来不会出现两个头同时往前爬的情况。我们对曲蟮干下的最不可饶恕的事,就是用瓦片照准它的身子中段,辣手一拉,可怜的曲蟮,顿时一卸为二——谁叫它有两个头呢!

曲蟮吃的是泥土,拉出来的也还是泥土。泥土往曲蟮身上经过,几乎看不出有什么变化。只是曲蟮拉出来的泥土,像一堆乱蓬蓬的线,那么纤细,如地底世界泛上来的一丝幽幽的光,也或者像倩女离魂的那个魂。

有些小动物,天生就是为了来给别的动物果腹的,曲蟮就是。家里的洋白鸭、船鸭太喜欢吃曲蟮了,见到曲蟮,一把一把往肚里吞,一点都不含糊。

鱼也爱吃曲蟮。但曲蟮不生长在水里,鱼一般吃不到。鱼吃到的是钓钩上的曲蟮。鱼连钓钩一道吃下去。

有一种红殷殷的小曲蟮,躲在屋脚边的断砖底下,翻出来,装钓钩上,去木桥头钓小鱼,一钓一个准。

地鳖虫

棕黑色,一大群(它们是一个家族的吗),总喜欢蒙头藏身在松松的泥土里,盔甲一样的身上蒙着一层灰土,平时还真难见到它们。我在《厢屋》(卷二)一文里写到它们,此不复赘。地鳖虫的样子与水里的鳑鲏鱼有一比,两者都呆头呆脑、天生笨拙的那么一个形象,所以,它还有一个充满嘲讽的以虫拟人的名字:土鳖。土鳖尚可,如果被人骂作老土鳖,那就大不妙了。

洞里毛

总觉得这是一种很会生活的小虫。每次看到它,就会觉得它太惬意。其实我们根本叫不出它的虫名。有一年,我们光着屁股在严家浜机埠附近的深水潭游水,游了一会儿,上岸,来到河南的杉树林里换短裤,突然看到它从杉树上放下一根丝线来,并垂下一间自带的屋子,茧子那么大,形状有点像幼童的立桶。它就这么不出声地躲在里面,间或露一下头。但大多数情况下,它就待在自带的这个小洞里打着一个与世无争的瞌睡。

金眼乌子

不像知了和老蝉,它是没有声音的。它的头很小,看起来有点孤独。它很会飞,吠的一声,打一个弧度,就远去了。飞累了,它停到树上,抱住枝条,背上的硬壳一掀,隙开一条小缝,两个翅膀灵活地塞回身体,绝不拖泥带水。它的背壳,硬邦邦,乌黑中透出亮光,像一副涂了油的金属盔甲。

我们是怎么捉到它的,很有点模糊了。捉到它,就在它的后脚系一根棉线,另一头绕在手指上,一丢一丢地把玩。它很会装,捉到它的时候,它知道跑不了,开始装死。全身僵硬,一动不动,伸开的脚也不缩回,翻过来,叫它六脚朝天,它也就一直僵硬地半伸着,一动不动,真像死了一样。可是,稍不注意,它就吠的飞走了，速度快得惊人。

老蝉泥

老蝉像一个国字脸的黑脸将军，它的叫声，是辽阔的单音节——曜——辽阔而绵长，居高而临下。叫声再结合它的形象，它就是一个威武威严的将军。它爬得极高，喜欢歇在塔鱼浜最高的朴树那根最不容易发现的枝丫上。换言之，知了不免被捉的命运，老蝉却不易捉到。整个夏天，我们以捉到一只老蝉为乐事。但，老蝉根本不给我们下手的机会。它像一位昆虫世界的王者，占据一个制高点，自由散漫地在整个乡村的头顶倾倒它的热情，不，它也在倾诉它辽阔而无人理睬的孤独。最后，我要说一下老蝉后缀的那个"泥"字。泥，据音，是不是老蝉是从泥里脱胎而来的缘故？不是，这个"泥"字，是一种声音的拉长，等同于塔鱼浜人对一只小虫的尊重。

浮子蝶

如果说知了是它的大名，浮子蝶就是它在塔鱼浜专用的小名。雄性浮子蝶的叫声出现在盛夏，高分贝里有一股滚滚滔滔的热力。不断加入或扩大的叫声，会织成一张很大的网，罩住整个塔鱼浜。雌性浮子蝶像个安静的小修女，个头小巧，尾巴尖翘，细如一根针。早先的时候，孩子们不喜欢雌蝶，因它不会叫。雄性个头大，叫声响亮，好像整个夏天都应该是它的。捉浮子蝶（主要是针对雄的），我们最早用蜘蛛丝绞成一个丝拍，举起来，对准树枝上一门心思叫喊着"热死了热死了"的浮子蝶，果断地一按，这可怜的昆虫，两只稀薄的羽翅，就牢牢粘在丝拍上了。一阵乱抖，由原先悠远绵长的歌吟一变为抖颤的求告声，这小虫感觉到了被捉的惊恐了吧。最后，仍不免束手就擒。当然，也有极机灵的，当我们举着拍子，还没有挨近时，一声尖叫，天空中划出一条弧线，它早就飞走了。逃逸的过程，还不忘拉下一阵急尿，恶作剧一般，夹头夹脑，喷下来，溅你一面孔。

刺毛虫

小时候见过两种刺毛虫，一种棱柱状的，浑身长满会蜇人的刺毛，青色为多，也有五颜六色的，其中有形如棺材状的，我们就叫它棺材刺毛，这种刺毛虫看起来模样怪异，骇人，刺一口，其实也没什么大不了；另一种扁平状，拇指甲大，青色，边缘有一圈短刺，这种刺毛伏在黄豆叶或桑叶的反面（可见刺毛虫是专以吃叶为生的），轻易不被发现。这种拇指甲大的刺毛虫，刺一口，火辣辣地痛。刺在手指上，会疼到胳膊和胳肢窝都有感觉。夏秋两季，在自留地里干农活，很少不被刺毛虫刺到。将黄豆秆连果带叶拔回家，扔自家稻地上，采摘的时候，最容易被刺中。家里的老母鸡，见了刺毛虫，还以为什么美味，激激激奔过来，啄一口。只啄一口，发觉上当，掉头走开。刺毛虫，连鸡都不喜欢。

瓦刺虫

7、8、9月份的大晴天,走在自家的瓦屋之下,脖子里时常会落来一阵火辣辣的痛,反手摸一把,又什么都没有摸到。但我知道,这是着了瓦刺虫的道。第二天一早以为不痛了,摸一把,简直一个激灵,汗毛都竖起来。这种"劲劲劲"的刺痛,断断续续会持续好几天。瓦刺虫,顾名思义,是躲在瓦翘里的刺毛虫。这种虫长什么样子,我几乎已经忘记。回想起来应该是灰黑的吧,也不过一只米虫的样子。它从瓦楞沟里掉落下来,正好经过我的脖子。它要去的地方是溜光滑沓的泥地。它是死是活我不知道,但我被它刺得怒火中烧。因为它住得高,我们简直无雪耻报仇的机会。一年中,我们也只有想出一个办法——给它弄座房子上去,好好地安置它。这就是每年清明节的晚上,我们吃好螺蛳,螺蛳壳一把把撒向屋面的原因。我们希望它永远住在螺蛳壳里,不要落到我们的脖子上——落到我们的脖子上它也是没有好下场的。

角蝱

长坂里,也或者去长坂里的半途。蟹洞田南边的一小块平地上,秋深了,妇女们开始抽扯番薯藤,男人们举起铁耙垒番薯,挑担。这是塔鱼浜分成邹介里和施介里两个小队之后施介里的一次集体出工。难得这一次出工我还留有记忆。说白了,我这一次的记忆是被番薯藤拉起后噼噼啪啪蹦出来的角蜢叫醒的。我记得角蜢这种小虫,全都生活在这块无名之地,以及这个天快擦黑的傍晚。

角蜢是一种善跳的小虫,也叫草蜢,还有一个更优雅的名字叫蚱蜢(我们古典文学中有一艘李清照掌舵的文学之舟叫作"蚱蜢舟"),但我还是愿意遵循塔鱼浜人的古老叫法:角蜢。角,读如郭;蜢,读如莽。我的嘴唇轻轻一启,角蜢就飞跳出来。我用一个词来形容它吧:鲜龙活跳。

百脚

蜈蚣这种长虫,因为天生多脚(实在有点多),所以叫作百脚。至于它是不是真的生了一百只脚,没人会去较真。再说百脚这个虫名好记,也很形象,我们就这么叫上了。百脚喜欢晚上出来,昏暗的洋油灯火下,照到一条缝隙里爬出来觅食的百脚,母亲一定会尖叫一声。捉百脚最好的办法是用两只竹签,一头钉一只,但钉上一只竹签(通常是先钉它的头),它的另一头以及整个长身就会蜷拢来,绕成一个小团,这就需要钉上它的另一头后慢慢绷挺,再钉于地面。这个游戏对于这种小虫实在有点残忍。但我们从小就知道,百脚是不能碰的,它是一种有毒的虫。如果它爬出来,被我们见到,也或者屋角边一铁耙垦出一条,那它必死无疑。它是可以入药的,但我从来没有拿它换过小钱,尽管我小时候,钉死的百脚似乎也不在少数。

男儿虫

不知道它的学名,只知道它叫男儿虫,得用塔鱼浜方言来说,不能用普通话发音。为什么这么称呼它,很简单,就是看到这种虫的形状,像极了一个胖乎乎的小男孩,也或者,像小男孩的那只小鸡鸡。塔鱼浜呼人很有意思,普通话"这个人",我们略称"个虫"。这里的"虫",大抵专指男性生殖器官,大抵是"男儿虫"的缩略语。我小时候很不待见这一条胖乎乎的小虫,每次拔黄豆秧的时候,遭遇这么"个虫",只好退避三尺。我是觉得它的满身肉疙瘩特别恶心,故不敢触手。见到它,连同黄豆秧一扔,甩出去老远。塔鱼浜的小屁孩也很少玩男儿虫的,只有毒头阿大例外,这个常年拖着两条鼻涕的小家伙,总把一个肥胖的男儿虫悄悄地藏在裤子袋里,见到小女孩,他就摸出来在她面前晃一晃,小女孩"妈呀"一声惊叫,骂他一声"毒头",捂着脸赶紧跑开。毒头却咧开嘴,呵呵呵呵一阵傻笑,很有成就感的样子。毒头有一次发狠,将男儿虫狠狠地摔在地上,还一脚踏上去,啪的一声,绿色的虫身崩裂,绿水四溅,我这才看清,原来这大虫的身体里涨满了丰盈的绿汁。这是它吃多了绿色植物的缘故吧。可是不久以后,乡村大量使用甲胺磷等剧毒农药,这种虫就见不到了。

寸板虫

即磕头虫,与跳蚤一样,都是很会跳高的小虫。我只见过、玩过黑色的一种，韭菜叶子阔，小半寸长，够小的。我家乡的计量单位长期以来固执中华度量衡之己见，重量以一斤十六两计，长度就用尺寸算。一寸，合三点三厘米，我觉得形容这种小虫还稍稍长了一点。寸板虫应该不到半寸长。虫身以三段论，小头，短促的上半身和舒缓、冗长、挺括的下半身。寸板虫的有趣在于它的会叩头。按住它的尾部，它就会吧嗒吧嗒不间断地叩头，常引得小朋友哈哈大笑。塔鱼浜的小朋友们捉到这种虫，个个兴高采烈，招呼同伴，围坐在八仙桌旁，桌面上的一干物事挕到一边，腾出一块不小的桌面空间，将寸板虫腹部以及不安分的六只脚悬空，朝天。这时候，寸板虫的本事就显出来了，吧嗒一声，虫身弹在油腻腻的桌板上，清脆悦耳，寸板虫跳得当真老高显天的。寸板虫起跳，我们低头，我们须得将头低下，侧看，方看得清寸板虫优美的跳高姿势。它一个前滚翻，翻转身体，六只脚稳稳地落到桌面上，然后，赶紧逃，还没逃几步，又被捉回，不得不重复它刚才的动作。一个磕头虫，我们可以玩上半个时辰，自始至终，也可以乐此不疲。而如果一张八仙桌上有三个寸板虫，一同鼓动它们弹跳，哗哗啵啵，此起彼落，那就相当闹猛了。但寸板虫颇不易捉获。这样的日子注定屈指可数。

萤火虫

严家浜的河埠头几家人家共用，大小三个，都在我家门口二十米开外处。盛夏的傍晚，通常在天黑之前，我们早早去河埠头洗澡，擦干身子，天黑之后，一般就不会去那里了。小孩子，毕竟有点怕黑，况且大人再三告诫我们，河埠头两边的草丛里，有赤练蛇和水蛇。我呢，还多次看到过秤杆长的水蛇。且说异常烦热的一天，午后下了一场骇人倒怪的阵头雨。倒霉的是，我在自家的稻地上摔了一跤，浑身泥巴，膝盖还碰破了皮，不得已去河埠头。这时候，天已擦黑，地上的草丛，我突然发觉，已经葳蕤到哗啦啦的一大片了，好像刚刚长出来似的，湿答答，挂着还没有掉落的水珠。这个场面，我像是目击到了地理书上描述过的热带雨林的景象。而最惊奇的，是东洋草爬满的河对面的岸滩边，忽然移动着数不清的星星点点的萤火，就在离我十米之外形成了一条炫目的光带。这是我第一次见到这么多的萤火虫，而且是在塔鱼浜。我此前从没有在塔鱼浜留意过萤火虫，此后也不曾记得在塔鱼浜有印象深刻的观察萤火虫的经历。

另一次是在石门回塔鱼浜的半路上。应该也是雨后的夏天七八点钟的晚上，我和母亲从石门步行回塔鱼浜老家。走到李庄北面石匠里地面，来到河湾处一个非常安静而野气的地方，前面是一爿没有栏杆的老石桥，过这样的平桥，很多年里，我既兴奋又有点恐惧，特别是在渺无人烟的夜里，一路上只有自己的脚步声，不闻人声，小孩子难免害怕。而突然，我看到小路两边的庄稼上，全是星星点点的萤火虫。它们好像专门结伴来安慰我这次寂寞赶路似的。这一次，我停下脚步，开始放手捉萤火虫，捉到一个，摊开在手掌心里，细细看个够。好几只，很不幸，萤火虫被我扔在地上，脚一拖，伴随着萤火虫的死去，地面顿现一条非凡的光带——我的残忍制造了一条光带。我由此知道，人世间，多少炫目的美，就是通过无视生命的残忍制造出来的。千百年来，不得不说，我们有生长残忍的土壤。

赚绩

常见的称呼是蟋蟀。文献中写为促织。北方叫蛐蛐。赚绩，南方人的叫法。赚绩是一个双音。吴方言中，很多东西有音无字，是不是跟秦灭六国，书同文，车同轨，小国的文明跟国家被夷灭而文字没有被记载下来有关呢？这是我的猜测。"赚绩"有音无字，说它跟国灭有关，恐怕是我想多了。

总之是一种爱叫并善斗的小虫。赚绩生活在我们塔鱼浜，善斗是看不到的，也不明显，它的善鸣，是秋天一到，半夜里常清音如水波，一波一波牵连不断地飘过来，透过窗子、蚊帐，这清越之声专来洗我们的耳朵。

赚绩的声音称得上清寂，配合着银白的月光，再加上乡村疏松而湿润的泥土本来就有吸音的效果，这时候，喔喔之声忽然四起，如梦中的乡土在窃窃私语，声音凄清而倍加入心。古往今来，怪不得有这么多聪慧的人爱听赚绩的鸣声。士大夫爱听，升斗小民爱听。可是，我们也只听到赚绩的鸣声，却很少见到它。赚绩会躲，也会藏身，似乎知道有人在想方设法捕捉它们。

秋天的番薯藤里，赚绩最多。番薯藤厚得好像一条棉被。垒番薯了，露天的"被子"顿然被掀开，赚绩无处躲藏，一下子，全都傻了眼。等回过神来，它们开始噼噼啪啪一阵乱跳，但总有几只，会被我们捉到。到手的赚绩，被关到竹篓（也就是捉鱼的渔具，这个季节派上捉赚绩的用场了）里。两只放一块儿的时候，它们好斗的本性就出来了。可怜的赚绩，一只专往另一只死里整，结果往往两败俱伤。赚绩的好斗，可见也是被人逼出来的。它们如果在塔鱼浜的野田坂地里，一只与另一只即使仇人相见，斗不过的一只，总有广阔的空间可以逃命吧，可是，如今关在同一只竹篓子里，弱小的一只，打不过，它又能逃到哪里去呢？

穷乡僻壤的小孩玩斗赚绩，不似高楼广宇的有闲人下赌注争赌，他们玩着玩着，也就不玩了，他们要割羊草去。而坟头乱石堆里，他们仍可能用小手扑到赚绩，扑到，悄悄放入贴身的口袋，带回家自玩一两天，也就尽一个小屁孩的玩兴吧。

瓢虫

红底黑点的瓢虫最漂亮。红是朱红，黑是真黑，两相绝配。这红与黑，总觉得哪里见过，使劲想了一下——想起来了，不就是长沙马王堆汉墓出土的漆器盘子上的红与黑吗？在泥土里藏了那么久，一朝觌面，历久而弥新，竟然非常耐看。瓢虫六只虫脚，平衡着身体；七个墨点（叫七星瓢虫），如宇宙神秘的图案，抽象而浓缩在一只虫的背壳上。瓢虫是有翅膀的，黑绸缎一样的翅膀藏在背壳的里面，藏得天衣无缝。它款款地落下来，美极了，它收拢并匿藏翅膀的动作我见到过，干脆利索，一下就收没了。人类发明的模仿物，是做不到这样快速而完美地收拢翅膀的。我在树叶的反面，偶然看到瓢虫正躲避着雨水，忍不住就多看了它几眼。见到瓢虫，孩子们不会起杀伐之心，甚至很少去捉弄它，最多折一根草茎，撩拨它一下，就放它走了。这一定是美学在他们身上发生了作用。瓢虫，北京人给了它"花大姐"的好名字，这是因为它的圆胖和穿着打扮吗？从南方迁居北京的汪曾祺先生对它很有感情，说它是上帝专门做的小玩意儿，专给他的小外孙女玩的。我相信汪先生说的。

小青虫

即使在范围狭小的塔鱼浜地界，有太多的虫我也根本叫不出它们的名字，只知道它们躲在叶子的中央心，专门以吃绿叶为生。由于常年食绿，这些小虫把自己养得绿滚滚的，连身体里的一泡汁液都是绿色。绿色，我们乡下也叫青色。小青虫的名字就是这么叫出来的吧。这些小青虫，我在父亲种下的一大片夏包菜的菜心里捉到过。那次，我记得在稻田里捉到一只黄鹡鸰。我先是捉米虫给鹡鸰鸟吃，可它唧唧唧唧不停地叫，叫得我心里很不是滋味。我想它是不愿意被我捉到。它这闹意见似的叫唤，叫得我心里有愧，我就想方设法去野外捉小虫给它吃。我一定是藉此在向它示好。我在夏包菜的菜心里捉了一香烟壳子的小青虫，拿回家，一条一条喂给小鸟吃。黄鹡鸰嘴一张，吞一条，嘴一张，又吞一条，果然好胃口，直吃得小喉咙梗梗的，但一旦不吃小青虫了，它还是唧唧唧唧地叫唤。算了，我似乎有点对不住它，终于手一松，放了它一条生路。黄鹡鸰振翅而上的最后一声"唧"，仿佛半空中专门报给我一个人听似的。它叫得好欢快。而我手里的半香烟壳子小青虫，我不知道拿它们该怎么办。

蜗牛

蜗牛与我家灶头上的蜒蚰应该是近亲吧，它们长得太相像了，幸亏蜗牛身上背了一张壳，使得它与蜒蚰彻底地区别开来。不过，它也确实有一个"负壳蜒蚰"的别称，连李时珍都这么说："其（蜗牛）行延引，故曰蜒蚰。"其实，在它们之间，是不难发现相同的习性的。简言之，蜗牛与蜒蚰一样，天生都是慢性子。在今天这么一个快速也十分迷恋速度的时代，我特别怀念蜗牛的慢性子。也唯其爬行速度之慢，才格外珍惜它自己的爬行经历。我一直想不明白，这么小的水虫，怎么会有一个"牛"的名字。后来，路边看到一条蜗牛，俯下身来观察，无声的蜗牛在它独自的一个小宇宙里，不管不顾地爬行者，当我看到它前伸的头上的两只触角，忽然明白过来，它这不是长着一对牛角吗？可是，当我有意或无心地一碰触蜗牛，它就将头连同两只"牛角"，极其敏感地缩入背壳。所以，很多小孩，见到蜗牛，总要卸下它的背壳。而卸下背壳的蜗牛，连它自己都觉得有那么一点丑陋和滑稽吧。

米虫

小米虫也就一粒米那么大，乳白色，全身柔软，长得白白胖胖的，偷伏在米囤里。做一条小米虫是很幸福的。它的一生，不愁没得吃。但主妇见到米虫，一定开心不起来。米虫跟家里人争吃大米,这内当家的,心里的滋味可想而知。而且,米囤的米虫只会多起来,根本断不了根,哪怕你再勤勉地去捉,也根本捉不完。可又不能往自家的米囤里打杀虫药,那就只好由着它吃米了。米虫长大以后,全身变黑,身体竟然硬朗了,连潦草的脚也伸出来了,样子很不好看。这时的米虫书本上也仍旧叫米虫,可是,因为它的头据说很像大象的鼻子,学名就又叫米象了。米象的名字倒给成虫丑陋的外表争了脸,但是,成虫的米象我们塔鱼浜人干脆另外赋予它一个新名字:粮子(根本不知道这个音该写成什么样的汉字,姑妄写之)。

淘箩里垄了几供碗米,提到河埠头淘洗。淘箩的一圈细孔里细腻地渗进水来。伸手往淘箩的米堆里转一转,捏一捏,乳白色的小米虫或者黑乎乎的粮子就浮上水面。统统漾出淘箩去,河里的小鯈鱼张着吃水的小口迅速汇拢,一口一口,将它们吃了个干干净净。我一直以为,这是米虫最好的去处。也不枉我们养了它们这么长的时间吧。

纺绩娘

即叫哥哥,北人径呼蝈蝈。这种虫太似赚绩了,但它比赚绩来得壮滚。我们小时候,见到一种不善斗的"赚绩",就叫它"驮包赚绩",可能指的就是它。捉来的"驮包赚绩",我们一直轻看,很有点不屑的样子。但乡村多的是"驮包赚绩",身体滚壮,身上就像驮了一个包袱,是中看不中用的家伙。"驮包赚绩"除了蹦跳几下,根本就不会斗狠,但它叫起来倒蛮中听的。这种形似"赚绩"

的小虫，有一个好名字，叫纺绩娘。单从这个名字，我想，它是一只勤于纺织的昆虫吧——它的声音可能与纺纱织布声有些近似。这也是未可知的。

在我快要离开塔鱼浜的前几年，我看到北面彭家村那里，有时会走来一个挑担的中年男人，他的扁担梢头上，不像喊天鬼那样地挑两只竹篰，他专挑两座小山似的东西，一路还有虫子们的歌吟之声伴着他慢吞吞的脚步。他慢条斯理地走到我们塔鱼浜。这人走近了，大家才看清楚，他扁担头上两座小山似的东西，原来是装着虫子的小竹笼子，拳头大小的一只只竹笼，叠得小山似的。每只竹笼里面，都精心养着一只叫哥哥——原来这是一个卖叫哥哥的男子。五分钱一笼，若有人买，他就解下一只。但我只看见有人解下来好奇地瞧一瞧，没见真有人掏钱买这玩意儿的。那年月，大家都紧紧捂着钱袋子，谁舍得这五分钱啊?!

蚕

一

老宅正屋朝南墙的西侧，门框上钉着一只已经生锈的洋钉，挂着厚沓沓的一本老皇历，皇历的数字黑而粗大，一天撕一张，撕到清明，眼前顿然清亮起来。

清明清明，清和景明。东南风，细腻地送到脸上来。封冻的塔鱼浜开始醒转。高高低低的桑地，赤膊的桑条上，睁开了一只又一只绿色的小眼睛。小眼睛过段时间就会变成大眼睛，直到变成一只锯齿形的手掌，通体绿色，经脉分明，摸上去，略带韧性的粗糙之感。这就是蚕宝宝喜欢吃的桑叶。

清明之后是谷雨。这是20世纪70年代初的春天，我那时还没有去许家汇上学。上午，咣咣咣，铜锣声响过之后，小队长毛老虎努了努胡子拉碴的嘴巴，开始分派工种。此时塔鱼浜最大的农活，大家都明白，不就是为接下来的看蚕做准备吗？每年的谷雨前后，公社里要分派春蚕种下来。这是看春蚕的时节。

南埭的塔鱼浜或后埭的严家浜，两条小河，一只只竹匾铺挤了河面，妇女穿着套鞋，在河滩边或河埠头，拿着家里唯一一把竹丝笤帚，一边跟边上的男子说笑，一边清洗蚕匾的正反两面。当然，蚕匾的沿口一圈，上年看蚕粘着的乌茜（僵蚕的一种），也得细心刷净。女人的双手被早春的河水浸得通红，但脸上的绯红，一定不是冷水或寒风所致，而是旁边的男人隔腮边甩出来的荤话。此时，满河都是刷拉刷拉的洗匾声。一只又一只蚕匾洗净，背到公家的大白场上，搁在支起的蚕架上晾干。

不仅是蚕匾，所有的蚕具，包括蚕架、放蚕匾的蚕台（一般可以放入十只蚕匾）、给桑架、大大小小的蚕网、蚕筷、采叶箩、贮桑缸、叶墩头、桌凳……凡想得起来、与养蚕有关的东西，都要洗干净。这还不算，还都要经过漂白粉消毒。所以，那几天，整个塔鱼浜，空气中弥漫着一股消过毒的漂白粉气味。

小队有一埭高敞的公房，里面的大小器物，已经全部撤空、打扫干净并完成了漂白粉消毒环节。队里决定，最西面一间稍小的房子，专做共育室。小房子的南端窗台下，新砌一只烧火的大灶。灶口，一堆堆晒干的桑蕻头，垒得矮墙一样整齐。房子里面，围着四面墙壁，早埋好可以升温的一条地龙。最东边一间挑空大梁的大屋，同样撤空并消毒完毕。当中垂下一盏两百支光的灯泡，吧嗒一声拉亮，照出的光亮简直等同于一个小太阳的威力。这里，将是蚕妇们夜里给蚕宝宝饲叶的地方。养蚕是非常辛苦的一桩事，她们早早地将一只只简易床搭在这里，以便夜里一到饲蚕的钟点，能够及时起床，及时地给蚕宝宝喂叶。

这几间屋里，蚕娘们忙忙碌碌，各自做着手头的活。蚕娘是小队长精心挑选出来的，个个细心，能吃苦，还守时。她们那时都不过三十岁，这么多人聚拢在一起，个个都很开心。接下来这一个多月的集体生活，虽然辛苦，但也足够闹热。少妇们是喜欢闹热的。说句实话，谁愿意待在冷清的家里，何况少妇们来共育室看小蚕，还有工分可拿呢。

房间里走出一个中年妇女，包菜头，中等身材，头绳衫外套一件两用衫，衣着不特别起眼，看上去却很整洁。她来到白场上，摸出一包雄狮牌香烟，颠出一根，沸的一声，划燃一根火柴。她拿烟的手势到底跟男人有一点不同，不像她男人——大队副书记施凤宝吸烟时，食指与中指一夹，手法娴熟（另一手叉腰，外衣披肩，标准的大队干部样板）。她是拇指与食指反捏，猛然吸几口，很快将一根烟吸完。烟屁股一扔，重新回屋。她与大家一道有说有笑地看管养蚕的农活。

她是塔鱼浜的妇女主任，能干，也有决断力，大家喊她"洪生拉姆妈"。洪生，她的大儿子。她实际还是我的长辈，家住我外婆家西隔壁。我也叫她外婆。

看到她正好到白场上吸烟，我母亲赶紧走去，压低声音跟她说："阿嫂，我也想来养蚕，你看？"

"好哎，兰宝，反正这里需要人手，你下午就过来吧。被头铺盖、牙膏牙刷自带,还要一顶帐子、一只面盆。"

我母亲喜不自胜,脚步顿然轻松,回到家,赶紧收拾一下,拆了我睡的竹榻床上的一顶白纱蚊帐。毛巾、肥皂、牙膏、牙刷,全都放在一只搪瓷脸盆里,她双手捧了,开始参加到这队养蚕的妇女淘里。

去炉头公社蚕种场领取蚕种前两天,所有看蚕的准备工作已经完成,特别是共育室的灶头开始点火,桑柴一根又一根塞入舔着火舌的大灶。桑柴着火,噼噼啪啪,爆出很大的火星。地龙里,开始充盈输送上来的热气。一只精致的温度器挂在墙上,玻璃管里的那条小红线,这会儿正缓缓地延伸,渐渐接近二十一度。快到这个温度,洪生妈跑到外边,喊一声:"烧火的,够了,够了!"灶头那边,火势暂歇下来。而刚才烧火的时候,我们这些小屁孩早就去地窖里偷来几个番薯,只可惜,经过一个隆冬,大多数的番薯难于储存而多多少少已经烂透,完整的可说很少见到。只好团匾里取来一些番薯干,很勉强地放入灶肚的两边,码放整齐,也不用标签,都知道这一小堆是谁的,那一堆又是谁的。大家都喜欢吃香气扑鼻的煨番薯干,所以,烧火的工作,谁都愿意去做。倘若找到完整的大番薯,硬柴火里煨透,取出剥吃,眼前一团蓬松的热气,那是拍巴掌也不肯松口的。

二

蚕种是小队长毛老虎带着蚕桑队长一道去公社所在地炉头蚕种场的催青室里领来的。塔鱼浜去炉头,打一个来回,七公里路，步行得一个半钟头。蚕种装在一只细木条糊成、双面糊着纱布的长方形蚕笪里。一长方格为一张种。当时塔鱼浜也就四十九户一百八十六人（按1988年桐乡县地名办公室编《桐乡地名志》的统计），按每户一张蚕种计，这一年的春蚕种也就五十张左右。蚕笪几乎没有分量，但也很难携带，一张张蚕笪，都需要平放，一点儿都不能挤压，这意味着五十张蚕笪不能堆放在一块儿拿。路上还不能颠簸，不能过热和过冷，还不可见光。这时蚕笪还没到见光的时候。蚕笪要保持黑暗。嘿，这真是黑暗里的一颗颗心呢。

不知道老虎和蚕桑队长怎么将蚕种拿回塔鱼浜的。也可能挑担，担子里装着特别的机关吧。他们是一步一步走回来的。过了木桥，入北过长弄堂，就到水泥白场了。共育室的妇女们听到声音，知道蚕种到了，一个个走出来迎接。你一句我一句："蚕种到了，蚕种到了，蚕种到了！"

两位队长的任务完成，他们止步于共育室的门槛。他们在白场上抽完一根烟，各自忙各自的事去了。蚕种被请到已经加成恒温的共育室里，那里面热烘烘的，还有漂白粉的气味。接下来，男将们走开，这里全是妇女们的活了。

妇女队长洪生妈分工干活。蚕种刚领到，需要补催青。换句话说，就是要将蚕笪继续遮黑、留在适当的温湿度里，直到蚕种完全孵化。分到蚕笪的妇女立即投入工作，她们不出声地将蚕盒小心拆开，在遮光棚下，围着一只蚕匾，开始摊卵。妇女们的巧手这时候派上了用场，她们以最轻柔的动作，将蚕笪里的蚕种摊卵。这绝对是细工慢活，不可粗枝大叶。这些黑乎乎的蚕卵，在一张张垫纸上，摊得整齐而轻薄。摊好，盖上一只以防蚕卵滚动的压卵网。最后，在一只只摊好卵的蚕匾上面，再覆盖一只空匾遮光。而实际上，房间里的光线，一直是幽幽暗暗的，因为共育室前后的窗户，全都被黑布遮光。这时候的蚕种，需要在一抹黑里静静地等待发育成春蚕的胚子。

这是等待蚁蚕出世的关键时刻。所谓蚁蚕，是说这时候的蚕宝宝形状像蚂蚁。可能比蚂蚁还小，颜色也是黑乎乎的。这一刻在育蚕的过程中叫作收蚁。洪生妈已经站到蚕匾旁。上面覆置的空匾，早有两个妇女揭开并抬走。共育室南北两面的窗帘已经拉开。这还不说，蚕室中央垂挂下来的一盏两百支光电灯泡吧嗒一声拉亮了。此刻，天下清明，只待蚕宝宝们蜂拥来汇。两三个小时的放光之后，妇女们跃跃欲试，准备收蚁了。

竹篮里，鲜嫩的桑叶已经采到。几个年纪稍大的女人，一张接一张地，全部用干净的棉布擦去桑叶上的水渍。一边，稻柴裹紧的叶墩头上，我看到我母亲已经在开始切叶，她手里握着的这把刃口很薄的刀，叫叶刀，比家里墩头上的菜刀要轻薄得多。这刀是专用于切叶的。叶刀切叶的声音很好听，嗞——嗞，嗞——嗞，温柔而缠绵，绵绵不绝。叶切得很细碎，简直比我的小拇指甲还小。叶刀下的这个叶墩头应该让我多费几句口舌。叶墩头有成人的一抱之大，圆形，全部是由当年收的稻柴芯子的中段结扎而成，其半腰箍有两只竹箍——箍得很结实。叶墩头的正面，刨子刨得也很齐整，在这种人为的齐整里，中间还人为地使之略略隆起，正是这种故意的隆起，让我觉得传统的叶墩头很有饱满之感。我乘蚕妇们不注意，总忍不住用手去捋叶墩头，密实的稻管触到我的手掌心里，麻痒痒的，虽是一拂而过，也还是很舒服。

收蚁的方法说难其实也不难。蚕妇们早就想到一个聪明的办法。她们先将一张棉纱织成、网眼密集的小蚕网盖在蚕匾上，上面撒上叶墩头上刚切好的收蚁叶。一刻钟后，网底下的蚁蚕全部爬到网上面来吃叶，蚕妇们只需揭起蚕网，并把它放到另一只蚕匾即可。如果蚕网上的蚁蚕分布不均匀，那就需要用鹅毛扫一下，使得蚁蚕分布均匀。收蚁完成后，有经验的蚕妇随即消毒，饲叶当然仍是切得细碎的嫩桑叶。

那天晚上，隔着严家浜小河，我为老屋南面三间光亮光亮的公房所吸引。我悄悄地走过三分田横口，向蚕房走去。我的理由是来寻母亲。我大概七岁，过了这个夏天，我就要去上学了。是别人把我领进去的。我喜欢共育室的温度和它的温度计。喜欢搭满了白纱帐子的这一间公房。我甚至连它的漂白粉气味也喜欢上了。母亲留我过夜。我简直兴奋极了。可换了一个地方睡觉，上半夜根本睡不着。不过，这一次我难得地很听话，躺在母亲的脚横头，没有弄出一点声音。半夜里，母亲她们拉亮两百支光的电灯泡起身给蚕宝宝饲叶，电灯泡晃眼，亮得简直不要不要的。我蒙蒙眬眬里听到小蚕吃叶的声音，如原野上下了一场蒙蒙的春雨，缠绵而富有诗情画意。

三

都说养蚕辛苦，这是当然的。哪个蚕娘不都是起早摸黑、精心侍候蚕宝宝的？蚕宝宝娇贵，温度湿度都有一定的要求。而且，这一切都要在一个可控的范围。不过，蚕宝宝吃食认死理，不仅不挑食，胃口很盲目，口味简直称得上单一。它们自始至终，只吃桑叶。但桑叶的老嫩，我想，它们忠贞不贰的嘴巴也嚼得出其中的味道的吧。如此，只要桑叶的品质和数量有保证，看好一次蚕，也就指日可待。

养蚕，对于那个时候的塔鱼浜集体或者承包到户之后的农户，都是性命交关的大事。桑叶的管理其实早在上年就开始了。比如整枝，也就是用桑剪剪去枝梢和枯死的条枝、修剪桑拳之类，这些冬天的农活，我大多干过。整枝的桑剪，形状很有一点团头团脑的笨拙之感。这剪刀头像一条鳑鲏鱼，捏手处如双肩拱起的瘦长花瓶。这样的一把形制别样的剪刀，拿在手里，手感沉实，剪起桑条来，很使得上力，咔嚓一剪，桑条就剪下来了，爽快也复痛快。蚕宝宝大眠前，用叶量激增，蚕农们来不及采叶，就用桑剪将带叶的枝条一股脑儿剪下来，塞满一竹篰，背回家，扔入地铺，直接饲蚕。这是后话。不过，这一把桑剪，称得上蚕乡的一项空前的发明。

我家乡对于桑树的爱护，非蚕乡人是难以体会到的。桑苗栽培，如同果木栽培，也需要嫁接。桑苗大多出自桐乡南面的灵安乡一带。塔鱼浜，无论是集体还是单干户，上年或前年的冬天（桑树以冬栽最好，春栽次之），翔厚或对丰桥集市一捆捆买来的桑苗，其实已经嫁接好。蚕农们只需栽种即可。但栽种后，桑林的用肥也很讲究。泥土，最好用冻松的稻秆泥培护。一埭埭桑树中间，考究的小队或农户要开出一道道浅沟，沟里填塞羊勒色（羊粪），上面再覆以泥土。农民以此为桑林积肥，期待来年桑树有一个茂盛的出叶率。

看蚕的时节，地头的农作物一般就不施农药了，以免污染到桑叶而使得蚕宝宝中毒。承包到户后，小队里的所有田地分到各户，户与户之间，自留地的地块多有交叉的地方，但乡下有规矩，打敌敌畏、甲胺磷等农药，靠近分界的两埭作物就不能打，以免农药喷溅到邻家的农作物上。这是一个约定俗成的规矩，也是古风的一种吧。可是，很快，古风不再，有些人家，上风口施农药，不小心就将农药水飘到下风口别人家的庄稼地上，人畜受害的情况，时有发生，纷争也时有发生。

收蚁、饲叶以后的蚕宝宝，到上山结茧，还有很长的路要走。但艰难的起头已过，蚕匾里开始生机勃勃，共育室也很快完成任务而解散。小蚕随之分到各户，由蚕户自家饲养。

蚕法：蚕的成熟结茧，一般要经过四眠五龄。其中一二三龄称小蚕，四五龄称大蚕。但不论小蚕还是大蚕，对桑叶的要求，总以新鲜为主，且要保证蚕宝宝的食量。尤其是大蚕的用叶量。没错，桑叶足，才会出好茧。

大蚕须打地铺。厢屋里早已打扫干净并经漂白粉消毒。中间搭一片跳板，饲叶就站在跳板上。跳板的长度不够，就以一只一只分开的大小凳子替代。凳子和跳板，从大门口连着通到小门口。我们小孩子站在上面，噼噼啪啪，从这一头跑到那一头，这在大人是很担心的，担心我们掉到地铺，落脚会踩死很多蚕宝宝。要是整个身子掉落并滚到地铺，那还了得。所以，大人们不让我们在踏板上跑跳。我们多半还没有踏上起头的凳子，就被恶狠狠的一声呵斥拦下来了。

蚕入厢屋的地铺之后，前大门立刻紧关。吃饭的八仙桌搬到灶头间里，饭也在灶间吃。至于出入，一律走后门。塔鱼浜家家如此，人人后门出入。每次进出后门，跪在羊棚里无所事事的羊们就会呼啦一下全都站起来，羊栏里伸出齐刷刷的一排羊头，咩的一声，好似一声合唱，专跟你打招呼似的；猪笨，躲在暗处，喉咙里只是呱啰一声，仍旧舒舒服服地躺着，不过，这样的问候，它也算跟你打过招呼了吧。我家走后门，要绕一大圈，因为图新鲜，我倒忘了行走的不便，也喜欢上了走后门。走后门新鲜。

春蚕时节，雨水多，一遇下雨，采叶也很麻烦，不过，地铺里的大蚕，已不如小蚕时那么难于对付，经过一个多月的饲养，蚕宝宝的口器喂得已相当老练，喂它们的桑叶老一些，也就无妨。因此大蚕时办叶，只需用桑剪连枝带叶剪下，塞满了竹篰，或背或挑到家，直接扔到地铺即可。这样，无意间就加快了办叶的速度。

看小蚕时，还不觉得桑叶的需要量之大。到了这最后时分的大蚕，特别是蚕宝宝入地铺后，桑叶的需求量成倍增长，一担担桑叶撒下去，简直撒入一个无底洞。地铺里，刚才还安安静静的，没多久，传来一阵窸窸窣窣声，如下了一阵急雨，沙沙之声在整个地铺响起。刚才还是厚厚的满地铺桑叶，一转身就被蚕宝宝们风卷残云一般收拾了。大片大片的蚕，又抬起了它们马头似的头，袅袅娜娜的，都朝着同一个方向。那是一个饥饿的方向，看着令人惊心。它们就等着蚕娘来饲叶。蚕宝宝一门心思吃叶，除了吃和睡，它们没有别的活动，因此都养得白白胖胖的。蚕的一生，形体多变，但即将上山的大蚕，尽管它们不会叫饿，也总是一副吃不饱的样子。眼看着桑树地里的桑叶快采完了，每一户看蚕人家，都会感到一种心焦。很多桑叶不足的人家，男人不得不外出，一担一担地，去外地高价买来饲蚕。

有一年，我家看蚕，临到宝宝上山的时候，桑叶一下子没了。父亲急得如热锅上的蚂蚁，母亲开始了她一贯的唠叨，埋怨父亲没有脑子。父亲不得不外出买叶，天黑时挑回满满的一担。但桑叶还是不够。这一年的桑叶不便宜。眼看着入眠的大蚕养不下去、也根本结不了茧，父亲差不多准备弃养了，正在一筹莫展之际，彭家村麻子外公送来几担老桑叶。这一下子，满屋都是希望了。麻子外公还告诉父亲,他们家的一块桑地还有一些叶可采。父亲随即赶去,连夜采办,这才渡过了难关。

四

蚕的第四眠俗称大眠。春蚕进入大眠,离上山吐丝结茧也就不远了。这时的乡村安安静静的。狗也知趣,很少吠叫。人们走路也格外轻手轻脚,路上见了面,面对面说话,交代三句或点个头,就各自走开。大家的后背心上,似乎都贴着一个"忙"字。

地气正从地缝里呲呲地透出来。这安静里其实也暗含着闹热,且还有一股喜气。蚕忙时分,亲戚家甚少走动,大家各自忙于蚕事。蚕娘无心梳妆打扮,一个个蓬头垢面,满脸疲倦之色,但这疲倦的脸上,分明又全是希望的底色。

木桥头的广播里,桐乡电台的女播音员用桐乡土白播报养蚕的新闻和科普知识。连翔厚大队广播站六和尚的会议通知,也三句不离本,离不开"蚕桑"两字。我那时经常听到六和尚以威严的口气代表大队书记发话,要求附近大小砖瓦厂一律停火歇工。六和尚这是秉承县里的指示吧。那时,整个桐乡县的砖瓦厂,土窑不算,单说轮窑,我记得就有五十二座之多。塔鱼浜附近的轮窑,以白马双桥的那座为最大,远远地就可以看到它的那根戳向天空的大烟囱。当然,看蚕的时节,双桥的轮窑很听话地熄火了。从我们村里任何一个点望去,那根阴茎似的大烟囱,已经不再冒黑烟或白烟。

如果再往前推一段时间,我家乡的看蚕,广播机里的女播报员,一定会柳眉倒竖、义愤填膺地要大家提防阶级敌人的破坏。可是，时代在变化，这会儿换上的播音员，声音绵软多了，口气也大变，她只是提醒桐乡范围的广大群众，一定要提防蚕宝宝中毒。好像这时候的"阶级敌人"，已不是地主四类分子，而是附近轮窑这些个老流氓高高竖起的那一根根大烟囱。还有，女主播很耐心地告诉她的广大听众朋友：不可随便使用农药。

这个季节，小队的蚕桑队长最吃香。他要去大队开会，开完会，还要去炉头公社开会。会议结束，总有一些指示带下来。蚕妇们走拢来，围着他问长问短。那时的蚕桑队长是坤祥吧，年轻，浓眉大眼，一说话，两条眉毛缓缓地舒展开，嘴里的一抹微笑就出来了。坤祥的样子在小队里当然长得很出挑的。

蚕宝宝上山在望，蚕户们该早做准备。其中的准备工作之一，就是家家户户在稻地上绞柴龙。

幸好，邻近春末，黄梅天气也还没到，偶尔飘过一阵斜风细雨，老天也颇知趣，立即就放晴，而且，总是天朗气清的日脚多。这就有利于稻地上摆开阵势，绞出一条条威武的柴龙来。

绞柴龙，我家盲太太搓的稻草绳就派上用场了。我以前一直不明白，盲太太一年四季都没闲着，总是给轮到吃饭的那家搓很长很长的稻柴绳。原来，这些绳子，就是为了绞柴龙用的。

绞柴龙需四个人，一个都不能少。所以，这活儿，需要全家人一齐上阵，互相帮忙，方可成功。这四个人的分派是：两头各一人，一人坐，一人站，我喜欢干站的那个人的工作，我觉得站着爽气。我有一小股蛮力，需要随时地使唤出来。此时，两股稻柴绳已经拉挺。我用一只脚撑住一根装了摇把的木头的下端，左手拿住杉木的上头，右手顺时针方向摇动把手。另一头，多半是我的母亲，坐在一只条凳上，双手各自摇动一个小摇把，不急不慢，也是按顺时针方向摇。汉良则跑前跑后，将两头已经铡断的麦柴或稻柴束递给正后退着喂柴的父亲。父亲的一脚跨在两根绳子中间，另一只脚跨在绳子外。他一边后退，一边将双手捧着的麦柴或稻柴均匀而缓慢地退出来，随着两头的转动，两股绳子夹住稻柴，越夹越紧，这柴龙也就渐渐地绞成了。父亲退到母亲身边，随即从两个摇把上解下两股稻绳，绾一个死结，一条与地铺等长的柴龙就绞合成功了。父亲手一抬，将柴龙摊放在稻地一侧。

小孩子，多少有一点贪玩，柴龙绞到一半，我们就开始发人来疯：一根摇把，抓在手里拼命地摇。柴龙只成了一半，绳子绷得太紧，吧嗒一声，终于崩断。大人赶紧交代："慢点，慢点，小棺材！"其实这活儿是性急不得的。重新接上绳子，重新摇把，喂柴，把一条愿想中的柴龙一段一段地放出来。绞柴龙绞到末梢，绳子崩断是常有的事。此时的柴龙，因为冗长，中间部分几乎拖到地面了。我摇动的手把，也几乎翻滚不了整条柴龙。每到这个时候，柴龙就绞成了。

看蚕看到绞柴龙这个环节，那是丰收在望了。我也很愿意给大人当帮手。但，与其说帮忙，不如说捣乱更贴切一些。大人对于我们捣乱的惩罚，就是坚决不让我们摇手把，而只叫我们递麦柴或稻束。或者，最后柴龙绞成，叫我们拎住一头，一二三，连喊三声，相帮扔到稻地外高高的柴龙堆里。

熟蚕除了爱到柴龙上结茧，还有是喜欢爬到一种洗帚把一样的稻柴束上。据说这种"洗帚把"也叫"湖州把"。大概是湖州人行出来的吧。蚕宝宝上山时，这"洗帚把"像伞一样呼啦一下旋开，插入地铺，茧子就结在这上面。后来，蚕乡还推广过一种"纸板方格簇"，不过，这新法推广给蚕户的时候，我离开塔鱼浜已经多年。

五

春天是一个脸色多变的妇人，很难侍候好它。五月份，照例应该是暖洋洋的，但看来也未必。有的年头，气温非常低，这时候如果蚕宝宝上山，地铺里就需要加温，加温的方法很多，一般以尼龙纸覆盖，竹头或木棒撑起，再往里面的一排火炉里埋设炭火取暖。但一些蚕户，完全没有安全意识，竟然直接拎几只煤球火炉，放入尼龙纸密盖的地铺中。而在二月初八倒春寒的天气，不仅蚕宝宝要取暖，人也需要取暖，偏偏愚昧无知的某些农户，还特别喜欢睡在温暖的地铺里。于是，就有人睡死在里面了。这样的悲剧，竟然接二连三地发生。我小时候，听到桐乡南面不知哪个生产队，一家人全都睡死过去，后来查明原因，是一氧化碳中毒。那时的蚕乡，好像每年都有一氧化碳中毒而发生死人的惨剧。农民蚕桑换来的几个铜钿，辛苦不说，一不小心，还会搭上身家性命呢。

也有开心的事。五月份，新蚕豆已经上桌。蚕豆蚕豆，是说这种豆，饱满成熟恰好在看蚕时节。田塍上，高地里，到处都是豆秆，连棵带根，拔一捆来，风卷残云似的采下，剥出肉粒，一个人躲在地铺里，守着炭火盆，火中置一只注满水的搪瓷杯子，折断洗帚上的一根竹丝，将碧绿生翠的蚕豆，糖葫芦串儿似的扦一大串，浸入沸水翻滚的杯子里煮熟。不一会儿，清香扑鼻。拉出，凑近嘴巴，撮嘴吹凉，一粒一粒扯下，咬嚼，真是很好的春天的滋味。

就这样，我们在吃新蚕豆的口福中，不知不觉，意识到蚕宝宝上山了。

过一夜，第二天，看到柴龙见白。每个薄薄的白色丝团里，春蚕在吐丝结茧，一刻不停地劳碌着。

再过一昼时，丝团增厚，开始圆整起来。

再过一夜，忙碌的蚕的身影见不到了，茧子开始硬结起来。

春蚕上蚕簇后约一周，可以采茧子了。那是夏初的塔鱼浜喜笑颜开的美事。男女老少，眉开眼笑，大家整天都合不拢嘴。当然，一张种，收获的茧子有多有少，但收获的开心总归是一样多的。大人们将结满茧子的柴龙一人一头拎到稻地上，不多的一些"洗帚把"也全部拎到一边。两样东西已经拿走，地铺忽然空空荡荡的了。地铺里铺满褐色的蚕沙，还有青翠的嫩桑条，满地都是。这一伐蚕，蚕宝宝拉下的蚕沙，厚如一条地毯，人踏上去，弹性十足。孩子们跳跳蹦蹦，就等大人拿走柴龙和洗帚把了，这东西一拿走，他们不约而同地溜进地铺，专寻一种叫作僵蚕的东西。看到某处有白石灰似的一摊，找过去，白粉中央必定有一条僵蚕，捡起来，装入一只向赤脚医生小阿六讨要来的已经掏空的小纸盒。捡到僵蚕，大家都很高兴。僵蚕留着，可以跟喊天鬼换糖吃；也或者，直接卖给翔厚收购站。卖僵蚕所得的零用钱，一律归孩子们所有，孩子们哪有不兴高采烈去捡拾的。但，大人们开心不起来，说到底，僵蚕是一种蚕病，僵蚕多，影响茧子收成。而且，僵蚕这种病症，会传染给下一伐蚕[1]。这他们哪里知道。

地铺里捡到僵蚕，孩子们开心，当成是一种意外的收获。可是，一不留意，一双松紧布鞋会踏上一条病死的蚕体，那是一种已经溃烂出黑、塔鱼浜土白中称作乌茄的东西，乌茄黏身，那就只有

---

1 蚕从成虫到结茧，桐乡人称"开一伐蚕"。

恶心的份了。

　　这一天,我从严家浜转到南埭我外婆家。我想多看几只地铺,多捡拾几条僵蚕。外婆家也在采茧子。东隔壁的外婆洪生妈坐在一只拔秧凳上,茧子采一半多了。看到柴龙上的茧子一只一只采到茧篰,一篰雪花一样白的春蚕茧,慢慢地露出一个小山尖了。老蚕娘洪生妈见到我,叫了我一声,围腰手巾上揩揩手,站起来,两个粉拳轻轻敲一敲老腰,说,广播响一歇歇了,烧点心去。这灶头上做的中饭,我家乡塔鱼浜,无论南埭北埭,都叫"点心"。

　　茧子大部分售予翔厚收购站。只是后来,各地特别是邻县哄抬茧子价格的事时有发生,好几个年头,两个互邻的小县争抢蚕户手上的茧子,形成所谓的"蚕茧大战"。这样的事体,在计划经济时代,也上演过不少回合。

　　一个多月的劳碌解脱了,茧子脱手,钞票进账,口袋鼓鼓囊囊,心里顿然踏实下来。接下来的时间,农民叫作蚕罢。

　　蚕罢时分,丈夫妻子,带着他们的两三个孩子,全家去镇上。腾腾腾,他们走路去。走进面店,围坐在一张靠窗的八仙桌旁,各人一碗三鲜面,嗤嘭嗤嘭,吃得很响。吃罢,女人走进布店扯几尺花布,腰靠在百货商店的柜台边买一瓶雪花膏,抹一抹龟裂的双手。男人掏出结存的烟票,去合作商店买一包大前门来,拆开,颠出一根,火柴嗤的一声划燃,点上,吸一口,一张胡子拉碴的脸,安静地沉醉在升腾的烟雾中。

　　茧子脱手的傍晚,昏黄的煤油灯下,家里一定有老亲来坐谈。先是讲空头(闲话),空头讲完,那就单刀直入吧:

　　"阿哥,茧子卖得怎么样?想借几钿用用?"

　　"难啊,屋里开销多,娘身体不好,打针吃药,费铜钿啊……

啊啊，自家兄弟，多没有，一个手吧!"

来的都是至亲，洋油灯下，眼睛放光，一脸的期待。这都是很难拒绝的。还有，年前借的债，曾答应人家，蚕罢是要还的。这样的一来一去，卖春蚕茧所得的钱，也就花得差不多了。好在很快又要看二蚕，正所谓年年辛苦年年苦，农民是一年四季忙到头的。这个忙字，仿佛就是他们身上的衣服，一年到头穿着，想脱，哪里就脱得掉。

蚕罢，与蚕茧相关的事仍有一些。采下的大头茧、薄皮茧和畸形茧等次茧，卖不起价钱，就留着剥绵兜、打筆头或打绵线用。

先说一说剥绵兜。茧衣剥去后，放在一只注满水的锅子里，加入老碱煮透。待软熟后，取出，去河水里清洗一下，备用。这时的廊檐下，早就备好一只盛满水的小缸。母亲掇一只小凳，坐下，试一试坐凳的高低，不行，换来一只小高凳，这回刚好。她往提桶里先取出一捧熟茧，堆放在缸口的横板上。只见母亲手摘一只熟茧，轻轻地，双手在水里剥开，并迅速绕在手掌上；随后，另取一只，剥开……就这样，她左手已经绕有七八个茧子的量了，毛估估，厚薄也足够。左手的茧衣退下，借助右手的气力，渐渐将茧衣撑大，扯成一只小绵兜。以此类推，很快扯成另一只小绵兜。最后，两只小绵兜一合，顺手扯，反手扯，加大力气扯，绵兜在水缸里越扯越大。扯得大小正好，右手一个紧捏，绵兜的水捏出，随手一甩，成品展开——绵兜就这样剥好了。赶紧挂到竹竿上晾干。这一只绵兜，翻入丝绵被的时候，需要两个人一起拉断，拉开，一层一层地铺垫，完成一床绵暖的丝绵被。

母亲在剥绵兜的时候，横板上一定备有一只小供碗，剥出的蚕蛹，一翻手就落入碗里。蚕蛹桐油色，大小如少女的半根小拇指，也很像小囝头的小鸡鸡。此物用小火滴上菜油与韭菜同炒，有一种扑鼻的清香，入口肥美，是高蛋白滋补品，可以侑酒。蚕蛹称得上一碟风味独绝的下酒菜。这东西，别的地方是没有的。

次说一说打箪头。下脚茧加碱烧熟后，蚕蚁剥出，直接拿到河埠头的水里，用一根小竹竿鞭打，不过，底下需放一只竹竿，否则，这一簇熟茧会沉入河底。鞭打的时候，噼噼啪啪的，声音很脆响，水花四溅。水看似软绵绵，真用竹爿打下去，你会发觉，水其实是很硬朗也很有性格的。箪里的箪头打得连成一片，方算完工。箪头比绵兜蹩脚一点，可以翻入丝绵被或绵袄绵裤[1]。箪头大多数是用来打绵线的。

再说打绵线[2]。绵线其实是捻成的，确切地说应该是捻绵线吧。但一个土白"打"字，比如打年糕、打稻、打野枪等，它的用意可说包罗万象，也简洁爽快。打绵线需要一只锭子和一根绵线杆，这两样货色，当然是我祖母的家当。我小时候，常看到祖母一天到晚举着一根光溜溜的绵线杆，坐定在一只焦黄的竹椅里，锭子一捻，开始打绵线。晚上，夜饭吃好，收拾干净，也还是去坐在她的竹椅里，就着一盏洋油灯，没完没了地打绵线，直打到瞌睡蒙眬，方才罢手。

我曾偷偷卸下祖母那只沉甸甸的锭子，想看一看锭子下面垫着的七八个铜钿。我一枚一枚翻看，无非康熙、雍正、乾隆三朝的铜钿，圆形方孔，正好固定在锭子芯里，拿来垫底，使得锭子有一个下沉的重心。旋转起来，这才稳稳当当。祖母的这串铜钱，到现在

---

[1] 北方以棉絮翻入衣裤，称棉衣棉裤。
[2] 北方称"打棉线"，盖以棉絮为主，与江南有别。

我也还收藏着，只是那根光溜溜的绵线杆，早不知去向了。

六

2005年，得知塔鱼浜将要拆除的消息，我急急忙忙赶去，前前后后给它拍了一组照。当年小队看蚕的三间公房还没有倒坍，最西面，也即当年我母亲她们育蚕搭简易床的那间，依然完好，正要推门进去，见里面出来一个人，蓬松着花白的头发，手里拿着一根烟，腰里拴着围裙，大概正在厨房间炒菜吧，听到声音，出门来看。

洪生妈见到我，很高兴，走过来问长问短。我递给她一根烟，老人的双手往身上擦一擦，客气了一声，接了。我随她进屋，抬头看到东边一堵墙上，我七八岁时的涂鸦居然还在。这真是让我难为情的一刻。幸亏老人不知道，墙上，这么多年陪伴她的木炭迹足，是我的"杰作"。

老人没跟我讲住在这间几乎废弃的公房的原因。我知道，她有三个儿子，住的都是楼房，这里面一定有一些不能为外人道的原因吧。她，和她的老伴施凤宝，口风很紧，一辈子快走到头了，也没听见他们对后辈有什么抱怨，这回，只是一个劲地告诉我，跟小辈住开一点，自由。叙说了一会，我跟他们告别。他们走出黑咕隆咚的房间，举一举手，喊：多来！二毛，多来！

2008年6月30日，一大早，我的小舅成坤打来电话。成坤的电话，我想了一想，接还是不接？成坤没什么好话的。

接了，成坤说："阿嫂——洪生拉姆妈走了！"

我顿住，好久没有出声。成坤告诉我这个消息，好似完成了他的任务，也不多说，就挂断了电话。

这一天，我什么事都做不成。做什么事，我都会想到她，洪生拉姆妈。

12月23日，汉良电话来，说，洪生他爸施凤宝给同村的一个家伙撞死了。

我一句话都说不出来。

半年没到，两位老人先后故世。汉良电话来前一个星期，我去塔鱼浜，在我大舅的廊檐下，我跟前永丰大队副书记施凤宝还搭过一番话呢。仅仅几天，老书记就走了，苍凉而凄惨。

卷六

农事诗

水稻简史 / 菊花简史 / 烟叶简史

水稻简史

秧田

农忙是在清明节后的第二天开始的。

清明第一日,我家乡叫头忙日;以此类推,二忙日,三忙日。但好事不过三,第四天,就没什么名头了。其实,头忙日一过,乡下就忙开了,哪顾得上串门走亲戚。只有七八岁的孩子,还嚷着做客人去做客人去。

塔鱼浜的羊肠小道上,稀稀拉拉地,走着一个又一个肩扛铁耙的中年汉子,单手拉住的铁耙柄上,晃荡着一只鸡黄色的竹篮,里面是一壶冒着热气的红茶,一提粽子(四只)。篮里或者还摆有一只搪瓷杯,照例藏着几只灰黑色的甜麦塌饼。原来,这个哼着田歌的男子,是去附近的田坂翻垦水田——这是承包到户后,我家乡时常出现的一幕。

咕咕——咕咕,布谷鸟一叫,春回大地了。满田埂的青草首先抬起头来,吱吱吱地呼吸着嫩绿的太阳光。咕咕——咕咕,咕咕——咕咕,细听,东边的雄浑,西边的婉转,原来是一雌一雄两只布谷鸟在叫春,隔着一条田埂,沐浴着融融春光,彼此呼应着。这平和的布谷声,悠远绵长,万古常新,令人欢喜。雌雄布谷鸟的叫声在太古气息的塔鱼浜旷野里响起,春天的脚迹如同田间地头轻快拂过的小块阴影,带着时光的催逼,老农的播种也要有序地开始了。

浩大的水田,都用铁耙翻垦过,列成了畦。翻转的稻田泥,放水一浸,泥土酥软,再分割成烟帘状的那么一块又一块,每一块稍稍高出水面。"烟帘"的边缘留有四条小凹槽,便于落水。那长方形的"烟帘",就是秧田的秧坂。

秧田做到最后关头,得用门板将它推平。这是需要两个人配合的力气活。承包到户后,若要做秧田,我父亲通常就去春丽桥叫来我的二舅永金。永金听到召唤,每次都很爽快地过来帮忙。一等长方形的秧坂成形,两个人就各执门板的一端,将力气均匀地使唤出来。他们弯着腰,一路推去。这是我小时候最希望看到的一幕。门板的前边,依旧是一个尚未平整的粗糙旧世界,门板推过,秧坂平整光滑,完全符合我们那时对于一个新世界的想象。碰到秧坂上的螺蛳、碎片、砖块之类的硬物,要拣出来,扔到田埂上去。推好的秧坂上面,再浇一层肥力充分的水河泥,在太阳光的照射下,黑黝黝的,晃眼。秧坂新成形的褐灰色,跟水田原有的棕黄色判然有别。那水河泥,是上年冬天,摇船去塘栖等地罱来,备好在水田的荡里,已过了一个冬天,这会儿终于派上了用场。

秧坂做好,开始撒谷。那种谷,水里浸过,已稍稍发芽。父亲用升箩从担子里舀到一只出楞出角的篓箕里,篓箕一般肩背,但撒种的时候,他却将它移到了胸前,好像胸前抱起的一个婴孩。他一手托定,一手抓种谷,每抓一小把,即均匀而欢快地撒到秧坂上。只见一把把种谷手掌里飞出去,默无声息地落下,平整的秧坂上,忽然就钉子一样钉满了种谷,好似横站的墙面上的墨点画,很耐看。稻种一落秧坂,老农的一颗心也就踏实了。

种谷撒讫,找来一把铁锹,用锹背小心地把它们抹入泥里。铁锹一路横扫,碰到半露的种谷,会发出嚓嚓的声响。全部的秧坂抹一遍,直起腰,庆幸这播种总算完成了。

但还需要守候一阵子。此刻,谷种还没有出青,还是一粒一粒的稻谷,饱满地嵌在秧坂的表面。麻雀见了,就会成群结队地飞落下来,停歇在秧坂上,来来回回地啄吃。那时候的麻雀,虽然经过全民的大扫荡也还不久,但麻雀种族有着奇强的生存力,这几年的休养生息,它们大有星火燎原之势。秧田里飞落一只、两只,随即就会落下一大群,黑压压的,停歇在秧田上,叽叽喳喳,像过节一样兴奋。

赶麻雀的事情就轮到我们了。扛来家里的竹竿,竹梢上,绑一条有颜色的布条,或一张破碎的尼龙纸。我们搬来拔秧用的小凳,如果搬来一只竹椅,那就更舒心。我们坐在秧田一横头的椅子里,看到麻雀在空中盘桓,将落未落之际,早就祭起《封神演义》里的十八般兵器,嗷兮嗷兮,口中发出远古时代传下的驱赶之声,手里的长竹竿,随即挥舞起来。麻雀胆小,见到这阵势,哪敢停落,轰的一下就飞离了。

起先,是兴之所至,每个小孩都觉得新奇,都愿意去田间驱赶那群欢蹦乱跳的麻雀,可是,一天过去,喉咙哑掉不说,手臂早就酸麻不堪。随即,厌烦就出来了。还好,我们有替代厌烦的办法,于是,想到古久先生的好办法——扎一个稻草人,全身披挂尼龙纸,插在秧田里。那时的尼龙纸,不比现在的薄且有韧性,那时的特别厚,很容易碎,一碎,风一吹,就沙沙作响,既有声音,又有动感,麻雀自然是怕,这一招还真的管用。扎稻草人还有一个最简单的办法，取来父亲雨天穿的蓑衣和斗笠，秧田里插一根一人一手臂高的木头，蓑衣挂上，斗笠顶上，一个稻草人就很像模像样了。

四五天后，如果天气转热，灰褐色的秧坂上，就会稀稀疏疏地冒出绿色的秧苗，秧坂一转青，聪明的麻雀立即转移方向。我们也就不必费力驱赶麻雀了。秧苗吱吱吱地生长着，平整的绿色转眼就铺满了一望无际的秧田。看到饱满的种谷发芽抽苗，连忠于职守的稻草人也会高兴的吧。它们依然站在水田间，随风送出的沙沙声，从秧田的这头，响到那头。这一顶蓑衣，一个斗笠，古旧的一张脸若隐其中，看护着长势喜人的稻田。

在承包到户之前，集体生产队那会儿，塔鱼浜除了大规模的水秧田之外，另有少部分旱秧田，虽是昙花一现，似乎也不该忘记。

70年代的某个夏天，塔鱼浜开始在机耕路上培育旱秧田。机耕路一般都比较阔大，一边开有水渠，附近水田的灌溉用水，大多经由机耕路的水渠通过去。另一边走人，阔而长，足以让拖拉机的两个大齿轮顺顺当当地碾过。就在这较阔的一边，不知是谁的主意，合心生产队的秧苗竟然撒种在了机耕路上，弄得好端端的一条机耕路，像老和尚的百衲衣，东一块西一块的。秧田毕竟需要水的滋润，而机耕路灌溉方便，水泵一响，河浜里的水就翻翻滚滚地抽上来了。放水员杏春或我的麻子外公掘一条小沟，水就汩汩地流入路上的"秧田"了。所以，机耕路上的秧苗，也还是葳蕤地旺长起来。不过，旱地的秧苗总没有水田的秧苗那样有一股深黑而笔挺的生机。旱地的秧苗不仅颜色偏黄，还稀疏，长不高，更不粗壮。最麻烦的是，等到移秧的时候，发觉没法拔，一拔，吧嗒一声，秧苗就崩断了。于是，只能用一把铲子，连秧苗底下的干泥一同铲起，然后，用土挞挑到附近的水田。但土挞也不能多装，一多装，就会压坏底下的秧苗。更麻烦的是，插秧的时候，即使生产队速度最快的插秧能手，速度也提不上去。最后，只好将一小片带土的秧苗托在手掌上，另一手小心地掰开，分株，连棵带泥种入水田。不知道机耕路生产的旱秧后来亩产究竟多少？印象中产量似乎并不高。这种农业新技术，在我村试验了没几年，就不再坚持下去。塔鱼浜的机耕路终于脱下了这件难看的百衲衣。

拔秧与插秧

拔秧是妇女干的轻便活，男子一般都干挑秧的重活。我印象深刻的是集体出工那会儿。那年我读初中，暑假回家，得下田挣工分。我被编入妇女的队列，随她们去后头田拔秧。

一大早，天还乌墨墨的，队里出工的哨声就吹响了。各人自带拔秧的凳子，到指定的秧田集中。如果天雨，还要备一把雨伞，伞柄绑一根长短适中的木棍，插入凳子边的秧田，一则遮雨，二则遮阳。当然，真要是下雨，也可以穿父亲的蓑衣去，但蓑衣硬邦邦的，扎人，又不密实，雨一大，人终究还是一身湿。后来，父亲也赶潮流，新买来尼龙雨披，青绿色，拿在手里，轻得像一个空屁。天不下雨，那尼龙雨披，用手团一团，直接放入裤袋，很方便，但下大雨，尼龙雨披紧紧贴在皮肤上，并不舒服。我因此觉得，最好的办法还是秧田插一把油布伞，人的双手可以舒服地伸展开来。插有油布伞的秧田是美好的。整块墨绿色的秧田里，这里张开一顶，油黄色，那里撑开一把，碎花形，各各像一个堡垒。堡垒下，一个穿的确良衬衫的女子低头拔秧，望过去，真是安静而美好（这时的塔鱼浜也是安静而美好），虽然，随着拔秧的进度，那把牢牢插入秧田的油纸伞，需要不停地换插地方。

　　拔秧的凳子也是有讲究的。一般的木凳，一块面板，四只脚，但拔秧凳是两块面板，无脚；或者，更简便一点，底下两根木条，平行地钉在前后两只凳脚上。这也等于取消了凳子的脚。

　　我曾愚蠢地带了一只四只脚的小矮凳去拔秧，只坐了一歇歇，屁股底下忽起一阵凉意，回头一看，秧田的水漫上来，已经漫到屁股底下了。凳子的四只脚已经全部深陷在水田中，而且，还在往深里陷入。我用尽吃奶的气力，好不容易才把它们拔出来。拔秧凳就不存在这样的问题了，它底下的一块面板，因受力面积大，就不至于陷入水田，且凳子移动起来，也很方便。队里拔秧的高手，甚至不用手扶着凳子挪步，光凭他的屁股，就能够将凳子带着缓步向前。很奇怪，他的屁股牢牢地粘着凳子似的。屁股挪到哪里，凳子就跟到哪里。真是好本事。队里最考究的拔秧凳，不仅上下有两块面板，前后左右都有面板，形状像一只立体的盒子，其中边上的一块板还能够活动，拉开，里边可以放一把茶壶，一只搪瓷杯子。活干得累了，上午或下午，小队长毛老虎一声"吃烟了"，主人就可以拉开边上的木板，取出茶壶，昂起脖子，咕吱咕吱，大口的浓茶入肚，通体舒坦。看人家这解渴的样子，自己的渴意也被牵引出来了。

　　我早就学会了双手拔秧的功夫。拔秧凳往秧田里一摆，小屁股坐上去，上半身前倾，低着头，左一把，右一把，左一把，右一把……就拔开了秧。拔秧的时候,我喜欢穿高帮套鞋,那是因为害怕蚂蟥和水蛇。秧田里蚂蟥特别多,还有钉螺,都会沿着小腿肚悄没声息地爬上来。蚂蟥专吸人血,吸得圆滚滚的,才从白白嫩嫩的腿肚上掉落。蚂蟥太恶心了,人见人恨,一旦盯上你的腿肚,抓都抓不下来。也因此,一旦抓个现行,赶紧走到田埂上,使劲拍打,蚂蟥掉落下来,用断砖或碎瓦,毫不手软地砸烂它的身子。

秧苗牢牢生根在秧坂上,还真不易拔起,手腕的气力要恰到好处地使出来,力大了一点,秧苗叭的一下就断了;气力小了,还真拔不起来。同时还要掌握好拔秧的节奏,左手拔几株,右手跟着拔几株;或者左右手一同起拔,等到双手各握一把秧苗,啪啪啪,同时往水面上轻拍,水面像一块水灰色的布,凹了下去,瞬间又聚拢,而秧苗根部的泥块,经此一拍,就掉落下来。秧把上的泥拍干净,右手的一把秧稍稍倾斜,放到左手的那把秧上,两把秧合并成一把秧,抽出秧凳里的一根稻柴,紧绕,扎实,打个结,抬手向后扔去。有经验的妇女,抽稻柴捆扎时,往往会多抽几根,嘴巴含着,两三根稻柴被一张红嘟嘟的嘴巴含着,也很有看头的。

有些秧田拔出的秧苗总带着过多的泥块,一时三刻拍不干净,有人就往自己的腿肚上拍,秧的根须毛毛糙糙的,拍的时间一长,小腿肚先就受不了,其中的某一块地方还会转红,严重的会腐烂,所以,有经验的妇女,是不会往细皮嫩肉的腿上拍的。她往秧凳子上拍,效果一样。当然,据说,早先我们村里有些大户人家,家里备有秧马,木头制作的秧马我不曾亲见,想来总不外乎马的形状,人可以骑上去,可以移动着向前,拔起秧来,身子大概会舒服一些吧。而最最主要的,我以为是可以往秧马的脖子上拍落那些秧把的淤泥。可是,轮到我拔秧的年头——20世纪70年代的塔鱼浜,古老的秧马早让一只简易的拔秧凳替代了。

拔好的秧把拢在一起,队里的男劳力,不时会用土挞挑走。土挞装秧把,有讲究的,秧把须横平,绞着往上叠加,而顶端,常坐着一只秧把,有点像戏文里穆桂英头顶的那两根醒目的野鸡毛,雄起赳,直竖着,神气活现。

往往是这样,一边拔秧,一边就在插秧了。队里为了取秧方便,秧田常做在稻田的附近。而插秧,我家乡通俗的讲法就是种田。

种田就大有讲究了。

据说早先,种田的那天,要请田公地母这对老夫妻。乡下所谓"请",就是祭拜的意思。那是少不得鱼肉荤腥的,还要烧一些香纸,点上蜡烛,拜一拜。这年头活着不容易,也算给田公地母一点小意思吧。田公地母请毕,就可以开秧门了。所谓秧门,原是拔秧时左右手两把秧合拢时所留的那个缺口,俗称秧门。种田开秧门,兆一年兴旺发达。这一天是农事真正的开端,来不得半点虚头的。

开秧门的是一位村里有威信的人物,一般就请一族之长来开。此时,水田里已经拉好了种田绳,一切准备就绪,就等他弯腰种完第一把秧了。秧门一开,年轻的姑娘小伙,就在水汪汪的田里你追我赶种起田来。

我也曾高挽裤管,嫩怯怯的双脚踏入百热沸烫的水田里。酷暑种田一般在下午的三四点钟以后,暴烈的太阳此时已渐渐西去,但将沉未沉。一天里最热的时辰已过,但水田的水仍是发烫的。此时种田,秧苗经过一夜的休整,容易栽活。如果上午种田,秧苗难保不被午间火热的太阳烤焦。然而,我一直不是种田的料。我倒不是脚皮嫩,怕烫,或怕蚂蟥之类,而是怕腰酸。我的父亲是老农,队里种田的男劳力中,他是种得比较快的几个人之一。他一生其实也没什么大主意,但居然附和着别人说我小小年纪,腰都没有怎么可以说腰疼。言下之意,很不屑我的偷懒。说来也真奇怪,我一走到田里,就忍不住打哈欠。所以,对于种田的农活,很惭愧,我其实并没有学会。

乡下有一句种田的俗语:"种田不会——看上埭。"反正田水绳已经拉好,两条尼龙绳之间,就是种田人的空间了。我硬着头皮下到田里,努力弯下腰来。我从左到右,六株,接着,种下一埭,从右到左,六株,再从左到右……循环往复。我左手握着半把秧,用大拇指剔出一小束,右手的拇指、食指与中指三根指头捏住,种入软绵绵的水田。不过,我种田的动作,并不连贯,像小学生写字似的,歪歪斜斜,生疏得很。抬头看看队里种田的高手,手脚配合,快得眼花缭乱,只见他(她)连续不断地插秧,倒退,一刻也不停,连袖管落入水里,也浑然不觉。看人家袖管的泥水,似乎永无掉落的机会,甚至袖管与泥水混合成一块了。

种田的速度赶不上别人,我只得种一些边角的田,以免被别人赶上,关在秧田中间。队里的辣钵金龙笑嘻嘻的,却常要使那么一点小坏,看到我,他放下秧担,明着是送秧给我,暗地里是来调笑:"二毛,秧喏……"还没等我回过头来,黑乎乎的三只秧把就凭空飞到我身边了,啪的一声,三只秧把同时落田,溅起的泥水着实不少,几乎溅满我一身。辣钵金龙用这一招也会去打趣队里的妇女,惹得她们群起而攻之,她们甚至用扔来的秧把向着他重新扔回去,扔到他皮肤黑红的身上去,口里是一迭声咒骂:"死人辣钵!死人辣钵!"酒糟鼻子通红的辣钵金龙开心地挑着空担子走远了。

太阳落山了,如果秧把还没有种完,那就要开夜工。月亮升上来,青蛙鼓鼓鼓鼓地叫开了。水田里,塔鱼浜的一群男女依旧沙沙沙沙地弯腰种田,直到角角落落都种满了,直到种完最后一把秧,才从水田里拔出身子,踏着发烫的泥路,磕磕绊绊地回家。赶紧拿一块肥皂,取了毛巾,头颈里一环,来到河埠头。你看他们——男的女的,一个个沉到干净而温热的河中。这是整个塔鱼浜最放松的时刻。

躺在简易的木板床上,我父亲的呼噜惊天动地。我被战斗机一样凶猛的蚊子和父亲汹涌澎湃的呼噜声时不时地惊醒。第二天,天还乌墨墨的,父亲开始起床,因为出工的铜锣已经敲过一遍。噗噜噗噜,喝下两碗清可见底的白米粥,他嘀咕一声:"做煞没劳钿。"(做死了也没有多少钱可拿)吸完最后一口纸烟,他烟屁股一扔,伸脚一踏,略微地转转脚,就扛起铁耙,趿拉着草鞋,出工了。屋子里,两扇空洞的木门,像一张哭笑不得的大嘴巴,毫无表情地敞开着。他也懒得关门了。

拔草与烤田

田种好,过一段时间,秧苗长得正旺,碧绿中透出乌黑,秧叶变得硬实,叶瓣也渐阔起来。此时,稻田的杂草也开始了疯长。尤其拔秧时,没有剔尽而遗留在秧把里的稗草,这会儿长出气势来了,其精气神之旺健,远超水稻。

拔草,用一个文绉绉的词就是耘田,对于我们这些会偷懒的家伙，也许算不得繁重的农活。可是，这要是在过去，拔草之苦，更甚于种田。队里需要拔草的水田过多，一时三刻无法完成。拔草的活，一般就派给女人。女人弯腰拔草，手脚总比男子来得麻利。可是，弯腰时间一长，腰酸背痛，就只好连带着长裤跪着拔草了。第一第二次耘田，水稻长得不高，叶子也没有抽穗那会儿硬实。女人们统统下到水田里，因为不是重活，劳动时，也总有说有笑的。有时候，两三个平时对得上话的女人，会并排着一道往同一个方向耘田，说说自家的男人，说说私房话，半天的时间就过去了。可是，等到耘到第三遍，稻子长到齐她们的膝盖还高的时候，烦难就多了。老法的耘田，需要跪倒在田里，两个大腿之间，是两棵水稻，大腿外，也各有两棵，女人的两只手，齐头并进，需要管好左右六棵水稻，碰到一时三刻死不了的水竹草，扯起来还特别费劲，扯下，团成一团，往泥堆里深深地塞下去。一爿田耘下来，女人细嫩的大腿上，会划出横一条竖一条的伤痕，那是叫坚硬的水稻叶子硬生生刮擦出来的。

如何区分水稻与稗草，对于书呆子来说是一个不小的考验。我第一次随队里的妇女去拔草，总担心自己会将好端端的一棵水稻当作稗草拔出去，惹人笑话。不过，经人指点后，我很快认清了水稻与稗草的区别。最简便的方法，远远望过去，平整的稻田里，突出于稻田一般高度的，必定是稗草。这也可见稗草的危害。与水稻同处一方水田，稗草总是凶猛地与水稻争夺肥力，但温文尔雅的水稻是争不过恶霸似的稗草的。此外，水稻的叶片上有毛状的叶耳，稗草没有，它光洁得甚至有点儿油头粉面。这是当时我很感性的区分法。若干年之后，读到地方志的记载（此时，我总算有过拔草的经验），别有心得：

> 稗生稻田中，与稻相似，稻秧微黄，稗秧肥绿。稻茎扁，节有毛，叶背部光，倒捋之则碍手。稗茎团润，节无毛，叶光滑。

拔草的次数一多，再说区别水稻与稗草就有点小儿科了。需要说明的是，拔稗草要费一点力气，因为肥力吸得充足，稗草的根深深地扎入水田，偏它又枝叶繁多，锦簇似的一团，气力小一点，真还拔不出来。我曾用双手死命地拉过一棵巨大的稗草。它曾带出了好大的一块泥，连到旁边的水稻都给拉了出来。不得已，只好重新扶正那些拉松的水稻，再将那稗草连同一大块淤泥扔到田埂上。像这样的稗草，即使扔在田埂上暴晒，它也不会死绝，它仍会葳蕤地生长。所以，每回耘田后，田埂上的草就会骤然增多。

拔草不是拔一次就可以一劳永逸地解决问题的。一般需要拔三次。这就是农谚中所说的"田耘三次荒勿煞，饭吃三餐饿勿煞"。看似轻松的拔草或耘田，劳动量其实是很大的。

水稻的一生，离不开水，这是南方一种特别喜水的物种。但有意思的是，水稻在抽穗之前的生长过程中，如果断水若干天，干它那么几天，然后灌水，让它充分沉浸在水中，如此一来，其长势竟会出乎意外地比先前更为喜人。用塔鱼浜老农的说法，这稻子就像人一样，犯贱。

水稻的这一次"犯贱"，就是历代所谓的烤田（又称靠田、干田等），现代科学的说法，须得促使稻子的命根生长，抑制它不断滋长的横根。我家乡对此的记载是："小暑至立秋，计日不过三旬有余，或荡或耘，必以田干裂缝为佳。干则根派深远，苗干老苍。"

(《乌青志》)乌镇、青镇距塔鱼浜都不远,不过十四华里。这"田干裂缝"的烤田法,固与塔鱼浜无异。烤田,为的是固根,让水稻的根扎得更深,稻秆更见老苍。

立秋前,水稻必须人为地干田。水田里的水放干了,沿着沟渠流走,一部分就流入了田间的河泥潭里。那些盛满河泥的大潭,这会儿空着,蓄满了水,底下还蓄满了鲫鱼和鳑鲏鱼。潭底肥松的淤泥里,钻满了油亮亮的泥鳅。那年月,轮到烤田的时节,我都要带着粪桶,粪桶圆滚滚的底上以及两只耳朵上各穿一根担绳,叫上一位同好,选定某只河泥潭,一口气舀干。我们就痛痛快快地捉一次泥鳅吧。

斫稻、拖柴、晾稻与挑稻

早稻与晚稻的收割,就像这两个稻的品种,差别太大了。

早稻的收割大抵在7月20日之后,乡下谓之"双抢"之始,可见时间之急迫。"双抢"开始,卡在木场桥头一棵楝树枝丫里的广播,总要喊一喊:"请广大社员同志们注意,请广大社员同志们注意,'双抢'节目开始,现在是'双抢'节目……"先出来一个女声,用的是桐乡土白,语调还算和风细雨;接着是歪瓜裂枣、长脚怪鸟一般的六和尚的声音,这家伙一上来就是"喂喂……"这两个短促的高音。这是好多年里六和尚的播音风格。六和尚我在翔厚读书时见过,他虽是男子,土白的声调却很女声女气,但话要说回来，他的发音很清晰，不光是我，全大队的社员同志们都爱听他的广播。

"双抢"如战场。"双抢"下来，每个人都会瘦掉几斤，很多人的脚丫、手指都烂了，苦不堪言。可因为一开始就造足了势，此后近一个月那无比的辛苦，大家心里也早就有了数。"双抢"是从斫稻开始的——斫稻、掼稻（或打稻）、挑稻、晒谷、耕田、拔秧、种田……一系列的农活，老鼠接尾巴，都凑在一起了。

小队里的男男女女，全部聚集在一只圲里，没有打稻机的时候，男人们只好拉来古旧的稻桶。这木制的梯形稻桶，不知何时传下的。稻桶的开口很大，敞向天空，桶底收口小，底板上有两根横档（乡民称之为泥拖），便于在稻田里拖行。稻桶的四只棱角上，各有露出在外头的横木（或板），为的是拖行时便于搭手使力。稻桶的三面围有麻布制作（后改为化肥袋）的围屏，这样，掼稻时，不至于稻谷外跳而流失。最有意思的是稻桶里躺着的那一张稻床，样子很像一把古筝，不过没有古筝的精致。而那段老木头的上面，嵌着好几条毛竹爿，稻束啪啪啪掼在上面，脱粒的稻谷刷拉刷拉响，顺着毛竹爿漏到稻桶里。

女人们斫稻，男人们掼稻，这是太古时代传下的古法。后来，队里买了打稻机，接线员从高压线上拉下一条电线，连通到打稻机的马达，开关一开，突突突突，打稻机发起飙来，打稻就方便多了。只是，打稻机打稻，谷粒飞溅，年年都有一些小事故发生。比如，一粒毛糙糙的谷粒飞进男人的眼睛里了，哎呀一声，打稻机并不停歇，继续突突突地转动着，可男人已经手护眼睛，退下阵来。此时，早有在一旁递稻把的女人，赶紧替他解下帽扣，轻柔地翻转红肿的眼泡皮，旁若无人，伸出婉转的舌尖，往男人的眼眶里那么轻柔一舔，谷粒就给舌尖舔出来了。所幸这样的事故并无多大的危害，男人的眼睛红肿几天，也就恢复如常了。

早稻的稻秆碧青而硬实，水田里也全是水，水漫到小腿肚，甚至快到膝盖了，行走很不方便。稻子脱粒，即有人挑到生产队的水泥白场翻晒。至于那些重如石头的湿稻柴，已经一把一把扎好，按照每户挣得的工分，摆大小堆分到家。这个分稻柴的活是由我的大叔拆烂污阿二完成的，他是小队的记账员，上衣的口袋里常年插一支竹管圆珠笔（早年倒是一支上海英雄牌钢笔）。他的文件夹里夹着一叠白纸条，等有人堆好一堆，数好确切的稻柴个数，他就在白纸条上写上户主的名字，吱啦一下，很干脆地撕下白纸，斜着身子，塞在稻柴的顶端。那时我读初二，那天正是暑假，这拖稻柴的重活，理所当然轮到我。等大叔将稻柴分得差不多了，我深一脚浅一脚地在水田里找我父亲的名字，找到了，就一手三个柴把，顶着酷烈的太阳，拉了往高地的番薯藤里走去。我用尽吃奶的力气，好不容易全部拖了上去，选好一个阳光充足的地方，右手拎起其中的一个，顺时针方向用力一旋，稻柴的根部随即如一把雨伞旋了开来。我把一个个稻柴束倒扣在番薯地，晒好，歇下，我两腿打战，几乎虚脱。这活实在是很吃人力气的。

晚稻的收割，相对于早稻，要悠闲得多。晚稻收割的时候，水田是干的，穿上一双元宝套鞋，带一把镰刀，就可以下到田里劳动了。通常，左手把稻，右手持镰，伸出镰刀往稻子的根部一拉，刷拉一声，稻子齐整整地斫下，一镰刀也就割两棵稻，但手臂、手掌又长又大的男子，左手一抓，常是三四棵，像老鹰抓小鸡似的，动作略微有点夸张。晚稻也不必像早稻那样须得迅速脱粒，稻子割下，一把一把平放在旱田里，尤其要将稻穗头枕在刚刚割下的稻子的根茬上，这样，就可以避免稻穗直接触地粘泥。一爿田割完，回过头来，再一把一把地将原先割下的稻子捆扎好。也不必挑到屋里，可以倒挂着晾在乔扦上。所谓乔扦，就是三根同样长短的细竹，上端以竹篾或细麻绳缚紧，三脚撑开，叉插在靠近田埂的田里。两棵乔扦之间，架一根长竹，这在农书上就被称作连脊。稻束就密密实实地倒挂在这根竹竿上。据说使用乔扦的好处，是能够让割下的稻株，继续往稻谷中输送养分，可以提高米的饱满度。但我的直接经验告诉我，稻子在乔扦上晾晒一段时间，挑稻的时候，分量总归轻一些，这会让辛苦了一个夏天的老农因此节省一些力气。

我读高二的那一年，已经承包到户，农忙假回家，来到后头田与父亲传担（后头田离家远，他一人挑回家太费力气，有人帮挑一程，谓之传担）。他把稻子从乔扦上取下，用担绳捆扎好，满满的一担，挑一半路程，我接担，挑回家，放屋前的稻地上。这一天，从上午挑到下午，身上的担子感觉越来越重。幸亏我已经学会转肩，左边的肩膀压疼了，路上可以不停担，转换到右边肩膀上，让疼痛的那只肩膀可以暂缓一下压力。而事实上，挑稻是不能在半路停歇的，盖因担子一放，势必会有稻穗掉落地上。我父亲与我传担，起初也是直接从他的肩膀转移到我的肩膀上，其间，一担稻并不着地。后来，我的两个肩膀全都血出津津的，他才轻轻地将稻担放在地上，让我慢慢起担。很惭愧，那年我已经十八岁，父亲四十二岁，我哪里是他挑担的对手，我的两个肩膀疼痛难耐，到后来，几乎迈不开脚步，近乎告饶。

所有乔扦上的稻子收完，堆放在稻地上，堆成一座小山。接下来，就是打稻。我父亲很古板，机械化的打稻机根本没想着去借。

大概他怕花租借的钱吧。他用一种传统的稻桶,掼稻脱粒。这一堆稻,我们两个人,一直掼到夜里十二点钟出头,才全部掼完。我整个人被稻子携带的灰尘覆裹,两个鼻孔,喉口的黏液,全都吸附着尘土。我的呼吸就不用说了,呼进呼出,全是尘土的味道。当最后一把稻束脱粒完毕,我砰砰砰脚步很重地来到河埠头,一言不发,一个猛子扎入严家浜,过了近一分钟,我才露出水面,缓过一口气来。那一刻,天乌黑乌黑,天上的星星也瞌睡蒙眬的,全都半闭着眼睛。而我则待在微微发烫的严家浜的水底。我离水那么近,离泥土那么近,离安静那么近,离虫声那么近。我一辈子都没有忘记这一个时刻。

这一天又半个夜晚,我记得,我总共吃了十三碗白米粥。我将一碗又一碗白米粥直接倒进了空瘪瘪的肚子。

晒谷与还粮

小队的稻谷当然得在小队的大白场上翻晒。幸好白场的东西南三面围着墙圈(北面是三间大公房),拢共三个出口全都堵死,白场附近人家放养的鸡鸭进不来,金黄的稻谷就可以放心地在这水泥白场上暴晒。

晒稻谷不是一个重活。我那时已经随母亲去石门公社中学读初中,可我的户口仍在塔鱼浜,农忙的时候,我难得地回来挣一两回工分。一次,老虎小队长派我白场晒谷,大概也有照顾我的意思在吧。我一生中,参加塔鱼浜集体出工,回想起来,次数不多,不过随同扛锄头的妇女去削地,或拿把桑剪剪桑条、采桑叶之类。即使参加"双抢",也不过搬只拔秧凳去拔拔秧,也或者就像这天蹲在公房门口翻晒翻晒白场上的新打下来的稻谷。总之全都是轻便的农活。

头戴一顶印有"农业学大寨"的凉帽,我来到晒满稻谷的白场,拄起一把土灰色、显然有点年头的木耙,双手扶柄,成一斜角,柄头就顶在我的小肚子上,慢慢地,顺着一条心里虚构的直线,上南入北,入北上南,走来复又走去。我,以及我手扶的木耙所到之处,阴湿的稻谷起一个浪头,从底下翻上,过一歇,稻谷上的水痕被太阳抽去,我以同样的方法"犁"一遍。白场大,晒谷一般安排两人。两人各半,翻晒一遍,也还需要那么一点时间的。晚上,晒干的稻谷需要入库,老虎队长会安排青壮力来挑担。我们只需用畚箕装担。

每到收谷入库的最后,一天的工作接近完成,心里当然挺高兴的。趁廊檐口最后一小堆谷还没有入库,我登上一架梯凳,来到平屋的二层,先远望一番,过过眼福,接着,发一声喊(以此给自己壮胆),就跳了下来,刚好跳到下面的这堆稻谷上。这是一种冒险的举动,但大人并不加以劝阻。那年,我们常以这样的方式表达自己参加劳动的快乐。大人在一边,他们感同身受我们的快乐。

晒干的稻谷,沿后墙角堆放。中间的大公房里,堆得像个小山似的。队里的稻谷,很大一部分要交公粮,稻谷经风车扇过,满装好几条船,每船两人(船头一人,船艄一人),船头连着船尾,一道摇去炉头宗扬庙粮管所,公粮交讫,回塔鱼浜。记账员登记在册,算一天半的工分。

小队里集体交公粮，我也不曾随船同去过。但，承包到户后，农家自交，拼船同去宗扬庙，我随父亲实实在在去过一两回。

那时我家承包有三亩多田，每年的公粮任务在一千七百斤以上，摊一下，大抵每亩交五百斤之多。而那时每亩双季稻收谷不过千把斤。我看到新谷晒干，除了自家留吃，浅浅地圈在篱条之内，其他稻谷，父亲全用麻袋装，袋口用细麻绳扎紧。厢屋的地坪上，每到还粮的时候，就立满了一麻袋一麻袋的稻谷。昏黄的十五支光电灯泡下，我父亲常对着满麻袋的稻谷发呆，他摸出一角八分一包的雄狮牌香烟，一根接一根地抽，间或，口里喃喃自语："倒运！介些多，介些多！""倒运"是表示遗憾。"介些多"，意谓要交这么多。

交公粮，在我盲太太等老辈的口头，那就是还给天皇老子的皇粮，自古以来，天经地义，从没有人提出过疑义。当然，塔鱼浜没有这个普通话的"交"（或"缴"），皇粮用"还"，大家都用这个"还"字。"还粮去""还粮回来了"，好一个"还"字，这等于说，那是前世欠下的。欠债还钱，欠粮还粮。老农的这一辈子，谁都逃不了还粮一事。

麻袋装，拎上拎下，也比较方便一些。那时出门靠摇船，还粮走的是水路。塔鱼浜摇去宗扬庙，走西厚阳最近便，但不知道为什么，西厚阳的河面上忽然拦了一个大坝，硬生生断了船只的路。空船尚可以坝上拉过去，满船就休想了。一船稻谷，几千斤重，如何拉得过高出水面的泥坝？只好出伍启桥，经白马塘，折入金家角、彭家村、翔厚那么兜一大圈。摇船去金牛塘南端的宗扬庙，太不方便了。

我们是经翔厚摇船过去的。

到了，宗扬庙的码头上，全是还粮的船，简直停无所停。好不容易船靠岸，拉上跳板，各户自搬麻袋。我也终于见到了传说中的宗扬庙大白场以及一排排堆放粮食的大仓库。

验粮员过来了，腋下夹了一把专以检测稻谷出糙率的手木筲，这磨盘似的东西我第一次见，不明所以，直盯着它看，我心里想，这东西干什么用。父亲胆怯地递上他的粮卡，一本红塑封面的比火柴盒稍大的本子，里面记录着今年还粮的数字。验粮员略略一翻，合上了，交还父亲，不情不愿地用手指指，大约是叫他将粮食搬到那个空处。验粮员是个中年的街上人，人精瘦，脸颊的肉贴紧腮帮子，手里夹着不止一根烟，两只耳朵上还都架着，这些香烟，都是还粮的人递给他的。看来，这家伙是个老烟鬼。我帮父亲把麻袋拢在一堆，等待他来验收。

过了个把小时，老烟鬼过来了。父亲以及其他人，全都来了精神，他们一个一个递他香烟。他来者不拒，一支支香烟，如同躺倒的尸体，躺倒在他那本摊开的大簿子里。他面无表情，随手指指，要求解开其中一袋稻谷的麻袋绳。他取出一根抽样的扦样杆，直接就捅到麻袋中间了，抽取一把谷子，倒入那只稀奇古怪的手木筲，压压紧，哗啦哗啦旋几下，米粒与糠麸立刻就分离出来。他两个指头抓几粒米，放在门牙中间，哔的一声，咬了一口，点点头，这算是检验合格，表示验收通过了。老烟鬼在粮卡上盖一个蓝黑墨水的"合格"章，交还父亲。父亲大松一口气。随即大批麻袋过磅，通过一架斜搭的很长的跳板，一麻袋一麻袋，搬上"山"头去。

也有检验没有通过的，主要是嫌稻谷不够干燥。那就只好搬到仓库外的水泥白场继续翻晒。这次同来就有验收不合格的一家，来人嘟着嘴，闷声不响，没有好声气地搬去更大的水泥白场翻晒。这一来一去，会耽误工夫。但大家也不埋怨，不催他，还帮他搬进搬出，帮他借来木耙翻晒。大家一个村的，乡里乡亲，有来有去，帮忙是应该的。直到这一家顺利过关，合格后过磅，皆大欢喜，开船回家。

粮还掉，国家有十元一担的补助款。男人手指头吐满了口水，一张一张，来回地数。手头的每张十元钞票，男人知道，都是一家子很辛苦地挣来的。一连数了两遍，无误，这才放心地装入贴胸的上衣口袋。

回塔鱼浜的水路我们走西厚阳。过水坝的时候，大家一道扛起船舷，船头略微抬高，一二三，一声喊，嗦落一下，大家就把空船送入另一边的河道。大水坝一过，一歇歇工夫，塔鱼浜木桥头就到了。

村子里的米香

旭明家在塔鱼浜的最东边。他比我小一岁，小时候总笑嘻嘻的，脾气很好的样子，后面常跟着一群跟他差不多年纪的玩伴。提起小队里的还粮轧米，他倒有过被派去民兴对丰桥轧米的经历。

轧米是一个好差事，守着一船白花花的大米，还可以白吃一顿米饭。旭明的父亲是大队书记，这样的好差事落到他头上，自然是一点都不奇怪的。

这一次轧米，旭明告诉我，还有牛屄新山、大块头根生同去。

后面这两个家伙,比我们大十二三岁,都不是省油的灯。

果然,两位来事了,米轧好,照例一船米应该立刻摇回塔鱼浜向老虎队长交割。但牛尿新山和大块头不肯歇。他们动起小脑筋来了。他们说,旭明,你今天晚上住在船上过夜,我们两个回塔鱼浜。旭明说好。他们两个就结伴回家了。回家前,两个家伙悄悄坌了一篓箕米,去对丰桥集镇的一片软糕店换了好几蒸架白热沸烫的软糕,两人一分,偷偷带回了家。第二天,回到船上的时候,顺便也分给旭明几块尝尝。旭明这才知道这两个家伙急着回家的原因。

有一船米随身,船上做一顿白米饭吃,那是允许的,可是用公家新打白的大米去换软糕,那是不允许的,一般的老实人怕想都不敢想,但大块头和牛尿新山却敢做。很多年以后,旭明跟我讲这桩往事,还忍不住牙隙漏漏地笑了起来。

新米打白送回塔鱼浜的那个晚上,无论前埭后埭,全都弥散着一股浓浓的米香。隔着一片茂盛的桑树地,两埭人家的乌黑的屋顶,袅袅升起的炊烟,以及随之而来的米香,是江南一个古风犹存的村庄展现在我面前的最后的一幅水墨画。

新米打白的那个晚上,我们家一般要烧一镬子的菜饭。我母亲去自留地斫来几棵大蓓头菜,配以自家腌制的咸肉,老灶头上炒个半熟,拌入新米,倒铁镬子里旺火烧。不一会儿,镬盖掀动,热气旁逸斜出,弥漫在整个灶头间。米的香味也给镬子底下的火逼出来了。一歇歇工夫,镬糍也起焦香了,有细碎的毕剥声传出。那种米香,像千百只小手,抓揉着我的味蕾。这个,我一辈子都忘不了的。

新米打白的那个晚上,做出来的米饭,玉瓷白,黏性十足,入口糯。如果搅一筷头的猪油,再滴几滴鲜酱油,猪油拌白米饭,大有肉粽的滋味。那就是我少年时代在吃食上的最爱。

不要说猪油拌酱油的菜饭，就是白米饭，也好吃，那种米香，完全来自没有任何污染的泥土——我对芳香的泥土的认识，不是一个知识分子的不及物的认识，而完全源自一个乡下人朴素的情感。我的情感是及物的。许多年以后，仍是这样。

这样一粒塔鱼浜土产的白米，我想象不到可以随随便便地浪费。多年以后，回忆起新米碾白的这个晚上，我几乎不费力就写下了一首《米香》：

新米碾白的当天晚上
塔鱼浜上空一片米香
好像一粒粒白米的精魂在村子里开大会

那是泥土的香味
泥土干净得让我流泪
是太阳的香味
我无法不爱那一轮滚过村庄的老太阳

一粒白米
如果落到厢屋的泥地上
我的祖母就会弯下腰，捡起来
放进嘴里，细细辨味：
"罪过！罪过哎！
一粒米，三百六十斤的气力呐！"

三百六十斤的气力又回到她的身上

新米碾白的那个晚上
我捧着白花花的一碗米饭
我一辈子都计算不出
这一碗米饭里究竟藏有多少气力

菊花简史

整地

清明前后，土地回暖，如果连续出来几个大晴天，塔鱼浜的小路上，前往自留地做农活的人明显地增多。清明头三个忙日还没有翻过，此地的农忙其实早就开始了。

男人们，翔厚集镇上吃好早茶，臂弯里挎一只竹篮，慢吞吞地走回家来。竹篮里，是肉墩头上断来的一块肋条，或割来的一方坐臀；也或者还有半斤油豆腐；两条带鱼或一条鲞鱼裹没在毛糙纸里。总之，竹篮里的喜气，是与节日的大小有关的。另外，农忙开始，要做重活了，也不无犒赏一下自己，养养力气的意思。

早饭吃过（男人多半吃茶时已经吃好），男人作为一家之主，扛着铁耙，挑着担子，跨出了门槛。女人则背着竹篰，手捏一把小镢子，或者干脆荡着两只空手，跟在自家男人的屁股后面，随他走到附近的自留地。讲究一点的老公婆，篮子里会自带一只泡满红茶的搪瓷茶杯,就带一只,不多带,两人同喝。来到自留地,篮子地头一放,这一天的农活,就这样开始了。

忙日的忙是,一会儿要去田里做秧田,撒谷;一会儿要去地头松土,将去年翻垦好的冬地摊平,泥块整细。农民的两只脚,一只插在水田里,一只踏在旱地上,总之,两只脚,一空没得空。

按理,地头松土是男人的活,女人一般也就用镢子斫斫草。但总有人家,自家男人不出料(不成器),反倒女人强旺了,一把夺去家里的印把子。女人堂而皇之地当家了。这样的女人,当然会扛铁耙,而且,通常独自一人,抽根烟,独自劳作。她垒起地来,还风风火火得很,一举一动,丝毫不让别家的男人。

"呸——",抬起手来,手心里小小地吐一点唾沫,双手一搓揉,铁耙就高高地举了起来。一铁耙下去,噗的一声,铁耙的四只雪白的铁齿插入泥土。只见她前手一压,后手一提,一整块泥就这样翻转过来。

这地,好久没有松土,早板结成一整块了。小小的一块土,在铁耙下翻转,露出黝黑深邃的一面,可还是板结着,还是小小的那么一整块。于是,铁耙一个翻身,用铁耙填上枕木块的那头,稍稍一磕,板结的泥土哗啦就四散开来。翻垦过的一畦新土,完全不同于未翻的一畦旧土,单从颜色上看,未垦的土一片灰白,简直灰头土脸,新松的土呈肥沃的褐色,色泽深沉,看起来,很诚实的样子。

(垦地,有右手上前的,也有左手上前。我是左手上前。)

就这样吧,一把大铁耙,举起,落下;举起,落下,举起,落下……这简单的动作可以持续大半天,直到额头上豆大的汗水滴滴答答掉落翻松的泥土里。

铁耙的齿在泥土的擦刮下,越来越白亮闪闪的了。有时会翻到半块碎瓦片，咔嚓一声，听起来，真是揪心得很。是心疼这把好铁耙吧，生怕损了齿，残废了。翻垦到断砖碎瓦，一定会谦卑地弯下腰来，很小心地把它们捡出，啪的一声，一扬手就扔到地与地之间的小路上了。有时会岔到肥胖的曲蟮，可怜兮兮的曲蟮，好端端在泥土里做它的春秋大梦，突然被翻垦出来，一时三刻，哪里习惯得了这一阵汹涌澎湃的白亮。赶紧两头紧缩，小心地躲避铁耙的伤害。但，很不幸，总有几条，身子被铁耙齿硬生生地切断了。断成两半的曲蟮，各自蠕动着，不知道还能活多久。

地翻垦完毕，必得碎泥，平整。如果是小块土地，也不妨先起好一畦垄，一垄土与另一垄土之间，要起一条深沟，便于排水。

考究的人家，其实早在去年入冬前，前作收获之后，这自留地就已彻彻底底松过一遍土了。

暮春三月，江南雨多，这是通例。而这一垄垄已垦好且现在已被整细的自留地上，将要栽植一种只有桐乡独有的作物——杭白菊。杭白菊属旱性的作物，根基入土不甚深，更不需要这么多的雨水。所以，拢一条高高的土埂是必须的。在我小时候，我从没有看到杭白菊种在低低的田里。只是到了晚近，一些高田，才种上了菊花。但高田的起垄，也就更加的分明。

种菊

和整个江南一样，塔鱼浜的春天，也是从最细微之处开始的，比如，河边所剩不多的倒挂杨柳的梢头上，开始绽出了一粒鹅黄色的新绿。与此同时，经冬之后，一片灰白的土地上，草色开始返青。其中。我家后门头的自留地，靠南早早圈好的一小块地，黝黑的泥土中突然抽出了一个白色的牙尖，第二天，太阳一出来，牙尖早早地就打开了，原来，泥土里拱出的这一个白色蘖芽，一见到太阳光，就变换了面容，竟然呈现出紫红的颜色。芽儿渐渐地在微风中站定，那紫红的小茎，在二月（指阴历）春风似剪刀的微寒里，嫩怯怯的，发着小抖。这一棵菊的幼苗，是从掩盖在土层下经年的老根上爆出来的。黝黑、潮湿的老根上，能够爆出这么一簇小清新，大自然的春天，真够神奇的。

三月中下旬，上年留种的菊花蔀头上，新苗相继破土而出。那几天，只要你留有一颗心，每天都会给你带来惊喜。这一根紫红的茎，随着天气的转暖，不知不觉地，也在变粗；茎上，锯齿形的菊叶，转眼就小拇指那么大了。清明节一过，菊苗蹿高到一夸[1]来长了。村里人量长短，最简单的办法就是，用手一夸，嘴巴里就报出数来了："一夸半。""两夸！""三夸不到一点……"

菊花的茎秆一夸略多一点，就可以分苗栽种了。

拔苗的前一天下午，整块菊苗地，一定要挑水浇透。当然，如果正好遇到下雨天，那是老天暗中在助你。

从隔年的菊花蔀头上拔苗，是一个很细心的慢工活。幸亏上年底，这一块留种地上，父亲早已施了厚厚一层稻柴灰，昨天下午浇下的河水，经过一个晚上的渗透，使得泥土已经完全松爽不板结，如此拔起苗来，也不至于很需要手劲，但需要无限的耐心和细心，

---

[1] 据音，我乡计量单位，以手的虎口尽量张开，大拇指与食指两个指头之间的长度谓之一夸。

需要小小而均衡地使力，否则，吧嗒一声，茎秆就断了。茎秆断了，再喊一声"哎呀"，也来不及。

拔出的菊种一把一把用一根稻柴往中间一捆，菊头朝向同一个方向，整整齐齐，码在竹篰里，浅浅地装满篰底也就可以了。菊苗幼嫩，承受不了多大的重量，很容易压伤茎叶，故不能装满整篰。竹篰一般由母亲背着，去昨天垦好的菊垄上分种。那时，母亲年轻，手脚快，右手拿一把镙子，利索地挖一个小坑，苗把里分出一支壮实的菊苗来，左手扶正了，右手的镙子随即拦过一把碎泥，镙子一放，腾出的左右手各各叉开大拇指与食指，使劲儿摁一下菊苗周围的泥土，在母亲的手底下，泥土很有点怜惜地涌起在菊苗的周围，护住嫩怯怯的紫红的茎。微风吹来，菊叶兀自瑟瑟发抖，但这棵菊苗，算是种好了。

我一直记得我家后门头的这块方方正正的自留地。因为离家近，出门就到，因此常去。这一块地，就在戤壁路的西边，地势很高。方正的四条边上，种着一圈楝树，据说是父亲与大叔分家后所种，也不知道他为什么就选种了这么多的楝树，大概楝种容易得到吧。四周种了楝树，也就与别家的自留地有了一个明显的分界。谁知楝树长势极快，没有几年，楝树就笔直而高耸云天了，我家这块自留地，快成为塔鱼浜一景了。

菊苗分种的时间，大抵在四月中旬，其时，气温虽有转暖，但地上的泥土仍旧冰冷冰冷的，两手长时间地按在泥块上，手指不仅感到冷，还酸疼。而分种一大片的菊苗，母亲的一个膝盖，基本上就要长时间地跪在地上，遇到泥地潮湿，膝盖上就会有一个圆形的湿印，寒冷彻骨到膝盖，稍不当心，会落下酸疼的后遗症。农活的辛苦，于此可见一斑。

承包到户后，家里的承包地比原先的几分自留地，明显来得多。但此时我家在塔鱼浜的户口，也只有我和父亲的还在村里，弟弟的户口已随母亲的迁到石门镇上，大概那是我祖母的户口也在我家，是故，我家的承包地，连我祖母算在内，不过三人，属于塔鱼浜的小户人家。

如果碰到大户人家种菊花，以镢子挖坑的方式跪种，显然是嫌慢的。

面对浩浩荡荡一大片待种的菊地，有人就想出了一个聪明的办法：土地翻松平整之后，暂不起垄，而是用铁耙耙出一畦一畦（畦与畦之间约一点二米）巨长无比的浅沟，沟里施以基肥（猪羊或人粪），菊苗两棵，株距二十公分[1]，一一放好，待整个一条沟安排就绪，再用锄头，一来一去，耙上浅沟两边的松土，待菊苗全部泥里立起，男子就反剪双手，双脚沿着新起的一垄菊苗，一左一右，缓缓前行，并一一踏实菊苗两边的泥土。这样以脚踏之法，较之前种的手掐，效率确乎高一些。

一垄垄新垦的沃地上，一株株菊苗，遵循着一定的行间距，它们站立起来了。母亲挺起腰来，用手背揉一揉眼睛，转身向身后望去，但见全部的土垄上，已经站直了的菊苗，微微颔首，仿佛在向种植它们的她答一个感谢的礼似的。不禁呼出一口气，有了一点小小的成就感了。这是从自己的手掌里生出来的一大片菊苗啊，它们迟早会翻滚起绿色的旋律，然后，在今世落下那一片令人神往的雪白。

但此刻，这一株苗，也不见得有什么醒目之处，苗像是不过是很普通的一株草，颜色是深绿，叶子的边缘，呈锯齿状，叶子也还

---

[1] 旧时计量单位，1公分为1厘米。

不多，它们能否成活，还真不一定哩。干旱，台风，暴雨，杂草，病虫害……什么都在前头等着它们。

育菊

我小时候，塔鱼浜常见有一种笨头笨脑的虫，身体扁平而长，像擦得锃亮的三段头黑色皮鞋，小小身体也分三段，褐色、黑色或者黑白有斑点色的，我都见过。一到夏天，这种虫总举着两根长长的触角天线，爬在桑树或构树上，很骄傲的样子。可是，它这两根骄傲的"天线"，也因此常常被我们扯来，一手揪住一根，翻它的跟斗，甚至翻转的过程中，冷不丁就将它的触角线给扯断了。我们还凑近了细细研究这两根"天线"，真的很像九节钢鞭，可是，它比九节钢鞭还多出三节。夏秋之间，在塔鱼浜这么一个虫声唧唧的村庄，这虫很有点不讨人喜欢，每见它行动迟缓，独自骄傲地来来去去，也不听见它发出了什么好听的声息。塔鱼浜的土白里，这虫我们叫它"洋夹"。实际上，洋夹属鞘翅目天牛科，大名菊天牛，又名菊虎，洋夹这个小名，可能只有塔鱼浜附近一带才有这个俗呼吧。我那时不知道，这种像戏文里的穆桂英头角上插两根野鸡毛的老虫，居然很喜欢啃菊茎的外皮，其实呢，它也不是喜欢吃菊茎的皮，它是要在咬破处产卵，繁衍后代。这是上帝给它的本能，也怪不得它。可是，被它啃食过的菊花茎秆，分枝处常会出现折裂，以致整整一条枝干全部枯萎而死亡。

很显然，育菊过程中，洋夹是一种不那么好对付的害虫。

至于其他的害虫——多年后，我回到塔鱼浜，曾问过近年菊花种植越发考究的原机埠打水员杏春，他告诉我："……还有一种菊花虫，咬起菊花来也很厉害的，一定要打药水，不打药水它死不了。"杏春说的这种菊花虫以及其他五花八门的菊花病，我现在压根儿记不得。

菊苗栽种成功之后，菊种的生长过程之长，会让孩子们忘记了它的存在。你想，清明节后栽苗，要经过五月六月七月八月九月十月足足半年六个月的时间，才会绽出那洁白的花骨朵来。孩子们哪有这么长的耐心。我们对于菊花的记忆，总是集中在开花之后很短的一段时期，而且，很可能只记得蒸菊花那会儿灶肚里煨番薯的细节。

菊花刚刚种下的春末，正是江南多雨的天气。其时，菊苗还显得嫩怯，总是一副小可怜的样子。它当然可怜了，它的生长速度，远远赶不上杂草的疯长，很快，它就被各种杂草包围并覆盖在它们的底下了。这个时间，菊花地头，不仅需要排水，还需要拔草。拔草的时候还得特别小心，而实际上，菊苗本身也是一种草，颜色上与别的杂草混杂在一起，一不小心，就会将它也拔将出来——拔它，可能比拔出一棵在地面上贴地滚爬的扁草还来得容易呢。

菊苗需要肥力来加固它的茎秆，旺发它的叶子。那时候，除了去翔厚供销社金根强的店里买化肥，就只有靠家里的人粪了。我的父亲当了一辈子农民，一辈子不舍得去供销社买化肥，这东西花钱，实在要施肥，他也只是篓箕里背一点点回家，不会买很多的。

那么，只能靠后门头自家茅坑里的人粪。

我家的后门头常备有一副深灰色的塑料粪桶，一把塑料的舀子,是父亲去翔厚或对丰桥头买来的。自春末至深秋,除了参加"双抢",去水田里劳作之外,这副粪担,几乎天天要派用场。

掀开三块茅坑板,一把长柄的舀子就伸到了茅坑里去了。粪,连同粪坑里的蛆,一舀子、一舀子地舀到粪桶里,两只粪桶,每只只需舀满半桶,然后,挑到严家浜河口,再舀入清水,一担清水粪,漫到接近于桶口,方才歇手。挑清水粪是有讲究的,弄不好,粪会泼出粪桶口,落到泥路上,那就不妙了。如果一路上稀稀落落滴洒着清水粪的水印,那也是要讨全塔鱼浜人的骂的。所以挑粪,可以看出一个人挑担的水平——尤其是他使力的均衡。粪担的平稳,很可以看出一个男人的气力,也可以看出一个人的道德。考究一些的,要换一副粪桶去河里挑水,至少,舀子一定要换一把,万万不可将刚刚伸入粪坑的那把舀子这会儿又伸到河里去舀水,这要犯众怒的。

当然挑粪也有讲究。如果挑远路,粪担免不了需转换一下肩膀。挑担换肩,在老农那儿,压根儿不需要释下担子,他一边跑路,一边就不动声色地给转换过来了。还有,生怕跑路时溅出粪沫,有经验的老农,就会摘来一片南瓜叶,覆盖在粪水上。尽管,小小的南瓜叶,根本不会完全盖住粪桶,但这么一来,粪桶里的清水粪,基本上也被这片南瓜叶给管住了。

粪担挑到自留地的菊苗地,粪与河水拌匀后,再小半舀子、小半舀子地浇到菊苗的根梢。这个过程,其实是蛮好看的。我小时候常看我父亲浇粪。看他双手握紧舀子的木柄,左右开弓,一小半一小半地凑近菊苗,浇灌入土,尽管他满头大汗,汗水早已浸透背脊,但浇粪的姿势,在我的眼睛里,实在是够潇洒的。

多雨的江南黄梅季节一过,随即进入奇花初胎、矞矞皇皇的盛夏。正是这个特别明亮的季节,菊花进入了一个旺长的时期。

菊花虽说是旱性植物,时值盛夏,在烈日的暴晒之下,泥土浅表的水分很快就会蒸发殆尽。如果这会儿不给菊苗输送水分,作物的成活,也很难说。

盛夏给庄稼浇水,就被提到接骨眼上来。

浇水的器具仍是粪桶。去河边打水,这回就不需要那把舀子了。我看到父亲砰砰砰去严家浜河埠头,赤脚踏入河中的大石头上,手把住粪桶的绳子,一荡一挽,直接就灌满了一粪桶水;另一只粪桶如法炮制。两只粪桶担满了水,扁担根本就没有放下肩膀,他直起身就小步紧跑,来到菊地,放下担子,很利索地拿起舀子,舀上满满一勺,手一扬,舀子里的水就高高地泼洒出去了。浇水如冲锋打仗一样,反正粪桶里挑来的是水,不是粪,泼出一些来也无妨。只求速度快,浇完一担水,赶紧去河边挑一担来。半天的工夫,整整一块地,吃足了水分,这块地固有的褐色就显现出来了。我想,菊苗在这种水浇而成的褐色里,它应该会高兴的。它高兴的表现,就是第二天一大早,在露水、朝霞和微风中,始终站得笔直笔直,每一片叶子,一眼扫去,都显得那么精精神神的。

在菊苗栽种与采摘之间,农民将有半年的时间陪伴这一垄垄碧青的菊丛,它一会儿长得快,一会儿又长得慢,这真考验一个人的耐心。我总感觉,菊花在开出白花——也即叫出声音、吐出它的韵律之前,它们像任何一棵塔鱼浜植物一样,也总是沉默的。它们默默地吃着风,吃着露,吃着雨水,吃着化肥和有机肥,也毫不犹豫地吃着农民身上的汗水、精力……

如此漫长的时间,有三个环节一定是少不了的。其一是掐头,新苗栽种成活,芒种前后,就要开始掐头了,一直要坚持掐到八月底,这是很费时日的农活。掐头,这在杭白菊的栽培上就叫打顶,方法其实很简单,就是把菊枝那雄赳赳气昂昂一味向上生长的枝头一把掐掉。掐断了枝头的菊梗,使得养分得以重新分配,有利于茎秆的增粗,也大大有利于新枝的增加和花蕾的形成。说白了,有利于菊花的增产。其二是压枝。菊枝长到一定的长度,用泥块将它压在地上,枝头就朝向畦与畦之间留着的那一点二米宽的间隙里生长。这为的是让菊枝落地生根、再次长出蘖苗,以便自成一个根系。说白了,也是为了增产。其三,在菊枝稀疏的地方,可以适当地扦插一种菊枝,大抵以黄梅雨季扦插成活率为最高。自然了,还不是为了菊花最后的增产。须知,我家乡自有菊花记载以来的三百多年,菊农(其间当然包括我父母这一代)都是实实惠惠地以精耕细作、提高产量为最高原则的。

赏菊

好吧,这一节,终于见到菊花——也到了有菊可赏的时候了。

菊有黄白之分,颜色上,各有各的胜处。唯黄菊比白菊略小,性寒味苦,其适应性和抗逆性都比白菊强,可以说,我家乡的杭白菊,如同春蚕里的蚕宝宝,早就给宠坏了。与杭白菊的专业培植,家家户户呵护备至所不同的,黄菊花随意散处在田边地头,并不去管理,干脆就让它自生自灭。农家并不当它一回事体。最常见的黄菊花,我小时候就独自开在屋角地头——从一堆断砖碎瓦里头,袅袅娜娜地升腾而出。它甚至还不会连成很强旺的一整片来吸引人的眼目。它就那么三三两两、稀稀落落，缀成一小簇，但是，黄菊花，实在是金黄得耀眼。它又好似一个戴罪之身，小心地生长着，抱定着一份孤独，自开自落。即使有的农家前去采摘，也不会像采白菊花那样争分夺秒，生怕踩了茎秆，采碎了花瓣。

但我以为黄菊花确实是很好看的，自有一股散在山野僻处的富贵之相，尽管，它不合群，孤独。它的孤独是遭流放的孤独，是独孤求败。

在我家后门头，一条很深的渠道的北边，每年的深秋，就开着那么一小簇黄菊，菊丛并不厚实，当然也无附近篱笆里的白菊那么扎实而显眼。这大概是我父亲疏于打理的缘故。那么这丛黄菊花，是我父母特意栽种而作观赏之用的？不是，他们没那样的闲心和审美。

事实上，黄菊是仅供药用之物。枝头上的黄菊花黄得相当新丽。至于蒸熟之后的黄菊花，菊味儿远比白菊花来得浓烈。可黄菊卖不起价钿，这就决定了它在塔鱼浜的栽种面积以及受欢迎的程度。不过，人家的屋角田埂，终究也会种植一些，这倒不是做做样子。不是的，是取黄菊花的好管理。它甚至根本就不需要你去管理，随随便便扞插一下，就成活了。那些边角料的地块，不种实在也是一种浪费。可是，因为这次不经意的种植，塔鱼浜的菊花就多了一个老品种。塔鱼浜的疆域上，也就多出了一种耐人寻味的黄金色调。这也是有意思的。

但，我们还得回到一朵白菊上来。不用说你也知道，在塔鱼浜，以及比塔鱼浜稍稍大一点的桐乡，白菊，换言之，杭白菊，才是菊花的不二之选。

每年的十月底十一月初，色白、香浓、味郁、形美、花洁的杭白菊，开始进入始花期。起初，像其他的植物一样，整棵菊枝的枝丫上，出现了星星点点的菊花蓓蕾，黄豆般大小，由碧绿的菊叶包裹着。紧接着，蓓蕾开始绽放，先是露出一个小白点，渐渐地，菊瓣也开始绽放出来。待到杭白菊完全绽放出它的美丽身段，那就像蓝天里裁下的一段白云，覆盖在了谁家的自留地上。菊花的图案有点儿喜剧的意味，铜钱般大小的形状，仿佛一枚缩微的小太阳。白得纯正的菊瓣，一个厘米、一个厘米，严格按照一个圆形紧挨着。菊瓣中间是一个金黄色的小圆圈，这就是嫩黄的菊之蕊——也就是造反派黄巢吟咏过的"蕊寒香冷蝶难来"的那个"蕊"。菊花的梗青中带黑，你想象不出，就是这么一根灰不溜秋、毫不起眼的梗绽出了仙子似的菊花。

很多年以后，我曾经用这样一段文字来赞美塔鱼浜的菊花：它是盖在江南白净质地上的一方小小邮戳。这枚邮戳上写着：纯洁、朴素、风姿绰约、美……这些形容词。邮戳的日期是农历的九月。我相信，最近的几年，全世界各个地方都能收到这封寄自我家乡桐乡的信函。每年的初冬，树叶摇落，河床变浅，大地的骨头显露之际，塔鱼浜褐黑的大地上突然撒满了朵朵白色的菊花。这是大自然对勤劳质朴的塔鱼浜人的奖赏。当大片的菊花铺满每家每户的自留地或承包地，即使抠出《现代汉语词典》里最美的语词来赞美它，都不过分。

面对落在尘世的这一条条洁白的哈达，对于菊花的观赏，一定来自一双外来的眼睛。在一双本地的眼睛里，朵朵菊花，都是辛苦的汗滴凝成。只是现在，他们要收回漫长一年来付出的辛劳了。当我来到菊花丛中，我就好像被一种纯洁的事物抛进了云层，灵魂给埋在了云朵里一般快乐。而我的父亲，他的感觉和我完全两样。父亲读书不多，他看到的菊花，就是一朵很普通的菊花，那是由他的一大把、一大把的汗水浇灌而成的，是一种常见的农作物，没有任何的象征意味，更不会和一千多年前那个叫陶渊明的诗人沾亲带故。但是我不同，我无法不想到这一朵眼前之菊抽象出来的那一个菊之魂魄。我眼前的菊花，既是"这一朵"，又不是"这一朵"。在这个世界上，我总以为有两朵菊花，一朵在眼前，触手可及，可以摘下来，放入掌心，轻轻揉碎，掬之入鼻，或者蒸熟，晒干，冲入开水，慢慢啜饮；另一朵，在我的心里，在浩如烟海的五言七律中，在低头又点头的平仄声里。一朵是物质的菊花，一朵是精神的菊花。后一朵因触及了超一流诗人陶潜的灵魂，糅合了伟大诗人平和冲淡的性灵而更加异香扑鼻，成为东方隐逸文化中最意味深长的一个意象。

但，我得回过神来，否则，会被我的邻居笑话。塔鱼浜的菊花，只是塔鱼浜家家户户种植的一种经济作物。它的种植，非关鉴赏，非关审美，非关陶渊明……它是农家为了这一年头能保有一份相对可观的经济收入，才累死累活唤出来的——菊花只是大地和塔鱼浜固有的那一份美丽。

采菊

需要备办一只稍大的竹篮，两只竹篰，带着一种发自内心的欢喜，去遍植菊花的自留地或承包地采摘。

每年的采摘，都是极费工夫的。在塔鱼浜，杭白菊的种植，从来都是一桩大事。这是每户人家最主要的一项经济来源。因此，家家户户的自留地或承包地，最好的地块，毫无例外地都种满了杭白菊。种植面积之大，只要扫一眼就可以知晓。大约有二十天的时间，整个村庄，随风飘浮着一整片、一整片的白——耀眼的白，白得心里头有了底，白得整天喜滋滋的。

按老农的经验，大多数的菊花，在立冬前后进入繁花盛开、赏心悦目的半个多月的菊期。塔鱼浜的每个老农，差不多经过了整整一年的培育、期待，终于等来了这二十天光景的花期。杭白菊的采摘，前人的总结，大致可分为三个阶段。

从立冬前后至十一月十日左右，那是蕾粗、朵大、瓣厚的头花期。这个时期的菊花，因吸光性早而丰沛，也是营养价值最高的。根据老农的经验，头道菊花一定要赶在霜打前采摘完毕。头花采摘四五天后，二道花开始旺发。杭白菊的这第二道采摘，才是大头而重点。从开花的规模上来说，二道花最丰富，花量之大，远非头道花和三道或曰末花所可一比的。而在二道花采摘一周之后，褐黑的菊枝上尚有星星点点的白花。稀稀落落的，不成整体。花形上看，末花瓣短、形小、蔫巴巴的，外形比起头道花来，自然丑陋得多了。这三道菊花的采摘，大约持续到十二月初方可罢手。

头道菊花开得旺亮的时候，菊农的喜悦也最是旺亮。得在菊花开得旺亮的时刻采下来，这就有点赶速度的意味了。遇到大晴天，就需要抓紧时间采摘。那些年，我父亲一个人在塔鱼浜经营他的自留地和承包地，他看别家菊花种植面积增多，也就逐年增多了种植面积，这样，花期一到，他一个人根本就忙不过来。他因此希望时在石门工作的母亲以及在石门镇上读书的我和汉良能够回塔鱼浜帮他采几天菊花。

偶然来到菊地，会想到，劳动是一桩多么美好的事情。我说的只是偶然，如果每天弯腰站在恰如云朵裹身的菊地劳动，过不了多久，就腰酸背痛，直不起腰来了。

这偶然的一天是在多年前的一个深秋，天气在转凉，一大片杭白菊摊开在我的面前。我的身旁，放着一只空空的提篮。此刻，向大地弯腰、采摘的时刻到了。

随便一伸手，扯过一根菊枝，左手捏住颤抖的菊枝，右手的中指与无名指往菊花底下一插，两根手指微微一用力，一连好几朵白菊花就在的的声中脱离了枝头，满满地躺在我的手掌心了。这是顽童的采菊法。说白了，这不是采，而是向上捋。菊地的农妇，完全不是这种采摘法。他们的手法比较秀气。她们并不宽大的手掌，上下翻飞，一朵，一朵，又一朵，很快，手心里放不下朵朵白菊了，就往提篮里一放。渐渐地，篮子里的白云在增厚，直到满满一篮杭白菊，其中的好几朵，总要潜出篮边。实在装不下了，才将这满满的一篮倒入路上的竹箩。两竹箩装满，挑回家，倒在团匾里晾干，以备晚上蒸菊之用。

菊花的开绽，大抵在晴天的上午，约莫七点至十点钟。故此，菊花的采摘，宜在晴天露水蒸发之后，或者干脆选择在下午。干的菊花，宜保存，也宜水蒸。

承包到户后，我家的承包地，一会儿这里，一会儿那里，我到现在也搞不清在塔鱼浜我家到底有多少块地。但我记得那次采菊是在六亩头——靠近毛介里的那个地方。那地方我只记得采摘过一回，这块地后来村里收回了。奇怪，就这一回，我却一直记得。因此，当我写这一节采菊，我所有的想象力，全都集中在六亩头——我亲历采菊的那个下午，那块不大的自留地。

那个下午，冷空气忽然南下，这是不多见的。采摘有时，我的右手，沾满菊蕊的黄颜色，手指感觉到非比寻常的冷冽。记忆中，这大概是采摘二道花，头道花没有那么多，天气也没那么冷。

在我的家乡塔鱼浜，即使气温骤然下降，五指冻痛，采菊仍算不得一件费力气的活。相反，采菊算是一桩具有诗意的劳作。不过，采菊东篱下，悠然见南山，那种超乎尘世的闲适和诗意，其实是没有的。站在自留地或承包地上，眼望好大一片杭白菊的时候，我的心里有些惘然，得采到何时，才会有一个终点哦。

需要注意的是，有些人（当然极少），其实不适合采菊。比如，彭家村我的外婆，每到菊花盛开的时候，总是花粉过敏。有一年，我看到她在邱家门对采菊花，对于花粉过敏，尽管她也早有防备，但她的整张脸上，起了一种莫名其妙的浮肿，触目惊心。

三道花采摘完毕之后，一垄一垄的菊枝，黑乎乎的，仍横躺在塔鱼浜的疆域。有的人家，还会采四道花。四道过后，菊花的采摘就结束了。但是，需要我等小屁孩来一个完美的收梢。

在菊花采摘已经结束而菊枝尚未拔根的时候，大人们会交代我们一个任务——如果天气晴好，可以满村坊兜转兜转，采回一些零星的菊花。此时采末花，就无需局限在自家的菊地，随便去哪家，都可以堂而皇之地伸手采摘。人家见了，只当没看见。此时一般人家，也不会去采收了。但这样的整个村坊兜一圈，也不过采满小半篮。其实是值不了几个钱的。

蒸菊

对于孩子们来说，采菊还不是高潮，蒸菊才是。蒸菊一般在菊花采摘下来的当天夜里。

原则上，菊花，须得采摘之后，摊在竹匾里一经晾干，当天夜里，就得大灶头上隔水蒸熟。蒸菊，是一个需要老经验的技术活，蒸得不好，前功尽弃。

准备工作是必须的。需要将旧年或今年新买的蒸埭[1]拿出来，一叠叠，端到河埠头，用洗帚里里外外洗干净。一道需要清洗的，还有竹匾。竹匾塔鱼浜称团匾。团字，大概取匾的形状是圆形之故。团匾放置在木架上，因为不透气，一般只是备用。可是，晒具不够的时候，也就顾不得许多，团匾照样推出来晒菊花。

蒸埭一副三只，每家至少须得两副，方可轮换使用。这几只蒸埭，翔厚集镇或民兴对丰桥集镇的竹器店里都有卖，特别是对丰桥，附近的陈家村，家家户户，专门做竹器，提篮竹箅，做得相当考究，价钱也还公道。可是塔鱼浜不少人家，也还是舍不得乱花铜钿银子，手巧的菊农，径去自家竹园里断一根杜竹来，篾刀一劈一削，自行编制，似也无不可的。蒸埭的关键，是底部须有两根横杠，突出于蒸埭的底部。蒸时，三只成一叠，以便架空蒸埭，不使

---

[1] 据音，蒸菊花的工具，圆形，比盆子略大。

上面的蒸埠压伤下面蒸埠里的菊花。这一点小窍门，当然难不倒巧手的人。

晾晒菊花的晒具也得早早备好。我们家，一般在菊花盛开前九月的某个雨天，父亲不出门去做农活了，他就在家里打烟帘。一边打，一片吸香烟，还忙里偷闲，不忘回头，掇起八仙桌上那只印着"农业学大寨"的搪瓷杯子，仰头喝一口浓得发苦的红茶，倒也逍遥自在。所谓的烟帘，是两扇小门板模样的竹制品，中间夹一些干净的稻柴，用小竹条串起固定。此物因为透气，作为菊花的晒具，也无不宜。其实烟帘一般的用途是晒烟片，其法如上，不过是将夹住的稻柴换成了烟片。

灶头也得擦拭干净。塔鱼浜每户人家，都有一个灶头间，靠天井打一个三眼的大灶头。最边上一口小灶，中间的不大不小，最里面是一口大灶，大灶一般过年烧煮蹄髈、猪头之用，此外，就是为了这蒸菊花了。此灶眼平时不常用，镬子镬盖难免邋遢，而菊花是洁白干净的作物，水蒸之前，所有的器物，都需要狠狠地来一番清洁卫生工作。

此外，灶口需备好足够的柴禾。蒸菊需要旺火，所备柴禾，除了桑柴拳头之类的硬柴，当以干桑条为最好；其次，是晒干后团成一个小团的菊梗。桑条旺火，又宜手折，极宜做烧火的柴。菊梗团着火，毕剥有声，还很有火的气势。看着菊梗团的旺火，我们都很高兴，忍不住还会拍手欢呼的。

下午采菊，晚上蒸菊，那半个月，塔鱼浜的每户人家，如同冲锋打仗一样，家里硝烟弥漫，忙得不亦乐乎。

女主人一般也就灶口烧烧火。上灶台，提镬盖，盖镬盖，一叠儿三只蒸埠，端进端出，走马灯似的来来回回，这蒸菊的忙活儿，一般都是男主人做下的。

白天采摘来的菊花，这会儿摊开在厢屋的团匾里。团匾搁在稻架车上，高度正好齐腰口。男主人将三只蒸埭一字儿排开，只只朝天，他开始装菊花了，但见他右手往团匾里抓一把菊花，悬空在蒸埭的上面，手腕一抖，一个快速到无形的旋转，朵朵白菊花，即刻脱手扑向蒸埭。此刻最高明的手法，是需要驱使每一朵菊花扑向蒸埭底，也即花心朝下、蒂头朝上，直到蒸埭的圆底铺满为止。如果随手一旋，仍有几朵菊花朝上，这就需要动手让花心翻扑过去。然后，才随意取花装满，齐口平整。接下来，也需讲究一下手法了，最上面的一层，仍需男主人手一抖，一旋，但此刻与第一次的一抖与一旋正好相反，这时需要花心朵朵朝天，蒂头沉下。这个窍门，还真不容易掌握好。掌握不好，那也是没有办法的。如此，只能多费一点工夫，用手一朵一朵地翻过身来。这样，就影响蒸埭装菊的速度了。

可是，老灶头上的铁镬子里，沸水正在穿心滚着，灶肚里的硬柴火，旺得简直力可扛鼎。灶火之旺，其实无需看灶肚，只需瞄一眼镬盖上的蒸汽就可以了，蒸汽笔直向上，坚挺有力，那一定是旺火，反之，蒸汽软皮塌骨，东倒西歪，火势必不旺。蒸菊之火势，除了威猛之外，还需均匀，火力须得紧裹镬底，这样整出来的菊花，成色才好，又不会发霉变黑。

蒸菊的时间，需要拿捏得当。老菊农蒸菊花，根本无需抬腕细看手表上的时间，他只依凭也只相信他的老经验。我的一个亲戚，是蒸菊的能手，他的经验是，镬盖里的水蒸气积累到一定程度，就会形成水线而回落到铁镬子的边口，那时，铁镬子里就会有"嗤——"的声音出来，"嗤"过四五次了，菊花已经蒸透，可以掀开镬盖了。他这样的老经验，屡试不爽。

镬子里的水位也大有讲究，水多了，会沸水溅花，甚至会翻滚上蒸埭里的菊花，那可不是蒸菊花而是煮菊花了。菊花蒸得过生或过熟，都不宜。最好的水位应该离最下面的蒸埭底部五六厘米为宜。而每蒸一次花，镬子里必要加注热水，以保持一个不深也不浅的水位。这是一个菊农蒸菊的经验。

当一叠三蒸埭菊花蒸透，镬子里取出来，男人双手端起，砰砰砰跑到厢屋里早已平放着的烟帘上，啪啪啪，三记果决的清响，三个圆形的菊饼就合在烟帘上了。蒸汽兀自在袅袅升腾，此时的白菊，略显微黄，菊肉的颜色就出来了。不独如此，更主要的，是菊花固有的清香给逼出来了，香气弥散在整个屋子里，透过屋瓦，更弥散在整个塔鱼浜上空。家家户户，菊花的清香，就在塔鱼浜上空抱成了一团，成了那半个月里最难忘却的记忆。

还有另一种美味之香也值得我记上一笔的。

蒸菊的深秋，塔鱼浜的番薯已经收获。满满的一竹篚番薯里拣出红皮、瘦长、条形的番薯，也无需去清水里洗了，直接用火钳钳入灶肚，安放在灶肚的左边或右边，火钳扒过一点点带着火星子的灰来。番薯上面，能盖一点火灰，则当然最好。但或者，干脆就让它们长长短短、光洁溜溜躺在一旁，接受硬柴火的煅烤吧。一歇歇工夫，给番薯翻个身，继续烘烤。随即，薯皮起皱了，出焦了，流蜜汁一样的糖水了。番薯的香气，非常浓烈地袅出灶肚来了。这种能够勾起每个人食欲的番薯香，即使站在稻地外的严家浜底头，也能够准确无误地捕捉到。每闻到煨番薯香，我的脚步不知不觉就被它牵引过去。

一只番薯烘熟，取出，旁边的空档，随即换上另一只。很多的时候，灶肚里就躺满了一排正在烘烤的煨番薯——这一只是哥哥的，这一只是弟弟的，这两只是爸爸妈妈的，这一只才是我的……每人一只，无形中早标好了吃货的大名。烤熟的番薯，一只一只钳出来，而每每，番薯的一头，烤焦了，冒出一股焦香味的烟气，有时还带着火星子。不用说，每一只百热沸烫的番薯，掰开来，红艳艳，冒出腾腾的热气，吸一口，简直就是一股太阳和泥土合伙制造的芳香。咬一口番薯瓤，"咽奶奶"的，好吃，还饱肚，我每吃一口，都感觉此生已经吃到人间的至味了。

晒菊

农作物的收成，正应了这么一句老古话："谋事在人，成事在天。"全部的菊花蒸好，大抵已是后半夜。第二天一早，就得起床晒菊。我想我的塔鱼浜父辈们，后半夜的梦里，都会盼着那高高在上的老天爷，无论如何，请明天一定要赏脸给农民伯伯一个大太阳。

先把家里所有的条凳搬到稻地上，两条一组，凳的两头各绑一条长竹竿。然后呢，去厢屋搬来一扇扇覆满了菊饼的烟帘。烟帘阔大，我那时也不过十来岁，个头不高，力气也还不大。没辙，我得自己想出一个解决的办法。办法是：将一条长短恰好的绳子，拴在烟帘外头的两只角上。搬时，一手抓紧绳子的中央，烟帘的另一条边沿，就紧扣住我的小腰。如此的办法，可以左右开弓搬烟帘了。左边一扇，右边一扇。这么一副滑稽样，好似自己生出了一双翅膀似的，看着都交关开心。然后呢，脚步腾腾腾，飞速地搬摆到刚刚搭起的两条长竹竿上。这晒菊的小活，可以说，那些年头，我常做。

新蒸的菊花，晒在稻地上，须得防备左邻右舍以及自家养的大公鸡和老母鸡来捣蛋。大公鸡发骚，刺猬似的刺开一脖子的锦绣鸡毛，要是追赶不上老母鸡，得原谅它一屁股荷尔蒙没处发泄，当它骚性大发、不可遏制的时候，一扇翅膀，它径直就跳上烟帘来了。跳上来，也就跳上来了吧，可是，偏这只发骚的雄鸡，抖着一只骄傲的尖喙，对着花卉图案似的菊饼，一阵捣乱似的胡啄，菊饼随即散开而不成样子了。更气人的是，它鸡屁股一撅，吧嗒一下，屁眼里拉下一粒灰黑的鸡屎来。

母鸡总归要文静一点。即使它被雄鸡追得走投无路，不得已亮开翅膀，姿态优雅，缓缓飞落在烟帘上，也不大会左右乱啄。它多半发一阵子呆，咕咕咕几声，又知趣地飞落到地面上，远远地避开雄鸡，以一只雌鸡本能的矜持，自顾自觅它的鸡食去了。

晒菊最怕落雨。好在江南秋冬之际雨水少，多晴好的天气。但说来也奇怪，晒菊的日子，每年总会碰到那么几天会落雨，冬雨敲窗，连着落几天，那也是很烦人的。晒菊的农家，早早地把烟帘搬到稻地，摆放齐整，径去田间地头干农活了。这中间如果忽然起云落雨，稻地上的所有烟帘，就得搬回厢屋避雨。偏这次离家又远，跑到半途，雨就落下来了，心里那个急，失魂落魄似的。好在总有左邻右舍，已先自回家，看着这家摆满菊饼的烟帘还摊放在稻地上，就帮忙把它们悉数搬入厢屋。这是塔鱼浜千百年来传下的朴素的感情。这也是很有意思的。不过，也经常碰到这样的情况：烟帘搬入厢屋，冬云却悄无声息地飘散了，一滴雨都没有落下——空自白忙了一回。

天意难测。老天爷有时还不领情。每隔上几年，就会来这么一次，需要它出太阳的时候，它偏偏淫雨霏霏，绝不放晴。遇到这样的坏年成，塔鱼浜的老辈们只好搓搓手，徒唤奈何。眼看出太阳无望，他们只好自己想办法。办法无非一个，以火力蒸干菊花。可如何蒸，也是有讲究的。一般人家，就将菊饼统一放在薄膜里，里头生一只煤饼炉，缓慢地将菊饼蒸干。这简单的蒸法，如操作不当，也会酿成天大的祸害。我就不止一次听到附近的人家因蒸菊而导致一氧化碳中毒事故。这就像看蚕给地铺增温，弄不好也会死人。后来，头脑活络的人家，想到可以将湿漉漉的菊饼挑到轮窑烘烤。这还真解决了附近不少菊农的困难。

在天气晴好、大太阳当空罩临的情况下，六七天之后，晒花的过程也可以有一个结束了。晒干的菊花，花饼干爽，花蕊坚硬，手指一搭，花朵丝毫不滑心。如此，晒菊的过程也就可以完成了。

卖菊

很多年里，一级花的价格是一元零八分。我父亲他们这一辈，对于这个菊花价钱，有一个约定俗成的叫法：一羊零八。卖到一羊零八的菊户，喜滋滋，眯花眼笑[1]。一羊零八，从他们的口里说出

---

[1] 塔土浜土白，即眉开眼笑。

来，满满的自傲感。

全部的干菊花，一饼一饼又一饼，密实了，平贴，装叠在一副干干净净的藤篰里。要装叠到潜出藤篰的边口，还要继续装啊装，直到藤篰的中央，高高地叠出一个菊饼的小山包。那一担，两个小山包，里面，是塔鱼浜满满的喜气呀！

轮到菊花掉价的年份呢，我的塔鱼浜父辈有的是办法。辛辛苦苦半个多月，卖不起价钿，干脆不卖了，储存起来总可以吧。菊花的储存也须得法。一般的经验，将出空化肥的蛇皮袋洗干净，晾干，装入干菊花。袋口以小麻绳牢牢扎紧。在接下来的一年里，切不可好奇而打开它。一打开，漏了气，清白的菊饼就会发黑，显出隔年陈菊花的面目来。

隔年的陈菊花是卖不到好价钿的。但我的塔鱼浜父辈就有这个卖出高价的好本事。

早先，卖菊，须挑担到三里路开外的翔厚集镇唯一的收购站。收购员趾高气扬，一副爱理不理的样子，他慢吞吞地走拢来，手插入竹篰或藤篰的中间，抓一把，凑到鼻孔底下闻一闻，"一羊零八！"数目一出口，老农松了一口气。

后来，无需挑到收购站卖了。天南海北的菊花生意人，开着双排座汽车，自发来塔鱼浜收购。其中有一位牛逼哄哄的收购员，谈他菊花收购的老经验，对着老菊农们喋喋不休道："陈菊花新菊花，我一眼就看得出来的，你们休要瞒我。"

说这话的时候，我的一位老亲戚，径自回家，取出化肥袋里的陈年菊饼，也不打开，他直接就拿到收购员的眼皮底下。"喏，我家的菊花，估个价吧。"

收购员费了半分钟，终于解开捆得紧紧的小麻绳。一股菊香，扑鼻而来。收购员探手入内,一搭,"一羊零八"。价钿就爽快地报出来了。旁边的会计算盘珠滴答一推算,拢共的价钱也出来了。一沓钞票递过来,我的老亲戚赶紧接过,腰里的翻毛皮夹刷拉一下拉到肚皮上,"的"的一记,皮盖子打开,这一沓颇厚的钞票,密密实实地就装入他的皮夹子了。

老亲戚不慌不忙,捡起倒空的几只化肥袋,反剪双手,咧咧嘴,回家。一边还不忘挖苦收购员一声:"还说陈菊花新菊花,一目了然。洋盘一只!"

烟叶简史

土窖里的烟苗

烟叶是一种常见的经济作物,塔鱼浜家家都种,除了蚕茧、杭白菊,农家的经济收入,烟叶实在紧随其后。

开春,我父亲总要选一个晴好的日子,想方设法在拦头屋前的小稻地上做一只用尼龙纸搭棚的土窖。这土窖,《父亲的老屋》简略地记有一笔。这里就多费一点笔墨。

所谓的土窖,是用一些有肥力的稻秆泥和稻柴灰铺底做成的一只长方形土坑。坑不深,只略略低于地面。周围以泥巴隆起一圈土埂。土埂上插弧形的竹条,竹条上绷紧覆盖的尼龙纸。这土窖,相当于现在乡下地头常见的那种蔬菜大棚的缩小版。

父亲以稻秆泥铺底，杂以羊粪以及腐熟的禽肥，匀施畦面和床土拌匀后，取来一块薄板，压一压，拍一拍，再刮平。粗粗一看，土窖的表面平整得像一张暗旧的书桌。一头埋着留种的番薯，另一头，插上南瓜与丝瓜的籽粒。自然，他粗大的手掌里还会撒下经过筛选后的烟叶种子。

春天的太阳透过薄薄的尼龙纸，将土窖的气温一下提升好几度。从尼龙纸反面一条条流动的水痕上，这是很可以看得出来的。用不了多久，土窖里就会冒出点点的绿意。

我父亲做的这只土窖，为的是要培育植物的根苗——我印象最深的倒不是烟叶苗，而是番薯的苗。番薯苗易长，好像并不需要多少的肥力，三日不剪，窖都挤满了。那些天，一到下午，天擦黑前，只听得咔叽咔叽剪刀响个不停——他低着头，总在剪苗，理苗。每隔一天，番薯苗就要剪一遍，剪下，理齐整，用一根稻柴拦腰捆好，叠放在竹箪里，第二天赶个早，或背，或挑，去翔厚或对丰桥的集市上脱手。

土窖长出的烟苗，不能用剪刀剪，只能赔着小心用手轻拔，根须上最好还要带着那么一点儿的灰泥，拔出，理齐，大部分带去集市上卖出，少部分则自家留种，栽种到自留地上，等夏天收烟叶，晒干后卖烟片以贴补家用。

土窖里，烟叶苗嫩怯怯破土的情状是很好看的——起初，逗号那么大的一点，钻出灰蒙蒙的地表。绿色的烟苗钻破稻柴灰的铺面，突然冒出来，很给人惊喜之感。有的嫩苗出土，还顶着那么半根稻柴呢。当然，这得凝神才能看得到。渐渐地，它火柴头那么大了。隔几天，小小的屑瓣分开，螺蛳屑那么大了……绿而翠，完全是春天的颜色，模样特别，很惹人爱怜。

这是春初，二月春风似剪刀，季节的剪刀被寒冷磨得飞快，幸亏它们一直躲在温暖如春的土窖里，有薄薄的尼龙纸给它们遮风挡雨。而尼龙纸一旦掀开，小小的烟叶就暴露在凉风口受风，就会瑟瑟抖动，仿佛受到小小的惊吓，会喊疼似的。但是，烟苗出来后，也须及时地揭去覆盖的尼龙纸。

夏天的烟叶

烟叶的生长，一定要保持土壤潮润，每年的六月份，江南有一个潮湿、多雨的黄梅天，这实在给了烟叶一个生长的好时机。可黄梅天一过，气温陡然升高，太阳火辣辣地照临，这时候的烟叶，慑于太阳的余威，一边猛长，一边又蔫不拉几的，这就需要进行沟灌。我父亲的烟叶地在犬牙交错的六亩头，根本不具备沟灌的条件，那些日子，我常见他挑着粪桶，去附近的沟沟渠渠里挑水。我也总看到他甩开臂膀，一舀子、一舀子地浇水，摆动的幅度之大，看着令人吃惊。

烟叶一到盛夏，长势方才完全地放开。但见枝枝笔挺，片片厚实，有棱有角，毛茸茸的，颜色碧绿，大如芭蕉叶。它倾斜着向上，油亮亮的，精气神十足。

我们常到烟地里去，倒不是去欣赏大刀阔斧的烟片，而是去拔烟地上的草。由于烟秆高、叶片大，完全遮住了太阳光，烟地里的青草长势受阻，像油菜田里的草一样，显得特别纤细而瘦长，还特别娇嫩，颜色非青非白，很有点受烟叶挤压和迫害似的委屈。这里的草，当然也不用刀斫，只需用手，吱啦吱啦，一把把扯来即可。烟地里的草，其实也不多，它们大多被父亲干农活时随手拔掉了，那是考虑到草会跟烟叶争肥。但草总会瞅准一个时机，一再地、不死心地长出来。田间地头，每到夏初，所有的草都有一颗不死的、还魂的心。

后期烟叶的管理很辛苦，得讲究方法。首先是打顶。一棵烟，并不是留片越多越好。须得根据烟株的长势合理确定留叶的数量，大抵一棵烟留十二三张烟叶也就足够。烟株打顶之后，还得经过两三次的抹芽。因为打顶后的叶腋处很容易萌生枝丫，需要除去。最后是去脚叶，将烟株下部的三四张脚叶打掉，减少不必要的养分消耗。脚叶打掉，离烟叶的采摘也就不远了。

离采摘的时间越来越近了，烟片已经长到很有那么一点夸张的地步。孩子们很喜欢往烟叶地头钻。那时候，课本上读过一首郭小川的诗，写北方的青纱帐和南方的甘蔗林，我们就把南方的烟叶当成北方的青纱帐了，加上此时的烟株早高过我们的头，烟株与烟株之间，是一条条干干净净的泥沟，如同军教片里的战壕，也便于我们跑进跑出。身处奇异的自然环境，小屁孩们当然兴奋异常。可是人往烟地里一钻，身上总会不自觉地染上一股烟叶的青草气，略略感到有股辣味，喉口还有黏稠的感觉，但不刺鼻。

真正的黏稠是采摘烟叶时感觉到的。烟叶的颜色，按照本地一部烟草志上的描述，"由深绿色变成黄绿色，叶片茸毛脱落了，叶尖叶绿出现黄色并微微下垂，叶片主脉由绿色转变为乳白色，叶片与茎基部着生点的角度逐渐加大，上部叶片略带黄斑（俗称葡萄花纹），即已成熟"。换句话说，这就可以采烟叶了。采摘烟叶，我家乡叫作办烟。办烟须得在晴好的天气且等露水挥发后进行。我曾跟在父亲的那一担两只晃荡的大竹箅后面，来到自家的烟地里办烟。先办下三四张顶烟，但那是我够不到的。顶烟办下后，过一周，办中部的三四张。再一周后，办烟株的下叶。烟株中部和下部的叶片我够得到，可我只办了一小会儿，两只手就黑漆漆的了，食指与大拇指一搭，嗒嗒作响，生鲜的烟叶实在黏稠得很。回到家里，我使劲用透明肥皂洗，十根手指翻飞着扒拉，还很难洗干净。

烟叶担回家，父亲就一张一张地开始了整理，大的一堆，小的一堆，中等大小的也一堆，然后，上帘。帘即烟帘，竹制，专门用以晒烟。塔鱼浜每户人家都有几十扇烟帘，平时不用的时候，架在厢屋的两根毛竹或杉木上，紧紧地挨密实了，排成一排，很壮观。

烟帘一般先平放在一架木制的稻床车上。这稻床车，用来上烟叶，正合适。烟帘的半片放平，父亲就大叶两片、小叶三片，一边吧吱吧吱吸着一角八分一包的雄狮牌卷烟，一边利索地成帖儿贴，一帖与另一帖排成鱼鳞的形状，贴满后，另半片烟帘一扑，用两根小竹片条（也叫硬撑、立脚棒）穿透烟帘的格子，牢牢地固定好。以同样的方式上好另一扇烟帘，两片烟帘，一手一片，提到阳光强烈的稻地上，摆成人字形，在太阳底下暴晒。

晒烟，是有讲究的。一般先晒叶面，再晒叶背。暴晒的时间，也须掌握分寸。看到一扇扇上了烟叶的烟帘，由黄绿色转为焦黄以致金黄，烟农——如我父亲——的心头，一惊一喜，全部表白在脸上。

转成金黄色的烟叶，就是名副其实的桐乡晒红烟。此时，人字形的烟帘搭在稻地上晒，最怕谁家的黄狗钻来钻去。一不小心，烟

369

帘就会倒翻。村里的孩子，一到太阳落山的时候，特别喜欢钻烟帘躲猫猫，一扇进，一扇出，躲得不亦乐乎。但孩子们一边躲，一边总听到谁家大人的断喝，呵斥之严厉，几乎带了毫不客气的怒骂。还有，最讨厌生蛋的老母鸡，下一个蛋，呱嗒呱嗒爱发表声明倒也罢了，老母鸡居然扑棱棱飞到烟帘的脊上，一用力，烟帘倒地，鸡爪再一抓，干燥的烟叶就纸片似的破碎了，农家多日的辛劳就这样白费了。因此，赶鸡，基本上就成为我那几天的职责。

每天早上出工前，我偶尔也帮着父亲将烟帘提到晒场（稻地），可是，遇到夏天常有的阵头雨，又不得不急匆匆地往家里赶，那需要打仗一样的一个速度，必须在阵雨下来之前，将全部的烟帘收好。换言之，要把它们全部搬入厢屋。否则，麻烦就大了。但有时，慌里慌张收好烟帘，太阳却又出来了。这样哭笑不得的事，夏天常发生。回想起来，这也是很有意思的。

刨烟丝

烟帘上的烟片晒干，还须一张一张地取下来，叠放整齐。那时的夏天，一天到晚，只见父亲在厢屋理弄烟片。他赤个膊，身子晒得黑亮亮的，汗水直淌。人站着，腰微弯，两只手里，大大小小的烟片，理来理去，永远没个完。一屋子的烟草味，有点儿辛辣，也有点儿兴奋。虽然，烟片晒干了，烟蒂仍潮腻腻的。某一天，太阳好，他就将那一大叠的烟片摆放到一只阔条凳上，对着太阳，专晒烟蒂头。

这些焦黄的烟片,大多要挑到附近的集镇去买掉。但也留下很小的一部分。有一年,他将烟叶的筋脉抽出后,借来一只烟刨,摆开一架烟撬,面前置一只干净的脚桶,开始在家里刨起了烟丝。

"嗞——嗞,嗞——嗞……"声音沉实,吃分量。

烟丝细腻地在烟刨中泛上来,一簇一簇又一簇,蓬蓬松松,落入他面前的脚桶。烟草的清香味弥漫在整个厢屋。我尚未成年,不习惯这股成年人的味道。我的鼻子麻痒痒、麻辣辣的。我眼睛一闭,额头上扬,面朝正梁——看到了大梁正中那块上梁时钉住的红布,咧了咧嘴——大大地打出了一个喷嚏。

他刨了一会儿烟,歇一歇,一个人躲到一边抽烟去了。我父亲一直吸纸烟,兜里有几个小钱的时候,香烟的牌子其实不差。这回,大概想到香烟终究贵一点吧,才自己做起烟丝来。看来,他准备敲朝烟了。

乘他歇工,我走过去,顺手提了一提油光光的烟刨,沉甸甸的,看着像是木匠师傅的吃饭家伙;我也试着刨几下,烟丝泛出,很兴奋。突然一个吃力,刀片牢牢卡住。不得已,使出吃奶的气力,取下烟刨,而刨子里的刀片,暗地里已经斜转。我知道,这是要讨骂的。

父亲吃完烟,烟刨一上手,就知道怎么回事了。果然骂了一声。随即取来一个小榔头,对着烟刨的刀片,"的的"几下,扶正了,继续他的劳作。

烟丝刨完,堆在脚桶里,不多,原是自己敲朝烟用的,多了就没用了。有一次,我见父亲拿这些烟丝搓揉着卷成纸烟。我依样画葫芦,趴在八仙桌上也卷了几根,还擦燃了火柴,点上,偷偷地吸，但吸了没几口，呛得眼泪鼻涕都出来了，只好作罢。我也终于没见我的父亲或别的邻居拿这些烟丝做卷烟来吸的。

后来，这些自刨的烟丝，只能送给彭家村的麻子外公——他不吸香烟。他一年四季腰间悬一根朝烟管，走到哪，朝烟敲到哪。他的那根宝贝家伙，我们小辈是不敢动的，尽管，烟管的里头，黑漆古脑，简直就是一团深不可测的污秽。

每天大老远的，我就麻辣辣地闻到朝烟管里的烟火味——那是麻子外公的气味。

卷七

农事诗补遗
草木列传

树部/草部/蔬部、豆部、瓜部

树部

桑树

小时候的塔鱼浜,地头遍植桑树,一垄垄,分布很有规律。这是几代人精心养护的结果。

塔鱼浜的桑种,不外乎湖桑和火桑两种。湖桑枝干矮矬,枝条粗长,长出的桑叶形大,好饲蚕,属良种。火桑是未嫁接的桑,即野桑。火桑不多见,但每个村坊,村口都有一两株火桑,供嫁接之用。火桑因性野,长势凶猛,枝条粗壮有力,直往天空里伸,有点拼命三郎的劲道。火桑的枝条伸展得极为开阔,较之湖桑,其树形来得高大。火桑的叶不似湖桑密实。其叶深绿色,又稀又小,边缘有一圈锯齿,状如火焰。成片的桑林,有时能看到一两株火桑,那不是桑农特别的栽种,而是嫁接时遗漏或嫁接未成功所致。

一个村坊,火桑的数目不很多。特别保留的火桑,树龄十年以至数十年的都有。有的火桑的树干蛀空了,桑条依然坚挺有力。火桑往往成为一个村庄或一户人家的指路标志。

火桑的叶子,从饲蚕这一方面来说,只可饲养小蚕。但,火桑的桑果,满满的一滚儿,紫嘟嘟,大而黑,有如黑枣,特别甜。我小时候,常要攀爬最高的那棵火桑,勾下桑条,一颗一颗,采下桑果。采一颗,入口一颗,咬一咬,汁水泛滥,真是鲜甜。摘下的桑果放外衣口袋，哪管它染黑衣服。桑果没有熟透的时候，颜色鲜红，看上去粗疏，一旦熟透，变得黑紫，稍一摇动桑条，即刷拉刷拉往下掉。地上的桑果我们是不捡的，也捡不完。地上的桑果是麻雀和蚂蚁的地粮。我们不能跟麻雀和蚂蚁争食。

连续下好几天雨之后，桑干上会爆出黑乎乎的、像耳朵那样柔软的东西。因为连续阴雨，桑干发黑，上面忽然长出那么一簇，东南风吹来，那东西在风口微微颤抖，就像召唤着人们赶紧去采摘似的。这东西叫桑蕈。天一晴，我们常去桑地寻采。凡桑树都有桑蕈，不过，火桑的桑蕈，朵大肉厚，大概是火桑较湖桑吸肥力格外劲足的缘故。桑蕈是一种食用菌，与竹园掘来的春笋、肥瘦各半的肉片同炒，是乡下老灶头上一道上得台面的家常菜。

桑果与桑蕈，正经的桑史大约无载。桑树的这只黑乎乎的小耳朵，与正儿八经的蚕事也不搭边，但是，它们和我的童年有着极密切的关联。再说，当年的塔鱼浜，谁不曾采过桑蕈呢？

楝树

父亲跟大叔分家时，在后门头沿着自留地种了一圈楝树。几年后，成了塔鱼浜最像样子的一片楝树群。楝树越长越高，像哨兵一样守护着他的自留地。小时候爱爬树。楝树光滑，树干笔直，没有丫枝可攀登，只好脚踝套一只绳箍，借力往上爬，爬高，也不过望望野景而已。夏天的时候，楝树开花，据说淡紫色的花有香气，但即使有香气，风一吹，早就飘散了，我似乎不曾与嗅。楝籽是见过的，刚开始颜色碧青，很硬，过后就转黄。楝籽一黄，麻雀成群结队停下来啄吃。麻雀很聪明，苦楝的楝籽，它们不吃，专喜欢吃非苦楝的楝籽。麻雀着急地吃，根本吃不完，很多熟透的楝籽，啄一口，就掉落地面，只好任其烂掉。有一年，听说翔厚收购站收购楝籽，我举着装了钩子的竹竿，勾下好多籽实，但卖的钱似乎很有限。以后就不曾钩采过。这一大圈楝树，1975年初夏，父亲统统将它们伐倒，剥皮后做了新起两间拦头屋的檩条。

朴树

在严家浜咬毛家的河埠头。朴树是咬毛的父亲老培荣种下的吧。看它葳蕤的阵势，高俊的树冠，是上一辈种下的亦未可知。总之，树龄不可考。朴树近地面的一截，几个人都合抱不过来。我们大致也只能攀爬到朴树的第二截高，再不敢往上爬了。高处常歇着高歌不休的老蝉，它在那个孤独的高度，悠然自得，也似乎知道我们拿它没办法。盛夏的中午，大人们搬一只椅子，常在朴树下乘凉。朴树的籽粒，颜色和大小都跟绿豆近似，我们喜欢用它做子弹。两粒朴树籽，摁在一只小竹管的两头，用一根削细削圆的筷子快速推进，噗的一声，"子弹"射出去很远。男孩喜欢玩这个，女孩却非常讨厌，因为混合着绿色汁液的籽粒，常射到她们的辫梢头。女孩中弹，转过头来，狠狠地白一眼，表示她的讨厌。男孩却笑嘻嘻，捂嘴跑开。朴树籽很难采到，需用瓦片奋力掷下。掷瓦片时，不小心击到老蝉蹲伏的树枝上，老蝉嚯的一声飞走，而它的一阵急尿，半空里激射而下，没准就拉到男孩的头上，凉飕飕的。

枣树

凡三株,一在木桥北塽西边河埠口,施金龙家所有;一在高稻地,邹士奎家所有;一在严家浜小河埠头,我们家所有。本家的这株很少结果,光秃秃的,剩下不多的叶上,夏天常爬满骇人到怪的刺毛虫。其他两株结果甚多。高稻地不常去,木桥头常去,一天到晚,我们常孵在那里。台风一到,开始落枣,既落之,则拾之。这叫作:天上落下,地上拾。不违礼,不犯法,古今同理。这一点,连凶巴巴、整天守着枣树的辣钵金龙的小脚母亲也都没有办法。

桃树

我印象最深的一株,在严介里严子松家的稻地上。显然,这桃树是严家所有。从每一片桃叶上,我能领会桃花眼的妩媚样子;从黑漆漆的桃枝长出的桃花看,知道了美丽的样子。那时候还看到树干吱出不少水晶似的汁液,固体状,焦黄色,半透明,类乎牛皮筋,捏一捏,很有弹性。那时候不知道桃胶浸泡后加冰糖烧煮可以制成一款甜点。可惜,那些桃胶全都浪费了。严家的这棵桃树不曾嫁接,挂果个头不大,全都是毛桃。毛桃还没等成熟,就被我们采下,咬吃,咬一口,咔啦咔啦,脆响。孩子们随吃随抛,不甚珍惜。父亲与大叔一同搬迁到高稻地西南后,后门口曾各种一株桃树。大叔家的嫁接过,夏季结满沉甸甸的水蜜桃。父亲种的那株未嫁接,满树挂满葡萄大的毛桃,两厢恰成一个对比。又十来年,两人先后离世。不久,两棵桃树也相继枯死。

香樟

在塔鱼浜,这算得上优质的树种,但栽培的数量不多。也或者,全都砍下打制了家具所致吧。南埭与北埭的河岸边,零零散散,或有一些,但特别古老的,似也没有。香樟树散逸着浓郁的香味。这种气味可以驱走蟑螂。故条件好的人家嫁女,通常用它打制家具。而其中打制放衣服的官箱,最宜。

柿树

唯一的一株,在我外婆家的后天井里,外公所植。外公自己没有吃到柿子。外公死后,柿子树没有好好培护,故树冠不大,叶子也无多,枝干也不甚粗大。柿子树活着的时候,似乎总是一副长不大的样子。采柿子的时候,恰值秋忙时节,小舅成坤采办后,石灰瓮里藏一下,会分几个到后埭的我家。有几年掩藏的时间不充分,吃一口,生涩得舌头麻麻的,咧开嘴,都成大舌头了。只好藏在廊檐下的稻柴堆里,静候时日。外婆家的柿子,石灰里掩藏过后也不软泛,仍旧硬邦邦的,但嚼到口中,已无涩味。柿子水分多,甜而鲜激,那年头乡下难得吃到水果,柿子于我,总归也是意外之物,现在回想起来，连回忆也都脆美无比。

葡萄藤

整个塔鱼浜也只两棵葡萄藤。西边木桥头的云松家一棵，东边祖林家一棵。两棵都种在天井里，都被高高的围墙挡住，不肯出来见人。夏天的晚上，"双抢"过后，葡萄熟，云松和祖林家的人乘凉，简便的小圆桌上常堆着一串碧绿的葡萄。我们远远地看见，不作声，实际上已经口中生津，馋水一个劲地往肚里吞。我与两家都不热络，所以，没有得尝的机会。夏天走过两家的墙基，也不是没有生过偷尝的念头，只是围墙高，没法采摘。吃到同样的葡萄，应该是我父亲乌镇回来的那天。乌镇南栅，有我家一门老亲。走进这门老亲的石库门，第一个天井里就看到搭有一个葡萄架。葡萄的藤蔓攀爬在架子上，抬眼一瞄，浓密的叶丛里，垂挂着一串串饱满的葡萄。这也难免让人想入非非。父亲去老亲家做什么呢？我一点儿都不晓得。他回来的时候，两位老人总会将摘下的几串葡萄，轻轻放在他的箩箕里。父亲背回家给我们尝鲜。因此，葡萄的滋味，小时候总算尝过。葡萄可以扦插成活。我似乎也扦插过，但从没有成活。后来我就离开塔鱼浜。葡萄扦插的事我也忘记得差不多了。

枇杷树

在大叔家的后天井里。80年代初大叔起楼屋后栽种的吧。后来越长越高，黑绿的枝叶高出天井的围墙，经过此处去姚亩田、长坂里等处做农活的人都知道有这棵枇杷树。于是，每到五月蚕老枇杷熟的时候，大家不约而同地前来采摘枇杷。其时，我的婶妈死于非命，大叔那时常住梧桐镇。这里两直落楼屋空关着，无人居住和看管。有一年，外人偷采枇杷居然把墙上的砖块弄下来了。祖母看不过去，唠唠叨叨了好一阵子，那天，也不知哪根筋搭错了，她拿起一把斫刀，发发狠，连着树根处狠狠砍了几刀，硬生生将这棵长势喜人的枇杷树给砍了。从此，天下太平，谁也没有枇杷可吃了。

杜竹

即土竹，杜字据音。塔鱼浜家家户户的廊檐口，无一例外地，横着一根长长的竹竿，这是晾衣或挂篮之用的。最著名的一丛竹在高稻地最东边，我已经说过，为炳泉家所有。很多年里，我思虑他家的一根细竹而不得，至今引为憾事。后来，大多数人家的后门口（前门口为稻地，为河道），都种竹，以谋取竹之笋。大叔家后门头也有。有一丛竹还隔一块地钻到我家这边来。从此，我家也有了竹园。

水杉

印象中，水杉是20世纪70年代大规模开始种植的。先是种在河的两边。塔鱼浜和严家浜，两条小河的南北两岸，都种有水杉。其次，无桑的空地，也都遍种水杉。水杉成活率高，无需管理，种下它就一个劲地往上长，长得笔直而且高大，很有品质的样子。其实，水杉木质偏软，不堪大用，顶多做橡子、夹板之类。不过，我家乡最有名的水杉林不在塔鱼浜，而在翔厚到炉头的那段沿河的公路旁，五公里的路程，河两边是成片的水杉林，尤以河北一带最茂密，迄今完好，允称桐乡一景。

草部

水草

水草，学名马齿苋，水里的名水马齿苋，多养于河浜，是一种冬天喂给羊吃的草。但这种草，陆地也会生长，密密实实的，势头相当葳蕤。要是在河滩边，墨绿的水草铺展开来，挨挨挤挤，举头向上，也很有一股疯狂的威势。塔鱼浜的河浜到处都是水草。起先是补丁似的一块，中间还吊着一根草绳，系上插在河滩的一截桑条，各家各自养护，但不久就连成整块、整片了，再分不清谁家和谁家的。盛夏，小河两边的水草各自生长，严重时会堵塞河道，影响船舶的行驶。冬季，露在水面的水草就枯黄一片了，像一大块盖住河面的毛毯，毯子底下常有各种鱼类。冬天，有捕鱼人穿上皮衣皮裤匍匐水草底下摸鱼，屡有斩获。水草一名东洋草，民国过来的老辈人都清楚，草是东洋人带来。1937年11月，日军从上海金山卫登陆，随即进犯嘉兴、桐乡。日军的军马亟须马料，就从本土带来这种草喂马。此草很贱，随便一丢，即会成活，遇水则更其疯长，哗啦啦长出一大片来。水草马和羊都吃。我家乡无马，只供羊吃，但羊似乎不大爱吃。

稗草

混迹在稻田里，长得跟水稻很相像，很会跟水稻争肥。但，狐狸尾巴总归要露出来，长不多久，因为稻口夺肥成功，稗草的个头很快就超过水稻。农民眼尖，一把把它揪出来，啪的一声，远远地扔到田塍上，动作里充满不屑。我也曾耘田，拔过稗草，不难分辨。

藠葱

塔鱼浜有一种叶子细长如韭菜，似葱非葱，藠头像蒜头的植物，其叶有一种古老的灰白，那必定是经过千年岁月的淘洗才有今日的长相的吧。这种植物，古名薤，也很早就入诗了。我们常以另一个藠葱的土名叫出它的在野身份。藠葱冷不丁在路边铺张开来，有时就这么孤零零的一大棵，它是单干户，似乎不屑连片。农家也不主动成片种活它。清明时节，新蚕豆上市，藠葱与咸肉、鞭笋一同拌入晚稻米烧野米饭，锅底起镬糍时，撒入切寸段的藠葱，清香扑鼻。毫无疑问，这就是我们从小就认定的春天的滋味。

白胡子草

能够准确无误找到这种草头的是塔鱼浜的女人。每年清明节，家家都要做一种叫作甜麦塌饼的吃食。这种做起来可称繁难的吃食，少不得一种草头，到现在我也不知道这种草头的学名，只是随众叫它"白胡子草"。那应该是多年来约定俗成的称呼吧。白胡子草清明时节开得最是旺盛，废地里随处都有，农家无需专门种植。白胡子草贴地生，孤零零的一棵，望去尤其显得阔大。细看，叶子面青背白，有一层柔厚的绒毛。塔鱼浜人人爱吃甜麦塌饼，爱屋及乌，人人也就高看这种煮熟后清香四溢的草头。

芝麻

六亩头种芝麻那会儿，我已经记事。这也是我一生中难得的一次跟随大人集体干农活。在芝麻地里，我还跟南埭的毛头争胜（此事记入卷一《六亩头》一文，此不赘述）。芝麻花淡紫色，实在是很好看的。承包到户后，我们家也种一点芝麻，采收后，藏玻璃瓶中。入秋以后，炒好的米与炒好的芝麻拌和，倒入石磨孔慢慢磨成粉，以滚开水冲芝麻糊，啖吃。每年的十月国庆节，秋寒已至，檐雨滴嗒，此时节假在家，赖床乱翻书，若母亲做芝麻糊，则每每喜出望外。也或者，舀一调羹白糖，拌时稍加猪油，干吃，有酥糖的滋味。这也是一种儿时的记忆，未忘！

蓖麻

已经想不起来，我是从哪里搞到一粒蓖麻籽的，巴豆那么大，布满褐色的斑点，油润光滑，手感很好，常摸出来把玩。这粒蓖麻我种在严家浜河边的枣树底下。破土后，竟也慢慢地长大了，长出的叶子像齿轮，枝头结出很多带刺的小球。夏秋后摘下小球，剥开，收获很多蓖麻籽。大人告诉我，蓖麻籽可做机油。我不置可否。又说，蓖麻叶可以饲蚕，我还是不置可否。总之，蓖麻籽扁扁的，手感滑腻，摸上去舒服，也就常放在口袋里把玩。那年头，孩子们实在没有什么好玩的玩具。一粒蓖麻籽，也可以把玩很长的时间。

仙人掌

咬毛家的草棚上，有一丛仙人掌，种在一只破脸盆里。仙人掌一年到头全绿，无枝无叶，也没有花，就这么举着一只只呆板的手掌，不知道要干什么。这种植物，厚厚的肉瓣，偏还长满刺，好像经受过什么磨难、需要特别保护似的。仙人掌吃不得，玩不了，略略可观。《花镜》上说，仙人掌可镇火灾。这大约是它摆在草棚上的原因吧。

花草

塔鱼浜的花草,专指紫云英。紫云英这样的学名是后来知道的,我们那时就叫花草。种它的田就叫花草田。花草田在后头田或蟹洞田,灿灿烂烂的一大片。那时候也不知道合心生产队为什么要种一大片花草。正当它开得旺盛、肆无忌惮、逼视蓝天白云的时候,不知哪里开来一台手扶拖拉机,砰砰砰砰,三下两下,转几转,就给好美的水田卸了妆。花草被压服在稻秆泥下,田里还灌满了水。原来花草是做水田的壅壮的。大片的花草没有了,但是,稻秆泥下面,也总有一两枝压不服的花茎,袅袅娜娜地抽出茎来,在天光云影中,它的浪漫,它的自由和美,尤其显得孤单、尖翘、脆弱。

茭白

"望去一棵草,走去一个凸肚皮阿嫂"。盲太太活着的时候,为了逗乐我们,常做默子[1]给我们猜。这个关于茭白的谜面,很形象。茭白是水生的一棵草,种植在河滩边的水里,叶子坚硬似剑,形状也像剑。严家浜种过茭白,谁种的,确乎无考。茭白种下,第二年照例长出来,也照例有人会去采。只要你愿意,谁都可以采茭白。有一种茭白切开,肉瓣上有灰黑的麻点;另一种切开来,雪白粉

---

[1] 塔鱼浜土白,即谜语。

嫩。那时候，水好，水里茭白的品质也就好。茭白煮熟，咬一口，甜津津的。现在是不大敢吃茭白了。

狗尾巴草

草的尾端毛茸茸的那么一小滚，很像狗的尾巴，故名。它的芯子其实光滑而纤细。细长的芯子根本支撑不起"狗尾巴"的重量，所以，狗尾巴草看起来，总是一副谦卑的样子。塔鱼浜遍地都是，大家熟视无睹。我们割草的时候，见到狗尾巴，只是一把割下，塞入篰中，背回家，扔给羊吃。

茅针草

割草的时候，这种草完全可以忽略不计。没有人会对茅针草感兴趣。它引发我们关注的，是它的那根草芯子。韧吊吊地拔出来，剥开草肚，放入嘴里咬嚼，有一股草的甜味。泛起的这一丁点甜味，我们那时候也太难得到了。就这一丁点儿，我们也很珍惜。一路上，茅针草剥了一根又一根，永远不过瘾的样子。

甜环头

正经的名字可能叫环粟。后门头种芦稷粟的时候，母亲会种几秆甜环头，这在父亲是不会的。天下的母亲，都会照管自家孩子的零食。甜环头就是我们夏天的零食。盛夏，甜环头长到铁耙柄高的时候，我们就去后门头断几根来，截成尺把长，牙齿咬住它的青皮，一扯，指甲一样硬的青皮就整条撕下来，露出里面白色的"肉"。一根甜环头经不住我们撕几下。很快，就可以咬到它的"肉"。甜环头微甜，可惜汁水不很丰盈。甜环头的皮很硬，容易割破嘴唇。

芦稷粟

芦稷粟是塔鱼浜对高粱的土称吧。我小时候，都不知道高粱可以做什么吃的东西。我们每家的屋头屋角，总要种几埭芦稷粟，但并不是为收获它的籽粒。芦稷粟的籽粒掼下，拢一堆，紫红的一篓箕，也不过喂鸡。我们实在是要它的秆和穗，这是扎笤帚的材料。秋天，我在晒干的芦稷粟堆里，选出一大把，独自一人，看样学样，在自家厢屋还真的扎了好几把笤帚。这也是很有成就感的。

蔬部、豆部、瓜部

鸡毛菜

春初萝卜抽叶子，叶子细细的，很像小鸡的绒毛。鸡毛菜的名字，就是这么得来的吧。实际上，确切的叫法应该是小鸡毛菜。鸡毛菜沸水里焯一下，沥干，倒入菜油里清炒，咬上去爽口，回味起来，有一股甘甜的苦味。正是这苦味，反而让人容易记住。鸡毛菜的时令很快就会过去，那么就好好珍惜这份口福——这碟惹人怜爱的蔬菜吧。说一句实话，我也难得吃到。

小白菜

两根手指那么大，长在地头，风一吹，瑟瑟抖动，但抖动中似乎也平添了一份绿油油的精气神。

苋菜

小苋菜是常见的蔬菜。它圆形的叶片与嫩茎略呈紫红色。刚刚还是碧绿生翠的苋菜，入锅一炒，汁水鲜红而紫，简直变戏法似的。苋菜长到甘蔗那么高大的时候，往往是在盛夏以致入秋时分，地里的土质很干燥，苋菜却铁耙柄一样立着，抵抗着暴烈的太阳。苋菜像甘蔗一样断一根来，截成大号电池那么的一截截，放入臭卤甏臭一臭，取出，自来水一冲，盛碗，滴入菜籽油，放饭镬子的蒸架上蒸熟，入口酥靡靡，滋味独尊，极下饭。

荠菜

荠菜开花，一片星星似的白点。荠菜花给原野增添了梦幻般的色彩。春天的时候，母亲常带我们兄弟俩去屋脚边的桑地挖荠菜。满满的一篮子荠菜，沸水里焯一下，撩起来，感觉不满一把，简直懊恼。我一个人挖来的荠菜，总显得老韧。我还分不清荠菜的老嫩。荠菜洗净，剁碎，嵌入油豆腐，是老灶头上很不错的一道家常菜。但，那个时候，我们对荠菜这样的山家清供，并不待见。荠菜的品质，要到我们彻底厌倦中年的油腻之后，方才渐渐地显现出来。

马兰头

马兰头是春天的常蔬。小小叶片，精神抖擞地沐浴着春风，好像对春天，总有絮絮叨叨的话要说似的。马兰头活在江南，也活在塔鱼浜的每一寸土地上。剪刀头一朵一朵地挑出，挑满一篮子，洗净后倒入沸水焯一焯，捏团，斩碎后与笋尖、豆干末子同炒，入口有一股浓浓的春天味。有时候，马兰头就任它在春风里老了，似乎也不足惜。

豆芽菜

豆芽菜瘦骨伶仃的，其形颇有贫寒之状。桐乡人说某人长得精瘦，就说"长得跟豆芽菜似的"，或者干脆就叫他（她）"豆芽菜"。有一年盛夏，我学到发豆芽菜的绝招。其法：绿豆一把，清水里浸一夜，第二天取出，撒入底下垫了稻柴的一只破旧淘箩。淘箩置阴湿的碗橱底下，每天洒三次水。几天后，豆芽抽出来，白茎，绿叶，根须瘦而长。根须全都钻透淘箩的细孔，揪一把，嗞啦有声。我这自发豆芽的样子也还不赖吧。

油菜

种植油菜的十一月份已很冷。但油菜就是喜冷，简直是冷色植物。我记得穿了一双高帮套鞋，拿一把锄头或镙子，挖一个小而浅的泥坑，种一棵油菜，脚一踏，换一个小坑继续，就这样，我们一垄一垄有间距地种油菜。油菜慢慢地长大，摘取菜薹，清炒一下，也是很好的一碗过饭菜。如果摁入甏里腌一下，那就是我家乡有名的甏头咸菜。扳开盖头泥的那一刻，一定还记得，那扑鼻的菜香，简直无可名状。三月份油菜花开的时候，黄灿灿的一大片。此花一开，春天的塔鱼浜简直美不胜收。这时，蝴蝶和蜜蜂飞来，毒头有林的毒头毛病就开始发作了。塔鱼浜渐渐长大的男青年和女青年，开始躲入油菜花底下谈情说爱，那是什么滋味呢？究竟，那是什么滋味呢？去问六节头顺林和莲宝吧，我也还似懂非懂。

包菜

入冬以前包菜要用稻柴捆扎。菜叶要完美地包裹住内心青葱外表苍老的这棵老菜。入冬以后，自留地的包菜，就像一个个抱头沉思或修行的僧人，独自圆满，也独自老去。包菜收割完毕，装满一水泥船，摇去塘栖或硖石。大人们那时候也总算借卖包菜的名头出了一次码头。出码头，大家都是十二分愿意的呀。

雪里蕻菜

叶子翠绿色，边上有一圈小小的锯齿。承包到户后，塔鱼浜家家种雪里蕻菜。这大概跟这棵菜的不易招虫、栽种方便有关。雪里蕻一般以腌食为主。家家门角落腌一大缸，菜的顶头压一块不大不小的石头。想到炒菜的时候，就去石头底下摸一棵，也很方便。雪菜豆腐、雪冬（雪菜炒冬笋）、雪菜肉片，都是农家的常蔬。还有，没有零食可吃的时候，也去石头底下摸一棵。上学的路上，我们一次又一次地咬嚼着腌制的雪里蕻菜。这也是值得记忆的事体吧。

大蒜头菜

顾名思义，这棵菜有一个引人注目的大蒜头。白色的蒜头与翠绿的菜叶，搭配得天衣无缝，相当完美。必得要霜打以后，大蒜头菜的甜味才给霜"腌"出来。这时候的大蒜头菜最好吃。也或者，米饭里切入咸肉丁和略略翻炒的大蒜头菜，烧一镬子菜饭，那也是很高兴的事。盛一蓝花碗，拌入猪油和酱油，连筷划拉，连碗底的酱油也伸长舌头舔干净了。小时候的菜饭，一辈子都忘不了。

韭菜

韭菜跟麦苗，没有农事经验的人，还真难区分。据说某大队来个女知青，因分不出韭菜与麦苗，遭贫下中农奚落，女青年满脸羞愧，关紧房门，上吊自杀了。这实在是那年头一桩很悲惨的事。韭菜通常覆以稻柴灰，便以割取。农村常见的一道菜韭菜炒蛋，因其蛋白、蛋黄与韭菜的翠绿，相得益彰。冬天，稻柴灰底下，割取的韭菜梗洁白，叶子浅黄，农家以韭芽做它专门的称呼。以肉丝、冬笋同炒年糕，起锅时拌入斩成寸段的韭芽，那是这辈子可以饱食的美餐。

榨菜

榨菜跟雪里蕻菜一样，在塔鱼浜，也是成片种植，且以秋种为主。小时候，榨菜一般腌制后与肉片、豆干同炒，榨菜肉丝豆腐干，可算江南的名吃吧，百吃不厌。割来的榨菜，去叶去蒜头挖出老筋，大多数售给收购站。那时候，父亲早上出翔厚，篮子里总会买几个腌制好的辣榨菜来，这几棵脱手出去转手回来的榨菜，浑身已经裹了一层艳红的辣粉，身价自然也看涨不少。我家乡桐乡素以榨菜出名，但种植历史并不长，20世纪30年代，此物由四川涪陵传入。90年代，我第一次乘飞机出远门，见到飞机上的中餐，赫然有南日产小包装榨菜一包，撕开快吃，小时候的滋味立刻就泛了起来。南日，在塔鱼浜东南。始知我家乡的榨菜，出国门也很久矣。这是我当年在塔鱼浜所没有想到的。

瘤芥菜

形状与榨菜同，只不过叶梗上多出一个"瘤"。我小时候，常央求父亲多种瘤芥菜，但他偏不肯多种，是种菜的习惯使然，还是其他的原因，到现在我不清楚。瘤芥菜，最看重的就是它的"瘤"，腌制以后可以生吃，脆生生的，还有嚼劲，味美而鲜。因此，知道塔鱼浜谁家腌有瘤芥菜，我们总要想方设法偷来生吃。瘤芥菜切碎后，与冬笋重油炒，极下饭。

莴苣笋

长坂里与老人下的交汇处，窄窄的高地，早年有父亲的一块自留地。那年他种了一片莴苣。收莴苣的时候，我还有一丁点的记忆。我记得莴苣菜有一种药味，割断的蔀头或捋下的叶子，流出一种近似于乳汁的汁液。但那是多久的时间了？该有四十来年了吧。莴苣，有饱满的青梗，颜色如翡翠，形似棒槌。莴苣笋削去皮，切片或切丝,稍脆即可食。其叶可煮饭,香!不过在我的记忆中,只有去皮后它的肉可以作蔬。莴苣与春笋同炒,称文武笋。青翠如春天的本来面目,咬一口,满嘴当然是春天味道。

萝卜

冬天,戤壁路口忽有外地客挑一担水晶萝卜叫卖。掀开竹箩里的萝卜,个个瘦长的条子,粉红或紫红的颜色,模样儿算得上俊俏。买一个吧,五分钱。剥开,肉质莹白如水晶。咬一口,脆甜脆甜。水晶萝卜,不知道是不是塔鱼浜的特别叫法。这种萝卜好吃,就是有那么一点小家碧玉的气质,它的皮很难剥离,常剥得我们的小指甲生痛。水晶萝卜跟塔鱼浜的萝卜品种不一样。塔鱼浜的紫萝卜,半个在地上,半个在泥里,一脚可以出坑,故名一脚踢。一脚踢上紫下白,像胖大嫂腰里围一条紫色的围裙,或许还能略略观瞻,但一上口,辣得吐舌头。

芋艿

芋艿叶阔,长而细的茎,风中摆舞的样子,确乎很好看。最喜欢看芋艿的大叶子里裹一颗水珠,微风来,芋叶点头,水珠滚来滚去,又不掉下来,简直顽皮透顶。水珠钻石似的,叶子绿绒毯似的,极般配。我们家的田横头,时常种一垛芋艿,非为观赏,实在是想要满足口腹之欲。有一年中秋节,我随父亲去挖芋艿,可是,中秋的芋艿还来不及长大，还只弹子那么大。芋艿宜晚秋挖吃，中秋实在还早了一点。我们挖了一会儿，不得不歇手。母亲与汉良2008年重回塔鱼浜后，平屋的西边田里种了好几埭芋艿，品种比我家过去所种都来得好。此种是向塔鱼浜前打水员杏春讨要的。就近的这几年，我这才过足了吃芋艿的瘾。芋艿可入画，亦山家清供之物，古寺冬夜，火炉边，剥食芋头，是可以想见的一幕。农家的菜蔬，芋艿只要刮去毛糙的褐黑根须与糙皮，切片，滴沥一调羹菜籽油，撒一点盐，饭镬头上蒸透即可。吃时如撒一把切碎的蒜叶，味道更佳。只是，刮芋艿的两只手，因沾染它乳白色的汁液，实在奇痒到了心里。这在我是吃过无数遍的苦头的。

洋芋艿

乔扦上的晚稻收回家，田间已没有活需要着紧去做了，却想到屋角的瓦砾地，有一棵洋芋艿也该垄一垄。洋芋艿，学名菊芋，也叫洋姜，显见是外来的洋种。洋芋艿是我塔鱼浜或桐乡一带的叫法。有些地方的洋芋艿其实就是土豆。但塔鱼浜的土豆习惯上称洋番薯。洋芋艿是另一种，与土豆不搭界。洋芋艿与芋艿也完全不同。芋艿种在湿润的田边圩头，洋芋艿一般就种在土质贫瘠的瓦砾地，要是种在肥沃的土壤，它还犯贱不肯结果呢。我在塔鱼浜生活的那会儿，最有成就感的事体，就是家门口种几株洋芋艿。每年深秋，用锄头垄到满满的一提篮。因为生在松散的土层，这成串的洋芋艿，出土时并不粘泥。拎到河埠头，入水颠几颠，篮子拎起，就洗得干干净净了。团匾里晾干后，全部腌制在一只陶甏里。腌时，用木棒劲结[1]。缝隙处可盘入少量软塌塌的萝卜菜或大头菜。甏口覆以尼龙纸。以细麻绳沿甏颈扎紧。甏口尼龙纸上再覆以稻秆泥，置阴凉处，十天或半个月后，启封，独有一股乡野的清香。洋芋艿入口甜脆，嚼之有声，是清早下粥的好菜蔬。晚秋或入冬时节，我们的口袋里，如藏有一点爱吃的零食，多半是这种腌制后通体黑乎乎的洋芋艿。

蚕豆

蚕豆隔年种，春头一过，地气转暖，豆苗开始精神起来。蚕豆花很好看，像一只黑白分明的眼睛，也像一只蝴蝶。蚕豆秧里，会找到蚕豆的耳朵。蚕豆耳朵不多见，找到它就找到了惊喜。我们放学回家的路上，总要去蚕豆秧里找它的小耳朵，找到，摘下，玩一会儿，很开心的样子。立夏日，可以吃新蚕豆了，清香而味甜，颜色又好看，那才是农家老灶头上的常蔬。这种豆，是农家看蚕时候开花结果的，所以叫蚕豆。五六月份收油菜籽的时候，蚕豆也恰好老熟。蚕豆老熟有一个明显的标志，就是豆秆枯死，豆荚由青绿变成黑色。豆粒转而变得很硬实。清朗的好天气里，我们常去野外偷拔来一大捆蚕豆秆，利用捋下菜籽的荚或秆做引火的燃料，在野地里噼噼啪啪爆蚕豆。爆熟的蚕豆香而脆，加以混入了一种隐秘的激情，晚上去露天电影场，一粒一粒摸吃，很过瘾的，也根本顾不得蚕豆吃多后一个个憋不住的响屁——在人挤人的电影场上，冷不丁地放出来，接二连三地回响，很有一种滑稽而近乎恶作剧的效果。

---

[1] 塔鱼浜土白，摁密实的意思。

蛮豆

蛮豆也就是大豆、毛豆，老熟后豆色转黄，故名黄豆。它是所有豆制品的原材料，可知它身份的显要。农家的餐桌上，一天都少不了它。"蛮"字据音。桐乡一带张口闭口都是蛮豆。我很好奇，清初的大儒、我家乡的农学家张杨园先生所著《补农书》中有"梅豆"，是不是就是这种豆？是不是蛮豆的转音？那就很难说了。蛮豆有早蛮豆和迟蛮豆之分。塔鱼浜家家都有种，收获的时间还持续相当长。因为种得多，自家根本吃不完，吃早茶的时候，男人随带一提篮或背一篰去翔厚或对丰桥售卖，专卖给街上人。男人以吃早茶为主，并不叫卖，见有人过来，蹲下拣选，他就一手捧着茶壶腾出另一只手好歹称些给他。20世纪80年代初，我在石门镇的寺弄口，也曾帮父亲摆过几次早摊，专卖带壳的毛豆，那时一斤也就两角三分钱。一个上午，塔鱼浜背去的一篰蛮豆，全都出手。钞票收回，开开心心回家交账。

赤豆

赤豆不多种，也没有特为辟出一块地专种赤豆的。赤豆多半在地头僻角种几垄。我忘了它什么时候种下的，只记得在收芝麻的时候，顺便将那几垄赤豆也收了。摘下豆荚，小团匾里晒干，揉出，粒粒硬实，紫红，且粒粒有一条白痕，如寿星的白眉一般，很醒目。赤豆一般节日里做馍馍的馅；要不就是腊月廿三烧赤豆糯米饭（此法卷三《岁时记》有记，不赘述）。夏天，也有做赤豆、红枣、莲子羹的，但需放入不少的白糖或红糖。那时糖需凭票供应，颇不易得，所以也不常制作这种夏天的甜冷品。关于赤豆的故事仍来自我父亲。晚年，他常住塔鱼浜。2015年某天我去湖州会友，路过塔鱼浜，我开车过去，顺道看看他。回转的时候，他顺手将半袋赤豆递给我（晚年常以这种方式表示他的父爱）。我不推辞，随手放入汽车后备车厢。三天后，我发动车子准备回家，突然发觉车子里飞满了一种不知名的小虫，数目一定不下于五百只。这是从塔鱼浜父爱里飞出来的五百只虫子，全系塔鱼浜所产。我甚至认为它们像赤豆一样，也是可以吃的，像赤豆一样有着紫红的营养。

羊眼豆

即扁豆，与木槿一样，开紫色花。不知何故，紫色花总有一种淡淡的忧伤。有地方叫它梅豆，但我觉得它没那么重要，应该不是杨园先生《补农书》里专门提到的"梅豆"。在我家乡塔鱼浜，这种扁豆有一个更形象的名称，叫作羊眼豆，那是说它的形状很像湖羊的眼睛。羊眼豆嫩时带荚作蔬，亦农家的常蔬。

裙带豆

即豇豆、长豇豆。所谓裙带豆，是说它垂挂下来的样子吧，很像女人衣裙上垂垂而下的裙带。此豆招虫,盛夏的季节,满架垂挂,如不施农药,很难有裙带似的美丽垂挂,它们多半被虫蛀空蛀断。故农民常说,裙带豆是药水浸大的。

寒豆

豌豆,也叫寒豆,大概春寒里生长的缘故吧。我原先作"含豆",因这豆粒小巧玲珑、自囚在豆荚里,总归是含情脉脉的样子。但看到有地方作"冷豆",觉得"寒豆"的名字较为靠实。寒豆的苗是很清秀的,颜色之绿嫩、之鲜亮,令人顿起爱怜之心。我现在才知道,《诗经》里所谓"采薇",采的其实就是这种豌豆苗。冬天里,自留地里种蚕豆的时候,大人会在屋角种一两垄寒豆,但不多种。寒豆饱满之后,女主人总喜欢以此豆粒加入春笋、咸肉丁以及一种更古老的叫作薤的植物同烧,做成一镬子寒豆饭。那也是令人忽起思乡的蛊惑的,一点都不比张翰的莼鲈之思逊色。

番薯

1969年,我三岁,随外婆、母亲等去看望在苏州参军的大舅。多年以后,我母亲告诉我,在部队里,见到解放军在收番薯,我伸手讨吃。一个小兵过来,弯转舌头说:"地瓜?你要吃地瓜?"从此我知道番薯就是种在地里的瓜。塔鱼浜最常见的是白心番薯。红心番薯不常见,见了也不留种。七八岁那年我看到长坂里集体收番薯，外公挑满满的一担，小山似的，装得比谁都多。外公迈开大步，飞奔而去。在塔鱼浜，外公施炳荣以气力大出名。这也是我唯一记得的有关外公的一个细节。夏末，阵雨过后，番薯长势凶猛，番薯藤下面的泥土，都裂开了，手插得入缝里去了。去八分垾挖几颗，洗净，放在铁镬子的蒸架上蒸熟，噗嗤噗嗤趁热吃，最香，也最糯。冬天的早上，老灶头上已经旺火烧好一镬子番薯，翻到紧贴镬子的几个起膏的溏心番薯，吃几个，带几个，清早上学去，这记忆，也没忘。还有，过年了，做麻片番薯，晒干后炒食，也不失为零食的一种。这在我也是有记忆的。

洋番薯

名称上凡带"洋"字的，一定是洋货东西，个头较本地货大。洋番薯学名马铃薯，更通俗的叫法是土豆，个头却比番薯小得多。桐乡一带一直叫洋番薯，以示与番薯（其实番薯即洋种）的区别。塔鱼浜种洋番薯，这在我是有记忆的。总之，饭镬头上忽然清蒸的半蒸架洋番薯，我们并不待见，嫌它口味寡淡。那时候，洋番薯稀奇古怪的烧制法我们都不知道。对于塔鱼浜人来说，洋番薯的美味是慢慢吃出来的。

西瓜

有一年（也只有一年），塔鱼浜种西瓜。那时还是大集体，小队长宣布这个重大决定的时候，村里的小屁孩全都乐坏了。从落种的那天开始,我们就期待并想象着电影《小兵张嘎》里那个圆滚滚的汉奸看中的那只圆滚滚的大西瓜。我们每天都很兴奋地巴望着。听说鸡粪做壅壮可以肥苗,结出的西瓜又甜又大,于是全村老少热烈响应小队长的号召:白天黑夜,全体外出捡拾鸡粪。然而,塔鱼浜到底没有种西瓜的经验,这一年(也只有一年),地头结出的西瓜,很多只有拳头那么大。不过,孩子们偶尔会用计谋去偷一只大的来,用拳头敲开,小小额头几乎钻入瓜内,一路狂吃。一边吃还一边想,到底自家种的西瓜,又甜又脆,皮还特别薄。我这辈子可再也没有吃到这么鲜甜的西瓜。

香瓜

香瓜,是那年塔鱼浜种西瓜的副产品。那年一定有个贪吃的家伙暗中做下手脚,某些地角居然种了一种统称香瓜的小瓜。那年的香瓜分两个品种,一种是青皮而比较圆整的香瓜,吃起来清香爽口,甜度恰好;另一种椭圆形,奶黄色,其实应该叫黄金瓜才对。这瓜凑近鼻子一吸,一股甜香,很好闻,但吃起来,似乎没有闻起来那么甜。香瓜的籽近似于白芝麻,不易消化,故那一年,偶尔见到拉在野田坂里的屎,总杂着粒粒完整的香瓜籽。

木瓜

东边祖林家的墙上,攀爬着一片绿荫,月亮底下,月光将绿叶的影子砸在白粉墙上，斑斑驳驳，很难得地泛起塔鱼浜的一点诗意。夏天，这藤上还挂下一只只圆整的青瓜。这是茂密的绿叶藏不住的一个秘密。说来也奇怪，整个塔鱼浜，东边西边，几十户人家，只祖林家的墙上挂着一样大小的这一只木瓜。夜里乘风凉的时候，孩子们啸聚在一起，头发卷曲的祖林杂在人群中，口袋里常捧出一只青剥剥的木瓜，凑到自己的鼻子底下闻一闻，好像很好闻的样子。我与祖林素无交往，没有机会闻它的木瓜。祖林，我们很多时候就偷偷地叫他"木瓜"。

冬瓜

冬瓜是夏季的常蔬。冬瓜之得名，是冬天圆熟之故。这种大瓜，夏天已经结出硕果，瓜瓞绵绵，一直蔓延到入冬，其生命力之旺盛，也很少见。藤蔓所结的瓜，大如五六岁的孩童，真正是塔鱼浜瓜类中的巨无霸。冬瓜经霜之后，青翠的硬皮上，蒙一层白，如涂一层生粉。冬瓜收获后，厢房里叠一大堆，规模很大，是丰收满仓的好样子。冬瓜经冬也不坏。一大堆在家，简直关着一屋子的喜气。我小时候不免抱怨冬瓜之多且大，西瓜之少而小。冬瓜的吃法中，以甜得发腻的冬瓜糖记忆最深刻。冬瓜糖与蜜枣、红丝绿丝拌入糯米饭，冰水冲泡，去梧桐镇的云龙阁吃这么一小碗，颇可以消暑。顺便说一句，塔鱼浜有南瓜、西瓜、冬瓜，独缺北瓜。其实，家乡也有北瓜的，橘红色，瓜底天然自带一个小坐垫。北瓜是近年所见，塔鱼浜那时无种。不赘言。

南瓜

开畜牧场的那会儿,塔鱼浜的南瓜明显种多了,全部给猪吃。但也有一种人爱吃的南瓜,乡民淳朴,开口闭口就叫它"好吃南瓜"。"好吃南瓜"甜而腻,可与番薯去皮切块后同烧。也可与糯米同烧成一锅南瓜粥,撒一层绵白糖,拌匀,是我很爱吃的。南瓜的藤蔓剥皮后可以清炒,但塔鱼浜不曾有人家做这道菜。南瓜叶粗糙,夏天杀黄鳝的时候,用它来擦黄鳝,可去鳝身上一层滑腻腻的衣,很管用。南瓜籽晒干炒熟,女人家最喜欢"的的"磕咬。

丝瓜

丝瓜顶着一朵淡黄色的花,长身垂挂于棚架之下,我总觉得,无论丝瓜,或者丝瓜花,均可入画。可惜画丝瓜的画家少之又少。可是,小时候在塔鱼浜,我所想也没那么复杂吧,和左邻右舍一样,我也单单在于一个"吃"字。夏季,丝瓜烧汤或丝瓜炒蛮豆,不用说,是农家的常蔬。不过我对丝瓜的认识,是它枯老之后的那条丝瓜筋,用它来洗碗或涤釜器,很称手。现今人类尽管发明了品类繁多、花花绿绿的各式抹布,很抱歉,仍无过于这条最古老的丝瓜筋。

后记

我有计划地写塔鱼浜,是在《江南词典》首版后的第二年(2008),大约也是专拣自己熟悉的生活来写的意思吧。好在这回我打定主意,新书的目录,须紧缩在一个页码之内。这样一来,每卷的篇幅,反倒需要不断扯大回忆的内容,这其实增加了一点难度,有点跟自己过不去。此稿落笔之初,我也曾拟定九卷"某某记",不料,"记"这种文体,此后广见于报章,泛行于世,以致到了率尔操觚动辄以此张本的地步。这又徒增了我的惶恐。说实话,拙稿以"记"体标目的初衷,似乎已不必,然而,实在也不能尽去鄙意,这就是现目录的由来。书名也一径改成《塔鱼浜自然史》了。这里的"塔鱼浜"是正题,所谓"自然史",不过是一个尾缀。但既是自然史,也就不得不删去原本该有的器物与人物两个部分。这是需要加以说明的。

塔鱼浜是我曾经生活的村庄,所以,写村庄也就是写我自己的生活(至少在生活的表象上看是这么一个意思)。生活中,平素说话我们大率以塔鱼浜土白出之,如此一想,似乎也不宜纯用普通话写,这就是写作时引入了不少方言俚语的原委。但方言这玩意儿,用多了,非方言区的读者读上去,不免隔而疙瘩,至于噜里巴苏,那是一定。因此,趁全书校改的机缘,我还是把传播范围不广的方言俚语尽量地删却了。此外,吴方言也不知怎么回事(可能是当初国灭的原因吧），很多名物，其实是有音而无字，求之于各种农书和大型辞书也无济于事，只好退而求其次，来一点知堂老人教给的办法，据音写出。这也是需要读者原谅的。

散文这文体，落笔须得有自己的生活。换言之，文章总要从生活中来。仅凭想象，一味地高蹈，不及物，总觉得是不行的。瓦雷里曾深感兴趣地引述与莎士比亚同时代的诗人马莱伯的一个对比：诗歌的形式像跳舞，散文的形式像走路。那么，不妨缩一缩跳舞的脚，往虚空里踢踏一下，但走路就得脚踏实地，一步一个脚印。此次我跨出的脚步也不甚大，脚迹却颇不短，这一定是十数年来我散步散得时间足够长的缘故，倒不是我路走得远，远不是我此行的目的。

迄今为止，我的散文写作，举目只在塔鱼浜的无名以及它的方寸之间的意义，然而，每次"走路"，确乎常带着故土的感情。要知道，现在连我的老脚步，也不可能踏向实实在在的塔鱼浜了。塔鱼浜现在是一个抽象的词，是《江南词典》或这本《塔鱼浜自然史》里的一个名词，换句话说，眼前已没有具体的对应物可以往里装了。西哲有云，人不能踏入同一条河流。塔鱼浜诚然是一条河流，但即便它具体存活于世的时候，我已不能两次踏入其中，现在当然更无从踏入的可能。这也是我固执地书写它的意义所在吧。

我的文学的英雄之一詹姆斯·乔伊斯既生文学鼎盛的时代，他自信如果他的家乡都柏林城毁灭，后世的人们依然可以根据《尤利西斯》重建一座一模一样的城市。这真是伟大文学家的伟大抱负，理所当然，此际也应该是每个故乡被城市化进程拆毁的无名写作者的抱负。在这个向度上，我愿意用我夹杂方言的现代汉语来重建我的塔鱼浜，以重拾一代人已逝的生活。这或许非关文学的抱负，却实在是一个写作者的职责所在。

自2008年以来，本书的部分章节曾在《散文》《十月》《西部》《花城》《雨花》《江南》《野草》《青年作家》等文学刊物先后刊出。感谢著名批评家何平以及蔡安两位先生对此著的推重。感谢陆明大兄两次通读全文并多处指谬。感谢大弟汉良特制塔鱼浜手绘图两幅。也感谢中信出版社蔡欣、罗梦茜两位女士为本书的出版付出的心血，特别是梦茜对书稿的修改提出的建设性意见，著者受益匪浅，特此致谢。

2020年12月25日

邹汉明记于嘉兴